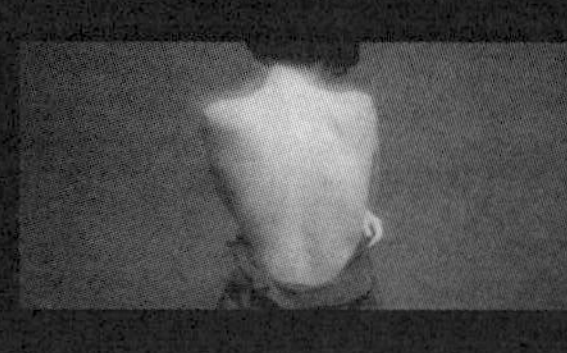

만(卍)·시게모토 소장의 어머니

MANJI · SHOSHO SHIGEMOTO NO HAHA
by Jun'ichiro Tanizaki

Copyright © KANZE Emiko 1928, 1949
Korean translation copyright © MUNHAKDONGNE Publishing Corp., 2012.
All rights reserved.

Originally published in Japan by CHUOKORON-SHINSHA, INC., Tokyo.
Korean translation rights arranged with CHUOKORON-SHINSHA, INC., Tokyo.
through THE SAKAI AGENCY and SHINWON AGENCY

이 도서의 국립중앙도서관 출판예정도서목록(CIP)은 서지정보유통지원시스템 홈페이지(http://seoji.nl.go.kr)와
국가자료공동목록시스템(http://www.nl.go.kr/kolisnet)에서 이용하실 수 있습니다.
(CIP제어번호: CIP2012004051)

谷崎潤一郎 : 卍・少将滋幹の母

만(卍)·시게모토 소장의 어머니

다니자키 준이치로 소설

김춘미·이호철 옮김

문학동네

차례

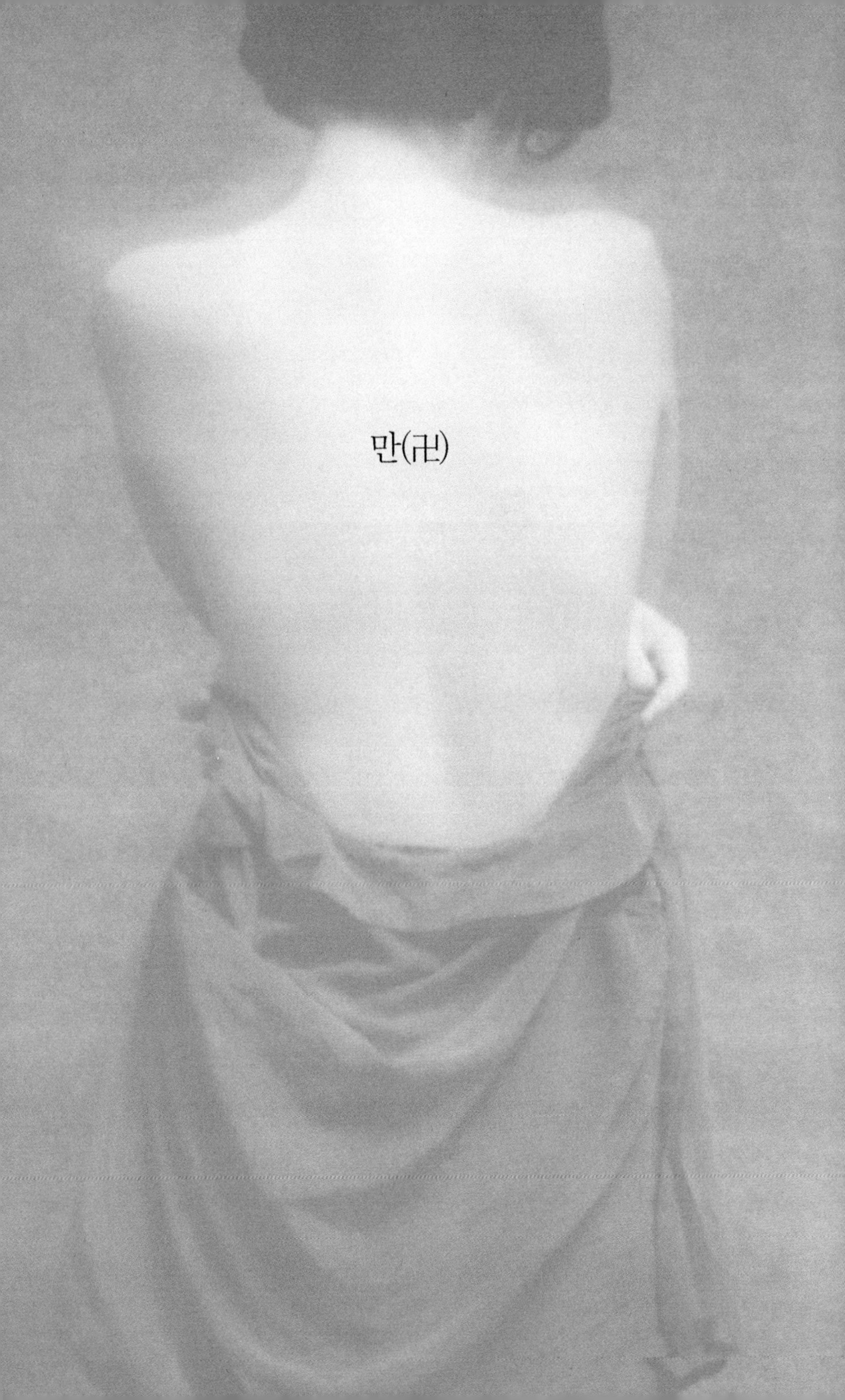

만(卍)

1

　선생님, 오늘은 제 이야기를 처음부터 끝까지 다 털어놓을 생각으로 찾아뵈었지만 일하시는 데 방해가 되지나 않을지 걱정이네요. 자세하게 말씀드리려면 너무 길어서, 정말이지 제가 조금만 더 글재간이 있다면 이번 일을 전부 소설처럼 정리해서 선생님께 봐달라고 할까도 생각했어요…… 사실은 지난번에 불현듯이 써봤는데 사건이 너무 뒤엉키고 복잡해서 어디서부터 어떻게 시작해야 할지 저로서는 도저히 감당이 되지 않더라고요. 그래서 역시 선생님께 말씀드릴 수밖에 없다고 생각하고 이렇게 찾아뵈었어요. 저 때문에 선생님의 귀중한 시간이 엉망이 되어버린 건 아닌지 걱정입니다. 너무 폐가 많지요? 정말 괜찮으시겠어요? 선생님이 늘 잘해주시니까 저도 모르게 응서 부리는 마음으로 폐만 끼치게 되네요. 아무리 감사 인사를 해도 부족하다고 생각해요. 그래서 저, 지난번에 많이 걱정해주셨던 그 사람 이야기부터 할게요. 그 사람은 예전에도 말씀드렸지만 선생님이 충고해주시고 저도 곰곰이 생각해보고 나서 그때 바로 헤어졌어요. 당시에는 미련이라고 할까, 뭘 하든 뭘 보든 툭하면 생각이 나서 집에서도 히스테리만 부렸어요. 하지만 갈수록 그 사람이 형편없는 남자라는 사실을 확실히 깨닫게 됐어요…… 늘 안절부절못하면서 음악회다 뭐다 하면서 밖으로만 쏘다니던 제가 선생님을 찾아뵙기 시작하면서 사람이 180도 변해 그림을 그리거나 피아노* 연습을 하면서 하루 종일 집에 얌전하게 있으니까 남편도 "요즘은 당신도 여자다워졌군" 하면서 말로는 직접 표현 안 해도 선생님의 가르침을 고마워했답니다. 남편한테는 그 사람에 대해 아무 말도 안 했어요. "남편한테 과거의 잘못을 숨기는 건 좋지 않죠. 더구나 육체관계가 없었다면 고백하기 쉬우니까 모두 털어놓으세요"라고 선생님은 말씀하셨지만…… 아유, 글쎄요…… 하긴 남편도 어렴풋이 눈치챘을지 모르죠. 그래도 제 입으로는 아무래도 말하기가 거북하고, 더는 잘못을 저지르지 않으면 괜찮겠지 싶어 전부 제 마음속에 담아두었어요. 그러니까 남편은 제가 선생님한테 무슨 이야기를 듣는지는 몰라도 여러 가지로 좋은 가르침을 받고 있는 게 틀림없다고 믿고, 그런 마음가짐이 바람직하다고 했어요.

그런 이유로, 그때부터 얼마 동안 얌전하게 집에 틀어박혀 있었더니 안심이라고 생각했는지 "맞아, 나도 이렇게 빈둥거리고 있을 수만

---

* 작품이 발표된 1928년경 그랜드 피아노는 현재 시세로 따지면 약 280만 엔부터 440만 엔 정도의 가격이었다. 소노코의 친정이 무척 부자라는 사실을 짐작할 수 있다.

은 없지"라고 말한 남편이 오사카 이마바시의 빌딩에 사무실을 빌려서 변호사를 개업한 게 작년 2월경이었던가. 네, 맞아요. 대학에서 독일법을 전공해서 언제라도 변호사를 개업할 수 있었거든요.* 처음에는 교수가 되고 싶어 했기 때문에 저한테 그 일이 있었을 때는 대학원 연구실에 나가고 있었죠. 변호사를 개업하려고 마음먹은 건 딱히 이렇다 할 이유가 있었던 건 아니고요. 언제까지고 처갓집에 신세를 져서는 체면도 안 설뿐더러 저한테도 큰소리를 못 친다고 생각해서였겠죠. 대학 시절 남편은 수재로 소문이 나 있었고 학교도 아주 우수한 성적으로 졸업했기 때문에 그런 사람이라면 장래성이 있겠다고 생각해 저도 시집을 간 거였거든요. 시집을 갔다고는 하지만 사실 남편이 데릴사위로 들어온 거나 다름없었죠. 친정 부모님은 남편을 신용해서 재산도 얼마 정도 나눠주시고, "뭐, 서두를 거 없으니까 학자가 되고 싶다면 천천히 공부해라. 유학도 가고 싶으면 부부가 함께 이삼 년 정도 다녀와라" 하고 말씀하셨어요. 처음에는 남편도 무척 좋아하고 그럴 생각도 있었던 것 같은데, 제가 너무 제멋대로 구니까 친정을 등에 업고 잘난 척한다고 생각해 약이 올랐는지도 모르겠어요. 그렇지만 천성이 학자로 태어난데다 아무리 나이를 먹어도 학창 시절의 무뚝뚝한 티는 못 벗지, 사람 비위 맞추는 데도 젬병인 거예요. 너무 사교성이 없으니까 변호사 개업을 했는데도 도통 일거리가 없더라고요. 그래도 매일 사무실에는 꼬박꼬박 나가서, 저 혼자 하루 종일 집에 멍하

---

* 1918년 시행된 대학령에 따라 당시 각 지역에서 종합대학 역할을 담당했던 제국대학의 법과대학 출신은 변호사 시험을 거치지 않고 변호사가 될 수 있었다. 이 제도는 1924년에 폐지되었으니 작가는 그 사실을 몰랐던 것 같다.

니 있으면서 심심해지니까 자연히 다 잊었던 일들이 또 이것저것 떠올랐어요. 전에는 시간이 있으면 와카*를 짓곤 했지만 시는 오히려 옛날 일을 떠오르게 해서 그만두어버렸거든요. 그대로 있다가는 엉뚱한 생각을 하겠다 싶어 뭔가 기분 전환이 될 만한 일이 없을까 하고 찾아보았죠. 선생님도 아실지 모르겠는데 덴노 사(天王寺) 쪽에 여자기예학교라는 데가 있더라고요. 신통치 않은 사립학교지만 그림과 음악, 재봉, 자수 그리고 몇 가지 학과가 더 있고 입학 자격도 까다롭지 않아서 어른이든 아이든 맘대로 들어갈 수 있어요. 저는 예전에 동양화를 그렸기 때문에, 잘은 못하지만 그 방면에 좀 취미가 있어서 매일 남편과 함께 나가는 재미에 어쨌든 다니기로 했어요. 하긴, 매일이라고는 해도 그런 유의 학교니까 쉬고 싶으면 맘대로 쉬었죠.

남편은 그림이나 문학에는 도통 취미가 없는 사람이지만 제가 학교에 다니는 건 대찬성이었어요. "그거 좋지, 좋은 생각이야. 열심히 다녀" 하고 권할 정도였어요. 매일 아침 나가는 시간은 아홉시인 때도 있고 열시인 때도 있고 제 형편에 따라 바뀌었지만, 남편도 사무실이 한가하니까 몇시든 대개 저를 기다렸다가 한신 전철로 우메다 역까지 같이 갔어요. 거기서 택시를 타고 사카이스지의 전찻길에 있는 이마바시 빌딩 모퉁이에서 남편은 내리고 저는 그대로 덴노 사까지 갔어요. 함께 다니는 게 좋은지 남편이 "다시 학창 시절로 돌아간 것 같군" 하고 말하기에 "부부 동반으로 택시로 통학하는 학생이라니 좀 웃기지 않아?"라고 받아쳤더니 아하하 웃으면서 무척 기분 좋아했어

---

* 和歌, 일본 고유의 정형시.

요. 오후에 돌아올 때도 가능한 한 같이 들어가자고 해서 전화로 시간을 맞춰 남편 사무실에 들르기도 하고 난바 역이나 우메다 역에서 기다렸다가 같이 쇼치쿠 극장에 영화를 보러 가기도 했죠. 그렇게 저와 남편은 무척 잘 지내고 있었어요. 그런데 4월 중순경이었던가, 제가 정말이지 시시한 일로 교장하고 싸워버렸어요. 그게 좀 묘한 일인데요. 학교에서는 모델한테 여러 가지 복장을 입히기도 하고 포즈를 취하게도 해서—동양화는 나체 데생은 안 하지만—그걸 스케치하는 시간이 있거든요. 당시 우리가 쓰던 모델은 Y코라고 하는 열아홉 살짜리 아가씨였는데 오사카에서는 유명한 미인 모델이라고 했어요. 그 Y코를 양류관음*으로 꾸며놓고—그런 식으로 꾸미면 나체에 가깝기 때문에 어느 정도 나체 연구도 가능하다고—다른 학생들과 같이 데생하고 있는데 어느 날 교장이 교실에 들어오더니 “가키우치 씨, 가키우치 씨 그림은 전혀 모델을 안 닮았네요. 가키우치 씨한테는 누군가 다른 모델이 있는 게 아닙니까?”라면서 왠지 의미심장하게 웃는 거예요. 그런데 교장뿐만 아니라 다른 학생들도 교장을 따라 킥킥 웃어서, 저는 흠칫 놀라면서 저도 모르게 얼굴이 빨개졌어요. 왜 빨개졌는지 그때는 몰랐죠. 지금 생각하면 분명히 그때 얼굴이 빨개졌던 것 같은데, 어쩌면 안 그랬는지도 모르겠네요. 어쨌든 “다른 모델이 있는 게 아닙니까?”라는 말을 듣자 그 말을 들을 때까지는 의식하지 못했던 뭔가가 쿡 가슴을 찌르더라고요. 누구를 모델로 했는지는 분명하지 않았어요. 다만 머릿속에 Y코 씨 아닌 다른 사람이 깊이 각인되어 있

---

* 楊柳觀音, 버드나무 가지를 들고 있는 관세음보살. 대개 속살이 비치는 하늘거리는 옷을 겹쳐 입은 모습을 하고 있다.

어서 Y코 씨를 눈앞에 보면서도 저도 모르게 그 사람을 모델로 삼고, 딱히 그러려고 했던 건 아닌데 붓이 자연히 그 사람의 모습을 그려내고 있었던 셈이죠.

선생님은 이미 아시겠지만 제가 무의식중에 모델로 삼은 사람이—어차피 신문에도 났으니까요—도쿠미쓰 미쓰코 씨예요. (가키우치 미망인은 그렇게 엄청난 일을 겪은 뒤에도 별로 초췌해지지 않았고 옷도 태도도 일 년 전과 똑같이 화려하고 현란했다. 미망인이라기보다는 전형적인 간사이* 지방의 좋은 집안 아가씨처럼 보였다. 그녀는 결코 미인은 아니지만 '도쿠미쓰 미쓰코'라는 이름을 부를 때 얼굴에서 이상하게 광채가 났다.) 그렇지만 아직 그때 저는 미쓰코 씨랑 친구 사이가 아니었어요. 미쓰코 씨는 서양화를 배우고 있어서 교실도 다르고 말을 나눌 기회도 없었거든요. 그러니까 미쓰코 씨 쪽에서는 저를 모르거나, 알아도 뭐 특별히 관심이 있지는 않았겠죠. 저도 미쓰코 씨한테 그리 큰 관심은 없었고요. 다만 어딘지 모르게 호감이 가는 사람이라고는 생각했던 게 틀림없어요. 말을 나눈 적은 없으니 성격이나 마음씨 같은 건 몰랐지만 글쎄요, 뭐랄까 전체적인 느낌으로 그랬다는 거예요. 그리고 보니 제가 의외로 일찍부터 미쓰코 씨한테 관심을 갖고 있었다는 증거가 있어요. 누구한테 들었는지는 몰라도 저는 이미 그때 미쓰코 씨의 이름과 사는 곳을 알고 있었어요. 센바**에

---

* 關西, 일본 교토와 오사카를 중심으로 하는 지역. 도쿄를 중심으로 하는 간토(關東) 지방 여성들이 눈에 띄지 않으면서도 세련된 차림새를 선호하는 데 비해 간사이 지방 여성들은 요란하고 화려한 차림을 선호한다.
** 오사카 상업, 교통, 금융의 중심지. 거상들이 몰려 있던 지역이기도 하다.

있는 모직물 도매상 집 아가씨이고 집은 한큐 전철이 다니는 아시야
가와*에 있다고 했어요. 교장한테 그런 말을 들은 뒤 저도 이것저것
생각해봤어요. 하지만 설혹 제 그림이 미쓰코 씨를 닮았다 해도 일부
러 닮게 그린 것도 아니고 또 일부러 닮게 그렸다 한들 도대체가 Y코
씨를 모델로 쓰는 게 Y코 씨 얼굴만 베끼라는 건 아니잖아요? 그냥
Y코 씨한테 관음보살 같은 포즈를 취하게 해서 그 몸매와 하얀 옷이
어떻게 주름이 졌는지 연구하고 거기다가 관음보살의 느낌이 나게 하
면 되는 거 아닌가요? Y코 씨는 모델 중에서는 미인일지 모르지만 미
쓰코 씨가 훨씬 더 예쁘고 관음보살 느낌에 가깝다면 미쓰코 씨를 모
델로 삼아도 괜찮지 않은가, 저는 그렇게 생각했어요.

2

　　그런데 이삼일이 지나고 다시 미술 시간에 들어온 교장이 제 그림
앞에 멈춰 서더니 능글맞게 웃는 거예요. 교장은 "가키우치 씨" 하고
저를 부르더니 "가키우치 씨, 이 그림은 아무래도 좀 이상하네요? 점
점 모델을 안 닮아가잖아요. 도대체 당신은 누구를 모델로 삼는 겁니
까?"라고, 놀리는 듯한 눈초리로 제 얼굴을 빤히 봤어요. "어머, 그래
요? 모델을 안 닮았어요?" 저는 약이 올라서 일부러 되물었어요. 아
니, 뭐 교장이 그림 선생은 아니잖아요? 아, 동양화를 담당했던 분은

---

* 간사이 지방 최고급 주택지 중 하나.

쓰쓰이 슌코우라는 분인데, 늘 오지는 않고 가끔 와서 이 부분이 잘못되었다든가 여기를 이렇게 고치라든가 지적하고, 평상시에는 학생들이 모델을 보면서 마음대로 그렸거든요. 교장은 교양 영어를 가르치긴 했지만 학위가 있는 것도 아니고 어느 학교 출신인지는 몰라도 학력도 형편없는 사람 같았어요. 나중에 알게 된 사실이지만 교육자라기보다는 학교 장사에 능한 사람으로, 즉 일종의 수완가인 셈이었죠. 그런 사람이니까 그림 같은 건 알 리가 없고, 쓸데없는 참견도 할 필요가 없었죠. 게다가 학과 일은 대개 분야별 선생들에게 맡겨놓고 평소에는 좀처럼 교실을 둘러보지도 않았는데, 그 시간에는 일부러 와서 제 그림을 가지고 트집을 잡더라고요. "허, 그래요? 가키우치 씨는 이 그림이 모델을 닮았다고 생각하는 겁니까?" 비아냥거리는 투로 말하기에 저도 시치미를 뚝 떼고 "네, 저는 그림에 서투르니까 안 닮았는지도 모르지만 나름대로는 열심히 모델을 그리려고 한 겁니다." 이렇게 대답하자 "아니지요, 가키우치 씨는 그림을 못 그리는 게 아니라 제법 잘 그려요. 그렇지만 이 얼굴은 아무래도 다른 사람을 닮은 것 같은데요." 또 그렇게 말하는 거예요. "아, 얼굴 말이군요? 얼굴은 제 이상형에 맞게 그려봤어요." "그러면 가키우치 씨의 이상형이라는 게 누굽니까?" 정말 집요하게 물고 늘어지더군요. "글쎄요. 말 그대로 이상형이니까 딱히 실존하는 사람을 그린 게 아닙니다. 관음보살 얼굴에 어울리게 가능한 한 청아한 느낌을 주려고 했는데, 안 되나요? 얼굴까지 모델을 닮아야 하나요?" 그러자 "가키우치 씨는 무척 어려운 억지 이론을 펼치네요. 이상형을 마음대로 그릴 수 있다면 이 학교에 그림을 배우러 올 필요도 없겠죠. 이상대로 못 그리니까 모델을 쓰면서 사생하는 게 아닙니까? 제멋대로 그림을 그리려면 모델을 쓸 필요가 없지 않을까요? 하물며 가키우치 씨가 그린 관음보살이 모델 아닌 어떤 실존하는 사람을 닮았다면 가키우치 씨가 말하는 이상형이라는 것도 좀 진솔하지 못한 것 같네요." 교장의 말에 "저는 아주 진솔한데요. 가령 이 얼굴이 누군가를 닮았다 하더라도 그 사람의 얼굴이 관음보살 느낌을 내는 데 더 적합하다면 그걸 그리는 일이 예술적으로 꺼림칙할 일은 아니잖아요?"라고 했지요. 그랬더니 "아니, 그런 게 안 된다는 겁니다. 아직 당신은 제대로 된 예술가가 아닙니다. 당신이 그 사람의 얼굴이 맑고 깨끗하다고 느껴도 모든 사람이 그렇게 느낄지 어떨지는 모를 일입니다. 그런 데서 툭하면 오해가 생기는 거죠"라는 거예요. 제가 "아니, 오해라니 어떤 오해가 생기는데요? 도대체 닮았다, 닮았다 하시는데 누구를 닮았다는 거예요? 속 시원히 말해보세요" 했더니 교장은 조금 당황해서 "참 고집불통이군요" 하고는 입을 다물어버리더라고요. 그때는 교장을 끽소리도 못하게 했기 때문에 싸움에서 이긴 것 같아 무척 통쾌했어요. 그렇지만 많은 학생들 앞에서 말싸움을 한 셈이어서, 곧 화젯거리가 되더니 얼마 지나자 괴상한 소문이 퍼지기 시작했어요. 즉, 제가 미쓰코 씨를 사랑한다, 미쓰코 씨와 제가 수상하다는 소문이었어요. 아까 말씀드렸듯이 그때는 아직 미쓰코 씨와 말을 나눈 적도 없을 때였으니 엉터리도 그런 엉터리가 없고, 말도 안 되는 거짓말이었죠. 하긴 저도 어렴풋이 사람들이 뒤에서 험담을 한다는 건 알았지만, 그게 그렇게 큰 화제인 줄은 꿈에도 몰랐어요. 어차피 잘못한 일이 없으니까 무슨 말을 들어도 아무렇지 않았고요. 세상 사람들은 대부분 무책임한 이야기를 퍼뜨리는 법이잖아요. 친하지도 않은 사람을 두고 수상하다느니 뭐니, 아무리 꾸며낸 이야기라고 해도 어쩌면 그런 거짓말을 할 수 있을까 하고 너무 바보 같은 일이라 화도 안 났어요. 다만 걱정스러웠던 건 저야 아무래도 괜찮지만 미쓰코 씨가 어떻게 생각할까, 엉뚱한 일에 말려들었다고 고민하지는 않을까 하는 거였죠. 그래서 그 뒤로는 학교를 오가다 우연히 부딪쳐도 어쩐지 켕겨서 전처럼 얼굴을 찬찬히 들여다볼 수도 없었어요. 그렇다고 크게 마음을 먹고 제가 먼저 말을 붙여 사과하는 것도, 오히려 이상하고 더 폐가 될지 몰라 그렇게 할 수도 없었어요. 저는 미쓰코 씨와 마주치면 가능한 한 미안하다는 마음이 밖으로 드러나게 몸을 움츠리고, 아래만 내려다보면서 살금살금 도망치듯 지나쳤어요. 그러면서도 미쓰코 씨가 화가 난 건 아닐까, 어떤 표정을 하고 있을까 신경이 쓰여서 스칠 때 살짝 안색을 살피곤 했어요. 그런데 미쓰코 씨의 태도는 전과 똑같아서 저를 전혀 불쾌하게 여기지 않는 것 같았어요. 아, 참, 사진을 갖고 왔으니까 이걸 좀 봐주세요. 똑같이 맞춘 옷이 완성되었을 때 기념으로 찍은 건데 신문에도 난 적이 있는 문제의 사진이에요. 이 사진으로도 알 수 있듯이 이렇게 나란히 있으면 저는 미쓰코 씨를 돋보이게 하는 역할밖에 안 되죠? 미쓰코 씨는 센바 쪽 아가씨들 가운데서도 월등히 뛰어난 미인이니까요. (사진을 보니 똑같이 맞춘 옷이라는 게 과연 간사이 지방 여자들이 좋아하는 천박한 색채다. 가키우치 미망인은 머리를 모아 묶은 서양식 헤어스타일, 미쓰코는 시마다 머리*를 했는데, 오사카풍 아가씨 모습이긴 해도

---

* 앞뒤를 조금 볼록하게 만들어 위로 틀어 올린 일본의 전통적인 머리 형태로, 주로 미혼 여성이 했다.

그 눈은 무척 정열적이고 정감이 넘쳤다. 한마디로 연애의 천재라고 해도 좋을, 기개 넘치는 매력적인 눈매였다. 분명 미인이 틀림없고, 자기는 미쓰코를 돋보이게 할 뿐이라는 미망인의 말도 겸손만은 아니었지만 그 얼굴이 과연 양류관음보살의 존안에 부합될지는 의문이었다.) 선생님은 이런 얼굴을 어떻게 생각하세요? 일본식 머리가 잘 어울리죠? 네, 미쓰코 씨 어머님이 일본식 머리를 좋아해서 가끔 이렇게 하고 그대로 학교에도 오곤 했어요. 뭐, 그런 학교니까 교복 같은 것도 없고 일본식으로 머리를 하고 하카마 대신 평상복을 입고 가도 상관없었거든요.* 저는 하카마를 입고 간 적이 없어요. 미쓰코 씨도 가끔 양장을 하는 일은 있었지만 아닐 때는 언제나 평상복이었죠. 이 사진에서는 머리 모양 때문에 저보다 세 살 정도 어려 보이지만 사실은 한 살 연하인 스물셋, 살아 있으면 올해 스물네 살이에요. 그렇지만 키도 미쓰코 씨가 저보다 4, 5센티미터 더 크고, 그리고 예쁜 사람은 자기가 예쁘다는 걸 의식하지 않아도 역시 뭐랄까, 자신감이 태도에 나타나는 법인지, 아니면 이쪽이 꿀려서 그렇게 되는 건지 나중에 친해진 다음에도 나이는 제가 언니지만 늘 동생같이 느껴졌어요.

아까 이야기로 돌아가서, 아직 서로 말도 나누지 않던 시절에 불거진 괴상한 소문이 틀림없이 미쓰코 씨 귀에도 들어갔을 텐데, 미쓰코 씨의 태도는 전하고 전혀 다르지 않더라고요. 사실 저는 그런 소문이 나기 훨씬 전부터 참 아름다운 사람이라는 생각에 미쓰코 씨가 지나가면 슬며시 가까이 가보기도 하곤 했어요. 그쪽에서는 저 같은 건 안

____

* 당시 몇몇 여학교에서는, 교복으로 주름치마같이 생긴 일본의 전통 의상인 '하카마'를 입었다.

중에도 없이 그대로 쓱 지나쳤지만, 저는 미쓰코 씨가 지나간 뒤의 공기까지 깨끗하다고 느꼈어요. 미쓰코 씨가 소문을 들었다면 아무래도 저한테 신경을 쓰지 않을 리 없죠. 기분 나쁜 사람이라고 생각하든 딱하다고 생각하든 뭔가 태도에 나타날 텐데 전혀 그렇지 않더라고요. 그래서 저도 점점 뻔뻔스러워져 다시 가까이 다가가서 얼굴을 보기도 했어요. 그러던 어느 날 점심시간에 휴게소에서 딱 맞닥뜨렸는데, 늘 모른 척 지나쳐버리던 사람이 웬일인지 방긋 웃으면서 눈으로 인사를 하더라고요. 그래서 저도 모르게 이쪽에서도 인사를 했더니 거침없이 성큼성큼 다가와서 "실례가 많았어요. 기분 나쁘게 생각하지 않으셨으면 좋겠어요"라는 게 아니겠어요? "어머나, 무슨 말씀이세요. 저야말로 사과드려야 하는데" 하고 말하자 "아유, 사과라뇨. 당신은 아무것도 모르지만 어쨌든 우리를 골탕먹이려고 하는 사람이 있으니까 조심하세요"라는 거예요. "그게 누구죠?" 하고 묻자 "교장 선생이에요"라고 대답하더니 "여기서는 자세히 말할 수 없으니까 밖에 나가서 점심이라도 같이할래요? 그러면 이것저것 천천히 이야기할 수 있는데"라고 하기에 "어디든 가죠" 하고 둘이서 덴노 사 공원 부근에 있는 레스토랑으로 갔어요. 점심을 먹으면서 미쓰코 씨 말을 들어보니, 우리에 대해 나쁜 소문을 내고 다니는 사람이 사실은 교장이었대요. 그러고 보니 용건도 없는데 교실에 들어와 많은 사람들 앞에서 일부러 저한테 창피를 준 것부터가 이상했어요. 악의가 있어서 한 행동으로밖에는 생각할 수 없었어요. 그렇지만 도대체 왜 교장이 그런 소문을 내고 다니느냐고 물어보았더니 목적은 미쓰코 씨로, 무슨 수를 써서라도 미쓰코 씨의 품행이 나쁘다는 소문이 나게 만들려는 것이었대요.

당시 미쓰코 씨와 혼담이 오가는 사람이 있었는데 상대방은 M이라는, 오사카에서도 유명한 부잣집 아드님이었어요. 미쓰코 씨는 별로 내키지 않았지만 미쓰코 씨 댁에서는 그 혼담이 성사되기를 무척 원했고 상대방 쪽도 꼭 미쓰코 씨를 데려가고 싶어 했대요. 그런데 어떤 시의회 의원 따님도 역시 그 M씨한테 혼담을 넣고 있어서 미쓰코 씨랑 경쟁하는 셈이 되었다고 해요. 미쓰코 씨야 그럴 마음이 없다 해도 시의회 의원 쪽에서는 강적이 나타났다고 생각했겠죠. M씨네 아드님이 미쓰코 씨 미모에 반해서 러브레터를 보냈을 정도이니 강적임에는 틀림없었죠. 그래서 시의회 의원이 사방에 손을 써서 가능한 한 미쓰코 씨의 흠을 잡으려고, 그전에도 꽤 이것저것, 미쓰코 씨한테 남자가 있는 것 같다는 둥 있는 말 없는 말을 사방에 소문내고 다녔다고 하더라고요. 그러다가 안 되겠다고 생각했는지 드디어 학교 쪽에도 손을 써서 교장을 매수했다는 거예요. 아 맞아 맞아, 이야기가 좀 뒤엉켜버렸지만, 그보다 전에 교장이 교사(校舍)를 수리한다고 미쓰코 씨 아버지한테 천 엔*을 잠깐 융통해달라고 한 적이 있었대요. 미쓰코 씨 댁은 돈이 많으니까 천 엔 정도는 아무것도 아니었지만, 공개적으로 기부금을 모은다면 이해가 되지만 잠깐 융통해달라는 것은 이상하다, 또 그만한 건물이 천 엔 정도로 수리될 리도 없는데 도무지 이해가 안 간다면서 아버지께서 거절하셨대요. 미쓰코 씨 말로는 그런 핑계로 돈이 있음직한 학생 집에 돈을 꾸러 다니는 게 교장의 버릇이래요. 빌린 돈은 한 번도 돌려준 적이 없고요. 학교 수리에 돈을 썼다면 또 모

---

* 요즘 시세로 약 200만 엔 정도.

르지만 학교 건물은 돼지우리처럼 더럽고 너덜너덜하고 낡아빠진 걸 황폐한 그대로 내버려두고 있었거든요. 네? 돈은 전부 교장이 생활비로 쓴 거죠. 교장이라고 해도 고토우호칸(高等幇間)* 같은 인물인데다가 부인 역시 학교에서 자수 선생을 하면서 둘이 돈깨나 있는 학생한테 빌붙어서는 일요일마다 소풍을 간다 어쩐다 그런 짓만 하고, 생활이 상당히 화려하더라고요. 돈을 꿔주면 좋아하지만 거절하면 뒤에서 그 학생 험담을 한대요. 즉 미쓰코 씨한테는 그런 원한이 있는데다 특별히 시의회 의원의 부탁을 받았으니 어떤 악랄한 짓이라도 할 수 있었던 거죠. "그러니까 나 골탕먹이는 데 당신을 이용한 거예요"라고 미쓰코 씨가 말하더라고요. "어머나, 그런 깊은 내막이 있었군요. 전혀 몰랐네요. 하지만 나랑 미쓰코 씨는 지금까지 교제한 적도 없는데 너무 지나친 엉터리 아닌가요? 꾸며대는 사람도 사람이지만 모두가 그것을 곧이곧대로 믿는 게 더 황당해요." 제가 말하자 "아유, 당신은 세상을 너무 몰라요"라고 하면서 "소문이 났기 때문에 학교에서는 일부러 둘이 말도 나누지 않는다고, 모두들 그렇게 말하는걸요. 그뿐인 줄 아세요? 지난 일요일에는 우리 둘이 다이키 전철**을 타고 나라에 가는 걸 봤다는 사람까지 있는데요, 뭘" 하더라고요. 제가 어이가 없어서 "어머, 누가 그런 소릴 해요?"라고 묻자, 미쓰코 씨는 "아무래도 교장 부인이 범인 같아요. 정말이지 당신이 생각하는 것보다 열 배 스무 배 더 음험한 사람이니까 조심하세요"라고 대답했

---

* 상류 계급의 연회석에 나가 손님의 비위를 맞추고 흥을 돋우는 것을 업으로 했던 남자.
** 오사카 우에혼마치부터 나라(奈良)까지 다녔던 전철로 현재 긴테쓰나라선(近鐵奈良線)의 전신.

어요.

3

　그러면서 미쓰코 씨가 저한테 미안해죽겠다, 정말 미안하다고 여러 번 말하기에 제가 오히려 딱한 마음이 들어서 "아니에요, 미쓰코 씨는 잘못한 게 없잖아요? 괘씸한 건 교장이지. 교육자라는 사람이 얼마나 비열한지…… 나야 무슨 말을 들어도 상관없지만 미쓰코 씨야말로 아직 시집도 안 간 몸인데 그런 악랄한 사람들의 덫에 걸리지 않게 조심하세요"라고 이쪽에서 여러모로 위로해주었어요. 그랬더니 "오늘은 당신한테 전부 이야기할 수 있어서 속이 다 시원하네요. 이제 마음이 후련해요"라고 하면서 "이렇게 둘이 이야기하는 걸 보면 또 사람들이 이러쿵저러쿵 떠들 테니까 오늘은 이만할까요?"라고 웃었어요. "모처럼 친구가 되었는데 아쉽네요." 저는 그렇게 말하면서, 정말이지 그런 마음이 들어 잠시 우물쭈물했어요. 그랬더니 미쓰코 씨가 "당신만 괜찮다면 친구가 되고 싶은데 언제 한번 우리 집에 놀러 오지 않을래요? 나는 누가 뭐라고 떠들어도 전혀 두렵지 않아요"라고 하는 거예요. "네, 나도 두려울 거 없어요. 너무 시끄럽게 굴면 그깟 학교 관두면 그만이죠" 했더니 "저, 가키우치 씨, 차라리 우리가 친하게 지내서 모두가 놀라는 꼴을 볼까요? 어떻게 생각해요?" 하고 묻더라고요. "네, 좋지요. 교장이 어떤 얼굴을 할지 보고 싶네요"라고 저도 바로 찬성했죠. "재미있겠어요." 미쓰코 씨는 손뼉을 치면서 장난꾸러기처럼 기뻐하고, "정말로 이번 일요일에 둘이 나라에 안 갈래요?" "네, 가요, 가요. 그게 알려지면 엄청난 화제가 될 거예요." 그렇게 우리는 삼십 분인가 한 시간 사이에 완전히 친해져버렸어요.

"지금 학교에 가는 것도 바보 같으니 괜찮으면 극장이라도 갈까요?" 누구라고 할 것도 없이 그런 말이 나와서 그날은 저녁까지 같이 놀다가 미쓰코 씨는 "잠깐 가게에 들렀다 갈게요"라고 신사이바시 거리를 슬슬 걸어서 돌아가고 저는 니혼바시에서 택시를 타고 이마바시 사무실 쪽으로 가서, 늘 하듯이 남편한테 전화해서 한신 전철로 같이 돌아왔어요. 남편이 "당신, 오늘은 왜 이렇게 들떴어? 무슨 기쁜 일이라도 있었어?"라고 묻기에 '역시 다른 때랑 다른가? 미쓰코 씨와 친구가 된 게 이처럼 나를 행복하게 만든 걸까' 하고 혼자 생각했어요. "응, 오늘 정말 좋은 사람하고 친구가 되었거든." "어떤 사람인데?" "어떤 사람이냐면, 정말 예쁜 사람이야. 왜 센바에 있는 도쿠미쓰라는 옷감 도매상 알아? 그 댁 따님이야." "어디서 사귀었는데?" "같은 학교에 다녀. 근데 얼마 전부터 나하고 그 사람에 대한 괴상한 소문이 나서 말이지." 저는 아무것도 켕기는 일이 없으니까 장난 반으로 교장과 싸운 일부터 전부 얘기했어요. 그랬더니 "참 웃기는 학교군. 어쨌든 당신이 그렇게 미인이라고 하니까 나도 한번 만나보고 싶네." 남편도 농담 삼아 그렇게 말하더라고요. "이제 틀림없이 우리 집에도 놀러 올 거야. 이번 일요일에는 같이 나라에 가기로 했는데 가도 돼?" "그럼, 가도 되지." 남편은 그러더니 "교장이 화낼걸?" 하면서 웃었어요.

다음 날 학교에 가니 전날 같이 밥을 먹고 영화를 본 일이 어느 틈에 전부 알려져 "가키우치 씨, 어제 도톤보리 걸었지?" "재미 좋던데?" "도대체 누구야?"라면서 정말이지 다들 말이 많았어요. 그런데 미쓰코 씨는 또 그게 재미있다고 일부러 가까이 와서는 보란 듯이 다정하게 구는 거예요. 그렇게 이삼일이 지나는 동안 우리는 아주 좋은 친구가 됐어요. 교장은 황당했는지 그저 무서운 눈초리로 노려볼 뿐 아무 말도 안 하더라고요. 미쓰코 씨가 "저기, 가키우치 씨, 그 관음보살을 좀 더 날 닮게 그려봐요. 그럼 교장이 뭐라고 할까요?"라고 해서, 전보다 더 미쓰코 씨 비슷하게 그렸지만 교장은 더 이상 교실에 오지 않았어요. 우리는 우쭐해서 "아유, 통쾌해"라고 말했죠.

그렇게 되고 보니 구태여 나라에 갈 필요는 없어졌지만 마침 4월 말인데다 일요일 날씨가 무척 좋았기 때문에 전화로 약속을 정해 우에로쿠 종점에서 만나 오후에는 와카쿠사 산* 근처를 어슬렁어슬렁 걸었어요. 미쓰코 씨는 나이에 비해 퍽 조숙한 면이 있는가 하면 어린 아이처럼 천진난만한 면도 있어서, 귤을 대여섯 개 사 와서는 "이것 좀 봐요" 하면서 산 정상에서 아래쪽으로 귤을 굴렸어요. 그러면 귤이 데굴데굴 굴러가다가 툭 하고 길 건너편 집으로 튀어 들어가곤 했어요. 미쓰코 씨는 재미있어 하면서 오랫동안 그걸 보고 있었어요. "미쓰코 씨, 그러다가는 한이 없으니까 이제 우리 고사리 따러 가요. 고사리랑 뱀밥이 잔뜩 나 있는 곳을 잘 알거든요." 그때부터 저녁나절까지는 고사리랑 고비랑 뱀밥을 잔뜩 땄죠. 아, 장소요? 왜, 와카쿠사 산은 세 개의 산이 겹쳐 있잖아요. 제일 앞산과 바로 다음 산 사이의 움푹한 곳, 그 부근에 잔뜩 나 있어요. 매년 초봄에 마른 풀을 전부 태

---

* 나라 현에 위치한 해발 342미터의 완만한 산.

우기 때문에 와카쿠사 산의 나물은 특별히 맛있거든요. 그러다가 어두워질 즈음 다시 앞산으로 돌아와서는, 너무 지쳐 산중턱에 앉아 쉬면서 잠시 멍하니 있었어요. 그때 "가키우치 씨" 하고 갑자기 미쓰코 씨가 정색을 하며 저를 부르더니 새삼스럽게 "가키우치 씨한테 꼭 고맙다는 인사를 해야 할 일이 있어요"라고 했어요. "뭔데요?" 하고 묻자 "가키우치 씨 덕분에 그 능글맞은 녀석한테 시집 안 가도 될 것 같아요"라고 대답하고는 왠지 히죽히죽 웃더라고요. "어머나, 왜 그렇게 됐어요?" "정말 소문이란 게 빨라서 벌써 나하고 가키우치 씨 이야기를 저쪽에서 알았거든요."

4

"엊저녁에 집에서 그 이야기가 나왔어요." 미쓰코 씨가 말을 이었어요. "어머니가 저를 부르더니 '너 학교에 이런 소문이 났다던데 그게 정말이니?' 하고 묻는 게 아니겠어요? '네, 그런 소문이 있는 건 알지만 어머니는 도대체 어디서 들으셨어요?' '어디서 들은 게 뭐가 중요해? 그보다도 그게 정말이니?' '네, 정말이에요. 그런데 뭐가 이상하다는 거예요? 친구랑 친하게 지내는 게.' 제 말에 어머니는 조금 당황해하시면서 '친구랑 친하게 지내는 건 상관없지만 뭐랄까 좀 망측한 얘기가 들려서.' '망측한 얘기라니, 어떤 일인데요?' '자세한 건 모르지만 나쁜 일을 안 했다면 그런 소문이 날 리 없지 않겠니?' '아아, 뭔지 알겠어요. 친구가요, 제 얼굴이 예쁘다고 모델로 삼았거든요. 그러니까 모두들 우리 둘을 따돌리기 시작하더라고요. 학교란 데가 정말 웃기는 곳이라 조금만 얼굴이 예쁘거나 하면 공연히 미워하니까, 그런 일도 있기는 해요.' 제가 설명했더니 어머니도 점차 이해하시고는 '그렇다면 상관없지만 그래도 그 친구하고만 친하게 지내지 말고 너도 이제부터 중요한 몸이니 쓸데없는 이야기를 듣지 않게 조심해라' 라고 하셨어요. 뭐 그렇게 어머니와 제 이야기는 끝났지만 틀림없이 시의회 의원 아니면 그쪽 사람들이 소문을 듣고 M씨 쪽에 이야기한 게 다시 어머니 귀에 들어온 거예요. 그러니까 아마 혼담은 깨질 거예요." "미쓰코 씨는 그래도 상관없겠지만 어머니는 틀림없이 날 싫어하실 거야. 이제 나하고 사귀지 말라고 말씀하시지는 않을까? 괜한 오해 받기는 싫은데." 저는 신경이 쓰여 말했어요. "그런 걱정은 안 해도 돼요. 사실은 교장이 욕심쟁이라 돈을 안 꿔주면 욕하고 다니는 버릇이 있다는 거랑 시의회 의원한테 매수되었다는 이야기를 전부 어머니께 할까 했는데, 그러면 '그런 못된 사람이 있는 학교라면 그만둬라' 라고 하실 것 같아 말하지 않았어요. 그렇게 되면 가키우치 씨를 못 보게 되잖아요?" "저런, 미쓰코 씨도 보통내기가 아니네." "응, 나도 꽤 똑똑하거든요." 미쓰코 씨는 킥킥 웃었어요. "상대방이 못돼먹었으면 우리도 잘 이용해야 돼요. 안 그러면 손해죠." "미쓰코 씨 혼담이 깨져서 시의회 의원 댁 아가씨는 좋겠네." "그렇다면 가키우치 씨는 양쪽에서 고맙다는 인사를 받아야겠네요." 우리는 산에서 한 시간 이상 이런저런 이야기를 나누었어요. 저는 그때까지 와카쿠사 산에 여러 번 갔었지만 그렇게 날이 저물 때까지 산에 머물렀던 적은 없었기 때문에 땅거미가 지는 광경을 본 건 그때가 처음이었어요. 조금 전까지 근처에 드문드문 보이던 사람들이 어느새 사라지고 꼭대기부터 산기슭까지 인적이 없더라고요. 그날은 사람들이 꽤 많이 봄나들이를 나왔기 때문에 어린 풀이 돋은 완만한 산 중턱에는 먹다 남은 도시락과 귤껍질, 정종 병이 잔뜩 널브러져 있었어요. 하늘은 아직도 희미하게 밝은데 발아래로는 나라의 불빛이 깜빡거리고, 저 멀리 마주 보이는 곳에는 이코마 산의 케이블카 조명이 염주처럼 죽 이어져 있었어요. 보라색 안개 사이로 군데군데 끊겼다 이어지는 반짝이는 불빛을 보고 있으니 왠지 숨이 막힐 것 같더라고요. "어머나, 어느 틈에 밤이 되어버렸네. 퍽 쓸쓸하네요"라고 미쓰코 씨가 말했어요. "혼자였다면 정말이지 무서워서 못 있었을 거야." 제 말에 미쓰코 씨는 "좋아하는 사람과 함께라면 이렇게 쓸쓸한 곳이 더 좋죠, 뭐" 하더니 한숨을 쉬었어요. '나는 미쓰코 씨랑 함께라면 언제까지고 여기 이렇게 있고 싶어.' 직접 말로 하지는 않았지만 저는 그렇게 생각하면서, 땅거미 가운데 다리를 펴고 앉은 미쓰코 씨 옆얼굴을 봤어요. 어두워서 어떤 표정인지는 알 수 없었죠. 그저 미쓰코 씨의 하얀 버선발 너머로 대불전* 용마루 양끝에 달린 장식물이 희미한 하늘빛 아래 빛나고 있었어요. "늦었으니까 돌아가죠" 하고 산에서 내려와 다이키 전철 타는 곳까지 걸어갔더니 그럭저럭 일곱시가 되었더라고요. "나 배고픈데 어떡할래요?" "오늘은 빨리 들어가야 해요. 나라에 간다고 말하지도 않고 나와서." 미쓰코 씨는 시간에 신경을 썼지만 저는 "그렇지만 나는 배고파죽겠는걸. 이왕 늦었는데 밥 먹고 가요" 하고는 억지로 레

---

* 나라 현에 위치한 도다이 사(東大寺)의 중심 건물로, 높이 14미터 73센티미터에 달하는 대불(大佛)을 모셔둔 세계 최대의 목조건물이다.

스토랑에 끌고 들어갔어요. "가키우치 씨 남편은 늦어도 뭐라고 안 하세요?" 밥을 먹으면서 미쓰코 씨가 물었어요. "우리 남편은 그런 거 전혀 간섭 안 해. 그리고 미쓰코 씨랑 친하게 지낸다고 이미 말했는걸." "그랬더니 뭐라고 하세요?" "내가 너무 미쓰코 씨 이야기만 하니까 그렇게 예쁜 사람이라면 한번 보고 싶다고 언젠가 놀러 와달래." "남편이 자상하세요?" "응, 우리 남편은 내가 아무리 제멋대로 굴어도 아무 소리 안 해. 그렇지만 너무 착하니까 가끔은 김빠져." 그때까지 미쓰코 씨한테 제 이야기는 한 번도 한 적이 없었는데, 결혼하게 된 사연이라든가 지난번의 연애 문제라든가 그것 때문에 선생님이 여러 가지로 걱정해주신 일이라든가, 그런 걸 그때 다 털어놓았어요. 미쓰코 씨는 제가 선생님을 안다고 하니까 "어머나, 그분을 아세요?"라고 깜짝 놀라면서 자기도 선생님 소설을 아주 좋아하니까 한번 데려가달라고 했었는데, 늘 '다음에, 다음에'라고 하고는 끝내 못 데려오고 말았네요. "흐음, 그럼 지금은 그 사람하고 안 만나요?" 미쓰코 씨가 열심히 그 이야기를 듣고 싶어 해서 이제는 안 만난다고 하니까 "왜요? 가키우치 씨 말대로 그런 플라토닉 러브라면 만나도 되잖아요? 나는 연애랑 결혼은 별개라고 생각하는데"라고 하며 "남편은 그 일을 전혀 모르세요?" 하고 물었어요. "응, 어렴풋이 눈치챘는지는 몰라도 내 쪽에서는 아무 말도 안 했고, 특별히 문제가 될 일은 없었어." "무척 믿고 있나봐." "그렇다기보다 나를 어린애로 생각하는 거지. 그게 나는 마음에 안 들지만" 하고 저는 미쓰코 씨한테 말했어요.

그날 밤 집에 들어가니 열시 가까이 되었더라고요. "많이 늦었네." 남편이 여느 때와 달리 묘한 얼굴로 말하는데 어딘지 쓸쓸해 보여서 조금 안됐다고 생각했어요. 특별히 나쁜 짓을 한 것도 아닌데 남편이 오래 기다렸다가 그제야 막 밥을 먹은 것 같아서 이상하게 마음에 찔렸고요. 전에 애인을 만나던 때는 열시가 넘어서 들어간 일도 많았지만 그즈음에는 늦은 일이 없었거든요. 남편도 그래서 조금 신경이 쓰인 건지 모르지만, 저도 왠지 연애하던 시절 기분이 들더라고요.

5

아, 참, 맞아. 그때쯤 아까 말씀드렸던 관음보살 그림이 완성되어 남편한테 보여줬어요. "흐음, 미쓰코 씨는 이렇게 생겼군. 우리 와이프치고는 정말 잘 그렸는데?" 남편은 저녁식사 때 그림을 방바닥에 펼쳐놓고 한 젓가락 먹고는 보고 또 한 젓가락 먹고는 보면서 "이렇다면야 정말 그림 같은 미인인데, 정말로 이렇게 예뻐?"라고 미심쩍어하면서 확인을 하더라고요. "그야 이 그림 때문에 모델 문제가 일어났을 정도니까 정말 닮았지. 진짜 미쓰코 씨는 성스러우면서도 조금 육감적인 면이 있지만 동양화로는 그런 느낌은 안 나." 무척 공을 들여서인지 제가 보기에도 잘 그린 것 같았어요. 남편도 계속 걸작이라고 칭찬했고, 어쨌든 저는 그림이라는 걸 배우기 시작한 뒤 그토록 열심히 그린 적이 없었거든요. "차라리 이 그림, 표구하면 어떨까? 완성되거든 미쓰코 씨한테 보러 오라고 하면 좋잖아?" 남편의 말에 저도 '그럴까? 그러면 교토의 표구 가게에 갖고 가서 멋지게 만들어달라고 해야지'라고 생각한 채로 이리저리 바쁘게 지내느라 시간이 흐른 어느 날이었어요. "사실은 이럴 생각인데……" 미쓰코 씨한테 이야기를 했더니 "표구할 거라면 다시 그리면 어떨까? 그건 그것대로 잘 그렸지만, 얼굴은 많이 비슷해도 몸 부분이 좀 다른 것 같아서 말이야" 하더라고요. "다르다니 어디가 어떻게?" "어떻다고 말로 할 수 있는 그런 게 아니야." 미쓰코 씨는 그냥 자기 느낌을 정직하게 말한 것뿐 '내 몸이 훨씬 더 예뻐'라는 식의 자랑하는 의미는 아니었어요. 그렇지만 왠지 불만족스러워 보여서 "그렇다면 언제 한번 미쓰코 씨의 몸을 보여줘"라고 하자 "보여주지, 뭐" 하고 금방 승낙했어요.

그 이야기가 나온 건 학교를 마치고 돌아가는 길 어딘가였을 거예요. "그렇다면 가키우치 씨네 가서 보여줄게" 하고 말한 미쓰코 씨는 제 기억으로 그다음 날 오후, 학교를 조퇴하고 저와 함께 저희 집으로 갔어요. "내가 나체로 있으면 가키우치 씨 남편이 놀라지 않을까?" 미쓰코 씨는 집으로 가는 내내 말했지만 쑥스러워한다기보다는 뭔가 신나는 놀이라도 하려는 장난꾸러기 같았어요. "우리 집에 적당한 방이 있어. 거기라면 아무도 못 봐. 서양식 방이라 문이 잠기거든." 집에 도착하자 저는 미쓰코 씨를 2층 침실로 데려갔어요. "어머나, 방 참 멋지다! 근사한 더블 침대도 있고." 미쓰코 씨는 침대에 걸터앉아 엉덩방아로 스프링을 쿵쿵 울리면서 한동안 창밖의 바다를 바라보았어요. 저희 집은 해안가에 있기 때문에 2층 전망이 무척 좋아요. 동쪽과 남쪽이 모두 유리창이라 아침에는 아주 밝아서 늦게까지 잘 수도 없지요. 날씨가 좋은 날은 소나무 숲 너머 저 멀리로, 바다 건너편 기슈 근처의 산이랑 곤고 산이 보여요. 네? 그럼요, 해수욕도 할 수 있어요. 그 부근의 다른 바다는 조금만 나가면 갑자기 깊어져서 위험하지만 고로엔만큼은 해수욕장 허가가 나서 여름에는 정말이지 사람으로 북적거리죠. 마침 그때가 5월 중순쯤이어서 "빨리 여름이 오면 좋겠다. 그러면 매일이라도 헤엄치러 올 텐데"라고 미쓰코 씨가 말했어요. 그러고는 방 안을 둘러보면서 "나도 결혼하면 이런 침실을 갖고 싶어"라고 했어요. "아이, 미쓰코 씨라면 이런 수준이 아니라 훨씬 더 좋은 데 시집갈 텐데, 뭐." "그렇지만 결혼하고 나면 어떤 침실에서 살든 예쁜 새장에 갇힌 새같이 되는 게 아닐까?" "물론 그런 느낌이 들 때도 있지만." "가키우치 씨, 여기는 부부만의 비밀의 방 아니야? 나를 데리고 왔다고 남편한테 야단맞지 않을까?" "비밀의 방이면 어때? 미쓰코 씨는 특별한데." "그래도 부부의 침실은 신성한 거라고 하던데……" "그렇다면 처녀의 나체도 신성한 건데 여기서 보는 게 가장 적합하지. 마침 빛살도 적당하니까, 빨리 보여줘." 저는 재촉했어요. "바다 쪽에서 누가 보지는 않을까?" "에이, 말도 안 돼. 저렇게 멀리 떨어진 배에서 뭐가 보이겠어?" "그래도 이 방은 전부 유리로 되어 있으니 거기 커튼을 닫아주면 좋겠어." 5월이라고는 해도 눈이 아플 만큼 햇살이 따가운 날이었기 때문에, 열어두었던 유리창을 모두 닫아버리자 방 안은 땀이 줄줄 흐를 만큼 더웠어요. 미쓰코 씨가 관음상 포즈를 취하려면 관음보살의 백의(白衣)를 대신할 하얀 천이 필요하다고 해서 침대의 시트를 벗겨 주었어요. 미쓰코 씨는 옷장 뒤로 가서 허리를 여민 띠를 풀고 머리를 흐트린 다음 다시 예쁘게 손질하고, 벌거벗은 몸에 시트를 관음보살처럼 머리에서부터 느슨하게 걸쳤어요. "자, 봐. 이렇게 하니 가키우치 씨 그림하고는 많이 다르잖아?" 그렇게 말하며 미쓰코 씨는 옷장 문에 달린 거울 앞에 서서 자기의 아름다움에 취했어

요. "아, 정말 아름다워." 저는 이렇게 멋진 보물을 왜 지금까지 저한
테 숨겼는지, 비난하는 마음이 되어 말했어요. 얼굴이야 닮았지만 몸
은 Y코라고 하는 모델을 그렸으니 제 그림은 미쓰코 씨를 안 닮은 게
당연했어요. 동양화 쪽 모델들은 몸보다는 얼굴이 예쁜 사람이 많아
서, Y코라는 모델도 몸매가 그리 좋지 않고 피부도 거칠어서 시커멓
고 탁한 느낌이었거든요. 거기에 익숙해진 제 눈에는 정말이지 미쓰
코 씨의 몸과 Y코의 몸이 눈과 숯덩이만큼 달라 보였어요. "미쓰코
씨, 이렇게 아름다운 몸을 갖고 있으면서 왜 지금까지 숨겼어?" 저는
끝내 원망하는 말을 내뱉고 말았어요. "너무해, 너무해." 그러는 동안
왠지 제 눈에는 눈물이 가득 고였어요. 저는 미쓰코 씨를 뒤에서 부둥
켜안은 채 하얀 시트를 걸친 그녀의 어깨 위에 눈물이 흐르는 얼굴을
올려놓고 같이 거울을 들여다봤어요. "아이, 왜 그래." 미쓰코 씨는
거울에 비친 제 눈물을 보고 어이가 없다는 듯 말했어요. "나는 너무
아름다운 걸 보면 감격해서 눈물이 나거든." 저는 그렇게 말하고는 한
없이 흐르는 눈물을 닦을 생각도 하지 않고 언제까지나 미쓰코 씨를
꽉 부둥켜안고 있었어요.

6

"자, 이제 됐죠? 나 옷 입을게" 하는 걸 "싫어, 싫어. 더 보여줘"라
며 저는 어리광을 부리듯 고개를 흔들면서 졸랐어요. "아유, 웃겨. 이
렇게 계속 발가벗고 있으면 어쩌라고." "어쩌기는. 아직 진짜 발가벗

은 게 아니잖아. 이 하얀 것만 벗겨버리면!" 그렇게 말하고 제가 갑자기 어깨에 걸친 시트를 붙잡자 미쓰코 씨는 "하지 마! 하지 마!" 소리치면서 기를 쓰고 안 뺏기려고 했는데, 그러다가 시트가 쭉 찢어져버렸어요. 저는 욱해서 분한 눈물을 가득 머금고 "그럼, 다 필요 없어. 미쓰코 씨가 그렇게 남 대하듯 나를 대할 줄은 몰랐어. 이제 됐어. 이제 오늘부로 친구도 뭣도 아니야" 하고 말한 뒤 찢어진 시트를 이로 갈기갈기 찢었어요. "왜 이래, 미쳤어?" "나는 미쓰코 씨같이 박정한 사람은 몰라. 지난번에는 이제 서로 숨기는 일이 일절 없기로 약속했잖아? 이 거짓말쟁이!" 정말이지 제정신이 아니었는지, 저는 그때 일을 기억 못하지만 나중에 들어보니 새파랗게 질려 부들부들 몸을 떨면서 미쓰코 씨를 노려보는 얼굴이 진짜로 미친 것 같았대요. 미쓰코 씨는 저를 물끄러미 보면서 떨고 있었는데, 아까까지의 고귀한 관음보살 포즈는 무너지고 부끄러운 듯이 양쪽 어깨를 가리고 한쪽 발을 다른 발 위에 겹쳐 무릎을 살짝 구부리고 선 모습이 가엾고도 아름답게 보였어요. 조금 안됐다는 생각은 들었지만 찢어진 시트 사이로 소복하게 올라온 하얀 어깨를 보자 한층 더 잔인하게 갈가리 찢어버리고 싶어져서 정신없이 덤벼들어 거칠게 시트를 벗겼어요. 진지한 제 모습에 미쓰코 씨도 압도당했는지 아무 말 없이 제가 하는 대로 가만히 있더군요. 우리는 그저 서로 미워죽겠다는 듯 상대방 얼굴을 무섭게 노려보았어요. 저는 드디어 뜻대로 됐다는 냉랭하고도 심술궂은 승리의 미소를 입가에 띠고 미쓰코 씨가 두른 시트를 조금씩 풀어갔어요. 점차 신성한 처녀의 조각상이 나타나자 승리감은 어느 틈에 경탄의 소리로 바뀌어갔어요. "아, 미워. 이렇게 예쁜 몸매를 하고 있다니! 차라리 죽여버리고 싶어." 저는 그렇게 말하고 한쪽 손으로 미쓰코 씨의 떨리는 손목을 꽉 쥔 채 다른 손으로는 얼굴을 끌어당겨 제 입술을 갖다 댔어요. 그러자 미쓰코 씨도 "죽여줘, 죽여줘. 차라리 당신 손에 죽고 싶어"라고 광기 어린 목소리를 내더니, 뜨거운 숨결로 제 얼굴을 덮었어요. 미쓰코 씨 볼에 눈물이 흐르는 게 보였어요. 우리 둘은 서로 끌어안고 누구의 눈물인지 모를 눈물을 삼켰어요.

그날 특별히 무슨 일을 저지르겠다는 계획은 없었지만 미쓰코 씨를 집에 데려온다는 말을 남편한테 안 했기 때문에 남편은 제가 학교에서 돌아오는 길에 사무실에 들를 줄 알고 늦게까지 기다렸대요. 그런데 아무리 시간이 지나도 제가 오지 않자 집에 전화를 걸었더라고요. "그렇다면 미리 알려주면 좋잖아. 오래 기다렸다고." "어머, 깜빡했네. 미안. 갑자기 이야기가 된 거라서." "그래, 미쓰코 씨는 아직 집에 있나?" "응, 아직 있지만 곧 갈 거야." "조금만 붙잡아둬. 금방 들어갈게." "그러면 가능한 한 빨리 와." 입으로는 그렇게 말했지만 마음속으로는 남편이 돌아오는 게 왠지 싫었어요. 침실에서의 일로 제 마음에는 행복이 넘쳐흘렀고, 정말 즐거운 날이라는 생각에 발이 둥실 뜬 것처럼 들뜨고 사소한 일에도 바로 심장이 쿵쿵 방망이질을 했거든요. 그런데 남편이 돌아오면 모처럼의 그 행복에 금이 갈 것 같았어요. 저는 그저 미쓰코 씨와 단둘이 끝없는 이야기를 나누고 싶었어요. 아니, 이야기 같은 건 안 해도 상관없었죠. 그저 잠자코 미쓰코 씨 얼굴만 바라보고 있으면 그 사람 곁에 있는 것만으로도 한없는 행복으로 가슴이 벅차올랐어요. "저, 미쓰코 씨. 방금 전화가 왔는데 남편이 돌아온대. 어떡할래?" "어머나, 어떡하지?" 미쓰코 씨는 당황해서 옷을 급히 입었어요. 어느덧 저녁 다섯시경이 되었는데 그때까지 두세 시간 동안 시트 하나만 두르고 있었거든요. "뵙지 않으면 안 될까?" "미쓰코 씨를 만나고 싶다는데…… 이제 곧 돌아올 테니까 기다리면 어때?" 저는 그렇게 말하며 붙잡기는 했지만 사실은 남편이 돌아오기 전에 미쓰코 씨가 빨리 가줬으면 했어요. 하루를 완벽하게 행복한 날로 마감하고 싶었고, 모처럼의 아름다운 기억을 제삼자 때문에 더럽히고 싶지 않았거든요. 그런 마음이어서 남편이 돌아왔을 때는 자연히 불만의 기색이 얼굴에 드러났고 묘하게 울적했어요. 미쓰코 씨도 제가 그런 상태인데다 남편을 처음 만나는 것이기도 하고, 다소 켕기기도 했는지 별로 말이 없었어요. 세 명이 모두 따분해하면서 각자 다른 일을 생각하는 꼴이었죠. 저는 방해당한 게 점점 더 화가 나고 남편이 밉게 느껴졌어요. "둘이서 뭐 하고 놀았어?" 남편이 미쓰코 씨 체면을 생각했는지 질문을 던졌어요. "오늘은 침실을 아틀리에로 썼어." 저는 일부러 가볍게 대답했어요. "관음보살 그림을 다시 그리려고 미쓰코 씨한테 모델이 되어달라고 부탁했거든." "신통치도 않은 그림을 그리는 주제에 모델한테 폐가 많네." "그렇지만 모델의 명예 회복을 위해 다시 그리는 거니까, 뭐." "당신이 아무리 다시 그려봤자 엉망으로 만들 뿐이겠지. 모델 쪽이 훨씬 더 아름다운데." 부부가 그런 이야기를 하는 동안 미쓰코 씨는 부끄러운 듯 아래를 내려다보고 쿡쿡 웃을 뿐이어서 도무지 이야기가 활기를 띠지 못했어요.

7

여기에 그 당시 주고받았던 편지를 가져왔으니 한번 읽어봐주세요. 이 편지 말고도 많지만 도저히 전부 갖고 올 수가 없어서 그중 극히 일부분, 재미있겠다 싶은 것만 골라 왔어요. 이쪽이 처음인데 대개 순서대로 되어 있으니 이것부터 읽어주세요. 미쓰코 씨가 저한테 보낸 건 하나도 빠짐없이 소중하게 간직했어요. 제가 미쓰코 씨한테 보낸 편지가 섞여 있는 건, 나중에 말씀드리겠지만 사정이 있어서 그쪽 댁에서 다시 받아온 거예요. (가키우치 미망인이 극히 일부라고 한 그 편지들은 사방 24센티미터 정도 크기의 실크 보자기에 터질 만큼 잔뜩 들어 있었다. 보자기 끝을 간신히 묶어놓은 작고 단단한 매듭을 푸느라 그녀의 손가락 끝이 벌게졌다. 그 모습은 마치 매듭을 꼬집는 것처럼 보였다. 마침내 편지가 쏟아져 나오자 온갖 종류의 색종이가 넘쳐흐르는 것 같았다. 편지들이 한결같이 요염한 극채색 무늬가 그려진 봉투에 들어 있었기 때문이다. 봉투는 부인용 편지지를 네 번 접어야 겨우 넣을 수 있을 만큼 작았고 겉면에는 네다섯 가지 색으로 다케히사 유메시*풍의 미인화, 달맞이꽃, 은방울꽃, 튤립 등이 인쇄되어 있었다. 나는 그걸 보고 놀랐다. 아마 도쿄 여자들은 이렇게 야한 봉투에 대한 취미는 결코 없을 것이다. 비록 러브레터라 하더라도 도쿄 여자들은 좀 더 단순한 무늬를 선호한다. 그녀들한테 이런 걸 보이면 악취미라고 하면서 경멸할 게 뻔하다. 도쿄 남자 역시 애인한테서 이

---

* 다이쇼 시대의 화가이자 시인. 나른하면서도 애수에 잠긴 듯한, 독특한 매력을 가진 미인화로 유명하다.

런 봉투의 러브레터를 받으면 하루아침에 정나미가 떨어질 것이다. 아무튼 그 자극적이고 야한 악취미는 과연 오사카 여자다웠다. 그리고 그것이 사랑하는 두 여자가 주고받은 편지라는 사실을 생각하니 한층 더 악취미로 느껴졌다. 그 편지 가운데서 이야기의 진상을 아는 데 참고가 될 만한 몇 통만 인용하겠다. 그 참에 편지지 무늬에 대해서도 하나하나 소개하려 한다. 편지지 무늬가 때로는 편지 내용보다 두 사람의 사랑의 배경으로 가치가 있기 때문이다.)

(5월 6일, 가키우치 부인 소노코가 미쓰코에게. 봉투 길이 12센티미터, 폭 6.3센티미터, 핑크색 바탕에 체리와 하트 무늬가 있다. 체리는 모두 다섯 개, 까만 줄기에 새빨간 열매가 달려 있다. 하트는 열 개인데 두 개씩 겹쳐 있다. 위쪽 하트는 연보라색, 아래는 금색. 봉투 위와 아래에 금빛 톱니무늬가 있다. 편지지는 극히 흐린 연녹색 바탕에 담쟁이덩굴 무늬가 인쇄되어 있고 은색 점선이 그어져 있다. 소노코 부인의 펜글씨는 여성들이 부드럽게 흘려 쓰는 간략체를 썼는데 능란한 것으로 보아 꽤 습자 연습을 한 게 틀림없고 여학교에서는 나름대로 글씨를 잘 쓰는 편이었을 것이다. 오노 가도*의 서풍에서 좀 더 흐물흐물한 느낌의, 좋게 말하면 유려하고 나쁘게 말하면 빤들빤들한 글씨체로, 신기할 만큼 봉투의 그림과 딱 어울린다.)

호드득 호드득…… 오늘 밤은 5월의 비가 조용히 내리네요. 나는 지금 미쓰코 씨가 짠 빨간 스웨이드가 늘어진 스탠드의 그늘 아

---

* 다이쇼, 메이지 시대를 대표하는 서예가.

래에서, 책상 앞에 가만히 앉아 창밖의 오동꽃에 떨어지는 빗소리를 듣고 있습니다. 왠지 찌무룩한 밤이지만 처마 끝을 따라 떨어지는 빗방울 소리에 조용히 귀를 기울이면 생각 탓인지 다정한 속삭임처럼 들립니다. 호드득 호드득…… 뭐라고 속삭이는 걸까? 호드득 호드득…… 아 그래, 미쓰코 미쓰코 미쓰코…… 그리운 사람의 이름을 부르고 있네. 도쿠미쓰 도쿠미쓰…… 미쓰코 미쓰코…… 도쿠, 도쿠, 도쿠…… 미쓰, 미쓰, 미쓰…… 나는 어느 틈엔지 펜을 들고 왼쪽 손가락 끝에 '도쿠미쓰(德光)'라는 글씨와 '미쓰코(光子)'라는 글씨를 수없이 쓰고 있었습니다. 엄지손가락부터 새끼손가락까지 차례차례……

미안, 이런 쓸데없는 이야기를 써서.

매일 얼굴을 볼 수 있는데 편지를 쓰다니 우습지? 하지만 학교에서는 가까이 가는 게 쑥스럽고 왠지 꺼림칙한걸. 그리고 보면 이렇게 되기 전에는 일부러 붙어 다니면서 보란 듯이 행동하곤 했는데, 소문이 사실이 되고부터 오히려 남의 눈을 신경 쓰다니 역시 나는 소심한가봐. 아, 제발 좀 더 강해지고 싶어. 더, 더…… 하느님도 부처님도 부모님도 님편도 두려워하시 않을 만큼 강하게, 강하게……

내일 오후는 다도 수업? 그러면 세시에 우리 집에 안 들를래? 내일 학교에서 예스인지 노인지 알려줘. 지난번처럼 신호를 보내줘. 꼭이야 꼭, 꼭 와줘! 지금도 테이블에 놓인 유리 화병에서 꽃봉오리가 벌어지려 하는 하얀 작약이 나와 함께 가냘픈 한숨을 쉬면서 미쓰코 씨가 오기를 기다리고 있어요. 실망시키면 귀여운 작약이

읍니다. 옷장의 거울도 미쓰코 씨 모습을 비추고 싶다네요. 그럼 꼭이야!

내일 점심시간에 나는 언제나처럼 운동장 플라타너스 밑에 서 있을게. 신호해주는 걸 잊어서는 안 돼.

소노

미쓰님께*

(5월 11일, 미쓰코가 소노코에게. 봉투 길이 13.5센티미터, 폭 7.8센티미터. 핑크색 바탕 중앙에 폭 3.4센티미터 정도 넓이의 바둑무늬가 있고, 그 가운데에 네 잎 클로버가 흩어져 있다. 아래쪽에는 트럼프 모양이 두 장, 하트의 1과 스페이드의 6이 겹쳐 있다. 바둑무늬와 클로버는 은색, 하트는 빨간색, 스페이드는 까만색, 편지지는 짙은 갈색의 무지無地이고, 오른쪽 끝부터 비스듬하게 하얀 잉크로 펜글씨가 쓰여 있다. 필적은 소노코보다 서투르고 차분하지 못해 갈겨 쓴 것처럼 보이지만 이쪽 편이 글씨도 크고 꾸민 티가 없어서 생생하고 자유분방한 느낌을 준다.)

언니,

미쓰는 오늘 하루 종일 기분이 안 좋았어. 도코노마**의 꽃을 쥐어뜯기도 하고 죄도 없는 오우메(주로 미쓰코의 시중을 드는 하녀

---

* 세로쓰기를 주로 하는 일본에서는 받는 사람의 이름을 맨 끝에 쓰기 때문에 미쓰코의 이름이 맨 아래쪽에 쓰여 있다.
** 일본 건축에서, 객실인 다다미방의 정면에 바닥을 한 층 높여 만들어놓은 장식대.

의 이름)를 야단치기도 하고. 미쓰는 일요일만 되면 기분이 안 좋
아. 왜냐하면 하루 종일 언니를 못 보니까. 왜 남편이 있을 때는 놀
러 가면 안 되는 거야? 전화 정도는 괜찮겠지 싶어서 아까 전화를
걸었더니 남편하고 같이 나루오에 딸기를 따러 가서 안 계시대요!
흥, 재미있게 노세요!
　너무해, 너무해!
　해도 너무해!
　미쓰는 혼자 웁니다.
　아아아,
　너무 분하니까 더 이상 아무 말도 안 할래.

Ta Sœur Clair

Ma Chère Sœur Mlle. Jardin

　(이 글에서 'Ta Sœur'는 프랑스어로 'Your Sister'라는 뜻이다.
'Clair'는 빛光에서 따온 말로 미쓰코光子를 의미하는 것이리라. 'Ma
Chère Sœur'는 'My Dear Sister'. 'Mlle. Jardin'은 'Miss Garden'으
로 소노코園子라는 의미. '마담 자르댕'으로 하지 않고 '마드무아젤
자르댕'으로 한 것에 대해서는 이름 밑에 이렇게 추신이 붙어 있다.)

　나는 언니를 마담이라고 부르지 않을 거야.
　'사모님'이라니. 아유, 징그러워! 생각만 해도 소름이 끼쳐!
　그렇지만 이런 이야기 언니 남편이 알면 안 되겠지?
　Be careful!

언니는 왜 편지에 '소노코'라고 쓰는 거야? 왜 '언니가'라고 해 주지 않는 거야?

(5월 18일, 소노코가 미쓰코에게. 봉투 길이 12센티미터, 폭 7.2센티미터 정도. 그림은 가로로 그려져 있다. 사슴 등에 있는 흰 얼룩처럼 진홍색 바탕에 드문드문 은색 점선이 있고, 아래쪽에는 커다란 벚꽃 잎 세 장의 끄트머리가 보인다. 그 위에는 연회석에서 춤추는 무희의 뒷모습을 절반만 그려놓았다. 빨강, 보라, 검정, 은색, 청색의 다섯 가지 색을 아주 짙게 인쇄해서, 그 위에 글씨를 쓰면 알아보기 어렵기 때문에 이름은 뒷면에 쓰여 있다. 편지지는 길이 21센티미터, 폭 13.5 센티미터 크기에 2.4센티미터 정도의 하얀 백합꽃이 왼쪽으로 기울어져 있고, 백합꽃 주변은 연분홍색으로 선염이 되어 있다. 따라서 줄이 그어진 부분은 지면의 3분의 1밖에 되지 않는다. 거기에 4호 활자보다 더 작고 가느다란 글씨로 쓰여 있다.)

드디어 터졌어. 언젠가는 닥칠 거라고 각오했던 일이…… 드디어 터져버렸어.

어제는 무척 격렬했어. 미쓰 씨가 봤다면 깜짝 놀랐을걸. 우리 부부는—아 미안, 우리라니—남편도 나도 오랜만에 격렬하게 싸웠어. 아니, 오랜만은커녕 이런 일은 결혼한 이래 처음이야. 지난번에 문제가 있었을 때도 어젯밤처럼 격하게 말싸움을 한 적은 없었는데. 점잖고 착한 사람이 그렇게 화를 내다니! 하긴 무리가 아닐지도 몰라. 지금 생각해도 내가 진짜 못된 소리를 했거든. 왜 나는 남편한테는 그렇게 뚱고집이 되는 걸까? 게다가 어제는 특히 세게 나 갔어. 어떻게 된 셈인지 나, 이번에는 전혀 미안한 생각도 들지 않 아. 남편도 꽤 험한 말을 했거든. 불량소녀라느니, 뱀파이어라느니, 문학 중독이라느니. 온갖 욕을 하고 그걸로도 부족한지 미쓰 씨한 테까지도 '침실의 침입자'라느니, '가정의 파괴자'라느니. 나한테 만 그러면 용서할 수도 있지만 미쓰 씨를 들먹이기에 더 이상 참을 수가 없었어. "내가 불량소녀라면 왜 이런 사람을 아내로 삼았어? 당신은 남자답지 못해. 우리 집에서 학비를 대주니까 나를 좋아하 지도 않으면서 결혼한 거 아냐. 내가 제멋대로라는 건 처음부터 알 고 있었잖아. 당신은 비겁해. 배짱도 없는 사람이야"라고 나도 남편 을 실컷 깎아내렸지. 그랬더니 갑자기 재떨이를 쳐들기에 폭력을 휘두르나 했더니, 벽에 내던지고 나서 얼굴이 새파래진 채 입을 다 물었어. "내 몸에 상처만 내봐. 나도 생각이 있으니까." 내가 그렇 게 말하는데도 잠자코 있더라고. 그때부터 지금까지 남편하고는 한 마디도 안 했어……

이 편지에 쓴 말다툼에 대해서는 좀 더 선생님께 드릴 말씀이 있어 요. 전에 말씀드렸는지 모르지만 저랑 남편은 아무래도 성격이 안 맞 아요. 게다가 어딘지 생리적으로도 다른 것 같아 결혼하고 나서 정말 로 즐거운 부부 생활을 맛본 적이 없어요. 남편은 "그건 네가 제멋대 로이기 때문이야. 성격이 안 맞는 게 아니라고. 맞추지 않으려고 하는 거지. 나는 너랑 맞추려고 애쓰는데 네가 그런 마음가짐을 안 갖는 게 잘못이야. 세상의 부부 중 그렇게 이상적인 부부가 어디 있어. 곁에서 보면 원만해 보여도 내실을 알고 보면 불만 없는 사람은 없어. 우리도 남들이 보면 부럽게 보일지 모르고 일반적인 기준으로는 행복한 편인지도 모르지. 너는 세상 물정 모르는 아가씨니까 자기가 행복하다는 사실을 깨닫지 못하고 이러쿵저러쿵 사치스러운 소리를 늘어놓는 거야. 너 같은 인간은 아무리 완벽한 남편을 만나도 만족한다고 할 리가 없어"라고 늘 말하는데, 저는 남편이 세상을 전부 깨친 듯 체념하며 말하는 게 맘에 들지 않거든요. 그래서 "당신은 조금도 번민이라는 걸 해본 적이 없을 거야. 당신이라는 사람한테는 인간다운 구석이 없어"라고 공격하곤 했죠. 남편은 제 성격에 맞추려고 노력한다지만 그게 정말로 마음을 맞추려는 게 아니고 저를 어린애 취급 하면서 적당히 어르는 것 같아 그 태도에도 약이 올라죽겠더라고요. "당신은 대학에서 공부를 잘했다니 나 같은 건 퍽 유치해 보이겠지만 내 입장에서 보면 당신은 화석 같은 사람이야"라고 말한 적도 있어요. 도대체 이 사람 가슴에 열정이라는 게 있을까? 이 사람도 울기도 하고 화내기도 하고 놀라기도 할까? 남편의 차가운 성격에 풀 길 없는 쓸쓸함을 품다보니 저도 어느 틈엔지 못된 마음을 품게 되어 그게 지난번 사건이랑 미쓰코 씨 일 등, 여러 가지 사건을 일으킨 원인이 되었던 거예요.

8

　그렇지만 지난번 일은 결혼하고 얼마 안 됐을 때였고, 그때만 해도 처녀 시절의 천진함이 남아 있었기 때문에 지금보다는 순진하고 소심해서 남편한테 미안한 마음이 강했지만, 편지에도 썼듯이 미쓰코 씨와의 일은 도통 그런 마음이 들지 않더라고요. 저도 사실 남편 모르게 마음고생을 많이 해서 점점 세상 물정에 밝아지고 교활해졌는데, 남편은 그걸 모르고 여전히 저를 어린아이로 생각했어요. 저는 처음에는 그게 무척 분했지만 분하게 여길수록 제가 더 우스워지는 것 같아서 '좋아, 나를 어린애로 생각한다면 끝까지 그렇게 생각하게 두고 방심하게 하자'는 마음으로 점차 변해갔어요. 겉으로는 어린애처럼 곤란한 일이 생기면 떼를 쓰기도 하고 어리광을 부리기도 하면서, 마음속으로는 '흥, 사람을 얕잡아 보고 우쭐거리는군. 당신이야말로 사람 좋은 도련님에 지나지 않아. 당신 같은 사람 속이는 건 아무것도 아니야'라고 비웃게 되더니 나중에는 그게 재미있어서 한마디에 금방 울기도 하고 소리 지르기도 하고, 제가 생각해도 앞날이 두려울 만큼 연기가 능숙해졌죠…… 선생님은 이런 일을 잘 아시겠지만, 정말 인간의 마음이라는 건 환경에 따라서 엄청나게 바뀌더라고요. 예전 같으면 흠칫하면서 '아아, 이런 일을 저지르는 게 아니었는데' 하고 후회했을 일에도, 반항적으로 '뭐야, 배알도 없어? 이까짓 일을 두려워하면 어떡해'라고 제가 먼저 제 소심함을 비웃게 되고…… 게다가 '남편 몰래 다른 남자를 사랑하는 건 안 되지만 여자가 여자를 사랑하는 거야 뭐, 어때? 동성끼리 아무리 친하게 지내도 남편이 뭐라고 할 권리는 없어'라며, 늘 그런 구실로 제 마음을 속였어요. 사실 제가 미쓰코 씨를 사랑하는 정도는 그전 사람을 좋아했던 마음보다 열 배, 스무 배…… 백 배, 이백 배 더 강렬했지만……

제가 그렇게 대담해졌던 이유 중 하나는 남편이 학창 시절부터 정말 말할 수 없을 만큼 품행이 방정한 공부벌레인데다 상식만 내세우는 사람이었기 때문이에요. 친정아버지가 그 점을 높이 사서 사위로 삼았을 정도니까요. 조금이라도 별나거나 일상적이지 않은 일은 이해를 못하는 사람이니 저와 미쓰코 씨 관계도 쉽게 알아차리지 못하고 역시 그냥 친한 친구로 여길 거라고 대수롭지 않게 생각했어요. 처음에는 남편도 그런 일이 있으리라고는 꿈에도 상상하지 못했겠지만 점점 뭔가 이상하다고 느꼈겠죠. 그도 그럴 것이 전에는 학교에서 돌아가는 길에 사무실에 들러 남편한테 같이 가자고 하던 사람이 혼자 먼저 돌아가지를 않나, 사흘에 한 번 정도는 꼭 집에 미쓰코 씨가 와서 둘이 오랫동안 틀어박혀 있곤 했으니까요. 모델을 하러 온다지만 무슨 짓을 하는지 아무리 시간이 지나도 그림은 완성되지 않으니 이상하다고 생각하는 게 당연했어요. "저 미쓰 씨, 요새 남편이 어렴풋하게 눈치챈 거 같아. 조심해야겠어. 오늘은 내가 미쓰 씨네로 갈게" 하고는 제가 미쓰코 씨네 집으로 간 일도 있었어요…… 네, 학교에서 났던 묘한 소문이 사실은 시의회 의원의 중상이었다는 게 밝혀져 미쓰코 씨 어머니는 저를 전혀 의심하지 않았어요. 저도 신용이 떨어지면 안 되니까 방문할 때마다 어머니의 비위를 잘 맞췄죠. 미쓰코 씨의 어머니는 "가키우치 부인, 부인"이라고 저를 부르면서 "좋은 친구가 생겨서 잘됐어요"라고 하셨어요. 그러니까 매일 놀러 가거나 전화를 걸어도 상관은 없었지만…… 어머니 외에 그 편지에 있는 '오우메'라는 시중드는 하녀도 있고, 이런저런 눈들이 있어서 저희 집에서처럼은 못했어요. "역시 안 되겠어. 모처럼 어머니가 언니를 신뢰하고 있

는데 쓸데없는 짓을 하다가는 귀찮은 일이 생길 거야." 미쓰코 씨가
말하고는 "맞아 맞아, 다카라즈카에 새로 생긴 온천에 가면 어떨까?"
라고 해서 우리는 다카라즈카에 가기로 했어요. 가족탕에 들어가며
미쓰코 씨가 "언니 못됐어. 왜 내 몸만 계속 보여달라고 하고 언니는
전혀 안 보여주는 거야?" 하기에 "일부러 그런 게 아니야. 미쓰 씨가
너무 하얘서 부끄러워서 그래. 미쓰 씨, 이런 시커먼 몸을 봐도 정떨
어지면 안 돼." 저는 말했지만 정말이지 제 몸을 처음 미쓰코 씨한테
보였을 때는 나란히 서 있기도 싫었어요. 미쓰코 씨는 살갗이 유별나
게 하얄 뿐 아니라 몸매의 균형도 잘 잡혀 있어서 늘씬했는데, 그 몸
에 제 몸을 비교하니 갑자기 못생겨 보이더라고요…… "언니도 예뻐.
나하고 전혀 다르지 않아"라고 미쓰 씨가 말해줘서 나중에는 그 말을
사실로 받아들이고 아무런 생각도 하지 않았지만…… 처음에는 제
몸이 움츠러드는 것 같았어요.

　그리고 왜, 그전 일요일에 남편하고 딸기 따러 간 일을 미쓰코 씨가
편지에 썼잖아요? 그날은 사실, 다카라즈카에 또 가고 싶다고 생각하
고 있던 참에 "어때? 오늘은 날씨도 좋은데 나루오에 안 갈래?"라고
남편이 말해서 가끔은 남편 비위도 맞춰줘야 할 것 같아서 내키지 않
으면서도 따라갔던 거예요. 하지만 마음이 미쓰코 씨한테 가 있으니
전혀 재미가 없었어요. 그리움이 사무칠수록 이런저런 말을 거는 남
편이 귀찮고 화가 나서 제대로 대답도 하지 않고 하루 종일 뚱하니 있
었죠. 그래서 그때부터 남편이 저를 한번 혼내줘야겠다고 별렀던 것
같아요. 그렇지만 늘 왠지 그냥 우울한 얼굴을 하고 있을 뿐 희로애락
을 좀처럼 겉으로 드러내지 않는 사람이라 저는 설마하니 그렇게까지

화가 난 줄은 몰랐어요. 저녁에 돌아갔더니 집을 비운 사이에 미쓰코 씨한테서 전화가 왔었다고 해서, 또 저는 기분이 나빠져서 남편이랑 집안사람들한테 마구 역정을 냈어요. 그다음 날 아침에 미쓰코 씨한테서 원망의 편지를 받은 저는 바로 전화를 걸어 한큐 전철 우메다 역에서 미쓰코 씨를 만나 학교는 빼먹고 그대로 다카라즈카에 갔어요. 일주일 정도는 하루도 안 빼고 계속 다카라즈카에 같이 갔어요. 맞아 맞아, 아까 그 사진, 같이 맞춘 옷이 마침 그때 다 되어서 입고 찍은 기념사진이에요…… 그러고 나서 딸기 따러 간 날부터 닷새인가 엿새가 지난 날, 2층에서 여느 때처럼 이야기를 나누고 있었는데 세시가 조금 지났을 때 하녀가 당황한 모습으로 계단을 뛰어올라오더니 "주인아저씨께서 돌아오셨어요!"라고 말했어요. "뭐? 왜 이런 시간에?" 어찌할 바를 몰라 허둥대고 "미쓰 씨, 빨리, 빨리" 하면서 어색한 얼굴로 아래층에 내려갔어요. 남편은 그동안 양복을 여름 홑겹 옷으로 갈아입었더라고요. 우리를 보더니 순간 불쾌한 얼굴이 되었지만, 바로 태연하게 "오늘은 일이 없어서 일찍 퇴근했어. 당신들도 학교를 빠졌군. 차를 끓이고 맛있는 과자라도 내오지그래? 손님도 계시는데……" 하더라고요. 셋이서 시시한 잡담을 하면서 아무 일 없는 듯 마무리 짓긴 했지만, 그때 미쓰코 씨가 깜빡 저를 "언니"라고 불러서* 가슴이 철렁했어요. 저는 평소 "미쓰 씨, 나를 언니라고 부르지 말고 소노 씨라고 부르면 좋겠어. 자칫 버릇이 돼서 남 앞에서도 불쑥 튀어나오면 어떡해"라고 늘 말했지만 그러면 미쓰코 씨는 기분 나빠

---

* 일본에서는 일반적으로 피붙이가 아닌 한 언니, 동생, 형님, 아우라는 호칭을 쓰지 않기 때문에 언니라고 부르면 동성연애를 한다는 의심을 받을 수 있다.

하면서 "싫어 싫어, 남남같이 왜 그래? 언니는 나한테 언니라는 말 듣는 게 싫어?"라며 "제발 언니라고 부르게 해줘! 남이 있을 때는 조심할게!"라고 했었거든요. 결국 그 자리에서 불쑥 말이 튀어나온 거죠. 미쓰코 씨가 돌아간 뒤 남편도 저도 어금니에 뭔가 낀 것처럼 불편했어요. 다음 날 저녁, 식사를 마친 남편이 "나는 아무래도 요즘 당신 행동이 납득이 안 가. 뭔가 꿍꿍이가 있는 거 아냐?"라고 문득 생각난 듯이 묻더라고요. "납득이 안 간다니 뭐가? 무슨 말인지 전혀 모르겠어" 했더니, "당신, 그 미쓰코라는 사람이랑 굉장히 사이가 좋아 보이던데 도대체 그 사람을 어떻게 생각하는 거야?"라고 묻는 거예요. "뭘 어떻게 생각해? 나는 미쓰코 씨가 굉장히 좋아. 그래서 친하게 지내는 거야." "좋아하는 줄은 알아. 어떤 의미로 좋아하느냐는 거지." "좋아하는 건 감정의 문제인데 이유가 있어?" 저는 약점을 안 잡히려고 일부러 도전적으로 나갔어요. 남편은 "그렇게 말을 툭툭 내뱉지 말고 좀 차분하게, 내가 알아듣게 설명해주면 좋잖아" 하더니, "좋아하는데도 여러 가지 의미가 있지. 학교에서 그런 소문이 나기도 했으니 오해를 받으면 안 좋다고 생각해서 묻는 거야"라고 말했어요. "만일 소문이 세상에 퍼져봐. 미쓰코 씨보다 당신 책임이 더 커. 당신은 나이도 위이고 남편도 있으니 말이야. 그렇게 되면 미쓰코 씨 부모님한테도 드릴 말씀이 없지 않겠어? 당신뿐 아니야. 나도 모른 척 보고만 있었다는 말을 들으면 나중에 할 말이 없잖아." 남편 말 한 마디 한 마디가 가슴을 찔렀지만 저는 그래도 고집을 부리면서 "됐어, 그만해. 그렇게 친구 일까지 일일이 간섭당하는 거 난 싫어. 당신은 당신대로 좋아하는 친구를 만들면 될 기 아냐? 나는 내 마음대로 하게 내버려둬.

내 책임 정도는 알고 있으니까"라고 했어요. "흠, 그야 보통 의미의 친구라면 나도 결코 간섭하지 않아. 그렇지만 매일 학교를 빠진다든지, 남편 눈을 속인다든지, 슬그머니 사람 없는 곳에 틀어박히는 건 건전한 교제라고 할 수 없어." "어머나, 당신 재밌는 소리를 하네. 그런 이상한 상상을 하다니 당신 너무 저속한 거 아냐?" "만일 정말로 내가 저속하다면 얼마든지 사과하지. 나는 제발 내 상상이 틀리기를 바라고 있어. 그렇지만 나를 저속하네 뭐네 하기 전에 당신 양심을 한번 들여다봐. 조금도 켕기는 게 없다고 할 수 있는지 말이야." "왜 오늘 갑자기 그런 말을 꺼내는 거야? 내가 미쓰코 씨 얼굴을 좋아해서, 그 이유로 친구가 됐다는 건 당신도 아는 사실 아냐? 당신도 그렇게 아름다운 사람이라면 만나보고 싶다고 했잖아. 누구라도 예쁜 사람 좋아하는 건 당연해. 미술품을 사랑하듯이 여자들끼리 좋아하는 건데 그게 불건전하다니, 그렇게 말하는 당신이 훨씬 더 불건전해." "미술품을 사랑하는 거라면 굳이 둘이 틀어박혀 있을 필요는 없잖아. 나만 돌아오면 묘하게 머뭇머뭇하는 건 도대체 뭣 때문이야? 게다가 자매도 아닌데 '언니', '동생' 하는 것도 맘에 안 들어." "웃겨! 당신은 여학생들을 너무 몰라. 누구나 사이가 좋은 사람들은 '언니', '동생' 부르는 게 보통이라고. 그런 걸 이상하게 생각하는 사람은 당신뿐이야." 그날 밤은 남편도 좀처럼 지지 않았어요. 다른 때는 제가 조금 억지를 쓰면 "어쩔 수 없는 녀석이군" 하면서 적당히 넘어가는데 그날따라 묘하게 깐족깐족 추궁하고 "거짓말해도 소용없어. 기요한테 얘기 다 들었어"라면서 그림을 그리는 게 아니라는 걸 다 알고 있으니 도대체 무슨 짓을 하는지 제대로 설명해보라고 했어요. "뭘 어떻게 설명해?

그림을 그린다 해도 진짜 화가가 모델 써서 그리는 것과는 달라. 어차피 반쯤은 재미 삼아 그리는 거니까 쉬지도 않고 오로지 그림만 그리고 있을 수는 없잖아.” “그럼 2층을 쓰지 말고 아래층에서 그리면 될 거 아냐?” “2층을 쓰는 게 뭐가 나빠? 당신, 화가의 아틀리에라는 데가서 그림 그리는 걸 한번 봐봐. 전문가라도 그저 심각한 얼굴로 부지런히 그림만 그리는 건 아니야. 쉬엄쉬엄 마음이 동하는 걸 기다렸다 그리지 않으면 좋은 작품이 나오지 않는 법이라고.” “당신 그렇게 잘난 척 말하는데, 도대체 그림은 언제쯤 완성되는 거야?” “나한테 완성은 문제가 아니야. 미쓰코 씨는 얼굴뿐 아니라 몸 전체가 계속 붙어 있고 싶을 정도로 아름다워서, 그림을 안 그려도 관음보살 포즈를 취하게 하고 가만히 바라보고 있으면 몇 시간을 봐도 싫증이 안 나.” “미쓰코라는 여자는 몇 시간이고 당신이 자기 몸을 쳐다봐도 아무렇지도 않대?” “그럼. 여자가 여자를 보는 건데 부끄러울 것도 없고 누구라도 예쁘다고 칭찬받는데 기분 나쁠 리가 없지.” “아무리 여자끼리라도 대낮에 젊은 여자가 벌거벗고…… 미친 짓 아니냐고.” “나는 당신처럼 인습에 사로잡힌 사람이 아니거든. 당신은 여배우의 나체를 보고 진심으로 아름답다고 생각한 일 없어? 나는 그런 때 멋진 풍경을 보는 것처럼 황홀하고 행복해지고 사는 보람을 느끼고 끝내 눈물이 나던데. ‘미적’ 감각이 없는 사람한테 설명해봤자 이해 못하겠지만.” “그게 ‘미적’ 감각하고 무슨 상관이야? 그건 변태성욕이야.” “당신은 고루해서 그래.” “말도 안 되는 소리 하지 마! 만날 쓰잘 데 없는 연애 소설 따위만 읽어서 문학 중독이 된 거야.” “시끄럽네, 정말.” 제가 상대하지 않고 고개를 돌려버리자 남편은 “도대체가 그 미쓰코라는 여자도 제대로 된 아가씨라고 생각할 수가 없어. 조금만 상식이 있는 사람이라면 남의 가정에 침입해서 평화를 파괴하는 짓 따위를 할 리가 없지. 틀림없이 못됐을 거야. 그런 여자하고 사귀다가 당신도 언젠가 고생 좀 할걸" 하고 말했어요. 자신보다 좋아하는 사람이 욕을 먹는 건 얼마나 분한 일인지 몰라요. 남편이 미쓰코 씨를 험담하니 저도 모르게 발칵 화가 솟구치더라고요. "뭐야, 당신! 당신이 무슨 권리로 내가 좋아하는 사람에 대해 이러니저러니 하는 거야? 미쓰코 씨만큼 겉모습과 성격이 들어맞는 사람은 온 세상을 찾아봐도 없어. 그렇게 마음이 깨끗한 사람을, 아니, 사람이 아니야, 관음보살이지. 험담하면 벌 받는다고!" "거봐! 그런 소리 하는 게 제정신이 아닌 증거야! 미쳐버렸군." "당신은 감정이 메마른 화석이야." "당신, 어느 틈에 아주 제대로 불량소녀가 되어버렸어." "어차피 나는 불량소녀였잖아. 옛날부터 알던 사실일 텐데 왜 이런 사람하고 결혼하셨어? 당신, 우리 아버지가 유학 비용을 대준다니까 나하고 결혼한 거지? 틀림없어!" 아무리 사람 좋은 남편이지만 그 말에는 금방 파란 핏줄을 세우고 "뭐야? 다시 한 번 말해봐!"라고 깜짝 놀랄 만큼 큰 소리를 쳤어요. "흥, 몇 번이라도 말해줄게! 당신은 남자도 아니야. 돈에 욕심이 나서 나랑 결혼한 거지! 치사한 놈!" 그 순간 남편이 갑자기 자세를 바꿔 앉나 했더니 뭔가 쌩하고 하얀 게 날아와서는 딱 하고 제 뒤쪽 벽에 부딪혔어요. 저도 모르게 목을 움츠려서 맞지는 않았지만, 돌아보니 재떨이를 집어던진 거였어요. 장난으로라도 남편이 저한테 손을 댄 적은 한 번도 없었기 때문에 발끈 흥분해서 "당신, 내가 그렇게까지 미워? 내 몸에 생채기 하나라도 내봐. 아빠한테 이를 테니까. 그래도 괜찮다면 때리든 죽이든 맘대로 해! 자, 죽여봐! 죽여봐!"라고 소리쳤어요. 남편은 "바보!"라고 외치고는 미치광이처럼 울부짖는 저를 황당한 듯이 바라볼 뿐이었어요.

남편도 저도 그때부터 말을 하지 않았어요. 다음 날도 하루 종일 서로 노려만 보고 밤에 침실에 들어가서도 역시 침묵한 채였지만, 한밤중에 남편이 제 어깨에 손을 올려 제 몸을 자기 쪽으로 돌렸어요. 남편이 하는 대로 두고 짐짓 자는 척하고 있었더니, "어제는 조금 말이 지나쳤어. 다 당신을 사랑해서라는 건 당신도 알지? 나는 원래 무뚝뚝한 성격이라 냉담해 보이지만, 마음은 그렇지 않아. 나한테 나쁜 점이 있다면 가능한 한 고칠 테니 당신도 내 뜻을 좀 존중해주면 좋겠어. 다른 일에는 절대 간섭하지 않을게. 다만 그 미쓰코라는 사람하고는 이제 사귀지 말아줘. 제발 그것만 약속해줘." "싫어." 저는 눈을 감은 채 세게 고개를 저었어요. "그럼 사귀는 건 어쩔 수 없다 해도 미쓰코 씨를 이 방에 들여놓거나 둘이서 어디 가거나 하지는 않았으면 좋겠어. 앞으로는 집에서 나갈 때나 돌아올 때나 나랑 같이 다니자." "싫어." 저는 또 고개를 흔들었어요. "나는 속박당하기 싫어. 그냥 맘대로 하게 내버려둬." 저는 그렇게 말하고는 남편한테 등을 돌려버렸어요.

9

일단 일이 터지니 무서울 게 없었어요. 어떻게 되든 상관없다고 생각하니 반동적으로 미쓰코 씨가 한층 더 그리워져, 다음 날 날이 밝자마자 학교로 급히 달려갔는데 웬일인지 모습이 안 보였어요. 전화를 걸어보니 교토의 친척 집에 갔다고 하더라고요. 더욱 보고 싶은 마음이 드는데다 전날 밤 남편하고 싸웠던 일이 가슴 가득 차오르면서 그만 편지를 써버렸는데 막상 보내고 나니 '그런 이야기를 쓰다니 미쓰코 씨가 어떻게 생각할까? 남편한테 미안하니까 이제 만나지 말자고 하면 어떡하지?' 하고 갑자기 걱정이 되더라고요. 그런데 그다음 날 아침, 운동장 플라타너스 그늘에서 기다리고 있었더니 미쓰코 씨가 남의 눈도 신경 쓰지 않고 "언니" 하고 부르며 뛰어와서는 "오늘 아침에 편지를 읽었는데 언니 얼굴을 보기 전까지는 너무너무 걱정이 돼서……" 하고는 양팔로 제 어깨에 매달리듯이 지그시 저를 올려다보는데, 눈에 눈물이 그렁그렁 고여 있었어요. "아, 미쓰코. 너도 분하지? 남편이 그런 소리를 해서……" 말하는 동안 저도 눈물이 주르륵 흘렀어요. "기분 나쁜 건 아니지? 그렇다면 용서해. 그런 이야기 안 썼더라면 좋았을걸." "그런 말이 아니야. 나야 무슨 소리를 들어도 상관없지만, 언니는 남편한테 그런 말 듣고 내가 싫어진 거 아냐? 응? 언니? 틀림없이 싫어졌을 거야." "아이, 말도 안 돼. 그랬다면 어제 편지 보내고 전화 걸고 했겠어? 이렇게 된 이상 무슨 일이 있어도 미쓰코와 헤어지지 않을 거야. 뭐라고 잔소리하면 그까짓 남편 내버릴 거야." "지금이야 그렇게 말하지만 이제 점점 내가 싫어지고 역시 남편이 더 좋아지는 게 아닐까? 모두들 부부란 그런 거라고 하던데……" "그딴 사람하고는 부부도 아니야. 나는 아직도 마드무아젤인걸, 뭐. 미쓰코만 괜찮다면 여차하면 둘이 도망쳐도 좋아." "어머나, 언니! 정말이야? 틀림없지, 틀림없지? 거짓말 아니지?" "아니고말고. 난 이미 각오했어.” “나도 각오하고 있어. 언니, 내가 죽는다고 하면 같이 죽어줄 거지?” “죽지, 죽어. 미쓰코도 그래줄 거지?” 남편과의 싸움으로 미쓰코 씨와는 좀 더 깊은 사이가 되었죠. 남편은 포기했는지 그 뒤로는 아무 말도 안 해서 저는 점점 더 뻔뻔해지고 대담해졌어요. “이제 남편이 포기했나봐. 눈치 같은 거 안 봐도 돼.” 제 말에 미쓰코 씨도 점점 더 뻔뻔스러워져서 2층에 있을 때 남편이 돌아와도 “언니, 아래층에 가지 마. 싫어” 하고 자기는 물론 저도 아래층에 못 내려가게 했어요. 어쩌다 보면 밤 열시나 열한시까지도 놀게 돼서 “언니, 우리 집에 전화 걸어줘”라는 미쓰코 씨의 말에 제가 어머님께 전화를 드리고 “오늘은 저희 집에서 저녁 먹고 몇시쯤 돌아갈 테니” 그때 오우메라는 미쓰코 씨 시중을 드는 여자아이한테 택시로 마중 나오게 해달라고 부탁했어요. 2층에서 둘이서만 밥을 먹은 일도 있어요. 남편이 혼자 심심해하면 “어떻게 할까요? 당신도 같이 드실래요?” 하고 묻는데, “응, 같이 먹지”라고 대답해서 셋이 먹는 일도 많았지만 그때도 미쓰코 씨는 태연하게 저를 “언니, 언니”라고 불렀어요. 저와 이야기를 하고 싶으면 한밤중에도 전화를 걸었어요. “뭐야? 이런 시간에. 아직 안 잤어?” “언니 벌써 자는 거야?” “그야 지금 새벽 두시 아냐? 아유, 졸려. 기분 좋게 자고 있었는데.” “어머, 미안하네요. 모처럼 다정하게 주무시는데.” “아니, 그런 말을 하려고 일부러 전화한 거야?” “남편 있는 사람은 좋겠지만 나는 혼자니까 너무 쓸쓸해서 몇시가 돼도 잠들지 못하거든.” “참 못 말릴 사람이네. 떼쓰지 말고 빨리 자. 내일 같이 놀아줄게.” “나, 내일 아침 일어나자마자 바로 언니한테 갈게. 언니 남편이 늦게까지 자거든 깨워서 얼른 내쫓아.” “응, 알았어,

알았어." "약속하지?" "응, 그래, 그래." 그런 시시한 이야기를 전화로 이삼십 분이나 했어요. 몰래 주고받던 편지도 점점 공개적이 되어 미쓰코 씨한테서 온 편지를 읽다 말고 책상 위에 내던져두기도 했죠. 하기야 남편은 남의 편지를 훔쳐보거나 하는 사람은 아니니까 괜찮았지만, 그래도 그전에는 다 읽고 나면 얼른 옷장 서랍에 집어넣고 열쇠를 채워뒀었는데……

그런 식이라 남편하고 언젠가 또 소동이 날 줄은 알았지만 당장은 전보다 더 편해서 저는 점점 더 깊이 미쓰코 씨한테 빠져들고 정열의 포로가 되어버렸어요. 그러던 중 마른하늘에 날벼락 같은, 정말이지 꿈에도 생각지 못했던 일이 일어났어요. 6월 3일이었어요. 점심때쯤 미쓰코 씨가 와서 저녁 다섯시까지 놀다 간 뒤, 남편과 둘이서 저녁을 먹은 것이 여덟시 그러고 나서 한 시간 정도 지나 아홉시가 조금 넘었을 때 하녀가 와서 "오사카에서 사모님께 전화가 왔어요" 하고 말하기에 "오사카의 누구래?"라고 물었더니 "누구라고 말씀은 안 하시고 빨리 전화를 바꿔달라고 하는데요" 하더라고요. "여보세요, 누구세요?" 하고 묻자 "언니, 나, 나야"라고 하는데 미쓰코 씨밖에는 언니라고 부를 사람이 없지만, 감이 멀어서인지 작은 목소리로 말해서인지 알아들을 수 없을 만큼 소리가 작아서 누가 장난 전화를 하는 것처럼 느껴졌어요. "아니, 누구신데요? 이름을 분명히 말해주세요. 몇번에 전화하셨어요?"라고 확인하자 "나라니까, 언니. 니시노미야의 1234번에 건 거야"라고 우리 집 전화번호를 대는 목소리가 역시 틀림없는 미쓰코 씨였어요. "……나 말이지, 지금 오사카에 있는데, 큰일났어…… 옷을 도둑맞았어." "뭐? 옷을? 도대체 뭘 하고 있었는데?"

"목욕하고 있었어. 여기, 난치(南地)에 있는 요릿집인데 안에 목욕탕이 있거든……" "흠, 왜 그런 데 갔어?" "이런저런 사정이 있어서…… 언젠가 언니한테 꼭 말해야 한다고 생각하고 있었지만…… 그 이야기는 나중에 천천히 할게. 아무튼 나 지금 굉장히 곤란하니까…… 제발 사람 하나 살린다고 생각하고, 왜 지난번에 같이 맞춘 옷 있잖아? 그 옷을 얼른 좀 보내줬음 좋겠어." "그러면 미쓰코 씨, 아까 우리 집에서 나가서는 쭉 오사카에 있었던 거야?" "응, 그랬어." "거기 지금 누구랑 있는 거야?" "언니는 모르는 사람이야…… 나 그 옷이 없으면 오늘 밤 집에 못 들어가. 제발 일생의 부탁이니까 그 옷 좀 가져다주면 안 돼?" 미쓰코 씨는 울음 섞인 목소리로 부탁했어요. 저는 너무 뜻밖의 일이라 가슴이 벌렁거리고 무릎까지 덜덜 떨렸죠. 어디로 가져다주면 되느냐고 물었더니, 미나미 다자에몬바시 근처 가사야마치에 있는 '이즈쓰'라는 집이라는데, 저는 그런 요릿집은 들어본 적도 없었어요. 옷 말고도 띠와 띠끈, 그것을 고정하는 브로치, 띠 매듭도 다 필요하다고 하더라고요. 다행히 전부 똑같이 맞췄기 때문에 그것을 가져다달라는 건 이해가 됐지만, 이상한 건 속옷이라든가 속바지, 버선까지도 도둑맞았다는 거예요. "그러면 장식용 깃은?" 하고 물었더니 "그건 안 가져갔어"라고 대답하더군요. 누구든 믿을 만한 사람한테 부탁해서 한 시간 이내에, 늦어도 열시까지는 보내달라고 했는데, 아무한테나 맡길 수도 없으니 아무래도 제가 직접 가야 할 것 같아서 "내가 가지고 가도 괜찮아?" 하고 물었어요. 누군지 계속 미쓰코 씨 옆에 있으면서, 가끔 이래라저래라 지시하는 것 같더라고요. 미쓰코 씨는 '이렇게 된 이상 차라리 언니가 가져다주는 게 좋겠다……

아니면 오우메가 지금쯤 우메다 역에서 기다릴 테니까 오우메한테 줘도 되는데, 그 아이는 장소를 모르니까 맡길 거라면 장소를 잘 가르쳐주면 좋겠다. 그리고 이름을 스즈키라고 했으니까 와서는 스즈키를 찾으면 된다'고 했어요. 그런 다음 또 소곤소곤 의논하는 것 같더니 조금 지나서 "저, 언니……"라고 주뼛거리며 "미안하지만 또 한 사람, 옷이 없어져서 곤란한 사람이 있는데 가능하면 언니 남편 옷 좀, 양복이든 뭐든 상관없으니까……" 하고 말하고는 "그리고 저기, 나 편한 대로만 이야기해서 너무 미안하지만…… 돈도 20엔이나 30엔 가져다주면 고맙겠어"라고 했어요. "돈이야 어떻게든 되겠지만 어쨌든 기다려." 저는 전화를 끊고 나서 바로 택시를 불렀어요. 남편한테는 "잠깐 오사카에 다녀올게요. 미쓰코 씨한테 뭔가 급한 일이 생겼나봐"라고만 말하고 위층에 올라가서 서둘러 옷장에서 똑같이 맞춘 옷이랑 남편이 외출할 때 입는 실크 서지 홑옷과 겉옷, 홀치기염색한 허리띠를 꺼내 서둘러 보자기에 쌌어요. 그걸 하녀한테 들려 살그머니 먼저 현관에 내보내고 저도 나가서 차를 타려는 순간, 아무래도 신경이 쓰였는지 집에서 나온 남편이 저를 향해 "뭐야, 이 시간에 그런 보따리를 들고?"라고 묻더라고요. 아마 제가 당황하기도 하고 안색도 변했겠죠. 제대로 차려입지도 않고 머리도 빗지 않은 채 뛰어나가는 꼴이 어지간히 이상했던 게 틀림없어요. "뭐가 뭔지 나도 도통 알 수가 없지만, 갑자기 같이 맞춘 이 옷 말이야." 저는 보자기를 묶은 부분에서 튀어나온 옷자락을 보이면서 "이걸 안 입으면 안 될 사정이 있다고 오사카 가게까지 가져다달라고 하네. 아마추어 연극이라도 하나봐. 택시를 대기시켜두었다가 금방 돌아올게요" 하고 나왔어요. 그러는 사이 시간이 꽤 지나서, 아홉시 이십오분쯤이었던 것 같아요. 처음에는 곧장 미나미의 이즈쓰라고 하는 데 가려고 나왔지만 그보다 먼저 우메다에 가서 오우메를 붙들고 물어보면 무슨 사연인지 알 수 있을지도 모른다고 생각해 우메다 역으로 갔어요. 중앙 개찰구 쪽에서 오우메가 초조한 듯 두리번거리고 있더군요. 차 안에서 손짓하며 "오우메"하고 부르자 "아이고, 사모님이셨군요"라고 오우메는 깜짝 놀라면서 겸연쩍은 듯이 우물쭈물했어요. "오우메, 미쓰코 씨 기다리는 거지? 뭔가 큰일이 생겼는지 미쓰코 씨한테서 빨리 와달라는 전화가 왔으니까 오우메도 빨리 타" 하니까, "네? 정말이요?"라고 오우메는 납득이 가지 않는 듯 계속 우물쭈물했어요. 차에 억지로 태운 다음 미쓰코 씨한테서 받은 전화 이야기를 짧게 하고 "이봐, 오우메. 도대체 누구야? 같이 있는 남자 말이야. 오우메는 알고 있어?" 하고 물었더니 처음에는 곤란한 얼굴로 말을 못하더라고요. "오우메가 모를 리 없잖아? 이런 일이 오늘 밤에만 있었던 것도 아니고. 무슨 일이 있어도 오우메한테 피해가 안 가게 할 테니 말해봐. 얼마든지 사례할게." 저는 눈앞에서 10엔짜리 지폐를 꺼내 종이에 싸서 주면서, 오우메가 "아유, 아니에요, 아닙니다. 언제나 신세만 지는데"라고 사양하는데도 "그런 말 하는 동안 시간이 가버리잖아" 하고 허리춤에 쑤셔 넣었어요. 그랬더니 오우메가 "제가 사모님이랑 같이 거기 가도 괜찮을까요? 나중에 아가씨한테 야단맞지는 않을까요?" 해서 "왜? 내가 못 가면 오우메를 보내달라고 하던데?" 하자 "정말 그런 전화를 받으셨어요? 저는 왠지 걱정이 되어서……" 하더라고요. 그 말을 들어보니 자기가 함정에 빠지는 걸 걱정하는 듯해서, "그럴 리가 있나. 전화가 안 왔다면 내가 알

리 없잖아.”“그건 그렇지만, 저는 지금까지 사모님께서 정말 눈치를
못 채신 걸까 하고 생각하면 오히려 두려워서 견딜 수가 없었거든
요……”“흠, 언제부터 이런 일이 있었는데?”“언제라니, 꽤 됐
죠…… 4월부터였나? 분명히는 모르지만……”“누군데? 상대방은?”
“그것도 잘 모르겠어요. 늘 돈을 주시면서, 가서 영화라도 보고 몇시
쯤 우메다에서 기다리라고 하시니까 어디에 가시는지 통 알 수가 없
어요. 그래서 처음엔 어딘가에서 사모님하고 만나나보다 생각했어요.
집에 늦게 들어가실 때면 항상 가키우치 씨 집에서 놀다 왔다고 하시
니까 말이죠……”

10

“그런 일이 지금까지 몇 번이나 있었어?”“몇 번인지 셀 수도 없을
정도예요. 다도 수업을 간다, 가키우치 씨네 간다 하시니까 그런가보
다 싶어 모시고 나가면 ‘저 말야, 나 잠깐 볼일이 있거든’ 하시고는
왠지 들떠서 어딘가로 가버리셨어요.”“정말이야?”“제가 왜 거짓말
을 하겠어요? 사모님은 전혀 눈치 못 채셨어요? 지금까지 왠지 좀 수
상하다고 생각하신 적도 없으셨어요?”“그야 나는 워낙 바보니까, 그
렇게 실컷 이용당하면서 방편으로 쓰이고 짓밟히고도 지금까지 아무
것도 눈치 못 챘어. 그래도 그렇지, 어쩜 이럴 수가 있지?”“정말 우리
아가씨는 무서운 분이에요. 저는 사모님 뵐 때마다 늘 너무 죄송하고
딱해서……”진심으로 동정하는 듯 말하기에, 오우메 따위를 상대해

봤자 별수도 없지만 저는 너무 분하고 뱃속이 뒤집힐 것 같은 마음으로 떠오르는 대로 말했어요. "이봐, 오우메, 너도 내 심정을 알겠지? 난 이런 줄은 꿈에도 모르고 얼마 전 남편하고 싸우면서까지 미쓰코 씨를 위해서 모든 걸 다 희생했어. 이렇게까지 미쓰코 씨한테 빠지지 않았더라면 아무리 바보라 해도 틀림없이 뭔가 눈치챘을 텐데. 뭐 이제 와서 아무래도 상관없지만, 그래도 오늘 밤 같은 전화를 걸다니 도대체 무슨 속셈일까? 사람을 우습게 아는 데도 정도가 있지." "정말이지 도대체 무슨 속셈이실까요? 어지간히 곤란한 게 아닐까요?" "아무리 곤란해도 좋아하는 남자하고 요릿집에 있다느니 목욕을 했다느니 그런 소리를 할 처지냔 말이야. 한번 생각해보라고." "그건 그렇지만 옷을 도둑맞았으니 발가벗고 집에 갈 수는 없는 노릇이겠죠……" "나라면 발가벗고 돌아가겠어. 이따위 염치없는 전화를 거느니 발가벗고 간다고." "이런 때 옷을 도둑맞다니 참 사람이란 나쁜 짓은 못하는 법이네요." "역시 천벌이야. 돈뿐 아니라 둘 다 허리띠부터 버선까지 도둑맞고 알몸 신세라니……" "그렇죠, 그렇죠. 천벌이에요." "아, 이럴 때 쓰려고 옷을 똑같이 맞춘 게 아니었는데…… 나를 얼마나 우습게 본 걸까?" "아가씨가 오늘 그 옷을 입고 나왔다니 정말 운이 좋네요. 사모님이 알 게 뭐냐고 내버려두셨다면 어떻게 되었을까요?" "나도 어지간하면 그렇게 하고 싶었지만 처음에는 무슨 말인지 도통 이해를 못한데다 우는 목소리로 할딱거리니까 너무 놀라서 정신을 못 차리겠더라고. 그리고 아무리 밉다고 생각하려 해도 진정으로 밉지는 않은 거야. 발가벗고 떨고 있는 모습이 눈앞에 어른거려 불쌍하고 불쌍해서 가만히 있을 수도 없고 말이지. 오우메가 옆에서 보면 참 한심하겠지만 어쩔 수 없었어." "그야 그러시겠죠." "그런데 이게 뭐야. 자기 것뿐 아니라 남자 옷까지 가져다달라고 하지를 않나. 전화하면서 소곤소곤 의논하지를 않나. 나한테 여봐란듯이 굴면서 도대체 무슨 낯짝으로 그럴까? 남 앞에서는 '언니, 언니' 하고 '언니한테밖에는 내 몸을 보인 적이 없어'라고 하던 주제에. 두 사람이 발가벗고 있는 꼴이 보고 싶군." 그때는 정신이 없어서 어디를 어떻게 갔는지 정확한 기억은 없지만, 사카이스지를 지나 시미즈 동쪽 부근에서 서쪽으로 꺾었던 것 같고, 맞은편에 신사이바시의 다이마루 백화점 불빛이 반짝이던 건 기억나요. 다이마루 백화점 앞까지 가지 않고 다자에몬바시 거리 남쪽으로 꺾은 지점에서 "여기가 가사야마치인데 어디에 댈까요?"라고 운전수가 말하기에, "이 부근에 이즈쓰라는 요릿집이 있나요?" 하고 물었지만 모르더라고요. 그래서 그 부근 사람한테 물어봤더니 "거긴 요릿집이 아니라 여관입니다" 하기에 "어디지요?" 하고 물었더니 "바로 앞의 골목 안쪽입니다"라고 대답하더군요. 그런데 그게 말이죠, 소에몬초*랑 신사이바시 바로 뒤인데도 사람 왕래가 적은 어두운 골목이더라고요. 기생들 집이라든가 작은 요릿집이라든가 여관이 많았는데 모두 일반 주택처럼 조용하고 입구가 좁은 수수한 구조였고요. 가르쳐준 골목에 가보니까 '여관 이즈쓰'라고 작게 써놓은 등이 달려 있어서, "오우메, 여기서 기다려" 하고는 저만 들어갔어요. 여관이라고는 하지만 애매하고 수상쩍은 집이 골목 막다른 곳에 있는 것이라 격자문을 열고도 잠시 머뭇거렸어요. 부엌 쪽에서 누군가 열

---

* 쇼와 시대(1926~1989) 초기까지 오사카에서 최고급 화류계 거리였던 곳.

심히 전화를 거는 목소리가 들리는데 아무리 불러도 아무도 안 나오더라고요. "실례합니다." "실례합니다." 큰 소리로 부르자 그제야 시중드는 여자가 오더니 제 얼굴을 보자마자 아무 말 안 했는데도 다 안다는 듯 "들어오시죠" 하더라고요. 그러고는 좁은 계단을 따라 2층으로 데리고 가서 "마중 오신 분이 오셨습니다"라면서 방의 미닫이문을 열었어요. 들어가니 다다미 석 장쯤 되는 곁방에 스물일고여덟 살 정도로 보이는 얼굴이 하얀 남자가 혼자 정좌하고 있었어요. "실례지만 미쓰코 씨의 친구분인 사모님이십니까?" 하고 묻기에 "네"라고 대답하자, 그 남자는 갑자기 긴장하면서 다다미에 납작 엎드려 이마를 갖다 대고 "오늘 일은 뭐라고 해야 할지 참으로 드릴 말씀이 없습니다. 이 일에 대해서는 미쓰코 씨가 사과를 드려야 하지만, 면목이 없어서 도저히 만나 뵐 수가 없다고 하고 게다가 옷도 없어서…… 정말 죄송하지만 우선 옷부터 빌려 입고 나서 뵙겠다고 합니다"라는 거예요. 그 남자는 딱 보기에도 미쓰코 씨가 좋아할 타입이더라고요. 몸의 윤곽이 반듯하고 여자처럼 예쁘장한 사람으로, 눈썹이 흐리고 눈이 가느다란 게 교활한 인상을 주긴 했지만 저도 보자마자 '미남이네'라고 생각할 정도였어요. 남자도 옷이 없다고 들었는데 줄무늬 명주 홑겹 옷을 단정하게 입었더라고요. 나중에 들으니 여관에서 일하는 남자 옷을 잠시 빌린 거였어요. "갈아입을 옷은 여기 있습니다"라고 보자기를 건네자 "정말 죄송합니다" 하며 두 손으로 받들고는 구석 쪽 문을 열고 안쪽 방으로 보따리를 밀어 넣더라고요. 얼른 닫아버려서 힐끗 머릿병풍만 봤을 뿐이에요……

그날 밤 일을 이런 식으로 일일이 자세하게 말씀드리다가는 너무 길어지겠네요. 어쨌든 저는 그때 가져다줄 건 가져다줬고 남자도 있으니 미쓰코 씨를 만나봤자 할 말도 없을 것 같아서, 30엔을 종이에 싸서 "먼저 갈 테니 이걸 미쓰코 씨한테 전해주세요" 하고 일어나려 했어요. 그런데 "그러지 마시고 잠깐만 기다려주세요. 이제 곧 나옵니다"라고 남자가 억지로 붙드는 거예요. 그리고 새삼스럽게 제 앞에 다시 앉더니 말했어요. "이번 일은 사실 미쓰코 씨가 말씀을 드려야 되지만, 저는 제 입장에서 설명을 드려야 한다고 생각합니다. 그러니 일단 들어주시겠습니까?" 미쓰코 씨는 자기가 말하기 곤란하니까 옷을 갈아입는 동안 남자가 대신 이야기하도록 미리 정해놨던 것 같아요. 그래서 그 남자, 그래요, 남자는 그때 "지갑도 훔쳐가서 명함이 없네요. 저는 센바의 도쿠미쓰 씨 가게 근처에 사는 와타누키 에이지로라고 합니다"라고 했어요. 그 와타누키라는 남자의 이야기를 들어봤더니, 두 사람은 미쓰코 씨가 센바에 살고 있을 때, 그러니까 작년 말 정도부터 사랑하게 되어 결혼 약속까지 했대요. 그런데 금년 봄에 M씨하고 미쓰코 씨의 혼담이 시작되는 바람에 도저히 결혼할 수 없을 줄 알았는데, 동성애 소문 덕분에 혼담이 깨져서 다행히 한시를 놓았대요. 뭐 그런 말을 하고는 '그러나 우리는 절대로 사모님을 이용한 게 아니다. 처음에는 이용한 것처럼 보였을지 몰라도 미쓰코 씨가 점점 사모님의 열정에 감동해서 자기를 사랑하는 것보다 더 열렬하게 사모님을 사랑하게 되었기 때문에 얼마나 질투를 느끼는지 모른다. 이용당했다면 자기가 이용당한 것이다'라는 거예요. 그리고 직접 만나는 건 처음이지만 늘 미쓰코 씨를 통해 제 얘기를 듣고 있다면서, 미쓰코 씨가 '같은 사랑이라도 동성의 사랑과 이성의 사랑은 성격이 전혀 다르니 언니와의 관계를 이해해달라. 그러지 않으면 이 관계도 유지할 수 없다'고 말해서 자기도 요즘은 그렇게 생각하려 애쓴다고 하더라고요. '언니도 남편이 있는 몸이고 나도 당신하고 결혼은 하겠지만 부부애는 부부애, 동성애는 동성애니까 언니는 평생 단념하지 않을 거야. 그런 줄 알아. 그게 싫다면 결혼 안 할 테야'라고 늘 미쓰코 씨가 말한다면서 "사모님에 대한 미쓰코 씨의 마음은 정말이지 진지합니다"라고 하기에 '사람을 우습게 보는군' 하고 생각했어요. 남자의 말은 정말이지 능수능란해서 한 치의 틈도 없었어요. 남자는 자기와의 관계를 언제까지고 숨기는 건 좋지 않다는 생각에, 자기도 이해할 테니 저한테도 양해를 구하라고 미쓰코 씨한테 말했대요. 미쓰코 씨도 물론 그렇게 해야 한다는 건 알고 있었지만 막상 제 얼굴을 보면 말을 꺼내기가 어려워서 "기회가 있으면, 기회가 있으면" 하던 중에 결국 그날 밤 같은 사건이 일어나버렸대요. 그리고 전화로 옷을 도둑맞았다고는 했지만, 사실은 단순한 도난사건이 아니라서, 옷을 집어간 건 도둑이 아니라 노름꾼이었대요. 이야기를 들어보니 정말 사람은 나쁜 짓은 못하는 법인지, 그날 밤 여관의 다른 방에서 노름을 하던 사람들한테 갑자기 체포 영장이 떨어졌대요. 형사들이 우르르 쳐들어오는 걸 보고 두 사람도 깜짝 놀라 정신없이 방에서 뛰쳐나가, 지붕을 통해 옆집으로 건너가서 빨래를 널어놓은 마루에 미쓰코 씨는 속옷 차림, 남자는 잠옷 차림으로 엎드려 숨어 있었대요. 노름꾼들은 앞다투어 대개 잘 도망갔지만 그중에 미처 도망가지 못한 부부가 복도를 우왕좌왕하다가 미쓰코 씨네 방문이 열린 걸 보고 들어갔는데, 마침 두 사람이 빠져나간 뒤라서 이거 잘됐다 하고 애인끼리 밀회하는 척 꾸몄던 거죠. 노름꾼을 검거하는 형사와 밀회하는 사람을 검거하는 형사는 담당이 다른데 부부는 그 사실을 알고 있었나봐요. 그렇지만 형사도 어느 정도 눈치는 있으니 부부를 수상하게 여기고 데려갔는데, 그때 머리맡 옷 담는 바구니에 있던 미쓰코 씨와 와타누키의 옷을 입고 그대로 경찰서에 끌려갔다는 거예요. 여관에서 내준 유카타만 입고 노름을 하고 있던 참에 그런 소동이 나서 부부의 옷은 다른 방에 있었는데, 어디까지나 밀회하는 애인으로 보여야 했기 때문에 그 방에 있던 옷을 입고 갈 수밖에 없었던 거죠. 그래서 간신히 도망쳤던 두 사람이 돌아와보니 옷도 없죠, 지갑이나 핸드백 정도는 놔두었으면 좋았을 텐데 그것도 없어졌고, 여관 주인까지 검거되어 상의할 사람도 없었대요. 집에 가자니 갈 수도 없고, 게다가 미쓰코 씨의 핸드백 안에 한큐 전철 정기권이 들어 있고 와타누키의 지갑에도 명함이 들어 있었기 때문에 경찰서에서 집으로 전화가 가면 큰일이라고 생각했대요. 아무리 궁리해도 저한테 전화할 수밖에 없었다고 하면서 거기까지 오는 친절을 베풀었으니 미쓰코 씨를 걱정하는 마음으로 미안하지만 아시야가와까지 미쓰코 씨를 바래다달라고 하더라고요. 미쓰코 씨 댁에는 오늘 밤 같이 영화라도 본 것처럼 말하고, 만약 경찰서에서 전화가 오면 적당히 얼버무려달라고 하면서요.

11

　"사모님, 오늘 밤 일로 무척 화가 나셨겠지만 제발 부탁합니다." 남자는 그렇게 말하더니 다시 납작하게 다다미에 머리를 조아리고, "저는 어떻게 되든 상관없습니다. 제발 미쓰코 씨만 무사히 데려다주세요. 은혜는 죽어도 잊지 않겠습니다"라고 나중에는 두 손까지 모으면서 부탁을 했어요. 저는 정말이지 무골호인이라 그렇게까지 부탁을 받으니 아무리 괘씸해도 싫다고 할 수가 없었어요. 너무 분해 한동안 남자가 바닥에 고개를 조아리면서 굽실굽실 절하는 걸 가만히 노려봤지만 결국에는 지고 "알겠습니다"라고 한마디 하고 말았죠. 그러자 남자는 "아아" 하며 연극 조로 감격한 듯이 다시 한 번 머리를 조아리고 "그렇게 해주시겠습니까? 정말 감사합니다. 이제 저도 안심이 됩니다" 하고는 제 안색을 살피듯이 "그러면 지금 미쓰코 씨를 불러오겠습니다만 하나 더 부탁드리고 싶은 게 있습니다. 미쓰코 씨가 여러 가지 일로 지금 무척 흥분해 있으니까 제발 아무 말도 말아주세요. 약속해주시겠습니까?"라는 거예요. 어쩔 수 없이 그것도 좋다고 했어요. 그랬더니 바로 "미쓰코 씨, 다 이해해주신다고 하니까 이제 나와요"라고 장지문 너머로 말했어요. 부스럭거리며 옷을 갈아입는 소리가 나던 장지문 너머는, 이미 그때는 조용해져서 이쪽 이야기에 열심히 귀를 기울이는 것 같더라고요. 부르고 나서 이삼 분 지났을 때 드디어 장지문이 덜커덕거리며 3센티미터 6센티미터 조금씩 조금씩 열리더니 울어서 눈 주위가 새빨갛게 부은 미쓰코 씨가 나왔어요.

어떤 얼굴을 하고 있는지 보고 싶었지만, 미쓰코 씨는 저와 힐끗 시선이 부딪치자 얼른 고개를 숙이고 남자 뒤에 숨듯이 소리도 내지 않고 앉아버리더라고요. 그래서 퉁퉁 부은 눈꺼풀과 긴 속눈썹, 그리고 오뚝한 콧날과 깨물고 있는 아랫입술이 보일 뿐이었어요. 미쓰코 씨는 양손을 소매에 집어넣고 몸을 비틀고 앉아 앞섶이 벌어진 것도 여미지 않고 몸을 내던지듯 있었죠. 그런 모습을 보면서, '아, 이 옷이 같이 맞춘 옷이었지' 하고 옷을 맞추었을 때의 일이라든가 그 옷을 입고 같이 사진 찍었던 일 등을 생각하니까 또 화가 치밀었어요. '에잇, 저런 거 안 맞췄더라면 좋았을걸. 차라리 달려들어 갈기갈기 찢어버릴까.' 정말이지 남자만 없었다면 그렇게 했을지도 몰라요. 남자가 그런 낌새를 알아차렸는지 둘이 무슨 말을 하기도 전에 "자, 자" 하고 우리를 몰아내듯 하면서 자기도 옷을 갈아입고, 저한테 받은 돈을 필요 없다고 하는 여관 쪽에 억지로 쥐여준 다음에는 "아 참, 사모님, 대단히 죄송하지만 지금 사모님 댁과 미쓰코 씨 집에 전화를 걸어주셨으면 하는데요"라며 잠시도 틈을 주지 않았어요. 저도 저대로 집이 걱정되어 "이제 곧 미쓰코 씨 바래다주고 돌아갈게. 미쓰코 씨 댁에서 무슨 연락 없었어?"라고 하녀한테 물어보니 "네, 아까 전화가 왔었는데요. 뭐라고 말씀드려야 좋을지 몰라서 몇시라고는 말씀드리지 않고 그냥 두 분이 오사카에 가셨다고 했어요" 하고 대답했어요. "그래, 주인아저씨는 주무서?" "아니요, 아직 안 주무세요." "이제 곧 돌아간다고 말씀드려." 그러고는 미쓰코 씨 댁에 전화를 걸어 "오늘 밤 쇼치쿠 극장에 영화를 보러 갔다가 너무 배가 고파 영화 끝나고 나서 쓰루야 식당에 갔었어요. 많이 늦었습니다. 지금 미쓰코 씨를 바래다주겠습니다"라고 어머니께 말씀드렸더니 "저런, 그러세요? 귀가가 너무 늦어서 지금 막 댁에 전화를 드린 참이었어요" 하시는 것이, 경찰서에서는 연락이 없었던 게 확실했지요. 그래서 그렇다면 다행이니 한시라도 빨리 택시로 가기로 했어요. 남자는 30엔에서 반쯤 남은 돈을 전부 여관의 남녀 심부름꾼한테 주면서 무슨 일이 있어도 절대로 문제되지 않게 해달라고, 경찰이 나와서 이러이러한 조사를 하거든 어떤 식으로 말을 하라는 둥 그런 상황에서도 정말 놀랄 만큼 세세한 데까지 주의를 기울이더라고요. 제가 열시가 좀 지났을 때 도착했고, 한 시간 정도 우물쭈물했으니까 나왔을 때는 열한시가 넘었을 거예요. 그제야 오우메를 기다리게 한 일이 생각나서 "오우메, 오우메"라고 골목에서 서성거리던 오우메를 불러 차에 태운 것까지는 좋았는데 "저도 거기까지 같이 가겠습니다" 하더니 남자가 태연스레 차에 올라탔어요.

미쓰코 씨와 제가 안쪽에 나란히 앉고 오우메와 와타누키가 스페어 시트에 부루퉁한 얼굴로 마주 앉아 한마디도 하지 않은 채 차는 계속 달려갔어요. 무코가와 역에 있는 다리까지 왔을 때 남자가 비로소 입을 열고 "어떻게 하시겠습니까? 역시 전철로 돌아온 것처럼 하지 않으면 곤란할 텐데……"라고 문득 생각난 듯 말을 꺼내더니 "그치? 미쓰코 씨, 어디에서 차를 돌려보낼까?" 하더라고요. 미쓰코 씨 집은 아시야가와 역에서 강 서편을 좀 더 산 쪽으로 올라간 곳으로, 근처에 시오미자쿠라(汐見櫻)라고 하는 유명한 벚나무가 있어요. 전철역에서 겨우 오륙십 미터 거리지만 도중에 호젓한 소나무 숲이 있고, 가끔 도둑이나 강간범이 출몰해서 무척 위험하기 때문에, 언제나 밤늦게 돌아갈 때는 오우메가 같이 있어도 전철역 앞에서 인력거를 이용했거든요. "택시로 그냥 가면 되지, 뭐." "아니야, 그건 안 돼. 인력거꾼이 얼굴을 아니까 역에 좀 못 미쳐서 내리는 게 좋겠다." 이런 말을 하면서 오우메랑 저도 조금씩 입을 열기 시작했지만, 미쓰코 씨만은 한마디도 하지 않고 가끔 맞은편에 앉아 있는 와타누키를 물끄러미 보면서 뭔가 눈짓을 보내고는 한숨을 쉬었어요. 남자가 결국 "그렇다면 국도의 나리히라 다리에서 내리면 되겠군" 하고 미쓰코 씨 얼굴을 보며 말했어요. 그 이유를 저는 잘 알았죠. 그 다리에서 한큐 전철역까지 가는 길은 무척 으슥하고 한쪽은 커다란 소나무가 울창한 방죽 길이거든요. 그런 곳을 여자 셋이 걸어갈 수는 없죠. 와타누키는 조금이라도 더 미쓰코 씨랑 같이 있고 싶어서 택시를 돌려보내고 그 길로 바래다주겠다는 거였어요. "센바의 도쿠미쓰 씨 가게 근처에 삽니다"라고 자기가 말했었는데, 나리히라 다리 이름이랑 근방 길을 잘 안다는 건 둘이서 여러 번 그 근처를 산책했다는 증거죠. 저는 차라리 '남자랑 같이 있는 걸 누가 본다면 큰일 나요. 셋뿐이라면 어떻게든 변명할 수 있으니 댁은 이제 돌아가세요. 나한테 맡기겠다고 한 이상 댁이 안 가면 내가 가겠어요' 하고 말하려 했지만, 오우메가 "그게 좋겠네요, 그러죠"라며 뭐든지 와타누키가 하는 말에 찬성하고 "그럼 죄송하지만 전철 다니는 데까지만 바래다주세요" 하면서 남자의 뻔한 계략에 넘어가버리더라고요. 오우메 역시 미쓰코랑 와타누키와 한패인 게 틀림없었어요. 다리 근처에서 택시를 내려 컴컴한 방죽 길에 들어서니까 "사모님, 이런 어두운 밤에 남자분이 안 계시면 저희끼리는 무서워서 못 가요"라는 둥 괜히 저를 붙들고 지난번 이 길에서 어디에 사는 어떤 남자가 이런 일을 당했다느니 어쩌니 하는 이야기를 끊임없이 지껄이면서 되도록 뒤의 두 사람과 떨어져 걸으려고 애쓰더라고요. 두 사람은 9, 10미터 뒤에서 무슨 의논을 하는지 "흥"이라든가 "네"라는 미쓰코 씨의 목소리가 희미하게 들려왔어요.

역 앞에서 남자가 돌아가자, 셋은 다시 침묵한 채 인력거를 타고 미쓰코 씨 집으로 갔어요. "어머나, 어머나, 왜 이렇게 늦게 오니? 늘 댁에 신세만 끼치네요"라고 어머니가 저한테 무척 미안해하시면서 여러 가지로 감사하다고 하셨어요. 저도 미쓰코 씨도 이상한 얼굴을 하고 있는데다 오래 이야기를 하다가는 꼬리가 잡힐까봐 택시를 불러주시 겠다는 걸 "아니에요, 인력거를 기다리게 했습니다" 하고 도망치듯 나와서, 한큐 전철로 슈쿠가와까지 되돌아가 거기서 택시를 타고 고로엔으로 돌아왔어요. 그랬더니 정확히 열두시였어요. "오셨어요?"라며 현관에 나온 하녀들에게 "변호사님은 뭐 하고 계셔? 주무셔?" 하고 물었더니 "조금 아까까지만 해도 안 주무셨는데 방금 잠이 드신 것 같아요" 하더라고요. '잘됐다, 아무것도 모르고 자는 게 낫지' 라고 생각하면서 가능한 한 살그머니 문을 열고 소리를 죽여 침실로 들어갔어요. 침대 옆 테이블에는 백포도주 병이 놓여 있고 남편은 머리까지 이불을 뒤집어쓴 채 자고 있었어요. 술이 아주 약해서 잘 때는 좀처럼 마시지 않는데 아마 너무 걱정이 되고 잠이 안 와서 마셨겠지 싶어서 조용한 숨소리를 어지럽히지 않게 조심조심 누웠어요. 그런데 잠이 오기는커녕 생각하면 할수록 분하고 자꾸 화가 나서 누군가가 제 가슴을 쥐어뜯는 것 같더라고요. '정말 어떻게 복수해줄까? 무슨 일이 있어도 이 원수는 꼭 갚고 말 거야' 하고 생각하자 불끈 화가 치밀어서, 저도 모르게 테이블에 손을 뻗어 유리잔에 반쯤 남아 겸은 포도주를 단숨에 들이켰어요. 그날 밤은 저녁부터 겸은 소동으로 무척 피곤했던데다 저도 평상시에는 전혀 술을 마시지 않았기 때문에 금방 술기운이 돌았는데, 기분 좋게 멍해지는 게 아니라 깨질 것처럼 머리가 울리고 가슴께가 메슥거리면서 온몸의 피가 한꺼번에 머리로 올라오는 듯했어요. 저는 숨을 헐떡이면서 "정말, 어쩜 다같이 나를 우습게 보고. 내가 어떻게 할지 두고봐"라고 소리 내서 말할 만큼 그 일만 생각했어요. 술통에서 술이 쏟아져 나오는 듯 격렬하게 심장이 쿵쾅쿵쾅 맥박 치는 소리가 들렸어요. 문득 정신을 차려보니 어느새 남편 가슴도 쿵쾅쿵쾅 뛰고 있었어요. 뜨거운 숨을 헉헉 내쉬는 두 사람의 호흡과 심장 뛰는 소리가 시간이 갈수록 점점 더 강해지고 두 심장이 동시에 터질지도 모른다고 생각했을 때, 갑자기 남편이 저를 꽉 끌어안았어요. 다음 순간 남편의 헐떡이는 숨소리가 가까워지더니 불타는 듯한 입술이 제 귓불에 닿고 "여보, 잘 돌아왔어" 하더라고요. 저는 그 말을 듣자 웬일인지 갑자기 눈물이 솟구쳐서 "아유, 분해"라며 온몸을 떨면서 울었어요. 그러고는 이번에는 제 쪽에서 남편한테 달라붙어 "분해, 분해, 분해"라며 남편 몸을 쥐어뜯듯이 흔들었어요. "뭐야, 왜 그렇게 분해? 뭐가 그렇게 분해?" 남편이 너무나 다정한 목소리로 "응? 뭐가 분한지 말해봐. 울기만 해서는 알 수가 없잖아? 응? 어떻게 된 거야?" 하면서 손바닥으로 제 눈물을 닦아주고 달래기도 하고 어르기도 해서 저는 점점 더 서러워졌어요. 저는, '아, 역시 남편이 제일이야. 나는 천벌을 받은 거야. 이제 그런 사람은 완전히 잊고 평생 이 사람의 사랑에만 매달리자' 생각하며 오로지 후회하는 마음으로 "오늘 밤 일을 전부 말할 테니까 꼭 용서해줘"라며 결국 남편에게 그때까지 있었던 일을 전부 이야기해버렸어요.

12

저는 완전히 심기일전해서 다음 날 아침에는 남편보다 두 시간이나 먼저 일어나 부엌에 나가 아침을 준비하고 남편의 양복을 챙기는 등 늘 하녀들한테 맡기던 일을 앞장서서 했어요. "당신, 오늘 학교 안 가?" 출근 준비를 하던 남편이 거울 앞에서 넥타이를 매며 말했어요. "나, 이제 학교 그만두려고." 남편 뒤에서 상의를 입혀주고, 벗어놓은 옷을 접으면서 제가 말했어요. "왜 그래? 학교는 안 그만둬도 되잖아?" "그깟 학교 가봤자 별것도 없는데 뭐…… 보고 싶지 않은 사람하고 매일 얼굴 마주치는 것도 싫고." "응, 그래? 그렇다면 그만둬도 괜찮지만." 남편은 고마워하는 눈초리로 그렇게 말은 했지만, 곧 왠지 아쉬우면서도 불쌍하다는 듯이 "그렇지만 뭐, 특별히 그 학교만 다닐 필요는 없지 않을까? 그림을 배우고 싶으면 화실에라도 나가면 어때? 나도 매일 아침 같이 출근하는 게 좋고 말이야"라고 했어요. 하지만 저는 "난 이제 아무 데도 안 갈래. 어디 가나 어차피 변변한 것도 배우지 못할 텐데, 뭐" 하고는 딴에는 그날부터 괜찮은 주부가 된 듯이 하루 종일 집에서 열심히 일했어요. 남편은 마음속으로, 제멋대로였던 제가 마치 새로 태어난 사람처럼 고분고분해진 게 얼마나 기뻤을까요. 그러면서도 다시 둘이 사이좋게 오사카에 다니던 예전 생활로 되돌리고 싶은 마음이 있었겠죠. 사실은 저도, '조금이라도 더 남편이랑 있고 싶다. 떨어져 있으면 그사이에 쓸데없는 망상이 떠오를지 모른다. 남편 얼굴만 보고 있으면 그 사람을 잊을 수 있으리라' 하는 생각에 따라가고 싶은 마음도 있었지만, '아냐, 그렇지 않아. 어쩌다가 길에서 미쓰코 씨와 부딪치면?…… 물론 말도 안 할 테지만, 그래도 딱 부딪치면 어떻게 하지? 새파랗게 질려 덜덜 떨면서 한 발자국도 못 움직이고 쓰러져버릴지 몰라.' 그렇게 생각하니 밖에 나가는 게 무서워서 오사카는커녕 바로 앞의 전철 길까지 가는 것도 무서웠어요. 다른 사람 그림자만 봐도 흠칫 놀라고, 습격당한 것처럼 허둥지둥 집으로 도망쳐 와서 쿵쿵 뛰는 가슴을 눌렀기 때문에 '못해, 못해. 한 발짝도 못 나가겠어. 당분간은 죽은 셈치고 집에서 가만히 있자. 부엌일이든 걸레질이든 뭐든지 열심히 하자'라고 스스로를 타일렀어요. '장롱 서랍에 있는 편지 따위는 태워버리자. 관음보살 그림을 먼저 처리해버리자' 하면서, 그것도 매일 신경이 쓰이는 일이라서 '오늘이야말로 태워버리자. 오늘이야말로 태워버리자' 하고 장롱 옆까지 가도 막상 손에 잡으면 읽어보고 싶어지지는 않을까 무서워서 열 수가 없었어요. 하루 종일 그렇게 지내다가 저녁에 남편이 돌아오면 '아, 다행이다' 하고 무거운 짐을 내려놓았어요. "나 요즘은 아침부터 밤까지 당신 생각만 해. 다른 생각은 전혀 안 하니까 당신도 그렇게 해야 돼." 저는 남편 목에 꼭 매달려서 "내 마음에 작은 틈이라도 생기지 않게 언제나 언제나 계속 예뻐해줘야 해. 안 그러면 싫어"라고 말했어요. 이제는 남편의 사랑만이 유일한 버팀목이었어요. "더 사랑해줘, 더 사랑해줘……" 제가 하는 말은 그것뿐이었어요. 어느 날 밤에는 "아직 사랑이 부족해"라며 미친 듯이 날뛰니까 "당신은 참 극단에서 극단이야"라고 남편이 달래듯 말했어요. 제가 너무 광적으로 매달리니까 오히려 당황했겠죠.

그러면서도 만일 그녀가 불쑥 찾아오면 싫든 좋든 말을 해야 할 테니까 그게 무엇보다 걱정이었어요. 하지만 아무리 뻔뻔해도 차마 저를 찾아올 수는 없었는지, 다행히 미쓰코 씨는 그 뒤로 아무 소식이 없었어요. 저는 마음속으로 하느님과 부처님께 기도하며 결국 그렇게 된 운명을 고맙게 생각했어요. '정말이지 그날 밤 같은 사건이 일어나지 않았더라면 이렇게 깨끗이 쉽사리 끊을 수는 없었을 텐데 이것도 다 하느님의 뜻이겠지. 분한 것도 슬픈 것도, 끝난 일은 전부 꿈이라 생각하고 잊어버리자' 하고 겨우 마음을 가라앉힌 건 그러고 나서 보름이 지난 6월 하순경이었어요. 작년 여름은 마른장마가 이어졌기 때문에 매일 날씨가 좋아서 집 앞 해안가에 헤엄치러 오는 사람이 가끔 보였어요. 늘 한가했던 남편에게 그때는 희한하게도 사건 의뢰가 있어서, 남편은 조금만 지나면 시간이 날 테니 어디론가 피서라도 가자고 저한테 말했어요. 그러던 어느 날 부엌에서 체리 젤리를 만들 때였어요. "오사카의 SK병원에서 사모님을 찾는 전화가 왔어요"라고 하녀가 저를 부르는데, 뭔가 이상한 예감이 들었어요. "누가 입원했는지 다시 한 번 물어봐" 했더니, "직접 사모님께 말씀드리겠대요. 남자 목소리예요"라는 거예요. "그래? 이상하네" 하면서 전화를 받았는데, 그때부터 왠지 마음이 스산해서 수화기를 든 손이 묘하게 떨렸어요. 상대방은 "가키우치 씨 댁 사모님이십니까?"라고 두 번 세 번 확인하더니 갑자기 목소리를 낮추고 "난데없이 정말 죄송하지만, 사모님이 혹시 영어로 된 피임법 책을 나카가와 씨 댁 사모님께 빌려주셨습니까?" 하고 이상한 질문을 하더라고요. "네, 제가 분명히 어떤 사람한테 그 책을 빌려주긴 했지만 저는 나카가와라는 분은 잘 모릅니다. 아마 저한테 빌린 사람이 또 빌려줬나봐요." 그렇게 말하자 상대방은 바로 "네, 네"라고 하더니 "사모님이 빌려주신 분은 도쿠미쓰 미쓰코 씨입니까?"라고 물었어요. 통화하면서 예상은 했지만 그 이름을 들은 순간 전기가 온몸에 찌르르 흐르는 것 같았어요. 아, 그 책은 그 전화가 오기 한 달 전쯤에 미쓰코 씨한테 빌려주었던 거예요. 미쓰코 씨의 친구인 나카가와 부인이 아이를 낳기 싫어한다는 이야기에서부터 시작해 "언니는 틀림없이 뭔가 좋은 방법이 있나봐" 하기에, "사실은 내가 좋은 책을 갖고 있거든. 미국에서 출판된 책인데 거기 보면 얼마든지 방법이 있어" 하고는 빌려준 채 잊어버리고 있었어요. 그런데 병원에서는 '그 책 때문에 큰일이 일어나서 대단히 난감하다. 전화로는 더이상 말씀드릴 수 없지만 가운데에 낀 도쿠미쓰 씨 댁 아가씨도 여러 가지로 걱정하셔서 아무래도 한번 사모님을 뵙고 비밀리에 의논드리고 싶어 한다. 지난번부터 여러 번 편지를 보냈다는데 사모님이 전혀 답장이 없어서 난처해한다. 그러니 꼭 도쿠미쓰 씨를 만나봐달라. 병원 측에서 직접 가 뵙는 것은 꺼릴 사정이 있다. 표면상 병원은 모르는 걸로 하고 도쿠미쓰 씨를 만나는 게 제일 좋다. 만일 만나지 못하겠다고 하면 병원 측은 이 사건에 대해 사모님께 어떤 피해가 가더라도 일절 모른 척할 것이다'라고 하더라고요. 저는 미쓰코 씨랑 와타누키가 계략을 짜고 또 저를 속이는 게 아닌가 반신반의했지만, 어쨌든 당시는 낙태 문제가 시끄러웠던 때라 어디어디 박사가 체포되었다, 무슨무슨 병원이 당했다 하는 기사가 자주 신문에 실리곤 했거든요. 아까도 말씀드렸듯이 그 책에는 약에 의한 방법이나 기구에 의한 방법 등 법률에 저촉될 만한 내용이 가득해서, 나카가와 부인이라는 사람이 뭔가 잘못해서 엄청난 일을 저질렀거나 아마추어의 손으로는 수

습할 수 없는 지경이 되어 병원에 실려 갔을지도 모른다고 생각했어요. 저는 미쓰코 씨한테서 편지가 오면 저한테 보이지 말고 전부 태워버리라고 하녀들한테 명령했었기 때문에, 그런 사건이 일어났으리라고는 상상도 못했죠. 병원 측에서 무척 다급해하며 무슨 일이 있어도 오늘 중에 만나줬으면 좋겠다고 해서 전화로 남편한테 의논했더니 "그렇다면 안 만날 수도 없겠지" 하더라고요. 그래서 할 수 없이 알았다고 대답했더니 병원 사람은 미쓰코 씨한테 연락해 바로 저를 찾아가라고 전하겠다고 했어요.

13

그 전화가 온 게 두시경이었는데 그러고 나서 삼십 분이 지났을 무렵 벌써 미쓰코 씨가 왔더라고요. 아무리 병원에서 재촉해도 외출하려면 늘 한두 시간은 몸치장을 하는 사람이니까 저는 빨라도 저녁때가 아니면 밤에 오겠지 하고, 설마 그렇게 빨리 올 줄은 몰랐는데, 대문 벨소리 다음에 현관 콘크리트 바닥을 밟는 신발 소리가 나면서…… 현관부터 안쪽은 전부 열어뒀었거든요. 바깥에서 휙 불어오는 바람과 함께 그리운 냄새가 복도를 따라 들어왔어요. 공교롭게도 남편은 아직 돌아오지 않았고, 저는 엉거주춤 일어선 채 어딘가 도망칠 곳을 찾는 것처럼 우왕좌왕했어요. 손님을 맞으러 나갔던 하녀가 허둥지둥 뛰어와서 "사모님! 사모님!"이라고 안색이 변해서 저를 부르기에 "알아, 알아, 미쓰코 씨지?" 하고 현관에 나갈 준비를 하며

"아, 잠깐 잠깐……"이라고 누구를 상대로 하는지도 알 수 없는 말을 내뱉고 "저…… 조금 기다려달라고 해. 우선 아래층 객실로 안내해드려" 하고는 2층에 올라가서 침대에 앉아 잠시 두근거리는 심장을 가라앉혔어요. 겨우 자리에서 일어나 안색을 숨기기 위해 볼터치를 조금 짙게 하고 백포도주를 한 잔 마시고 나서야 마음을 단단히 먹고 내려갔죠.

칸막이로 달아놓은 발 너머로 화려한 무늬가 힐끗힐끗 보였어요. 손수건으로 땀을 누르면서 앉아 있는 모습을 보자 다시 가슴이 쿵쿵거리더라고요. 미쓰코 씨 쪽에서도 발 너머로 이쪽을 보고 있다가 제가 들어가자 기다렸던 것처럼 "안녕"이라고 말하면서 생글생글 웃더군요. "나, 언니한테 그 뒤로 소식도 못 전하고…… 미안해. 그동안 너무 여러 가지 일이 있어서…… 그리고 언니가 그날 밤 일을 어떻게 생각할지, 틀림없이 화내고 있을 거라고 생각하니까 너무 면목이 없어서……" 미쓰코 씨는 주저주저 제 안색을 살피는가 싶더니 역시 곧 허물없는 예전 말투로 "언니, 지금도 화 안 풀렸어?" 하며 제 눈을 들여다봤어요. 저는 억지로 "도쿠미쓰 씨"라고 정식으로 성을 부르고 나서 "오늘은 그런 이야기를 하러 오신 게 아니지 않습니까?" 하고 말했죠. "그렇지만 언니가 그때 일을 용서해주지 않으면 내가 이야기를 꺼낼 수가 없잖아." "아니죠. 저는 나카가와 씨 댁 사모님 일을 SK병원에서 부탁받았고, 그 이야기만 들으라고 남편한테 허락받았습니다. 그러니 다른 이야기는 하지 말아주세요. 그리고 지난번 일은 전부 제가 바보라서 생긴 일이니 누굴 원망하거나 화낼 생각도 없습니다. 도쿠미쓰 씨도 이제는 저를 '언니'라고 부르지 않았으면 좋겠어요. 안 그러면 나가겠습니다……" 그 말에 미쓰코 씨는 과연 기가 죽어서 고개를 숙인 채 끈처럼 비비 꼰 손수건을 손가락에 돌돌 감고는 눈물을 글썽거리는 척하고 아무 말도 안 했어요. "미쓰코 씨도 그 이야기 때문에 온 건 아니잖아요? 자, 용건을 얘기하세요." "언니가 그렇게 말하면……" 미쓰코 씨는 여전히 '언니'라고 저를 부르면서 "……말하고 싶어도 가슴이 막혀서 말이 안 나오는데…… 사실 아까 그 전화, 나카가와 씨 부인 이야기가 아니야." "뭐? 그럼 누구 이야긴데?" 그러자 미쓰코 씨는 미간에 주름을 모으고 킥 하고 묘하게 웃더니 "내 이야기야"라는 것이었어요. "그렇다면 병원에 입원했다는 게 미쓰코 씨야?" '아, 이 사람은 도대체…… 어디까지 뻔뻔할 수 있는지! 와타누키의 아이를 임신하고 처치 곤란해지니 또 나를 이용하려고! 실컷 쓴맛을 보게 해놓고는 아직도 모자란 건가?' 온몸이 떨리는 걸 꾹 참고 가능한 한 시치미를 떼고 제가 물어보자 "응, 그렇게 됐어." 미쓰코 씨는 고개를 끄덕이고 "입원하겠다고 했는데 안 된다는 거야"라고 앞뒤가 안 맞는 소리를 하더라고요. 하는 이야기를 천천히 들어봤더니 그때 저한테서 빌린 책을 보고 이것저것 시험해봤지만 잘 안 됐다고 해요. 우물쭈물하다가는 남의 눈에 띌 것 같아 너무 초조했었는데, 다행히 와타누키가 아는 사람 중 도쇼마치에서 약방을 하는 사람이 있어서 그 책에서 말하는 대로 약을 지어 먹었대요. 하긴 약방 사람한테는 사정을 밝히지 않고 그냥 필요한 약만 얻어서 적당히 조합해 먹은 거였죠. 그런데 뭐가 잘못됐는지 전날 밤에 갑자기 배가 아파서 의사를 부른 사이 엄청나게 하혈을 했대요. 그래서 의사한테 사연을 말하고 식구들한테는 비밀로 해달라고 오우메랑 둘이 부탁하자, 단골

의사지만 "참 곤란하네요" 하고 한숨만 쉬면서 "제 힘으로는 처리하기 곤란한 일입니다. 아마 수술하셔야 할 텐데 어딘가 전문병원을 아시면 거기서 의논하세요. 저는 응급조치만 해드리겠습니다"라고 완곡하게 거절하고는 도망쳐버렸대요. SK병원이라면 원장을 잘 아니까 어떻게든 해주겠지 싶어서 아침에 가서 진찰을 받았지만, 거기서도 똑같은 이야기를 하면서 좀처럼 들어주지 않았대요. 그 병원을 세울 때 미쓰코 씨 아버지가 돈을 대주셨기 때문에 미쓰코 씨하고 오우메가 애원하면서 부탁하자 병원장은 "참 난처한데요, 난처해요. 예전 같으면 이깟 일은 어떤 의사라도 처리해주었겠지만 아시다시피 요즘은 여론이 시끄러워서 자칫하면 저뿐 아니라 댁의 불명예가 될 일이 안 생긴다는 보장이 없어요. 그렇게 되면 아버님께 면목이 안 섭니다. 그건 그렇고 왜 여태껏 내버려둔 겁니까? 이렇게 되기 전이었다면, 하다못해 한 달만 빨랐어도 어떻게든 해드렸을 텐데"라고 했대요. 그러는 동안에도 미쓰코 씨는 가끔 배가 아프다며 하혈을 했는데, 거기서 무슨 일이 일어나면 병원에 혐의가 갈 테고 또 괴로워하는 걸 그냥 보고 있을 수도 없었는지 병원장이, "도대체 누가 뭐라고 해서 어떤 약을 먹었는지 알려주세요. 그 말을 들었다는 사실은 가능한 한 비밀로 하겠지만, 만일 문제가 생길 경우 그 사람이 증인이 되어주겠다고만 하면 수술해드리겠습니다"라고 해서, 미쓰코 씨는 저한테 책을 빌려 이런저런 방법을 시도해봤다는 이야기를 하고, 제가 늘 그 책에 나오는 처방대로 해서 목적을 달성했기 때문에 자기도 잘될 거라고 생각했다고 말했대요. 그랬더니 원장이 잠시 생각하더니, '이런 일은 의사가 아니라도 경험이 많은 아마추어 쪽이 오히려 쉽게 잘 처리할 수 있다. 서양 여자들은 이렇게 저렇게 해서 남의 손을 안 빌리고 자기가 처리하는 게 상식화되어 있으니 그쪽이 방법을 잘 안다면 차라리 해달라고 하면 좋지 않을까. 아무튼 일이 잘못되어도 그쪽에서 책임을 지겠다고 한다면 수술해주겠다. 그게 싫으면 빌려준 책이 재앙이었다고 생각하고 그 사람이 어떻게 좀 해주면 좋지 않을까. 의사와는 달리 일반인이라면 들킬 염려도 적고 들켜봤자 큰 문제가 되지 않을 것이다'라고 했다더라고요. "언니, 나도 언니한테 그런 일을 해달라고 온 건 아니야. 하지만 그대로 있자니 가끔씩 통증이 올 때마다 아파서 견딜 수가 없고, 끔찍한 병으로 발전할 수도 있다는 이야기도 들었어. 언니가 책임을 지겠다고만 하면 수술해주겠다는데……" "책임을 지다니? 어떻게 하라는 거야?" 하고 물어봤더니 병원에 같이 가서 원장과 제3자 입회하에 약속을 하든가 아니면 나중을 위해 한마디 써달라고 하더군요. 그렇지만 그런 일을 함부로 할 수도 없고, 게다가 미쓰코 씨 말이 어디까지 진실인지도 의문이었어요. 어젯밤에 하혈을 했다는 사람이 별로 초췌해 보이지도 않을뿐더러 그런 일이 있었는데 싸돌아다니는 것도 이상하고, 병원 사람한테서 온 전화도, 그런 자리에 있는 사람이 나카가와 부인 이름을 함부로 끌어다 쓸 리 없으니 뭔가 또 수작을 부리는 것 같아서 함부로 대답을 하면 안 되겠다고 생각했죠. 그러는 중에 또 미쓰코 씨가 "아, 아파…… 또 아프기 시작한다" 하면서 배를 문질렀어요.

14

"왜 그래?" 하고 묻는 중에 금방 얼굴이 창백해지더니 "언니, 언니, 빨리 화장실에 데려다줘" 하더라고요. 이게 무슨 일인가 하고 저도 당황해서 다다미 위를 기어 다니는 미쓰코 씨를 끌어안아 일으키자, 미쓰코 씨는 헐떡거리면서 제 어깨에 기대 간신히 걸었어요. 제가 화장실 밖에서 "어때? 어때?" 하는 말에 신음 소리가 점점 심해지더니 "아, 괴로워. 언니! 언니!" 하고 미쓰코 씨가 소리를 질렀어요. 저는 정신없이 뛰어 들어가서 "정신 차려! 정신 차려!" 하면서 어깨를 문지르고 "뭔가 나왔어?" 하고 물었어요. 그랬더니 미쓰코 씨는 잠자코 고개를 저으면서 "나 이제 죽어, 죽을 거야…… 살려줘"라고, 정말이지 다 꺼져들어가는 목소리로 말하고는 "언니……" 크게 한마디 내뱉고 양손으로 제 팔에 매달렸어요. "이까짓 일로 죽긴 왜 죽어? 미쓰 씨, 미쓰 씨" 하고 격려했지만, 미쓰코 씨는 이미 아무것도 안 보이는 듯 초점이 풀린 눈으로 "언니, 나를 용서해줘. 나 이렇게 언니 옆에서 죽는 게 평생 소원이었어" 하더라고요…… 아무리 연기라고 해도 잡고 있는 손이 점점 차가워지는 것 같고, 그런데도 제가 "의사 부를까?" 물으면 "언니한테 폐가 될 테니까 부르면 안 돼. 이왕 죽는 거 이대로 죽게 해줘"라는 거예요. 그대로 둘 수는 없어서 하녀들한테 도와달라고 해서 2층 침실로 데려갔어요. 예기치 못한 상황이라 이불을 깔 시간도 없었고 침실에 들이는 게 찜찜하기도 했지만, 아래층은 전부 다 문을 열어젖힌 여름용 방이어서 어쩔 수 없이 그렇게 했어요. 간신히 침대에 누이고 나서 바로 남편하고 오우메한테 전화를 걸려고 했더니 미쓰코 씨는 "언니, 아무 데도 가면 안 돼"라면서 소매를 꽉 쥐고 잠시도 놓지 않았어요. 그러는 동안 다소 진정이 되었는지 조금 전처럼 괴로워하지는 않더라고요. 의사를 안 불러도 되겠다 생각하니 그때는 정말이지 안심이 됐어요.

그렇게 되니 또 곁을 떠날 수가 없어서 "화장실이 더러우니까 지금 청소해둬"라고 하녀를 아래층에 보내고 약이라도 먹이려 했는데, 미쓰코 씨는 "필요 없어, 필요 없어" 고개를 저으면서 "언니, 나 허리띠 좀 느슨하게 해줘"라고 부탁했어요. 저는 허리띠를 풀어주기도 하고 피가 묻은 버선을 벗기기도 하고 알코올과 탈지면으로 손이랑 발을 닦아주기도 했어요. 그러다 다시 발작이 왔는지 미쓰코 씨는 "아, 괴로워! 괴로워! 물, 물……" 하면서 시트랑 베개를 닥치는 대로 쥐어뜯고 몸을 새우처럼 구부리더니 몸부림을 쳤어요. 컵에 물을 떠 왔지만 너무 날뛰어서 마시게 할 수가 없어, 하는 수 없이 억지로 누르고 물을 제 입에 머금어 미쓰코 씨 입에 넣어주었어요. 그랬더니 맛있다는 듯이 꿀꺽꿀꺽 마시고 또 "괴로워, 괴로워" 하면서 "언니 제발 내 등에 올라타서 꽉 눌러줘" 하고는 여기를 주물러달라, 저기를 쓰다듬어달라 부탁해서 말하는 대로 쓰다듬고 주물러줬어요. 그렇지만 조금 나아졌나 싶으면 바로 또 "아야, 아야" 소리를 질러대고, 좀처럼 가라앉을 것 같지 않더라고요. 그래도 잠시라도 편해지면 "아아, 이렇게 힘든 꼴 당하는 것도 전부 언니를 속인 벌이야…… 이러다 죽으면 언니도 용서해주려나?"라고 혼잣말처럼 하면서 훌쩍훌쩍 울었어요. 그러다가 또다시 통증이 온 듯 전보다 더 괴롭게 몸부림치면서 핏덩어리가 나온 것 같다는 둥 말을 했지만 몇 번이고 "나왔다, 나왔다" 말할 때마다 살펴봐도 그런 건 전혀 없었어요. "너무 신경을 써서 그런 생각이 드는 거야. 아무것도 없어." "안 나오면 나는 이제 죽겠네. 언니는 내가 죽으면 속이 시원하겠지?" "무슨 그런 쓸데없는 소리를 해." "그렇다면 이런 생지옥 같은 고통을 맛보게 하지 말고 빨리 나를 편하게 해주면 되잖아…… 언니는 의사보다 더 잘 알면서." 미쓰코 씨가 그런 말을 한 건 언젠가 제가 "간단한 도구만 있으면 아무것도 아니야"라고 했기 때문이에요. 하지만 저는 이미 미쓰코 씨가 "나왔다, 나왔다"라면서 난리를 칠 때부터 전부 거짓말이라는 걸 눈치챘어요…… 사실은 그전부터 조금씩 눈치챘지만 알면서 속은 척하고 있었죠. 미쓰코 씨도 제가 속은 척한다는 걸 다 알면서 뻔뻔스럽게 연기를 했고요. 그러니까 그때부터는 서로를 속이면서…… 뭐 그런 일이라면 선생님이 더 잘 아시겠지만, 결국 저는 눈을 빤히 뜬 채 미쓰코 씨가 쳐놓은 올가미에 빠져버린 거예요…… 아, 그 빨간 게 뭔지는 안 물어봐서 지금까지도 가끔 궁금해요. 연극에서 쓰는 가짜 피 같은 걸 감추고 있었던 게 아닐까요…… "언니, 그럼 지난번 일은 화 안 내는 거지? 용서해줄 거지?" "다음에 또 나를 속이면 그때는 미쓰 씨를 죽여버릴 테야." "나도 언니가 아까같이 쌀쌀맞게 굴면 언니를 살려두지 않을 거야." 겨우 한 시간이 지나는 동안 우리는 다시 예전처럼 돌아가버렸어요. 그러자 저는 갑자기 남편이 돌아오는 게 두려워졌어요. 일단 헤어졌다가 다시 만나니 그리움이 전보다 한층 커져서 잠시도 떨어지고 싶지 않더라고요. 당장 앞으로 어떻게 해야 매일 만날 수 있을지도 걱정이었고요. "아아, 어떡하지? 미쓰, 내일도 와줄 거지?" "언니네 집에 와도 돼?" "되는지 안 되는지 그런 거 이제 나도 모르겠어.” “그럼 같이 오사카 안 갈래? 내일 언니가 편한 시간에 전화할게.” “나도 전화할게.” 그러는 사이에 금방 저녁때가 되어서 “오늘은 그만 갈게. 남편이 돌아오실 테니까……”라며 갈 채비 하는 걸, “조금만 더, 조금만 더” 하고 여러 번 붙들었지만 “아이, 떼쟁이, 그렇게 응석 부리면 안 돼요. 내일 꼭 연락할 테니까 얌전히 기다려요”라고 미쓰코 씨는 거꾸로 저를 타이르고 다섯시쯤 돌아갔어요.

당시 남편은 대개 여섯시쯤 돌아왔는데, 그날은 제가 걱정이 돼서 조금 빨리 돌아오지 않을까 생각했어요. 그런데 맡은 사건이 아직 안 끝났는지 미쓰코 씨가 돌아가고 한 시간이 지나도 돌아오지 않더라고요. 저는 그동안 방을 치우고 침대를 깨끗하게 정돈하고 방바닥에 떨어진 미쓰코 씨의 버선을 주워서—버선에 피가 묻어 제 버선을 빌려 신고 갔거든요—거기 묻은 핏자국을 보며 여전히 꿈을 꾸는 듯 멍하니 있었어요. 남편한테 어떻게 변명을 해야 좋을까? 이 방을 썼다고 말해야 하나? 말하지 말까? 어떻게 해야 미쓰코 씨를 다시 만날 수 있을지 모르겠네…… 그런 생각을 하고 있는데 갑자기 “주인아저씨 오셨습니다”라고 아래층에서 소리가 나서 버선을 옷장 서랍에 집어넣고 내려갔어요. “어떻게 된 거야? 아까 그 전화는?” 남편은 제 얼굴을 보자마자 물었어요. “정말 혼났어. 왜 좀 더 빨리 안 돌아왔어?” “그러려고 했는데 공교롭게도 일이 안 끝나서…… 도대체 뭐가 어떻게 됐다는 거야?” “무슨 일이 있어도 꼭 병원에 와달라는데 그래도 괜찮은지 몰라서, 어쨌든 내일까지 기다려달라고 했어……” “그래서 미쓰코 씨는 갔어?” “내일 꼭 같이 가달라고 하면서 돌아갔어.” “당신이 그런 책을 빌려준 게 잘못이지.” “아무한테도 안 보여주겠다고 해서 빌려

졌는데 정말 내가 큰 잘못을 저질렀어. 어쨌든 내일은 병문안 다녀올
게. 나카가와 씨 댁 사모님을 아주 모르는 것도 아니고……" 저는 그
렇게 말해서 우선 다음 날 나갈 구실을 만들었어요.

15

그날 밤 저는 날이 새기만을 학수고대하다가 여덟시에 남편이 출근
하자마자 전화기 앞으로 뛰어갔어요. "언니 엄청 빠르네. 벌써 일어났
어?" 수화기에서 들리는 목소리는 전날에도 들은 목소리였지만 눈앞
에서 듣는 것과는 또 다른 그리움에 가슴이 두근거렸어요. "미쓰 씨는
아직 자고 있었어?" "응, 지금 전화 때문에 깼어." "나 아무 때라도 나
갈 수 있는데 미쓰 씨도 바로 나올 수 있어?" "그러면 얼른 준비할게.
아홉시 반에 한큐 선 우메다 역에서 만날까?" "아홉시 반에 꼭 나올
거지?" "당연하지." "오늘은 미쓰 씨, 하루 종일 시간 있지? 늦게 들
어가도 되는 거지?" "그럼, 되고말고." "나도 그럴 생각으로 나갈게."
약속 시간에 맞춰 나갔지만 미쓰코 씨의 모습은 안 보였어요. 늘 그러
듯 치장하느라 시간이 걸리나보다 했다가 또 속은 게 아닌가 의심도
해보고 공중전화로 전화를 걸어볼까 했다가 그동안 왔다가 가버리면
안 되지 하고 혼자 초조해하고 있으려니 열시 지나서야 겨우 "언니,
많이 기다렸어?" 하면서 개찰구에서 허둥지둥 뛰어오더라고요. "어디
갈까?" "미쓰 씨, 어디 좋은 곳 몰라? 조용하고 아무도 없는 곳에서
느긋하게 하루를 보내고 싶어." "그럼 나라에 가요." 미쓰코 씨가 말

해서 "맞아, 그래, 그래. 둘이 처음 사이좋게 놀러 간 곳도 나라였지. 추억 많은 와카쿠사 산의 저녁 경치…… 왜 지금까지 그 추억의 장소를 잊고 있었을까?" "진짜 좋은 곳을 생각해냈지? 우리 또 와카쿠사 산에 올라가자"라고 했을 때는 정말 얼마나 기뻤던지…… 감격했을 때의 제 버릇으로 눈물을 글썽이면서 "빨리 가자, 빨리" 하고 서둘러 오사카 택시회사 안내원의 안내를 받아 택시에 탈 때까지, 발이 땅에 닿아 있는 것 같지도 않았어요. "어젯밤부터 어디 갈지 여기저기 생각했는데 나라가 제일 좋겠더라고." "나도 어제 한숨도 못 잤는데 도대체 나는 뭘 생각했는지 몰라." "내가 가고 나서 남편이 바로 왔어?" "한 시간 정도 지나고 왔어." "뭐라고 했어?" "이제 그런 건 묻지 마. 오늘 하루 집은 잊고 싶어." 나라에 도착해서는 다이키 전철 종착역에서 바로 버스를 타고 와카쿠사 산 기슭까지 갔어요. 지난번과 달리 흐리고 더운 날이라서 흠뻑 땀에 젖어 꼭대기까지 올라갔죠. 산 위에 있는 휴게소에서 쉬다가 전에 귤을 굴리면서 놀던 일이 생각났어요. 마침 여름귤을 팔고 있기에 사서 둘이서 데굴데굴 굴렸더니 아래쪽에 있던 사슴이 깜짝 놀라서 도망가더군요. "미쓰 씨, 배고프지 않아?" "고프지만 여기 좀 더 있고 싶어." "나도 언제까지나 여기에 있고 싶어. 과자 같은 걸 먹고 참자." 우리는 점심 대신 삶은 달걀을 먹으면서 대불전 지붕 너머로 이코마 산을 봤어요. 미쓰코 씨가 "지난번에는 고사리랑 뱀밥을 잔뜩 땄잖아, 언니?" 하면서 "지금은 뒷산에 가도 아무것도 없겠지?" "그야 요즘은 아무것도 없지." "그래도 지난번에 갔던 곳에 가보고 싶어"라고 해서 뒷산으로 이어지는 계곡 쪽으로 내려갔어요. 그 부근은 봄에도 사람들이 별로 안 가는 곳이라 여름에는 더더

욱 한적하고 나무랑 풀만 잔뜩 우거져 혼자서는 좀처럼 갈 엄두를 못
내는 처절한 느낌이 드는 곳이지만 우리 둘에겐 아무도 보는 사람이
없는 좋은 장소였어요. 무성한 풀 그늘에 누워 그야말로 하늘의 구름
밖에는 모를 은신처를 발견하고 "미쓰……" "언니……" "이제 평생
사이좋게 지내자." "나 언니랑 여기서 죽고 싶어"라는 대화를 나누고,
그 뒤로 아무 말 없이 얼마나 그 자리에 있었는지 몰라요. 시간도, 세
상도, 모든 것을 잊고 저한테는 그저 영원히 사랑스러운 미쓰코라는
사람만이 있을 뿐이었어요……

그러는 동안 하늘이 완전히 흐려지는가 싶더니 차가운 것이 뚝 얼
굴에 떨어졌어요. "비가 오나봐." "아이, 미운 비." "젖으면 안 되지.
본격적으로 내리기 전에 내려가자." 서둘러 산에서 내려왔더니 비는
잠깐 후드득 오다가 그쳐버렸어요. "이럴 줄 알았으면 좀 더 있을걸."
"정말이야. 비가 어쩜 이리 심술궂을까." 내려가니 갑자기 둘 다 배가
고파져서 "마침 티타임이니까 호텔에 가서 샌드위치라도 먹을까?" 했
더니 미쓰코 씨가 "내가 좋은 곳을 알아"라면서 전철역 바로 옆에 있
는 새로 생긴 온천에 데리고 갔어요. 다카라즈카 온천처럼 가족탕을
비롯해 이런저런 것들이 있었는데, 저는 처음이었지만 미쓰코 씨는
가끔 가는지 심부름하는 사람 이름도 알고 이용하는 방법에도 익숙해
보였어요. 그렇게 그날 하루를 보내고 여덟시쯤 오사카에 돌아왔지만
여전히 헤어지기 싫고 계속 붙어 있고 싶어서 한큐 전철을 타고 아시
야가와까지 바래다줬어요. "아아, 또 나라에 놀러 가고 싶다. 미쓰 씨,
내일은 못 나와?" "내일은 좀 가까운 데 가자. 오래간만에 다카라즈카
는 어떨까?" "그러면 꼭 가는 거다." 그러고는 헤어져서 돌아왔더니

열시 가까이 되었더라고요. "너무 늦어서 아까 병원으로 전화해봤어." 남편의 말에 저는 아차 싶었는데, 반사적으로 그럴싸한 생각을 해냈어요. "전화해도 병원 사람들은 모를걸" 하고 말하자 "응, 나카가와라는 사람은 입원한 사람 명단에 없다고 해서 뭔가 사연이 있어서 숨기나보다 생각은 했어……" "그게 글쎄, 가봤더니 나카가와 부인이 아니라 미쓰코 씨 이야기였어. 그러고 보니 어제 왔을 때도 뭔가 좀 이상하다고 생각했는데, 자기 이야기라고 하면 내가 안 만나줄까봐 나카가와 부인 핑계를 댔다는 거야." "그러면 미쓰코 씨가 병원에 입원해 있다는 거야?" "입원 같은 건 안 했어. 나도 전혀 모르고 같이 병문안 갈 생각으로 미쓰코 씨 집에 들렀더니 '잠깐 들어오세요'라는 거야. 그래서 들어가긴 했지만 아무리 시간이 지나도 가자는 말이 없어서 빨리 가자고 했더니 '사실은 부탁할 일이 있어. 어제도 그 이야기를 하려고 갔던 건데……' 하면서 '아무래도 요즘 몸이 이상한 것 같아. 임신했을지도 모르니까 늦기 전에 손쓸 방법을 좀 알려줘. 빌려준 책을 읽어봤지만 영어라서 잘 모르겠고 실수하면 큰일이니까'라는 거야." "정말 황당한 사람이군. 그깟 일로 어제 같은 거짓말을 하다니, 사람을 뭘로 보는 거야?" "실컷 걱정하게 만들고는 사람을 우습게 본다고 나도 생각했지만 미쓰코 씨가 '아무리 생각해도 방법을 몰라서 그런 거짓말을 해버렸어. 제발 나쁘게 생각하지 마'라고 말하고, 오우메도 나와서 사과하고 해서……" "그래도 다른 거짓말을 할 수도 있는 거 아냐? 하는 짓이 너무 악랄해." "응, 그건 그렇지만 어제 전화에서도 남자 목소리가 들린 걸 보면, 틀림없이 그 와타누키인가 하는 사람이 뒤에서 조종하는 거야. 아무래도 미쓰코 씨가 혼자 그렇게 복잡한 거짓말을 생각해낼 리 없지. 나도 너무 화가 나서 '그런 부탁 들을 시간은 없어요. 그만 실례할게요' 하고 돌아오려 했더니 '그러지 말고 제발 살려줘'라면서 내 양쪽 소매를 붙들고 '이런 일로 부모님이 와타누키 일을 알게 되면 어떻게든 그 사람하고 결혼하려는 계획이 전부 허사가 되어버려. 그러면 난 살아갈 수 없어'라고 미쓰코 씨가 우는 거야. 오우메도 '제발 우리 아가씨 좀 살려주세요' 하면서 애원하고. 그렇게 부탁하니 어떻게 해야 좋을지 몰라서 애먹었어." "그래서 어떻게 했어?" "그래도 그런 방법을 함부로 가르쳐줄 수는 없잖아. 그래서 '나는 몰라. 책을 빌려준 것만 해도 실수라고 생각하는데 그런 끔찍한 일을 어떻게 알려주겠어? 누구 아는 의사한테 부탁하면 되잖아'라고 했지. 그런데 그러는 동안 미쓰코 씨가 갑자기 괴로워하기 시작해서 굉장한 소동이 일어났어……" 저는 이야기하는 동안 계속 이런저런 거짓말이 떠올라서, 어제 사건을 적당히 섞어 '미쓰코 씨는 그 책에 나온 대로 몰래 약을 지어 어젯밤에 먹은 것 같다. 그게 마침 그때쯤 약효가 나타나서 통증이 심해진 것 같다'고 그 부분은 전날 본 대로 자세히 이야기하고, 그래서 결국 저한테도 책임이 있으니까 돌아오고 싶어도 그럴 수 없어서 지금까지 곁에 있었다는 그럴싸한 핑계를 대고 자리를 피했어요.

16

"오늘도 잠깐 병문안 다녀올게요. 내버려두자니 신경이 쓰이고 이

왕 이렇게 된 이상 어쩔 수 없지, 뭐……" 그렇게 말하고, 그 뒤 대엿
새 동안은 매일 여기저기에서 미쓰코 씨를 만났어요. "어디 남 눈에
안 띄고 매일 두서너 시간씩 만날 수 있는 곳이 있으면 좋을 텐데"라
는 제 말에 미쓰코 씨는 "그렇다면 오사카 시내가 오히려 나아……
조용한 데보다는 어수선하고 혼잡한 곳이 사람 눈에 덜 띄거든" 하더
니, "왜, 언젠가 언니가 옷 가져다준 집 있잖아? 거기라면 속속들이
잘 알아서 안심인데…… 거기 어때?"라고 했어요. 가사야마치의 그
여관이라면 저로서는 잊을 수 없는, 분하고 분한 기억이 새겨진 곳이
잖아요. 제 감정이고 체면을 무시하는 말이었지만 그런 소리를 듣고
도 저는 "음, 그래? 좀 쑥스럽긴 하지만 가도 괜찮지, 뭐"라고 화도 못
내고 순순히 쫓아갈 만큼, 이미 약점이 잡혀 있었어요. 그리고 쑥스러
운 것도 첫날뿐, 익숙해지자 늦어지면 일하는 사람들이 다 알아서 집
에 전화를 걸어 적당히 말해주고…… 그러다 보니 나중에는, 따로 가
서 거기서 전화로 불러내기도 하고 급한 일이 생기면 오우메가 연락
을 하기도 했어요…… 뭐, 그런 건 다 좋은데 미쓰코 씨 댁에서는 오
우메뿐 아니라 어머님이나 다른 고용인들도 모두 그 여관 전화번호를
아는 듯 가끔 저와 미쓰코 씨를 찾는 전화가 올 때도 있어서 뭔가 속
이고 있는 게 틀림없다고 생각했죠. 먼저 가서 기다리던 어느 날, "네,
그렇습니다…… 네, 아니요, 아까부터 기다리고 계시는데 아직 안 오
셨네요…… 네, 네, 그렇게 전하겠습니다…… 아, 천만에요…… 저
희야말로 늘 사모님이 신세를 많이 지셔서……"라고 지배인이 전화
기에 대고 말하는 거예요. 왠지 이상해서 "지금 그 전화, 도쿠미쓰 씨
댁에서 온 거 아닌가요?" 하고 물었더니 "네, 그렇습니다"라면서 큭큭

웃더라고요. "지금 '늘 사모님이 신세를 많이 지셔서'라고 했죠? 도대체 누구 이야기인가요?" 하고 묻자 또 큭큭 웃으면서 "사모님, 모르셨어요? 제가 사모님 댁 하인 노릇 하는 거예요" 하더라고요. 자세히 물어봤더니, 그 여관을 저희 집의 오사카 사무실로 해두었다는 거예요. "지배인이 한 말이 정말이야?" 미쓰코 씨한테 물어봤더니, "응, 맞아"라며 아무렇지도 않게 "언니네 사무실이 이마바시랑 남쪽에 두 개 있다고 하고, 여기 전화번호를 알려줬어. 언니도 집에 그렇게 말해두면 어때? 센바에 있는 우리 가게의 지점이라고 해도 되고, 우리 집이라고 하기 곤란하면 적당한 이름을 대면 되지 않아?"라고 했어요.

그런 식으로 저는 점점 빼도 박도 못하는 깊은 수렁으로 빠져들었어요. '이래서는 안 되는데'라고 생각은 했지만 어떻게 할 수가 없었어요. 저는 미쓰코 씨한테 이용당한다는 사실도 "언니, 언니" 하면서 사실은 깔본다는 사실도 다 알고 있었어요. 네, 그야 언젠가 미쓰코 씨가 '이성한테 숭배받는 것보다 동성한테 숭배받을 때가 훨씬 자랑스럽다. 남자가 여자를 보고 예쁘다고 생각하는 건 당연하지만, 여자가 여자를 홀릴 수 있다고 생각하면 내가 그렇게까지 아름다운가 하고 자부심을 느낀다'고 했거든요. 분명히 그런 허영심으로 남편에 대한 제 사랑을 빼앗는 데 재미를 느꼈겠죠. 게다가 저는 미쓰코 씨 마음이 와타누키한테 가 있다는 사실을 잘 알고 있었어요. 하지만 이제는 무슨 일이 있어도 두 번 다시 헤어질 수 없다는 마음이었기 때문에 알면서도 모른 척, 마음속은 질투로 검게 타들어가도 와타누키의 '와' 자도 입에 담지 않고 모른 척했어요. 그런 약점을 미쓰코 씨도 간파하고 있으니, 제가 언니라고 해도 여동생처럼 비위를 맞출 수밖에 없었어요. 어느 날, 여느 때처럼 그 여관에서 만났는데 미쓰코 씨가 "언니, 와타누키를 한 번 만나줘" 하더라고요. "언니는 그 사람을 어떻게 생각하는지 몰라도 와타누키는 먼젓번에 그렇게 헤어진 터라 왠지 꺼림칙하다고 언니를 꼭 만나고 싶대. 나쁜 사람 아니니까 만나면 언니도 틀림없이 마음에 들어 할 거야." "정말 그러네. 그렇게 헤어진 것도 찜찜하고, 그쪽에서 그렇게 말한다면 만나보지, 뭐. 미쓰 씨가 좋아하는 사람이라면 나도 틀림없이 좋아지겠지." "응, 그럴 거야. 그럼 오늘이라도 만나줄래?" "언제라도 상관은 없지만, 지금 여기와 있단 말이야?" "아까부터 와 있었어." 아마 그럴 거라고 생각은 했었지만 "그럼, 불러올게" 말하고는 "그 사람한테 오라고 해줘요" 하자, 바로 와타누키가 들어오더라고요. "아, 누님." 지난번에 '사모님'이라고 부른 것과는 달리 이번에는 '누님'이라고 하면서 와타누키는 황송한 듯 무릎을 가지런히 하고 "지난번에는 정말 실례가 많았습니다……"라고 말했어요. 밤늦은 시각에 남의 옷을 빌려 입고 있던 그때와는 달리 밝은 대낮에 감색 상의와 하얀 서지 바지를 입고 있는 걸 보니 다른 사람 같았어요. 나이는 스물일고여덟 정도이고 앞서 받았던 인상보다 더 얼굴이 하얘서 역시 '미남이구나' 생각했지만 솔직히 말해 표정이 빈약해서, 그림처럼 예쁘기만 하지 전혀 현대적인 구석이 없었어요. "오카다 도키히코 닮았지?" 미쓰코 씨는 인기배우를 들먹였지만 도키히코보다 훨씬 여성적으로 생겼고, 눈은 가늘고 눈꺼풀은 부은데다 신경질적인 성격인지 미간을 계속 실룩거리는 버릇이 있어서 어쩐지 음험해 보였어요. "와타누키 씨, 그렇게 긴장하지 않아도 돼. 그때 일 언니는 전혀 마음에 안 두고 있어." 미쓰코 씨가 옆에서 열심히 중재했지만 저는 호감이 안 가면 아무리 애써도 마음이 열리지가 않거든요. 와타누키도 그걸 느꼈는지 아무리 시간이 지나도 뚱한 얼굴로 무릎을 꿇고 있더라고요. 미쓰코 씨 혼자 뭐가 재미있는지 웃으면서 "어떻게 된 거야, 와타누키 씨. 정말 이상하네"라고 말하고, 진지한 표정을 짓고 있는 와타누키를 의미심장하게 노려보면서 "그런 얼굴 하고 있으면 언니한테 미안하잖아"라면서 손가락으로 볼을 꾹꾹 찌르기도 하고 "저 말이지, 언니. 사실은 이 사람 질투하고 있는 거야"라고 했어요. "거짓말입니다, 거짓말이에요. 그렇지 않습니다. 그건 오해야." "거짓말 아니야. 그럼 아까 우리끼리 했던 이야기를 해볼까?" "아까 뭐랬는데?" "남자로 태어난 게 억울하다면서 언니처럼 여자로 태어났으면 좋았을걸, 그랬잖아." "그 말은 했지. 그렇지만 그건 질투가 아니야." 제 비위를 맞추기 위해 미리 짜고 그런 말을 주고받는지도 의심스럽고, 상대하는 것도 우습다고 생각해서 가만히 있자니까 "자자, 누님 앞에서 그렇게 나를 망신 주지 않아도 되잖아." "그럼 좀 더 기분 좋게 굴면 어때?" 하면서 슬금슬금 사랑싸움도 그만두더라고요. 돌아오는 길에는 셋이 쓰루야 식당에 가서 식사를 하고 쇼치쿠 극장에 가서 영화도 봤지만 세 명의 마음이 꼭 들어맞지는 않았어요.

17

맞아, 맞아, 아까 말씀드리는 걸 깜빡했는데요. 저도 남편한테 미쓰코 씨 아버님의 작은집이라고 하고 가사야마치의 전화번호를 알려두

없었어요. 정말 웃기는 이야기죠. 미쓰코 씨는 센바 가게의 지점이라고 하면 어떠냐고 했지만, 그런 곳에 지점이 있는 게 이상하잖아요. 차라리 병원에 입원한 걸로 하는 건 어떨까 생각했지만 병원이라면 언젠가는 퇴원해야 하고 남편이 사무실에서 퇴근하는 길에 데리러 오기라도 하면 금방 들통날 테니 어디로 할까 이리저리 궁리하던 참에 "이렇게 하면 어떨까요?"라고 오우메가 생각해냈어요. 하긴 그러기 위해서는 미쓰코 씨가 임신한 걸로 해두어야 해서 '약을 먹어도 듣지 않고 의사도 수술해주지 않는 동안 점점 배가 불러와서 어쩔 수 없이 어머니한테 털어놓았다. 그래서 아이가 태어날 때까지 아버지 첩의 집에 가 있기로 했다. 그곳은 가사야마치의 이즈쓰라는 여관인데 전화번호는 몇번이다' 하고 진짜 이름을 댔죠. 전화번호부에 그대로 실려 있고 마중을 와도 앞뒤가 맞으니까요. "그러면 내가 언니네 놀러 갈 때는 배에 솜이라도 집어넣어서 배를 크게 만들어야겠네"라고 미쓰코 씨가 말해서 웃음바다가 되었지만 그렇게 하는 게 제일 안전했어요. "그래? 미쓰코 씨 배가 커졌겠군." 남편은 정말로 믿고 불쌍하다는 얼굴을 했어요. "그래도 여보, 당신이 나쁜 짓은 거들면 안 된다고 했잖아. 그래서 아무리 부탁해도 안 가르쳐줬어. 아이가 태어날 때까지는 한 발짝도 밖에 나가면 안 되고, 꼼짝없이 틀어박혀 있어야 해서 감금당한 거나 마찬가지니까 심심해죽겠나봐. 매일이라도 놀러와달라는데 어떡하지? 틀림없이 나를 원망할 텐데 내버려두자니 좀 찜찜해서 말이야." "그렇지만 또 말려들었다가는 고생해." "응, 응. 나도 그렇게 생각하지만 이번에 여러 가지로 고생한 탓인지 사람이 많이 바뀐 것 같아. 그리고 이렇게 된 이상 이제는 무슨 일이 있어도 와타누키하고 결혼할 수밖에 없으니까 오히려 침착하더라고. 미쓰코 씨 댁에서도 결국 그렇게 할 생각이겠지만 어쨌든 지금으로서는 누구 하나 찾아올 사람도 없잖아. '의지할 사람은 언니뿐이야'라는 말을 들으면 아무리 자업자득이라지만 불쌍해. '언니, 나한테 아기가 생기면 언니도 오해 받지 않을 거 아냐? 내가 와타누키하고 같이 언니 남편한테 사과하러 갈게. 앞으로는 진짜 자매처럼 지내줘'라고 지난번에도 말했어." 남편은 마음으로 납득하는 것 같지는 않았지만 "되도록 조심해"라면서 그런대로 봐주었어요. 그 뒤로는 "사모님 계십니까?"라는 전화가 가사야마치에서 공공연하게 걸려왔어요. 저도 눈치 보지 않고 전화를 걸었죠. 저녁 무렵까지 놀고 있으면 남편이 전화를 걸어 "적당히 놀고 돌아와"라고 말할 때도 있었어요. 정말이지 오우메가 좋은 아이디어를 냈다는 생각이 들었죠.

지난번 일이 있고 모처럼 만난 와타누키와는 서로 탐색전만 벌이고 조금도 마음을 주지 않았기 때문에, 한 번 만난 이후로는 어느 쪽도 다시 '만나자'는 말을 꺼내지 않았고, 미쓰코 씨도 두 사람을 친하게 만드는 건 포기해버린 것 같았어요. 셋이 쇼치쿠 극장에서 영화를 본 지 반달 정도 지났을 무렵, 저녁 다섯시 반쯤인가 미쓰코 씨가 "언니 먼저 갈래? 나는 조금 일이 있어서"라고 저를 내쫓듯 하더라고요. 뭐, 자주 있는 일이라 화도 내지 않고 "그럼 먼저 간다" 하고 여관을 나섰는데, 누군가가 뒤에서 작은 목소리로 "누님" 하면서 저를 부르더라고요. 돌아보니 와타누키였어요. "누님, 지금 가시는 길입니까?" 하고 묻기에 "네, 그래요. 미쓰 씨가 기다리니 빨리 가보시죠?"라고 일부러 비아냥거리고 저는 택시를 잡을 생각으로 소에몬초 쪽으로 걸어갔어요. 그랬더니 "잠깐…… 잠깐만요……" 하면서 쫓아와서는 "오늘은 사실 누님한테 말씀드리고 싶은 게 있는데 괜찮으시면 한 시간 정도 이 부근을 같이 산책하시겠습니까?"라는 거예요. "그래요? 저는 괜찮지만 미쓰 씨가 아까부터 댁을 기다리고 있는데." "뭐, 그렇다면 어딘가에서 전화를 걸어두죠." 그래서 우리는 '우메조노(梅園)'라는 가게에 들어가 단팥죽을 먹으면서 전화를 건 다음, 다자에몬바시 북쪽을 걸으며 이야기를 나누었어요. "지금 전화를 걸어 급한 일이 생겨 한 시간 정도 늦어질지 모른다고 해두었으니 제가 누님하고 만난 건 비밀로 해주시겠습니까? 약속해주시지 않으면 이야기할 수 없어요." "나는 남이 말하지 말라고 하면 무슨 일이 있어도 말하지 않아요. 그렇지만 나만 정직하게 약속을 지키다가 가끔 속아서 우스운 꼴이 되는 경우도 있어서……" 그렇게 말했더니 "아, 누님은 미쓰코가 한 일은 뭐든 제가 지시하고 조종했다고 생각하시는 거죠? 그렇게 생각하셔도 어쩔 수 없다는 건 잘 알지만" 하면서 와타누키는 아래를 내려다보고 한숨을 쉬었어요. "이야기하고 싶다는 것도 사실은 그 일입니다. 도대체 누님은 미쓰코가 저랑 누님 중 누구를 더 사랑한다고 생각하십니까? 누님 입장에서는 우리가 누님을 우습게 본다, 이용하고 있다고 생각하실 수도 있겠지만, 저 역시 그렇습니다. 정말 질투가 나요. 미쓰코는 누님과 친하게 지내는 편이 자기 집을 속이는 데 편리하니까 이용하는 거라고 하지만, 이제는 누님을 도구로 이용할 필요가 없지 않습니까? 있으면 오히려 귀찮기만 하죠. 정말 저를 사랑한다면 그냥 결혼해주면 될 것 아닙니까?" 저는 조금도 경계를 늦추지 않고 들었는데, 말하는 태도도 무척 진지하고 이야기도 논리에 맞다고 느졌어요. "그런데도 결혼할 수 없다는 건 미쓰 씨 집에서 반대하기 때문이 아닐까요? 나한테는 늘 빨리 결혼하고 싶다고 하던데." "그야 입으로는 그렇게 말하죠. 집에서 반대한다는 것도 사실입니다. 그렇지만 미쓰코가 정말 마음이 있다면 무슨 수를 써서라도 부모님을 설득할 수 있을 겁니다. 하물며 지금은 홑몸도 아닌데 다른 곳으로 시집갈 수 있겠습니까?" '아, 그렇다면 역시 미쓰 씨는 진짜로 임신한 걸까?' 이상하다고 생각하며 제가 듣고 있자니 와타누키는 "미쓰코 아버님은 '우리 딸은 100만 엔 이상의 자산가가 아니면 못 보낸다. 한 푼도 없는 빈털터리한테는 보낼 수 없다. 아이가 태어나면 어딘가 보내버릴 거다'라고 펄펄 뛰신대요. 그런 터무니없는 이야기가 어디 있습니까? 무엇보다도 아이가 불쌍하죠. 이건 인도적인 문제가 아닙니까? 누님, 어떻게 생각하세요?" 그러더라고요. "그보다 저는 미쓰 씨한테 아이가 생겼다는 건 처음 듣는 이야기인데, 그런 낌새가 있나요?"라고 제가 되묻자 "네? 못 들으셨어요?"라면서 와타누키는 의심스런 눈초리로 제 얼굴을 뚫어지게 쳐다봤어요. "네, 못 들었는데요. 그런 이야기는 미쓰 씨가 나한테 한 적이 없는데." "그렇지만 언젠가 누님한테 아기를 지우는 방법을 물으러 간 적이 있잖습니까?" "그야 있었지만 임신했다는 건 새빨간 거짓말이고, 나를 만나려고 핑계를 생각해낸 게 아니었나요? 하긴 지금 우리 집에는 미쓰코 씨가 임신해서 가끔 문안하러 가는 거라고 해두었지만." 그러자 와타누키는 "음, 그렇습니까?"라고 말했는데, 어느 틈엔지 눈에 핏발이 서고 입술 색까지 시퍼렇게 변해 있었어요.

18

"누님, 미쓰코는 왜 임신한 사실을 숨길까요? 특히 누님한테는 거 짓말을 안 해도 될 텐데요. 누님 정말 모르셨어요?" 와타누키가 의심 쩍은 듯 여러 번 확인했지만, 정말로 저는 들은 말이 없었어요. 와타 누키 말로는 이미 3개월 정도 되어 의사한테 진찰도 받았다더라고요. 그렇다면 지난번 소동 때도 임신 중이었을 텐데, 3개월 정도로는 전 문가가 아니면 잘 알 수도 없거니와 그 뒤에 "나한테 아이가 생길 리 없어"라는 이야기를 분명히 미쓰코 씨 입으로 직접 했기 때문에 저는 그때 일은 연극이라고만 생각했었죠. 와타누키의 말을 듣고 저는 '역 시 나한테 미안해서 거짓말을 했던 걸까' 하고 생각했어요. "왜 아이 가 안 생길 거라고 했대요? 그 책대로 해서 그렇다는 건가요? 아니면 그런 체질이라는 겁니까?" 와타누키가 꼬치꼬치 캐물었지만 저도 미 쓰코 씨 앞에서는 가능한 한 와타누키에 관한 말은 안 하려고 했으니 자세히 물어본 일도 없었고…… 그렇지만 먼젓번에 농담으로 "언니 네 놀러 갈 때는 배에 솜이라도 집어넣어야겠네"라고 하기에 임신했 다고는 생각하지 않았다고 말했더니, "미쓰코는 진지하게 결혼할 생 각이 없는 겁니다. 그런데 아이가 생겼다는 사실이 알려지면 싫어도 결혼해야 할 테니 그게 싫어서 숨길 수 있을 때까지 숨기려는 겁니다. 저는 그렇게 생각합니다"라는 거예요. 와타누키의 말로는, 미쓰코 씨 는 이성보다 동성을 사랑해서 와타누키보다 저를 훨씬 더 마음에 두 고 있기 때문에 결혼하고 싶어 하지도 않고, 아이가 생기거나 결혼을 하면 세가 도망쳐버릴지도 모른다는 걱정으로 하루하루 결혼을 미루면서 그사이에 뱃속의 아이를 적당히 처리하든가 와타누키의 정이 떨어지게 하려고 한다더군요. 저는 비뚤어진 성격이라 그런지 아무리 생각해도 저를 그렇게 사랑한다고는 생각되지 않았는데, 와타누키는 "아니요. 그래요, 분명히 그렇습니다. 누님은 운이 좋으신 거예요" 하면서 "아, 그에 비해 저는 얼마나 불행한 운명의 별 아래 태어난 걸까요"라고 연극 대사같이 억양을 세게 넣어 말하면서 울 듯한 얼굴을 하더라고요. 처음 만났을 때부터 여자 같은 남자라고 생각은 했지만 그런 식으로 말을 하니 표정이나 말투까지 미적지근하면서 깐죽깐죽하고, 귀찮을 만큼 집요한데다 곁눈질로 힐끔힐끔 남의 얼굴을 의심하듯이 살피니, 과연 이러면 미쓰코 씨도 별로 좋아하지 않겠다는 생각이 들었어요. 또 와타누키는 가사야마치에서 옷을 도둑맞았던 때도 자기는 저를 부르는 데 반대였다면서, "이렇게 된 이상 각오를 하고 지배인 옷을 빌려서 돌아가자. 이러저러해서 깊이 약속한 남자가 있다고 하면 이왕 그렇게 된 거 어쩔 수 없으니 빨리 결혼하라고 할 수도 있다. 결혼을 못하면 같이 도망칠 각오를 하면 전혀 무서울 게 없는데, 아무것도 모르는 누님을 불러대다니 그런 뻔뻔스러운 짓을 어떻게 하느냐. 무엇보다도 불러도 와주지 않을 게 뻔하다"라고 했지만, 미쓰코 씨는 "그 옷이 없으면 오늘 밤 집에 못 들어가"라면서 아무리 말해도 안 들었대요. "차라리 지금 도망치자"고 했지만 "그런 짓 하면 나중에 골치 아프니까 내가 잘 말해서 언니를 오게 할게. 내가 말하면 언니는 싫다고 못해. 화는 좀 내겠지만 어떻게든 속여볼게" 하면서 전화를 걸러 갔다는 거예요. "하지만 그때 다른 사람이 전화 옆에 붙어서 소곤거리며 의논하는 것 같았는데"라고 했더니, 그야 저도 걱정스러우니까 곁에 있었죠” 하더라고요.

그런저런 이야기를 하다가 어느 틈엔지 산큐 다리를 건너고 혼마치 거리까지 와버렸지만 저도 와타누키도 “좀 더 이야기하죠” 하면서 전 찻길을 건너 기타하마 쪽으로 갔어요. 저는 그때까지 미쓰코라는 사람을 통해서만 그를 상상했기 때문에 뭐든지 그저 남자 쪽이 나쁘다고 생각했지만, 계속 이야기를 들어보니 그다지 거짓말쟁이 같지도 않고 여성적인 면이나 의심이 많은 것도 천성이 그런 건지 미쓰코 씨의 태도가 그렇게 만든 건지 모르겠더라고요…… 그때까지 많이 속아서 제가 그를 삐딱하게 보기도 했고…… 그렇게 생각하니 그의 말도 일리가 있어서 다소 악의가 섞여 있을지는 모르지만 어쨌든 진심으로 저한테 동정을 구하는 것처럼 느껴졌어요. 그래도 미쓰코 씨가 와타누키보다 저를 더 사랑한다는 건 믿기 어려웠기 때문에 “그건 아니죠. 와타누키 씨가 너무 신경과민이에요”라고 위로해주었지만 와타누키는 “아닙니다. 저도 그렇게 생각하고 싶지만 절대로 아닙니다. 누님은 아직 진짜 미쓰코의 성격을 몰라요” 하면서 제 앞에서는 와타누키를 사랑하는 척하고 와타누키 앞에서는 저를 사랑하는 척하는 그런 짓을 미쓰코 씨는 천성적으로 좋아한다고 했어요. 그러면서도 ‘하지만 누님을 좀 더 사랑하고 있다. 아니라면 그때 절교한 것처럼 헤어졌는데 일부러 병원 이름을 사칭하면서까지 만나려고 할 이유가 없지 않겠느냐’ 하더라고요. “도대체 미쓰코가 누님한테 뭐라고 했습니까? 어떻게 다시 옛날처럼 돌아간 겁니까? 저는 나중에 들어서 자세한 내용은 모릅니다”라고 하기에 그때의 소동을 전부 이야기해주었어요. 그랬더니 “흠, 흠” 하면서 한 마디 한 마디마다 놀라디라고요. “그

난리를 친 걸 저는 꿈에도 몰랐습니다. 배가 불러왔던 건 사실입니다. 그렇지만 저는 아이가 생겼으면 낳는 편이 좋겠다고 생각해 약을 먹거나 부자연스러운 방법을 쓰지 말라고 했어요. 멋대로 누님한테 의논하러 갔다고 했을 때는 화도 냈지요. 그렇지만 저 몰래 약을 먹은 일은 있는지 몰라도 그렇게 괴로워하거나 하혈을 한 건 꾸며낸 짓이 틀림없습니다. 도대체 그 피 같은 건 무엇이었을까요?" 와타누키는 그렇게까지 해서 다시 친해지고 싶어 하는 건 분명히 저를 사랑하기 때문이라고 했어요. 과연 듣고 보니 그럴듯했지만 그럼 와타누키는 왜 만나는 건지, 정말로 저를 좋아한다면 진작 와타누키를 버리는 게 당연한 일 아닌지 이상하다고 했더니 미쓰코라는 사람은 아무리 자기가 좋아하는 사람에게라도 약점을 보이지 않고 상대방이 자기를 숭배하게 만들고 싶어 한대요. 절세미인인 걸 스스로 잘 알아서 늘 고고한 자세로 누군가한테 숭배받지 않으면 쓸쓸해하고, 자기 쪽에서 접근하는 일은 가치가 떨어진다고 믿는대요. 그러니까 미쓰코 씨는 저한테 질투심을 유발시켜 자기가 우월한 위치에 있기 위해 그를 이용하는 거라고 하더군요. 와타누키는 "또 한 가지 이유는 헤어지자고 하면 제가 무슨 짓을 할지 몰라 두렵기 때문이겠죠. 이제 와서 새삼스럽게 헤어질 수 있는 관계도 아니니까요. 만일 그렇게 되면 저는 제 명예와 목숨을 걸고 할 수 있는 모든 복수를 할 겁니다"라고 말하면서 뱀 같은 눈초리로 제 얼굴을 뚫어지게 노려보았어요.

19

"누님, 좀 더 시간을 내주실 수 있으세요?" "네, 네, 나는 괜찮아요." "그러면 되돌아가면서 이야기할까요?" 그래서 기타하마 거리에서 남쪽으로, 걸어왔던 길을 되돌아가면서 "결국 저랑 누님은 라이벌이 되어버렸지만 제가 질 게 뻔합니다"라고 말하기에 "난 그렇게 생각하지 않아요. 미쓰 씨와 제가 아무리 열렬히 사랑한다 해도 자연에 거슬리는 일이니까 어느 한쪽이 버림받게 된다면 내가 버림받겠죠. 미쓰 씨 집에서도 와타누키 씨야 동정하겠지만 절 동정해줄 사람은 아무도 없어요"라고 했어요. 그러자 와타누키는 "그렇지만 누님은 그 부자연스럽다는 점이 강점입니다. 이성의 상대라면 저 말고도 얼마든지 있지만 동성의 상대는 누님을 대신할 사람이 좀처럼 없으니까요. 저는 언제라도 버릴 수 있지만 누님은 버릴 수 없는 겁니다" 하면서, "아 그래, 그래. 그뿐이 아닙니다. 동성애는 어떤 남자와 결혼을 해도 계속할 수 있습니다. 남편이 몇 번 바뀌어도 전혀 관계가 없죠. 그렇다면 누님과 미쓰코의 사랑은 부부애보다 더 영원불변입니다"라고 하더니 "아아, 저는 얼마나 불행한 남자일까요"라고 또다시 예의 연극적인 대사를 되풀이했어요. 그러고 나서 와타누키는 잠시 생각하더니 "저, 누님"이라고 저를 부르고, "솔직하게 말씀해주셨으면 하는데, 누님은 미쓰코가 저를 남편으로 삼는 것하고 다른 남자를 남편으로 삼는 것 중 어느 쪽을 바라십니까?" 하고 묻더라고요. "그야 저도 어차피 미쓰 씨가 결혼할 거라면 전부터 모든 사정을 다 아는 와타누키 씨랑 하는 쪽이 편하겠죠"라고 대답했더니 "그러면 누님과 제가 적이 될 이유가 없네요" 하고는 '이제 우리도 동맹을 맺자. 그리고 질투는 버리고 서로 도와 우스꽝스러운 꼴을 당하지 말자. 지금까지는 우리가 서로를 멀리했기 때문에 미쓰코 씨 마음대로 이용했지만, 앞으로는 가끔 몰래 만나서 연락을 취하자. 그렇게 하려면 두 사람이 완전히 이해하고 서로의 입장을 인정하지 않으면 안 된다. 미쓰코 씨를 따라 하는 건 아니지만 동성애와 이성애는 전혀 성격이 다르다고 생각하면 질투할 것도 없지 않은가. 도대체가 그토록 아름다운 사람을 한 사람이 사랑하려고 하는 게 잘못이다. 다섯 명이건 열 명이건 숭배하는 사람이 있는 게 당연한데 둘이서 가지려는 것부터가 지나친 일이 아니겠느냐. 그것도 남자는 나 하나, 여자는 누님 하나뿐이라고 생각하면 이 세상에서 우리만큼 행복한 사람도 없다. 그렇게 생각하고 그 행복을 언제까지나 우리 둘이 쥐고 다른 사람한테 뺏기지 않으면 된다' 하면서 "어떻습니까, 누님?" 하고 묻기에 "와타누키 씨가 그런 마음이라면 저도 약속을 지킬게요"라고 대답했죠. "누님이 제 편이 되어주지 않겠다고 하면 이 이야기를 세상에 퍼뜨리고 저도 누님도 파멸시키려고 했지만, 지금 말씀을 듣고 정말 안심했습니다. 미쓰코 한테 언니라면 저한테도 누님입니다. 저는 여자 형제가 없으니 누님을 진짜 누나로 생각하고 소중히 모시겠습니다. 누님도 저를 진짜 남동생으로 생각하셔서 무엇이든지 어려운 일이 있으면 말씀하십시오. 저라는 사람을 적으로 돌리면 정말 끔찍한 일을 당할 테지만, 같은 편으로 삼으면 저는 목숨을 내던져서라도 누님을 위해 정성을 다할 겁니다. 누님의 도움을 받아 미쓰코를 아내로 삼을 수만 있다면 부부의 일은 뒷전으로 미루고라도 누님을 위해 힘쓰겠습니다." "틀림없이 그렇게 해줄 거죠?" "물론이고말고요. 저도 남자입니다. 평생 누님의 은혜는 잊지 않겠습니다." 그러다 결국 우메조노 앞까지 와버려서, 그러면 앞으로 언제라도 필요하면 우메조노에서 만나자며 굳게 악수하고 헤어졌어요.

저는 혼자 돌아오면서 왠지 몰라도 가슴이 두근거릴 만큼 기뻤어요. '미쓰 씨가 그렇게 나를 사랑한다고? 나를 와타누키보다 훨씬 사랑한다고? 이게 꿈은 아닐까?' 바로 그 전날까지만 해도 두 사람이 저를 노리개로 이용한다고 생각했었는데, 갑자기 형세가 바뀌어 여우에 홀린 것 같았어요. 그래도 이리저리 생각해보니 좋아하지 않는다면 그런 소동을 벌일 리 없다는 것도 그렇고, 저런 애인이 있으면서 나를 만나려고 하는 일도 와타누키가 하는 말을 뒷받침하는 듯했어요. 처음 만남을 되돌아보면 관음보살 모델 사건으로 괴상한 소문이 났을 때 미쓰코 씨도 제가 어떤 마음인지 대강 짐작했을 테니 길에서 스쳐지나갈 때 '이 사람이 나를 좋아하는구나' 하고 언젠가 유혹하려고 별렀는지 몰라요. 둘이 처음 말을 나눈 것도 말을 꺼낸 건 저였지만 언제나 새침하던 미쓰 씨가 방긋 웃었기 때문에 저도 모르게 다가간 거죠. 나체를 보여달라고 한 건 저였지만 그렇게 말하게 만든 건 미쓰코 씨였고요. 도대체 제가 아무리 미쓰코 씨를 숭배한다고 해도 어떻게 지금 같은 사이가 되어버렸는지, 남편한테 이것저것 불만이 있던 참에 학교에서 그런 소문이 난 게 반동적으로 작용한 점도 있지만, 저한테 그런 잠재성이 있는 걸 꿰뚫어보고 미쓰코 씨가 암시를 걸었는지도 모르죠. 그러고 보니 그 M씨 댁하고의 혼담도 구실처럼 생각되더라고요. 미쓰코 씨는 항상 자기가 준비해둔 함정에 저를 빠뜨리고도 표면상으로는 늘 제가 시작한 형태로 만들었으니까요. 물론 와타누키가 하는 말도 하나부터 열까지 믿을 수는 없었어요. 옷을 도둑맞은 날 밤의 일도 분명 와타누키가 지시했을지 모르고, SK병원에서 걸려온 전화의 남자 목소리도 와타누키의 것이 아니었는지 의심스러웠죠. 그런 일을 부탁할 만할 사람이 또 어디 있겠어요. 그런 식으로 의심하기 시작하자 납득되지 않는 일도 있었는데, 그중 첫번째는 아이가 생겼다는 사실을 왜 나한테 숨겼을까 하는 거였죠. 그렇게 걱정을 끼쳤으면서 섭섭하게 행동하는 걸 보면 역시 나를 우습게 여기는 건지도 모른다는 생각이 들었어요. 와타누키도 어쩌면 저런 식으로 비밀을 털어놓고 나하고 미쓰코 씨 사이를 갈라놓으려는 속셈이 아닌지, 지금 당장은 방해가 안 되게 자기편으로 만들어놓고 결혼하면 버릴 생각이 아닌지, 점점 그런 의심이 짙어졌어요. 그러고 나서 사오 일이 지난 어느 날, 와타누키가 또 골목 밖에서 기다리고 있다가 "저, 잠깐, 잠깐……" 하고 저를 부르면서 "누님께 의논드리고 싶은 게 있는데 우메조노까지 와주시겠습니까?" 하더라고요. 같이 2층 방으로 올라가서 "그냥 말로만 남매의 약속을 맺으면 누님도 좀처럼 저를 못 믿을 테고 저도 왠지 걱정이 되니까 서로 의심이 남지 않게 서약서를 교환하면 어떨까요? 사실은 그 생각으로 이런 걸 써 왔는데요"라면서 품에서 문서 같은 걸 두 장 꺼냈어요…… 아, 맞아, 맞아. 이걸 좀 봐주세요. 이게 그때의 서약서예요. (그녀가 제시한 서약서의 내용은 이야기의 순서로 봐도 소개할 필요가 있을뿐더러, 그 문안을 작성한 와타누키라는 남자의 성격을 충분히 짐작하게 하므로 번거로움을 무릅쓰고 원문을 그대로 옮기겠다.)

106

서약서

현주소 효고 현 니시노미야 시 고로엔 ××

변호사 법학사 가키우치 고타로의 처

가키우치 소노코

메이지(明治) 37년 5월 8일생

현주소 오사카 시 아즈마 구 아와지초 5초메 ××번지

회사원 와타누키 초사부로의 차남

와타누키 에이지로

메이지 34년 10월 21일생

상기 가키우치 소노코와 와타누키 에이지로는 각각 도쿠미쓰 미쓰코에 대해 지니는 긴밀한 이해관계를 고려하여 쇼와(昭和) ×년 7월 18일 이후 아래 조건에 따라 혈육과 다름없는 형제의 의를 맺기로 서약함.

1. 가키우치 소노코를 누나로, 와타누키 에이지로를 동생으로 한다. 에이지로는 나이는 위이지만 소노코의 여동생 남편이 될 자이기 때문이다.

2. 누나는 남동생과 도쿠미쓰 미쓰코가 연인임을 인정하고 남동생은 도쿠미쓰 미쓰코와 누나의 자매애를 인정한다.

3. 누나와 남동생은 도쿠미쓰 미쓰코의 애정이 제3자에게 옮겨

가는 일이 없게 늘 결속하여 방어하며, 누나는 남동생이 미쓰코와 정식으로 혼인할 수 있도록 노력한다. 또한 남동생은 결혼 후에도 누나와 미쓰코의 이미 확립된 관계에 대해 하등 이의를 제기하지 않는다.

4. 만일 두 사람 중 어느 한쪽이 미쓰코한테 버림받을 경우에는 다른 한 사람도 진퇴를 함께한다. 즉 남동생이 버림받을 경우 누나는 미쓰코와의 교제를 끊고, 누나가 버림받을 경우 남동생은 미쓰코와의 약혼을 파기하며, 결혼했으면 이혼한다.

5. 두 사람은 다른 한쪽의 승인을 받지 아니하고 무단으로 미쓰코와 도망가거나 소재를 숨기거나 혹은 정사(情死)하는 등의 행위를 하지 않는다.

6. 두 사람이 이 서약을 했다는 사실은 미쓰코의 반감을 살 우려가 있으므로 부득이 공개할 필요가 생겼을 경우 이외에는 절대로 비밀을 엄수한다. 만일 두 사람 중 어느 한쪽이 미쓰코에게 혹은 다른 누군가에게 이 서약서를 공개하려고 할 경우 사전에 다른 상대방과 협의할 의무가 있다.

7. 만일 두 사람 중 한쪽이 이 서약을 위반했을 경우에는 다른 한쪽한테서 박해받을 것을 각오한다.

8. 이 서약은 두 사람 중 한쪽이 임의로 도쿠미쓰 미쓰코와의 관계를 포기하지 않는 한 유효하다.

이상

쇼와 ×년 7월 18일

누나 가키우치 소노코 인(印)

남동생 와타누키 에이지로 인(印)

(이런 문구가 노끈으로 철한 반지半紙 두 장 분량에 엄청나게 공들인 잔글씨로 좀스럽게 배치되어, 한 점 한 획도 지운 흔적 없이 붓으로 쓰여 있다. 두 장의 반지에 4분의 1 이상 여백이 남아 있는 걸 보면 굳이 글씨를 작게 쓸 필요는 없었지만, 아마 평상시에도 이렇게 좀스럽게 글씨를 쓰는 버릇이 있는 것이리라. 서체는 붓을 잘 쓰지 못하는 요즘 청년들의 필적치고는 결코 나쁘지 않지만, 왠지 상점의 지배인 글씨같이 품격이 낮은 달필이다. 마지막 두 사람의 서명만은 우메조노 2층에서 만년필로 한 것인데 가키우치 미망인의 서명 쪽이 어울리지 않게 크다. 무엇보다 섬뜩한 건 서명 아래 작은 꽃잎을 누른 것처럼 퍼져 있는 다갈색 반점이다. 종이를 철한 부분에도 똑같은 모양이 두 개 뚝뚝 번져 있다. 그것이 뭔지는 미망인이 이야기할 것이다.)

"어떻습니까, 누님. 이 조건으로 괜찮습니까? 괜찮다면 여기 성함을 쓰시고 도장을 찍어주시면 됩니다. 부족하다고 생각되는 부분이 있으면 사양하지 말고 말씀해주세요." 제가 "이만큼 철저히 정해두면 괜찮을 것 같지만, 아이라도 태어나면 와타누키 씨나 미쓰 씨나 가정이 소중해지지 않을까요? 그 점을 조금 더 배려해주면 좋겠습니다" 했더니 "그건 3번 사항에 규정한 대로 '남동생은 결혼 후에도 누나와 미쓰코의 이미 확립된 관계에 대해 하등 이의를 제기하지 않는다'에 따르면 됩니다. 가정 때문에 누님을 희생시키는 일 따위는 절대로 없

만(卍) 109

겠지만 아이가 태어나는 일이 걱정된다면 누님이 원하시는 대로 여기 덧붙이겠습니다. 어떻게 쓰면 되겠습니까?"라고 해서 "지금 미쓰 씨 뱃속에 있는 아이는 결혼하는 데 필요하니까 어쩔 수 없다 치고 결혼 한 뒤에는 아이를 낳지 않았으면 좋겠어요"라고 대답했어요. 그랬더 니 와타누키는 잠시 생각하고 나서 "좋습니다. 그렇게 하겠습니다" 하고 말하더니 "어떻게 쓸까요? 이런 경우도 있을 수 있고" 하면서 이 것저것 제가 미처 생각지 못했던 것까지 지적하더라고요. 그 두번째 종이 뒷장에 펜으로 쓴 걸 봐주세요. 그때 덧붙인 부분이에요.

　(위의 서약서 마지막 지면에 '추가 조건'으로 다음과 같은 문구가 부기附記되어 있다. '남동생은 도쿠미쓰 미쓰코와 결혼한 뒤 미쓰코 가 임신하지 않도록 늘 주의하며, 만일 조금이라도 임신이 의심될 경 우에는 그 조치에 관해 누님의 지시를 받는다.' 그 문장 뒤에 또 생각 이 났는지 두 개의 조건이 더 붙어 있다. '결혼 전에 임신했다면 임신 중에 결혼하고, 결혼 후에도 피임이 가능한 경우에는 가능한 한 모든 수단을 취한다.' '남동생은 아내가 협력하여 이 추가 조건을 충실히 이행하리라는 것이 보증되지 않으면 미쓰코와 결혼하지 않는다.' 그 리고 거기에도 다갈색 얼룩이 여기저기 흩어져 있다.)

　와타누키는 이렇게 쓰고는 "이 정도 정했으면 안심입니다. 이걸 읽 어보면 누님 쪽이 저보다 훨씬 더 유리합니다. 이것으로 제 성의를 아 시겠죠?" 하더니 "자, 사인해주세요"라고 말했어요. 그래서 제가 "사인 하는 건 문제가 없는데 도장을 안 갖고 왔어요" 했더니 "형제의 의를 맺는 데 보통 도장으로는 안 되죠. 죄송하지만 조금 아파도 참아주시 겠습니까?" 하면서 실실 웃으며 소매 속에서 뭔가를 끄집어냈어요.

20

"자, 여기에 손을 내밀어주세요. 좀 아프긴 해도 잠깐입니다." 와타누키가 그렇게 말하면서 벌써 제 손을 꽉 쥐기에 손가락을 찌르나 싶었는데, 어깨 쪽까지 소매를 걷어 올리더니 팔꿈치 위아래를 손수건으로 꽉 묶더라고요. 그래서 "도장 찍는 데 이렇게까지 안 해도 되잖아요" 했더니 "도장을 찍기만 하는 것과는 다릅니다. 형제의 의를 맺는 겁니다"라고 하면서 자기도 똑같이 팔을 걷어붙이고 제 팔과 나란히 두고는 "괜찮습니까? 누님, 소리 지르면 안 됩니다…… 눈 깜짝할 사이에 끝나니까 눈 감고 계세요" 하더라고요. 싫다고 했다가는 무슨 일을 당할지 알 수 없고 도망치려고 해도 손목은 꽉 잡혀 있죠, 번뜩이는 칼을 보니까 정신이 혼미해져서 눈을 감고 있는 동안에 목이라도 따는 게 아닐까 싶었어요. 살아 있는 것 같지도 않았지만 죽인다면 죽는 거지 하고 체념하고 있으려니 팔꿈치 위쪽으로 슬며시 예리한 감각이 느껴졌어요. 소름이 끼치면서 빈혈을 일으킬 뻔했어요. 와타누키가 "정신 차리세요, 정신 차리세요"라고 저를 부르더니 자기 팔을 내밀고 "자, 누님이 먼저 마셔요" 하고 말하더라고요. 그리고는 "여기, 여기, 여기에다 도장을 찍는 겁니다" 하면서 제 손가락을 잡고 꾹꾹 눌렀어요.

저는 진심으로 와타누키라는 남자가 두려워져서, 정직하게 약속을 지킬 생각으로 그 서약서를 조심스럽게 옷장 서랍에 넣고 열쇠로 잠가두었어요. 미쓰코 씨에게 미안하다고 생각해 내색하지 않으려고 했지만 숨기는 게 있으면 왠지 더 쭈뼛쭈뼛해지나봐요. 다음 날 미쓰코 씨가 이상한 듯이 제 얼굴을 보면서 "언니, 여기 왜 다쳤어?" 묻더라고요. "아, 이런 게 왜 생겼을까? 어제 모기에게 물려서 꿈결에 내가 정신없이 긁었나?"라고 했더니 "이상하네. 와타누키 씨도 똑같은 상처가 있더라" 그러는 거예요. '아, 나쁜 짓은 못하겠구나' 하고 생각했죠. 제 얼굴빛이 갑자기 변하자 미쓰코 씨는 "언니, 나한테 뭔가 숨기는 거 아냐? 이 상처가 왜 생겼는지 사실대로 말해줘" 하면서 "숨겨도 대강 알아. 언니, 나 몰래 뭔가 그 사람하고 약속했지?" 미쓰코 씨는 그런 쪽으로는 머리가 무척 잘 돌아가는 사람이라 그렇게 딱 찍어 물어보니, 더 이상 시치미를 뗄 수가 없었어요. 제가 얼굴이 새파래진 채 잠자코 있으니, "틀림없이 그렇지? 왜 말 안 해주는 거야?"라고 하는 거예요. 말을 차차 들어보니 전날 와타누키가 들렀을 때 팔에 있는 상처를 몰래 보고 뭔가 사연이 있구나 싶었대요. 미쓰코 씨는 두 사람이 같은 날 같은 곳에 상처가 날 리 없다면서 "언니는 나하고 그 사람 중 누가 더 소중해?"라느니 "뭔가를 숨기는 건 내가 알아서는 안 되는 일이 있다는 거지?"라느니 나중에는 저랑 와타누키 사이에 뭔가 수상한 일이라도 있는 것처럼 "얘기할 때까지는 무슨 일이 있어도 안 보내"라고 했어요. 그런 때도 미쓰코 씨는 눈물을 글썽이면서 가만히 원망하는 듯 노려볼 뿐이지만, 그 눈초리가 무척 팜파탈 같고 말할 수 없이 요염해서 "응? 언니?" 하면서 응석 부리듯 쳐다보면 좀처럼 그 매력을 거스를 수 없어요. 저는 거기까지 들켰으니 어차피 언젠가 한바탕 난리가 날 게 뻔하고, 숨기면 숨길수록 의심만 늘 것을 알았어요. 하지만 와타누키한테 말하기 전에는 함부로 말할 수도 없어서 "내일까지만 기다려줘"라고 했더니 "내일 말할 수 있는 걸 왜 오늘 말 못해?

다른 사람이랑 의논한 다음 말할 거라면 안 듣는 편이 나아. 나한테만 살그머니 알려주면 절대로 언니한테 피해 안 가게 할게" 하면서 아무래도 제 말을 듣지 않았어요. "미쓰 씨, 그렇게 말하지만 미쓰 씨도 나한테 숨기는 일 있지?"라고 했더니 "내가 뭘 숨겼는데? 전부 정직하게 말할 테니 내가 숨겼다고 생각되는 일이 있으면 물어봐" 하더라고요. "흥, 절대로 숨기는 일 없단 말이지?" "절대 없어. 그야 숨길 생각 없이 말하지 않은 게 있을지는 모르지만." "미쓰 씨, 몸에 관해 나한테 뭔가 숨기는 일 없어?" "무슨 소리야, 언니?" "미쓰 씨 언젠가 우리 집에 왔을 때 아픈 적 있었잖아. 그때 정말 뱃속에 아기가 있었어?" "아, 그때?" 아무리 미쓰코 씨지만 겸연쩍다는 듯이 얼굴이 빨개져서 대답했어요. "그때는 언니를 보고 싶어서 일부러 그런 시늉을 했던 거야……" "그런 걸 묻는 게 아니야. 그때 정말 아기가 있었는지 어땠는지 알고 싶은 거야." "그야 없었지." "그러면 지금도 없어?" "뻔하잖아? 왜 그런 걸 의심해?" "왜냐고? 의심할 만한 이유가 있으니까 그렇지." "아, 언니." 미쓰 씨는 '이제야 알았다' 하는 얼굴로 "언니, 내가 임신했다고 틀림없이 와타누키가 말했지? 그 사람이 분명히 그랬을 거야. 사실은 임신시킬 능력도 없는 주제에"라고 하더니 이를 악물었어요. 눈에 가득 고인 눈물이 주르륵 볼에 떨어지더라고요.

저는 깜짝 놀라서 "무슨 소리야? 미쓰 씨"라고 물으면서 제 귀를 의심했어요. 미쓰코 씨는 하염없이 울면서 지금까지 자기에 대해서는 무엇 하나 숨긴 것이 없지만, 사실 와타누키한테는 남에게 말할 수 없는 비밀이 있다고 말했어요. 그게 알려지면 자기도 창피하고 그 사람도 안됐다고 생각해서 말하지 않았지만 뒤에서 저한테 이러쿵저러쿵

중상모략을 하다니 이제는 그깟 놈 불쌍할 것도 없다면서, 미스코 씨는 자기가 지금과 같은 꼴이 된 것도 모두 와타누키가 원인이고, 자기 불행은 전부 와타누키 탓이라고 했어요. 그러면서 와타누키와 만났을 때부터 있었던 일을 처음으로 자세히 이야기해줬어요. 2년 전 여름, 하마데라의 별장에 갔을 때 처음 만나 말을 나누었대요. 어느 날 와타누키가 밤 산책을 하자면서 바닷가에 있는 어선 그늘로 미쓰코 씨를 데리고 간 후 친해졌고요. 여름이 지나고 나서도 오사카 집이 가깝기도 하니 늘 한쪽이 불러내서 만나곤 했는데, 어느 날 여고 동창이 와타누키에 대해 이상한 소문이 떠돈다고 얘기해줬대요. 아사히 회관에서 영화감상회가 있던 날 저녁, 혼자 옥상정원에 나가 있는 미쓰코 씨의 어깨를 친구가 뒤에서 탁 치면서 “지난번에 와타누키 씨랑 산책했지?”라고 묻더래요. 언젠가 둘이 다카라즈카를 걷고 있는 걸 봤다면서요. “와타누키 씨를 알아?” 하고 물었더니 “직접은 모르지만 그 사람 무척 미남이라고 모두들 야단이잖아. 도쿠미쓰 씨처럼 예쁘다면 함께 있어도 어울리지” 하면서 의미심장하게 웃더래요. “깊은 사이는 아니야. 잠깐 같이 산책했을 뿐이야”라고 변명했더니 “변명하지 않아도 그 사람이라면 아무도 의심하지 않으니까 걱정하지 마. 도쿠미쓰 씨, 그 사람 별명 알아?” 하고 묻기에 “몰라”라고 대답했더니 “백 퍼센트 안전한 스틱 보이*야” 하면서 쿡쿡 웃더래요. 무슨 이야긴지 도통 알 수가 없어서 꼬치꼬치 캐물었더니, 친구는 ‘와타누키라는 사람은 성적 무능력자로, 중성이라는 소문이 있다. 증인도 있다’고 했대요.

---

* 당시 도쿄 긴자에는 산책할 때 돈을 받고 지팡이 대신 동반해주는 여성이 있었는데, 그들을 스틱 걸이라 했다. 스틱 보이는 그런 남성을 말한다.

21

친구가 어떻게 그 사실을 알게 됐느냐면, 아는 사람이 와타누키와 서로 사랑하게 되어 중매쟁이를 통해 결혼 이야기를 건넸었는데, 왜 그런지 와타누키 부모님이 이런저런 핑계만 대고 좀처럼 이야기를 진척시키지 않더래요. 그래서 본인들은 진지하게 결혼하기를 바라고 있으니 꼭 승낙해달라고 했더니, 에이지로는 사실 사정이 있어서 평생 장가를 안 보낼 생각이라고 했다는 거예요. 자세히 알아봤더니 어릴 때 볼거리를 앓아서 고환염에 걸렸었대요. 저는 잘 모르지만 의사한테 물어봤더니 볼거리가 고환염이 되는 경우도 있다더라고요. 하긴 말은 그렇게 했지만 사실은 여자를 너무 많이 만나서 성병에 걸렸던 건지도 모르죠. 어쨌든 그래서 그 아가씨는 와타누키를 몹시 증오하게 됐대요. 어떻게 보면 불쌍하기도 하지만 그런 처지라면 여자한테 사귀자고 하거나 추잡한 편지를 보내면 안 되잖아요. 그런데 "당신은 나에게 이상적인 아내입니다"라는 등 그럴싸한 말을 지껄였을 뿐 아니라, 산책하면 꼭 어두운 곳으로 데리고 갔대요. 아가씨가 그제야 생각해보니, 그런 몸이니까 그런 짓으로도 만족했던 거였대요. 말하자면 연애라는 가면을 쓰고 사람을 노리개로 삼았던 거예요. 와타누키는 항상 "저는 결혼하기 전에 육체관계를 맺는 건 죄라고 생각합니다"라고 말했대요. 그 말에 참 괜찮은 사람이라고 감탄했던 게 더 화가 난 아가씨는, "이 이야기는 비밀로 해주세요"라고 와타누키 부모님이 부탁했지만 홧김에 여러 사람한테 이야기해버렸대요. 그랬더니 그 아가씨 말고도 그런 꼴을 당한 사람이 잔뜩 있었다지 뭐예요. 와타누키는 자기가 미남이고 여자들이 자기를 좋아한다는 걸 잘 알아서, 어디든 여자들이 모일 만한 곳이면 뻔뻔스럽게 나타났었대요. 그때마다 누구라도 한 번쯤은 걸려든 거죠. 그렇지만 플라토닉 러브니 뭐니 하면서, 아무리 열정적으로 사랑해도 순결을 지켜주기 때문에 대부분의 여자들은 그를 인격자라고 더욱더 숭배하고, 아슬아슬한 데까지 끌려간 다음에 탁 걷어차인 거죠. "어머나, 너도 그랬어?" "응, 나도 그랬어." 그런 말을 하는 사람들이 사방에서 나타났는데 누구한테 물어봐도 똑같이 '어느 단계 이상이 되니 묘하게 슬금슬금 도망쳐버렸는데, 그러고 보니 그때 모습이 뭔지는 모르지만 이상했다. 진짜 플라토닉 러브라면 키스하는 것도 모순인데 키스하면서 순결을 말한 것도 이상했다'고 했대요. 모두 속는 동안에는 알아차리지 못했지만, 알고 나니 너도 나도 그렇게 느낀 거죠. 그 사람들이 버림받았을 때의 상황도 한결같이 '결혼하자고 했더니 연기가 사라지듯이 달아나버렸다'는 거였어요. 그중에는 동정하는 사람도 있었지만, 와타누키는 그렇게 많은 사람이 자기 비밀을 알고 있으리라고는 상상도 못한 채 그 후에도 계속 처녀들을 농락했고 사정을 모르는 사람은 여전히 미끼에 걸려들었기 때문에 "또 스틱 씨가 사람을 낚았네……"라든가 "저 스틱 보이라면 아무도 부러워하지 않지"라고 하면서 아는 사람들은 모두 그를 웃음거리로 삼았대요. "도쿠미쓰 씨가 아직 모르는구나 싶어서 언젠가 말해줘야지 생각했어. 거짓말 같으면 다른 사람한테도 물어봐." "어머나, 그렇게 이상한 사람이야? 난 아직 키스한 적은 없지만, 그러면 이제 곧 하려나?" 미쓰코 씨는 일부러 시치미를 떼고 그 상황을 넘기고는, 집에 가서 오우메한테 "오늘 친구한테 이런 이야기를 들었는데

진짜일까?" 물었더니 "사실인지 아닌지 아가씨는 모르세요?"라고 오
히려 오우메가 묻더래요. 오우메는 그런 일이 있으면 미쓰코 씨가 모
를 리 없다고 생각했겠죠. 미쓰코 씨는 이성을 사귀는 게 처음이라
"아이가 생기면 안 되니까"라는 말도 별로 이상하게 생각하지 않았다
고 하면서, 친구의 말이 정말인지 아닌지 자기는 모르겠다고 했대요.
그제야 오우메도 깜짝 놀라면서 "아가씨하고 그분이 너무 잘 어울려
서 마치 한 쌍의 인형 같으니까 누군가 둘 사이를 갈라놓으려고 그런
말을 꾸민 게 아닐까요? 사람을 시켜서 조사하면 어떨까요?"라고 해
서 몰래 탐정에게 조사시켰더니, 와타누키가 성적으로 결함이 있는
건 틀림없는 사실이었대요. 볼거리를 앓은 탓인지 아닌지는 모르지만
어쨌든 어렸을 때부터요. 미쓰코 씨하고 만나기 전에 난치에서 몰래
유흥업소에 드나들었다는 걸 탐정이 밝혀내, 그 방면을 조사해서 알
게 된 사실이래요. '기녀나 창녀들조차 한번 와타누키한테 걸리면 대
개 정신없이 빠졌다. 하지만 아무리 잘생겼다 해도 그렇게까지 빠지
는 건 좀 이상해서 뭔가 비법이라도 있나 하고 한때는 이름을 떨칠 정
도였다. 관계를 가졌던 여자들은 아무도 절대 비밀을 이야기하지 않
았는데, 그래도 점점 소문은 퍼지고 여러 가지 방법으로 캐는 사람도
나왔다. 그래서 밝혀진 사실인즉, 처음에 와타누키는 자기한테 결함
이 있다는 사실을 숨긴 채 놀았는데 그리는 동안 어떤 여자가 비밀을
냄새 맡았다. 그 여자는 동성애 취향이 있었기 때문에 제대로 남자 구
실을 못해도 여자한테 사랑받을 수 있는 방법을 와타누키한테 가르쳐
줬다. 그 뒤로는 와타누키를 '반남반녀' 혹은 '반녀반남'이라고 불렀
는데, 그런 말을 듣게 됐을 때쯤 발걸음을 딱 끊고 어떤 유곽에도 모

습을 나타내지 않았다.' 저도 탐정의 보고서를 나중에 봤는데, 아주 자세하게 조사해서 그런 이야기까지 상세히 쓰여 있더라고요.

그런데 숨어서 노는 동안 '나도 비관할 것 없다' 하는 자신감이 생겨, 이번에는 양갓집 처녀를 찾던 차에 미쓰코 씨가 걸린 거예요. 사실 이건 제 상상이지만 틀림없을 거예요. 그때 미쓰코 씨는 그런 인간의 노리개가 되다니 더는 살 수 없다는 생각이 들어서 정말 죽어버리려고 생각했대요. 하지만 어차피 죽을 바에는 원한이나 풀고 죽을 작정으로 "정식으로 결혼하지 않을래요? 당신만 괜찮다면 나는 부모님한테 허락을 받아놓았어요" 하고는, 뭐라고 대답할지 기다렸대요. 그랬더니 "나도 바라는 바지만 지금은 좀 시기가 안 좋아"라느니 "1, 2년 지나고 나서"라고 계속 얼버무렸대요. 그래서 "와타누키 씨는 사실 몇 년이 지나도 결혼 못하죠?" 하고 물었더니 갑자기 안색이 바뀌면서 "왜 그런 말을 하지?"라고 되묻기에 "왠지는 모르지만 이런저런 소문이 있던데요?" 하고는 "이렇게 된 이상 나도 당신을 버릴 수 없으니 같이 죽어요"라고 했대요. 그래도 와타누키가 여전히 "그런 소문은 다 거짓말이야"라고 해서, 탐정의 보고서를 보여주었더니 그제야 할 말을 잃은 얼굴로 "내가 나빴어, 용서해줘. 같이 죽자"라고 하더래요. 그렇지만 죽는 게 그리 쉬운 일도 아니고, 실컷 원망하고 나니까 불쌍해져서 본의 아니게 그냥 계속 만나게 되었대요. 미쓰코 씨의 마음은 역시 와타누키를 잊지 못한 상태라 하루라도 더 오래 같이 있고 싶어 했는데, 와타누키도 그걸 알고는 '나는 지금까지 아무리 사랑하는 사람이라도 내 육체적 비밀을 알게 되면 틀림없이 나를 버릴 거라고 생각해 숨겨왔다. 결함이 있음을 알고도 사랑해준다면 난들 왜 숨기겠는가. 나는 이런 몸이 된 걸 불행하다고는 생각하지만 그렇게 큰 결함이라고는 생각하지 않는다. 그 이유로 남자로서의 자격이 없다고 한다면 남자의 진짜 가치는 어디에 있는가. 겉으로 드러난 모습만으로 남자를 평가해야 하는가? 그렇다면 남자가 아니라고 해도 나는 괜찮다. 후카쿠사의 겐세이 스님은 남성이라는 징표가 수행에 방해된다고 거기에 뜸을 떴다고 하지 않는가. 남자들 중에서 가장 훌륭한 정신적인 업적을 남긴 사람들은, 예를 들면 석가모니든 예수든 중성 비슷한 사람들 아닌가. 그러니까 나는 오히려 이상적인 인간인 것이다. 그러고 보면 그리스 조각상은 남성도 여성도 아닌 중성의 미를 나타내고, 관음보살이나 세지보살*의 모습도 그렇다. 그것만 생각해도 인간 가운데 가장 고귀한 존재는 중성이라는 걸 알 수 있다. 나는 다만 사랑하는 사람이 도망칠까봐 걱정되어 숨겼던 것뿐이다. 사실 터놓고 말하자면 연애 중에서도 아이를 낳거나 하는 건 동물적 사랑이다. 정신적 사랑을 즐기는 사람한테는 그런 건 문제가 아니다'라고 했대요.

22

⋯⋯네, 정말이지 와타누키라는 사람은 그런 식으로 토론하기 시작하면 얼마든지 자기한테 유리한 논리를 늘어놓으면서 끝없이 중언

---

* 아미타불의 오른쪽에 있는 보살로 지혜를 상징한다.

부언했어요. 그러면서 '미쓰코 씨가 죽으면 나도 주저하지 않고 같이 죽겠다. 그렇지만 아직 죽을 만한 이유를 못 찾겠다. 지금 죽으면 "흥, 그 녀석은 불구인 걸 비관해서 죽었다"는 말밖에 더 듣겠느냐. 그건 억울하다. 나는 이깟 일로 죽을 만큼 기개 없는 남자가 아니다. 얼마든지 살아남아서 훌륭한 일을 하고 보통 사람보다 훨씬 더 위대한 초인임을 보여주겠다. 미쓰코 씨도 죽으려고 결심했을 정도면 그냥 나랑 결혼하면 되지 않는가. 지금 말했듯 나 같은 사람을 남편으로 삼는 걸 부끄럽게 생각하는 건 잘못이다. 한층 고상한 정신적 결혼이라고 생각하면…… 하기야 그렇게 말해봤자 세상 사람들은 이치도 모르면서 여러 가지 방해를 할 테니까 내가 이런 사람이라는 사실을 구태여 광고하고 다닐 필요는 없다. 한두 사람 그런 말을 해도 누구도 확실한 증거가 있는 건 아니니, 만일 그런 일을 묻는 사람이 있으면 완전한 남자라고 해주면 좋겠다'고 했대요. 생각해보면 정말 모순이죠. '조금도 비관하지 않는다. 초인이다'라고 스스로 말할 정도라면 쉬쉬하지 말고 당당하게 살아가면 되잖아요? '만사 제쳐놓고 누가 방해하기 전에 얼른 결혼해버리자. 그게 가장 큰 목적이니까 그 목적을 달성하기 위해서는 사람들을 속일 수밖에 없다. 아무한테도 꿀릴 게 없다는 걸 우리만 확실히 알고 있으면 된다'고 했대요. 그렇지만 남은 어떻든 간에 부모님까지 속일 수는 없다고 했더니, 자기 부모님은 그 사실을 알고도 시집와줄 사람이 있다면 얼마나 고마워할지 모른다면서 반대하는 건 미쓰코 씨 부모님뿐이니까 사정을 털어놔도 허락해주시지 않을 것 같으면 역시 숨겨야 한다, 미쓰코 씨만 결심이 섰다면 숨겨서 나쁠 게 뭐 있느냐고 했대요. "그러다가 아시게 되면 어떡하려고?" "그때는 그때지. 아시게 되면 당당하게 도리를 설명드리고, 절대로 다른 사람하고는 결혼하지 않겠다고 해. 그래도 허락하지 않으시면 그때는 둘이 도망치든 같이 죽든 하면 될 거 아냐?" 본인은 자기 비밀을 많은 사람이 아는데다 별명까지 붙은 줄도 몰랐기 때문에, 화류계 여자 아니고는 알아챈 사람이 극히 적을 거라고 생각해 적당히 숨길 수 있다고 여겼겠지만, 그렇게 부모님을 속이고 결혼하는 일이 어디 쉬운가요. 와타누키 쪽은 부모라고 해도 어머니하고 후견인인 숙부가 있을 뿐이라서, '미쓰코 씨가 한번 만나서 "이런저런 경위로 가까운 시일에 우리 집에서 정식으로 혼담이 들어올 겁니다. 아무 말도 하지 마시고 허락해주세요"라고 하면 어머니는 다 이해해주실 것이다. 숙부도 일부러 조카의 결함을 폭로해서 모처럼의 혼담을 깨거나 하지는 않을 것이다' 하고 말했지만 미쓰코 씨는 '청혼하기 전에 집에서 신원조사를 할 게 틀림없으니 어차피 다 알게 될 것이다. 그런 짓을 해서 평지풍파를 일으키느니 당분간 몰래 만나는 편이 낫지 않겠냐'고 했죠. 도대체가 와타누키는 특별히 결혼해야 할 이유도 없고 그런 몸으로는 무리인 걸 본인도 알고 있을 텐데, 미쓰코 씨가 언제까지나 혼자일 수는 없을 걸 예상하고, 그대로 두었다가는 언젠가 놓치지 않을까 싶으니 걱정이 되었겠죠. 또 입으로 말하는 것과 마음속은 정반대로, 가능하면 제대로 된 남자처럼 부인을 얻어서 살고 싶다는, 세상만 속이는 게 아니라 자신까지 속이고 보통 남자와 다르지 않다고 믿고 싶은 마음뿐 아니라 미쓰코 씨처럼 뛰어나게 아름다운 부인을 얻어 세상 사람들을 놀라게 하고 싶다는 허영심까지 있었을 거예요. 그래서 무척 초조해하면서 "그런 핑계를 대다가 좋은 데서 혼담이 들어오면 시집

갈 생각이지?"라는 비뚤어진 말을 하곤 했대요. 그때마다 미쓰코 씨가 '아무리 부모가 종용해도 절대로 다른 데 시집 안 간다. 지금 당장 급한 혼담이 들어온 것도 아니고, 스물다섯 살이 되면 법적으로 자유롭게 결혼할 수 있으니까* 틀림없이 뭔가 좋은 수가 있을 거다. 조금만 더 참아달라. 그러지 않으면 죽을 수밖에 없다……' 하고 겨우 설득을 시켰대요.

미쓰코 씨는 당시의 자기 마음을 "사실은 나도 잘 모르겠어"라고 했지만, 그렇게 달래놓고도 어떻게든 헤어지고 싶었던 것만은 분명해요. 만나고 나면 늘 후회하고, '아아, 나는 수많은 여자 가운데서도 남들이 부러워하는 미모를 지녔으면서 저런 녀석한테 찍히다니 얼마나 불행한가. 이제는 헤어져야지 생각하지만 이상하게 이삼일 지나면 내 쪽에서 쫓아다니게 된다. 그렇다고 와타누키가 그럴 정도로 그리운가 따져보면, 정신적으로 좋게 생각되는 구석은 하나도 없다. 얼굴 보는 것조차 구역질이 날 것 같다. 치사한 녀석이다. 형편없는 놈이라고 마음속으로는 늘 몹시 경멸하고 있다. 그러니 매일 만나도 두 사람의 마음이 딱 들어맞는 일은 좀처럼 없고 언제나 싸움만 한다'고 생각했대요. 그 싸움이라는 게 '내 비밀을 남한테 이야기했지?'라든가 '언제까지 기다리게 할 생각이야?'라든가 하는 틀에 박힌 불만으로, 얼토당토않은 일을 끄집어내서는 의심 많은 끈적끈적한 어조로 따지는 것이었죠…… 미쓰코 씨도 와타누키가 그렇게 싫어하는 이야기를 쓸데없이 남한테 해봤자 와타누키 혼자만의 창피가 아닌 줄 잘 알고 있었어요.

* 1945년 이전 일본에서는 남자는 30세, 여자는 25세가 되면 부모의 동의 없이 결혼할 수 있었다.

그 정도는 말하지 않아도 아는 일이지만, 오우메한테는 어쩔 수가 없어서 털어놓은 걸 가지고 "왜 하녀 따위에게 말을 한 거야?"라고 따져서 그때만큼은 크게 싸웠대요. 미쓰코 씨가 절대 지지 않고 "당신은 위선자야. 말하는 것과 하는 짓이 전혀 다른 거짓말쟁이야. 당신과 내가 하는 짓에도 진짜 연애다운 점은 눈곱만큼도 없어" 하고 크게 소리치니까 결국 말문이 막힌 와타누키가 안색이 변하더니 "죽여버릴 거야"라고 했대요. 미쓰코 씨가 "죽일 테면 죽여. 나는 진작부터 죽을 각오를 하고 있어"라고 눈을 감은 채 꼼짝도 하지 않았더니 와타누키는 기가 죽어서 "잘못했어. 용서해줘" 했다는군요. 그래서 "나는 너처럼 파렴치한 사람이 아니니까 이런 일이 세상에 알려지면 너보다 내가 훨씬 더 곤란해. 이제 더 이상 괜한 트집 잡지 마"라고 혼내줬대요. 그 뒤로는 점점 와타누키가 미쓰코 씨한테 꼼짝 못하게 되었지만, 그런 만큼 더 음흉해져서 갈수록 의심이 많아졌대요.

그때 마침 M가에서 혼담이 들어왔던 거예요. 당시 미쓰코 씨는 와타누키를 만날 기회를 만들기 위해 기예학교에 다녔는데, 저와의 동성애 소문은 사실 미쓰코 씨가 직접 퍼뜨린 것이었어요. 익명의 엽서도 투서했대요. 왜 그런 짓을 했느냐고 물었더니 혼담 이야기를 들은 와타누키의 질투가 심해져서 '그쪽과 혼인을 하면 그냥 두지 않겠다. 지금까지의 관계를 전부 신문에 폭로하겠다'고 협박해서 그랬대요. 물론 미쓰코 씨는 M가로 시집갈 생각은 없었으니까 경쟁에 지는 건 상관없었지만, 경쟁 상대가 된 시의회 의원이 온갖 수단으로 미쓰코 씨의 흠을 찾아내 혼담을 깨려고 기를 쓰던 상황에서 와타누키와의 일이 들통나 세상에 알려지게 될까봐 무척 두려웠겠죠. 그래서 그 일이 들통나지 않게 일부러 동성애라는 소문을 냈대요. 말하자면 저를 이용해 세상의 눈을 속인 거죠. '스틱'이라든가 '반남반녀'라는 말을 듣는 사람과 소문이 나는 것보다는 동성애자라고 소문나는 편이 남한테 손가락질 당하거나 웃음거리가 되지 않을 거라고 생각했대요. 처음에는 제가 미쓰코 씨를 모델 삼아 그림을 그린다는 이야기와 길에서 스칠 때의 제 태도에서 문득 떠올린 생각이었는데, 제가 진심으로 열렬하게 미쓰코 씨를 사랑하는 걸 알고는 이용하려는 마음이 점차 진짜 사랑으로 바뀌어갔대요. 물론 저도 완전히 순진무결한 존재는 아니지만, 그래도 와타누키하고는 비교도 안 될 만큼 애정이 느껴졌고, 모르는 사이에 끌렸다는 거죠. 또 와타누키처럼 아무도 상대하지 않는 인간의 노리개로 지내는 것과 동성인 사람한테서 관음보살이라는 말을 들을 정도로 숭배받으며 모델로 지내는 건 엄청나게 다른 것이라, 저라는 사람이 생기고부터 천성적인 우월감과 자존심을 되찾아 비로소 세상이 밝아진 것처럼 느꼈대요. 와타누키한테는 소문을 구실 삼아 '이런 사람을 도구로 이용하고 있다. 그렇게 하는 편이 집을 비울 때도 핑계 대기 좋다'고 했지만, 곧이들을 와타누키가 아니었죠. 겉으로는 "그래? 그야 그런 편이 좋겠지"고 하면서도 마음속으로는 질투의 칼을 갈면서 기회만 있으면 저하고의 사이를 깨려고 생각했던 게 틀림없어요. 미쓰코 씨는 가사야마치에서 옷을 잃어버렸던 사건도 아무래도 수상하다고 했어요. 그때 다른 방에 노름하던 사람들이 있었다든가 형사가 쳐들어왔다든가 하는 이야기는 새빨간 거짓말이고, 여관 사람한테 부탁해서 갑자기 자기를 놀라게 한 뒤 도망간 사이에 옷을 몽땅 숨기라고 처음부터 다 수순을 정해둔 게 틀림없다고요. 그날 낮 저희 집에 오기 전에 미쓰코시 백화점에 쇼핑하러 갔다가 우연히 와타누키를 만났는데, 저희 집에서 돌아가는 길에 가사야마치에 들를 테니 기다리라고 하고 헤어졌대요. 저희가 같이 맞춘 옷을 입고 있는 걸 본 와타누키가 '마침 잘됐다. 저 옷을 없애버리면 아무래도 가키우치 부인한테 전화를 걸 수밖에 없겠지. 그러면 부인도 정나미가 떨어질 거야'라고 생각해서 기다리는 사이에 여관 사람들을 매수한 뒤 부탁했을 거라고요. 와타누키는 그 정도 일은 꾸밀 만한 사람이고 또 꾸밀 시간도 있었죠. 안 그렇다면 남의 옷을 입고 경찰서에 끌려갔다는 것도 너무 이상하고 미쓰코 씨와 와타누키한테 그 뒤로 경찰서에서 아무 소식이 없었던 것도 이상해요. 미쓰코 씨는 그때 설마 하니 계략에 빠졌다고는 생각하지 않았기 때문에 어떻게 해야 좋을지 몰라서 완전히 제정신이 아니었는데 "이렇게 된 이상 가키우치 씨한테 전화해서 같이 맞춘 옷을 가져다달라고 할 수밖에 없겠네요"라고 와타누키가 먼저 말을 꺼냈대요. 미쓰코 씨는 잃어버린 옷이 저랑 같이 맞춘 옷이라는 사실을 잊어버릴 만큼 당황해서 그런 것까지 생각해낼 여유가 없었는데도요. 와타누키의 말에 미쓰코 씨는 "언니한테 부탁힐 수는 없어"라고 했지만 "그러면 나랑 도망친다는 말이지? 아니면 전화를 걸든가"라고 협박해서 절체절명의 상황에 빠지는 바람에, 그따위 놈의 동반자가 되기는 죽기보다 싫었기 때문에 앞뒤 분별 없이 자기도 모르게 전화기로 달려갔대요. 그래도 그때, 근처 카페까지 와달라고 한다든가 와타누키를 먼저 돌려보낸다든가 해서 그런 꼴을 저한테 안 보이게 뭔가 조금 더 궁리를 할 수도 있었을 텐데 너무 당황해서 그런 생각조차 못했대요. 바로 와타누키는 그걸 노린 거였죠. "빨리해, 빨리"라고 재촉당하고, 허둥대는 동안 제가 와버려서 "얼굴을 들 수가 없어"라고 와타누키에게 말했더니 "내가 적당히 말할 테니 숨어 있어" 하고는, 미쓰코 씨의 애인 행세를 하면서 제 속마음을 떠보려 했대요. "그래, 맞아. 사실 와타누키는 그때까지는 언니하고의 일은 잘 모르고 있었으니까"라고 미쓰코 씨는 말했어요.

23

"어머, 그랬구나, 그럼 그때 날 떠본 거란 말이지? 그 상황에 '사모님에 대한 미쓰코 씨의 마음은 정말이지 진심입니다'라고 해서 사람을 우습게 본다고 생각하긴 했지만." "응, 일부러 그런 소리를 해서 언니를 화나게 만들려고 한 거지. 나도 문 뒤에서 들으면서 어쩌면 저렇게 거짓말을 잘할까 생각했지만 그 상황에서 변명해봤자 언니가 나를 믿어줄 리도 없고 말이야……" 미쓰코 씨는 자기가 계략에 넘어갔다고 생각하니 분해죽을 것 같았는데, 와타누키는 그 뒤로 저라는 귀찮은 존재가 없어지자 한층 더 집요하게 달라붙었대요. 무슨 말을 하면 "너야말로 거짓말쟁이잖아? 그럴싸하게 나를 속였으면서"라며 저와의 일에 계속 앙심을 품고 "그 정도 일로 절교할 리가 없어. 지금도 나 몰래 만나고 있지?"라고 했대요. 자기가 못 만나게 만든 주제에 의심을 안 하고는 못 배기는 성격인지 아니면 짐짓 모른 척 남의 속을 긁는 건지 "당신은 남자답지 못해. 끝난 일을 자꾸 말하지 마"라고 미쓰코 씨가 말해도 "아니, 절대 끝난 일이 아니야. 틀림없이 그쪽에 내 비밀을 알려줬지?"라고 따졌대요. 사실은 그게 제일 무서웠던 거죠. 제가 사실을 알면 어떻게 복수할지 모른다고 와타누키가 말하기에, 미쓰코 씨도 화가 나서 "억측도 적당히 좀 해! 당신이라는 사람이 있다는 것도 숨겼는데 그런 이야기 할 시간이 어디 있었겠어? 직접 언니를 만났으니까 언니 태도를 보면 알 거 아냐?" 하고 말했대요. "아니, 그 태도가 좀 수상했거든." 자기가 늘 계략을 꾸미니 남의 태도까지 의심하는 거죠. 뭐, 사실 단순한 심술로 보기에는 어렵고, 와타누키 입장에서는 의심할 만한 근거가 있었어요. 자기가 미쓰코 씨하고 저의 관계를 알아차린 것처럼 제가 와타누키하고 미쓰코 씨의 관계를 모를 리 없었을 텐데, 알면서도 지금까지 질투를 안 한 건 "그 남자는 불구야"라는 말을 듣고 안심했기 때문이 아닌가, 그렇지 않다면 설마 하니 가만히 있을 리가 없다는 거였죠. 미쓰코 씨 말로는, 그래서 저를 가사야마치의 여관에 불러내 자기는 맨날 그런 곳에서 미쓰코 씨와 함께 지내는, 성적 결함이 없는 사나이라고 과시할 생각도 있었을 거래요. 미쓰코 씨로서는 와타누키가 "그 사람하고 헤어져줘"라고 정식으로 고개를 숙여 부탁하면 "싫다"고도 못할 처지인데, 감쪽같이 속은 데다가 역겨운 의심까지 하니 오기로라도 그 의표를 찌르고 싶었대요. 게다가 마음에도 없던 일로 저하고 사이가 틀어졌다고 생각하니 한층 저한테 미련이 남아서 어떻게든 화해하고 싶었다고 하고요. 적어도 한 번만이라도 보고 싶었지만 찾아가도 쉽게 만나주지 않을 테고 만나주더라도 뭐라고 변명해야 할지, 지난 일에 어떤 이야기를 해도 마음을 풀지 않을 거라고 생각했대요. 그러다가 궁리 끝에 그 책이 생각나서…… 그건 사실 미쓰코 씨한테는 필요 없는 책이라 역시 나카가와 씨 부인한테 빌려주었지만, 그때 문득 아이디어가 떠올라서 'SK병원의 이름을 사칭해 전화를 걸자, 이런 경우에는 이렇게 이야기하자' 하는 식으로 여러 날 열심히 생각한 끝에 아무한테도 의논하지 않고 혼자 그렇게 준비했대요. 다만 전화는 여자 목소리로는 안 되겠다고 생각해서 오우메가 집에 드나드는 세탁소 남자한테 부탁했고요. "그때는 언니를 되찾고 싶어서 있는 지혜, 없는 지혜를 다 짜냈지만 지금 돌이켜보니 그렇게 엄청나게 소동을 피우고, 눈을 치켜뜨고 하다니 배우도 아닌데 잘도 그런 짓을 했어." 그러면서 그때는 분명히 저를 속였고, 계략을 썼다고 말한대도 어쩔 수 없지만, 그래도 자기가 어떤 마음으로 그런 짓을 했는지는 이해해달라며 '나를 불쌍하다고 여길지언정 미워하지는 않겠지' 생각했다는 거예요.

그런데 저하고 화해했다는 사실을 얼마 안 되어 와타누키가 알았다고 해요. 미쓰코 씨도 와타누키가 꾸몄던 일을 뒤집어놨다는 사실을 알려주고 싶은 마음이 있었기 때문에 특별히 숨기려고도 하지 않았고, 알게 되면 어떤 얼굴을 할까 기다려지던 참이어서 "당신, 요새 또 그 여자하고 만나고 다니지? 시치미 떼도 다 알아"라는 말에 "흥, 그런 일은 시치미 뗄 생각 전혀 없어"라고 침착하게 "안 만나도 어차피 의심하는데 만나는 편이 낫다고 생각했지" 하고 대답했대요. "왜 나 몰래 그런 짓을 했어?" "몰래라니, 나는 아무리 당신이 나쁘게 억측해도 안 한 일은 안 했다고 하고 한 일은 했다고 해." "그렇지만 오늘까지 잠자코 있었잖아." "그야 말할 필요 없다고 생각했으니까 잠자코 있었지. 내 행동을 일일이 보고해야 할 의무는 없다고 생각하는데." "이런 중요한 일을 말하지 않는 경우가 어디 있어?" "그러니까 한 일은 했다고 하고 있잖아.”“그냥 ‘했다’는 말로 뭘 어떻게 알아? 어느 쪽에서 화해하자고 했는지 확실히 말해봐.”“내가 찾아가서 미안했다고 말하고 용서받았어.”“뭐? 아니 사과할 일이 뭐가 있어?”“뭐라니, 이런 곳에 그런 시간에 불러내서 옷 빌리고 돈을 꿨는데 가만있는 법이 어디 있어? 그런 뻔뻔스러운 짓, 당신은 할 수 있어도 나는 못해.”“빌린 건 그다음 날 내가 우편으로 돌려보냈어. 그런 더러운 여자한테 그 이상 고맙다고 인사할 필요가 있느냔 말이야.”“얼씨구, 그때 언니 앞에서 뭐라고 했지? ‘저는 어떻게 되든 여기 일만 무사히 끝나면 은혜는 죽어도 잊지 않겠습니다’라고 하면서 그 더러운 여자한테 고개 숙이고 두 손을 모아 빈 사람이 누구야? 그래놓고는 이제 와서 잘도 지껄이네. 무엇보다 빌린 걸 우편으로 돌려보내다니, 만일 그분 남편 손에 들어가기라도 했으면 얼마나 난처했겠어? 더럽든 깨끗하든 신세진 건 신세진 거야. 어쩜 그렇게 배은망덕해? 당신이 그따위로 말하니 그날 밤 일에도 뭔가 속임수가 있었으리라는 생각이 들어……” 그렇게 말했더니 와타누키는 흠칫하면서 “속임수라니 무슨 소리야?”라고 하더래요. “잘은 모르겠지만, 그 이후로 절교했다고 한 적도 없는데 당신 혼자 절교한 걸로 단정 짓다니 이상하잖아? 그렇게 당신 생각대로만 될 거라고 생각하면 오산이야.”“아니, 도대체 무슨 소리를 하는지 나는 모르겠는데.”“그래? 그때 옷이 경찰서에서 안 돌아왔는데 왜 그럴까?”“이제 와서 왜 그런 걸 문제 삼아?” 와타누키는 급소를 찔리니까 “무슨 소리를 하는지 모르겠지만, 오늘은 좀 흥분한 것 같으니 그 이야기는 천천히 듣지”라면서 겸연쩍은 듯 히죽히죽 웃고는 얼버무리더래요. 그렇지만 그대로 잊어버릴 만큼 시원시원한 남자도 아니어서 이삼일이 지나자 다시 이야기를 꺼냈는데, 이번에는 공손하게 미쓰코 씨 비위를 맞추면서 "사모님이 어지간히 화났었을 텐데 뭐라고 구워삶았는지 나중을 위해서 들려줘"라느니 "그런 예쁜 얼굴을 하고 미쓰코는 참 농간도 잘 부려"라느니 "프로도 못 쫓아갈 수완가야"라느니 이런저런 말을 하면서 치켜세웠다 비아냥거렸다 했 대요. 적당한 선에서 타협하는 게 낫겠다 싶어 사실은 이렇게 저렇게 꾀를 내서 화해했다는 이야기를 해줬더니 "아니, 그런 연극으로 사람 속이는 건 언제 배웠어?" "그야 당신한테 배웠지." "웃기지 마. 나한 테도 가끔 그 수법을 쓰는 거지?" "아, 또 억측이 시작됐네. 내가 이런 못된 짓을 한 건 이번뿐이야." "그렇게까지 해서 그 부인이랑 자매가 되고 싶다니 나는 이해가 안 돼." "그렇지만 당신도 먼젓번에는 언니 한테 '저는 조금도 상관없습니다. 앞으로 셋이 사이좋게 지냅시다'라 고 했잖아." "그건 그때 그분이 화내면 곤란하니까 그렇게 말한 거 야." "거짓말 마. 당신은 그때 언니를 떠본 거잖아. 그날 밤의 농간은 나도 다 알아." "그런 일 전혀 없어." "잘 들어. 지렁이도 밟으면 꿈틀 한다고. 뒷구멍으로 이상한 짓 하면 누구라도 그대로 당하고 있지는 않아." "내가 이상한 짓을 했다는 증거라도 있어? 미쓰코야말로 억측 하는 거 아냐?" "억측이라면 그렇다고 쳐. 그렇지만 당신, 말을 내뱉 은 이상 약속한 대로 언니하고 제대로 잘 지내야 하는 거 아냐? 당신 은 의심할지 모르지만 내 입장에서는 당신이 꺼리는 그 일, 절대로 언 니한테 말 못해……" 그 시점에서 미쓰코 씨는 기지를 발휘해, '언니 한테 찾아갔던 것도 사실은 당신의 비밀을 끝까지 숨겨서 제대로 남 자 구실하는 사람이라고 믿게 하기 위해서였다. 나는 그렇게까지 하면서 당신의 명예를 지켜주고 있으니 당신만 좀 더 너그럽게 군다면 앞으로는 셋이 친하게 잘 지낼 수 있지 않겠냐' 하고 그의 약점을 누르는 한편 달래고 어르고 위협했대요. 그리고 "당신하고 여기서 만나는 이상 언니한테도 와달라고 할 거야"라고 하며 저와의 교제를 절대로 간섭하지 마라, 투덜대면 와타누키는 버려도 저는 버리지 않겠다는 각오를 보였기 때문에 결국 와타누키도 어쩔 수 없이 수그러들었다고 해요.

24

"……말이지, 언니. 아무리 친한 사이라도 이런 이야기는 창피스럽기도 하고 언니가 나한테 정나미 떨어지면 어떡하나 걱정돼서 꾹 참고 있었지만, 결국 전부 이야기해버렸네. 나처럼 불행한 사람이 이 세상에 또 있을까?" 그러면서 미쓰코 씨는 제 무릎에 엎드려 눈물로 무릎이 흠뻑 젖을 만큼 서럽게 울었어요. 저는 뭐라고 위로해야 좋을지 몰랐어요. 제가 아는 미쓰코 씨는 화려하고 남에게 지기 싫어하고 늘 자부심이 넘쳐 눈이 반짝이는 사람인데 그런 괴로운 처지에 있으리라고는 꿈에도 생각지 못했거든요. 그렇게 거만하고 여왕처럼 도도한 사람이 자존심이고 뭐고 다 내던지고 우는 모습은 정말 뜻밖이었어요. 미쓰코 씨 말을 빌리자면, 자기는 고집쟁이라 아무리 괴로운 일이 있어도 남이 눈치 못 채게 노력했대요. 제가 없었다면 한층 음침한 성격이 되었을 덴데, 제 덕분에 어두운 운명을 이겨낼 용기를 얻었대요.

항상 제 얼굴을 보면 마음이 밝아지고 모든 걸 잊을 수 있었다는데, 그날은 어떻게 된 셈인지 서러움이 솟구친다며 오기로라도 참으려 했지만 오랫동안 참았던 눈물의 둑이 단숨에 무너졌다고 했어요. "언니, 제발…… 의지할 사람은 언니뿐이니까 이런 이야기를 들었다고 나한테서 정떨어지면 안 돼." "왜 정이 떨어지겠어. 말하기 어려운 일인데 잘 말해줬어. 이렇게 나를 의지해주니 얼마나 기쁜지 몰라." 그랬더니 미쓰코 씨는 긴장이 풀렸는지 한도 끝도 없이 울면서, '내 인생은 와타누키 때문에 엉망이 됐다. 이제는 앞날에 아무 희망도 광명도 없다. 평생 세상에 잊힌 채 살아갈 수밖에 없다. 나는 죽어도 그따위 남자하고 결혼하지 않겠다. 제발 나를 살리는 셈치고 그 남자하고 손을 끊게 해달라. 좋은 방법이 있으면 가르쳐달라'고 말했어요. "이렇게 되니 나도 솔직하게 고백하겠는데 사실은 와타누키 씨랑 남매의 의를 맺고 문서까지 교환했어"라고 저도 전날 일을 전부 이야기했더니 미쓰코 씨는 "그럴 줄 알았어. 와타누키라는 녀석은 내가 절대 이야기 안 한다고 했는데도 못 미더워서 일부러 언니를 시험해보고 자기가 버림받으면 언니도 함께 끌고 갈 속셈인 거야"라고 했어요…… 듣고 보니 과연 "미쓰 씨한테 아기가 생겼다는 건 처음 듣는 이야기인데요"라고 했을 때 "네? 못 들으셨어요?"라면서 핏발 선 눈으로 "왜 아이가 안 생길 거라고 했대요? 그런 체질이라는 겁니까?"라고 입술 색까지 변했던 게, 그때는 참 이상한 사람이라고 생각했지만 왜 그랬는지 짐작이 가더라고요. 이야기 도중에 한숨을 쉬면서 "아아, 저는 얼마나 불행한 운명의 별 아래 태어난 것일까요?" 하고 두세 번 연극 대사처럼 가락을 붙여 되풀이하던 모습도 당시에는 '웃기네, 남의 동정을 구하려고 일부러 저런 센티멘털한 목소리를 내고'라고 생각했지만, 아무리 뻔뻔스러운 남자라 해도 마음속부터 자기의 불행을 한탄하고 있었기 때문에 남한테 말 못하는 쓸쓸한 마음이 자연히 겉으로 나온 건지 몰라요. 그렇지만 "왜 임신한 사실을 숨길까요? 특히 누님한테는 거짓말을 안 해도 될 텐데요"라느니 "아이가 태어나면 어딘가 보내버릴 거라면서 아버님이 펄펄 뛰신대요" 하면서 사람을 슬쩍 떠보질 않나, 그건 그렇다 치더라도 "이걸 읽어보면 누님 쪽이 저보다 훨씬 더 유리합니다. 이것으로 제 성의를 아시겠죠?"라는 말은, 애당초 생길 리 없는 일이면 어떤 조건이라도 쓸 수 있잖아요. 있을 수도 없는 일을 써놓고 제 신용을 얻으려고 하다니 도대체 무슨 심보였을까요? 어떤 경우에 그 약속을 써먹을 생각이었을까요? 틀림없이 '누나는 남동생이 미쓰코와 정식으로 혼인할 수 있도록 노력한다'는 부분과 '남동생이 버림받을 경우 누나는 미쓰코와의 교제를 끊고'라는 부분, '두 사람은 다른 한쪽의 승인을 받지 아니하고 무단으로 미쓰코와 도망가거나 소재를 숨기거나 혹은 정사(情死)하는 등의 행위를 하지 않는다'라는, 특히 이 제일 마지막 조건이 주목적이고 그 밖의 것들은 그럴싸하게 보이기 위해 첨부한 거라고 미쓰코 씨는 말했어요. 그까짓 일에 일부러 문서를 교환하고 난리 법석이라고 해도 좋을 일을 벌이고 법조문 같은 문장을 늘어놓는 게 원래 그 남자의 버릇이래요. 그러면서 미쓰코 씨는, 자기가 와타누키를 대할 때 점점 절망적으로 될 대로 되라는 식의 태도를 보이니까 와타누키도 가까운 시일에 뭔가 일이 일어날 것 같은 예감이 드는지 뒤에서 뭔가 나쁜 일을 꾸미는 것 같다고 했어요. 그래서 지난번 쇼치쿠 극장에도 데려오면서 "당신, 그렇게 삐쳐 있지 말고 언니랑 한번 만나봐. 그럼 언니가 어떤 사람인지, 당신의 비밀을 아는지 모르는지, 대개 말투만 봐도 알 수 있잖아?"라고 했고, 그러면 뒤에서 이상한 소리를 할 위험이 없어질 거라고 생각했는데, 그때 봤듯이 묘하게 꼬여서 말도 안 하더라는 거예요. "그렇다면 일부러 시치미를 떼면서 몰래 나랑 손을 잡으려고 그때부터 생각했던 걸까?" "그건 모르겠지만 내가 자기를 버리고 언니랑 도망치는 게 아닐까 늘 걱정하는 건 확실해." "틀림없이 나를 이용해서 결혼한 다음에는 더 이상 나 같은 건 필요 없다고 모른 체할 생각이었을 거야." "결혼, 결혼 하지만 그것도 스스로를 속이기 위해서 하는 말이지 정말로 결혼할 수 있다고 생각하지는 않을 거야. 너무 무리한 요구를 하면 내가 죽어버릴 걸 알거든. 언니라는 사람이 있는 편이 다른 남자한테 빼앗길 걱정이 없으니까 지금 상태를 유지하고 싶은 게 아닐까?" ……그날도 와타누키가 기다리고 있었지만 미쓰코 씨는 그날만은 무슨 일이 있어도 만나기 싫다고 뭔가 적당히 구실을 만들어달라고 했어요. 하지만 저는 '지금 갑자기 그러면 의심받을뿐더러 나중에 무슨 일이 생길지 모르니까 그러지 말고 오늘은 이 이야기를 안 한 걸로 해둬라. 이제 곧 내가 꼭 손을 끊게 해주겠다. 내가 죽어도 미쓰코 씨의 목숨을 살려주겠다. 최악의 경우에는 내가 그놈을 죽여버리겠다'고 말하고 함께 울면서 미쓰코 씨를 위로해주고 헤어졌어요.

그게…… 맞아, 서약서 날짜를 보면 아는데…… 그래요. 이 날짜가 7월 18일이니까 미쓰코 씨하고 그 이야기를 한 건 아마 그다음 날인 19일이었을 거예요. 그때 마침 남편은 바쁜 사건을 겨우 끝낸 터라 '어딘가 피서라도 가자. 올해는 가루이자와에 갈까?' 그런 말을 했었어요. 하지만 저는 그럴 정신도 없었고 미쓰코 씨가 매일 쓸쓸해하면서 자기는 이런 몸이라 아무 데도 못 나가는데 저는 참 좋겠다고 부러워했기 때문에 갈 거면 좀 더 시원해진 다음에 하코네나 데려가달라 하고는 남편이 불만스러워하는데도 신경 쓰지 않았어요. 그때부터 2주 동안은 남편이 사무실에 나가기만을 학수고대하다가 가사야 마치로 달려갔어요. 아무튼 저는 그때 미쓰코 씨가 딴사람처럼 가련해 보이고, 이전까지는 아름다운 악마라고 생각했는데 갑자기 독수리가 노리는 비둘기 같아서 한층 더 사랑스러웠어요. 하지만 만날 때마다 근심에 찬 모습인데다 예전처럼 환한 웃음을 보여주지도 않아 설마하면서도 혹시라도 무슨 일을 저지르면 어쩌나 싶어 제정신이 아니었어요. 저는 "미쓰 씨, 와타누키 앞에서는 조금만 더 명랑한 척해. 안 그러면 또 눈치채고 무슨 말을 꺼낼지 몰라. 내가 꼭 세상에 얼굴을 못 들게 짓밟아줄 테니 죽고 싶을 만큼 힘들어도 조금만 참아"라고는 했지만, 어떻게 해야 와타누키를 짓밟고 뭉개버릴 수 있을지, 사람을 속이거나 함정에 빠뜨리는 계략은 그쪽이 훨씬 고단수였기 때문에 좀처럼 좋은 생각이 떠오르지 않았어요. 그리고 그렇게 말하면서도, 또 와타누키가 골목에서 기다리고 있으면 어쩌나, 뭐라고 핑계를 대고 빠져나가나, 그까짓 서약서 따위는 안 지켜도 뒤가 켕길 건 없지만 그래도 약속을 깬다는 게 역시 꺼림칙해서 골목으로 나올 때마다 그 소름끼치는 목소리가 뒤에서 "누님" 하고 부르지는 않을까 흠칫흠칫했어요. 그렇지만 다행히도 아무 일 없기에 그런 남자니까 서약서를 교환한 이상 오누이고 뭐고 이제 필요 없다고 생각하고 있겠지, 그러는 편이 이쪽도 편하다고 생각했죠. 그동안에도 미쓰코 씨는 매일같이

"언니, 어떻게 좀 해줘요. 이젠 정말 단 하루도 못 참겠어" 하면서 '마지막 수단으로 일부러 와타누키를 꼬드겨서 사랑의 도피행각을 벌일까 생각하고 있다. 그때 어디로 간다고 미리 언니한테 가르쳐줄 테니 신문에 나거나 해서 소동이 일어나면 적당한 때 잡으러 와라. 그렇게 되면 아무리 와타누키라도 두 번 다시 치근대지 않을 것이다. 내 명예도 실추될 걸 각오하고 그렇게 하겠다'고 말했어요. "우리가 의논하는 걸 어렴풋이 눈치챈 것 같으니까 빨리 실행에 옮기는 게 좋겠어"라고 해서, "눈치챘다면 그 서약서를 구실 삼아 나한테 뭔가 말했겠지. 자자, 그런 비상수단은 마지막까지 아껴줘"라고 제가 말했어요. 정말이지 그때는 너무 걱정이 돼서 선생님께 조언을 구하러 찾아뵐까도 했지만 그런 염치없는 짓은 차마 할 수 없었고, 오우메한테 의논했지만 좋은 방법이 안 떠오른다고 하고, 차라리 남편의 힘을 빌릴까, 거짓말 했다는 걸 어느 정도 고백하고 와타누키의 괴롭힘을 면할 수 있는 법률적 방법을 찾아볼까, 이야기하기에 따라서 남편도 미쓰코 씨를 동정할지 몰라, 그런 생각까지 했다니까요. 그런데 남편이 어느 날 갑자기, 마침 제가 거기 있을 때 전화도 없이 가사야마치의 여관을 찾아온 거예요. 사무실에서 돌아오는 시간인 네시 반쯤이었어요. 2층에서 미쓰코 씨하고 이야기를 하고 있었는데 "사모님, 사모님" 부르면서 지배인이 당황해서 뛰어 올라오더니 "지금 부군께서 오셔서 두 분을 뵙자고 하십니다. 어떻게 할까요?" 하는 거예요. "왜 왔을까?" 우리 둘은 가슴이 철렁해서 얼굴을 마주봤어요. 저는 "어쨌든 만나보고 올게. 미쓰 씨는 거기 가만있어"라고 한 다음, 현관으로 내려갔어요.

25

“야, 참 찾기 어려운 곳이군.” 남편은 격자문 앞에 서서, 사실은 조금 아까 이세의 욧카이치로 돌아가는 사람이 있어서 미나토마치 역까지 바래다주고 신사이바시를 걷던 중에 미쓰코 씨가 있는 곳이 이 부근이라는 생각이 떠올랐다고 했어요. 틀림없이 저도 와 있을 거라는 생각이 들어 불현듯 찾아볼 생각이 났다고 하더라고요. 딱히 용무가 있는 건 아니지만 늘 제가 신세를 지고 있는데 근처까지 와서 인사 없이 그냥 가는 것도 미안하고, 미쓰코 씨가 어떻게 지내는지 문안 겸 인사를 하고 싶다면서 남편은 “괜찮다면 밖에 나가서 저녁을 사고 싶은데 전혀 못 나가나?”라고 아무렇지도 않은 듯 물었어요. 하지만 아무래도 그 이유 때문만은 아닌 것 같더라고요. “요즘은 꽤 눈에 띄어서 아무도 안 만나. 밖에 나갈 형편이 못 돼” 하고 제가 말했지만 “그러면 일단 인사만이라도 하지”라는 거예요. 그것마저 안 된다고 할 수는 없어서 “미쓰 씨한테 물어보고 올게” 하고는 “미쓰 씨, 남편이 인사하고 싶다는데 어떡할까?”라고 물었더니 “어떡하지? 어떡해……언니는 뭐라고 했어?” “응, 눈에 많이 띄게 되어서 아무도 안 만난다고 했어. 그래도 꼭 만나보고 싶다는 거야.” “다른 이유가 있는 걸까?” “글쎄, 나도 그런 생각이 들기는 해.” “그렇다면 만날게…… 오하루 씨한테 의논했더니 허리 쪽에 뭔가를 집어넣고 그 위에 옷을 입으면 될 거래. 그렇게 해볼게. 정말 배에 솜을 집어넣어야 하는 처지가 되었네.” 그래서 오하루라는 지배인한테 물건을 집어넣고 두를 허리띠를 빌리고 “손님을 아래층 빙으로 모셔주세요”라고 부탁했어요.

저도 준비를 거들고 있으니 오하루 씨가 다시 올라와서 "들어오시라고 말씀드렸는데 1, 2분이면 되니까 현관에서 뵙겠다고 안 들어오시네요" 하더라고요. 둘이서 서둘러 허둥지둥 옷을 입혔어요. 겨울이라면 어떻게든 속일 수 있었겠지만 속옷 위에 아카시(明石)산 홑겹옷을 입었을 뿐이라 아무래도 임신한 것처럼 보이지가 않았어요. "언니, 나 몇 달이라고 했어?" "몇 달이라고 했는지는 잊어버렸지만 남의 눈에 띌 정도라고 했으니까 6, 7개월 정도로 보이지 않으면 곤란해." "이 정도면 6개월로 보이려나?" "좀 더 전체적으로 둥그렇게 부풀려야 하지 않아?" 우리 셋은 그런 이야기를 하면서 킥킥 웃었어요. "넣을 걸 좀 더 갖고 올게요"라며 오하루 씨가 또 수건 따위를 들고 왔어요. "오하루 씨가 한 번 더 내려가서 남편한테 말해주세요. 아가씨는 아무한테도 모습을 보이면 안 된다고 현관 밖에도 잘 안 나가니까 어쨌든 들어오시라고요." 가능한 한 어두침침한 방에 남편을 모시라고 하고, 이럭저럭 삼십 분이나 기다리게 한 후에야 겨우 임신 6개월 정도로 보이는 배를 만들었어요. "그대로 만나도 상관없다고 했는데도 유카타 차림으로는 실례라고 옷을 갈아입겠다고 해서……" 저는 그렇게 말하면서 눈치를 살폈어요. 남편은 서류가방을 옆에 놓고 단정하게 무릎을 꿇고 앉은 채 "폐가 되지는 않을까 걱정했지만, 너무 오랫동안 격조했고 한 번쯤 병문안을 와야겠다고 생각하던 참에 마침 이 앞을 지나게 되어서요"라고 했는데, 제 기분 탓인지 미쓰코 씨 배 부근을 뚫어지게 보는 것 같더라고요. 미쓰코 씨는 "아니에요, 저야말로 늘 언니를 귀찮게만 하고……"라고 말하면서 자기 때문에 피서를 못 가서 죄송하다느니 언니 덕분에 쓸쓸함을 많이 위로받고 있다느니 무척 고맙게 생각한다느니 말수는 많지 않았지만 충분히 가련하게 보이도록 이야기하면서 부채로 허리띠 부근을 가리고 있었어요. 오하루 씨가 신경을 써서 낮에도 전기를 켜야 하는 어두컴컴한 방의 제일 구석에 앉혔기 때문에, 바람도 잘 안 통하는데다가 배에 이것저것 잔뜩 쑤셔 넣어서, 땀을 흠뻑 흘리며 헐떡거리는 모습이 정말 임신부 같았어요. '잘도 연기하네' 하고 생각했죠.

남편은 금세 일어나더니 "폐를 많이 끼쳤습니다. 외출할 수 있게 되시거든 놀러 오십시오" 하고는 "이제 늦었으니까 당신도 같이 가지"라고 했어요. "무슨 사연이 있는 게 틀림없으니까 오늘은 갈게. 내일, 기다리고 있어." 저는 미쓰코 씨한테 살그머니 말하고 내키지 않은 걸음으로 나왔어요. "버스 타고 가지." 남편은 저를 데리고 요쓰바시 정류장으로 갔어요. 그러고 나서 한신 전철로 집에 돌아가는 동안, 남편은 기분이 안 좋은지 아무 말이 없었어요. 말을 걸어도 제대로 대답도 안 했고요. 집에 들어가자 옷도 벗지 않고 "잠깐 위층으로 와" 하고는 쿵쿵거리며 올라가기에 저도 어느 정도는 각오를 하고 따라갔어요. 올라갔더니 침실 문을 쾅 닫고는 "거기 좀 앉아봐"라고 맞은편 의자에 앉게 하고는 잠시 아무 말도 없이 한숨을 쉬면서 생각에 잠겨 있더라고요. "여보, 왜 오늘 갑자기 거기에 왔어?" 무거운 분위기를 깨려고 제가 먼저 입을 열었어요. 남편은 "음……" 하고는 다시 생각에 잠겼다가 "당신이 봐야 할 게 있어"라면서 주머니에서 사무실용 봉투를 꺼내더니 책상 위에 문서 같은 걸 펼쳐놓았어요. 그걸 보자마자 저는 얼굴이 새파랗게 질렸어요. 어떻게 손에 넣었는지 남편은 "여기 서명한 게 당신이 틀림없지?" 하고 서약서를 저한테 들이댔어요.

"미리 말해두지만 당신 마음먹기에 달렸어. 나는 일을 크게 만들고 싶지 않아. 이게 내 손에 들어온 경위를 듣고 싶다면 말해주지. 그렇지만 우선 정말 당신이 서명을 한 건지, 아니면 위조된 건지 분명히 해줘." 아, 와타누키가 선수를 쳤구나! 제가 가진 서약서는 열쇠로 잠가둔 서랍에 숨겨두었으니 와타누키의 것이 틀림없었어요. 이따위 짓을 하려고 서약서를 썼단 말인가! 정말이지 저는, 그즈음 남편이 도와줬으면 하는 마음에 미쓰코 씨 이야기를 털어놓으려 했는데, 갑자기 남편이 가사야마치에 찾아오는 바람에 임신이 거짓말이었다고 새삼 말하기도 어려워서 거짓말에 거짓말을 더 보탠 꼴이 된 거예요. 저는 '이럴 줄 알았으면 아까 다 털어놓을걸!' 하는 생각이 들었어요. "이봐, 가만히 있으면 알 수가 없잖아. 대답을 해." 남편은 최대한 화를 억누른 목소리로 다정하고도 조용하게 말했어요. "잠자코 있는 걸 보니 당신이 쓴 거라고 인정하는 거지?" 이야기를 들어보니 닷새인가 엿새 전에 이마바시 사무실로 갑자기 와타누키가 찾아와서는 남편을 만나고 싶다고 했대요. 무슨 일인가 하고 응접실에 안내했더니 "오늘 찾아온 건 사실은 꼭 부탁드리고 싶은 일이 있어서입니다"라면서 "아마 변호사님도 알고 계시겠지만 저와 도쿠미쓰 미쓰코는 결혼을 약속했을 뿐 아니라 미쓰코는 이미 제 아이까지 임신한 상태입니다. 그런데 사모님이 중간에서 이런저런 방해를 해서 최근 미쓰코의 태도가 나날이 냉담해지고 있습니다. 지금 같아서는 언제 결혼해줄지 알 수 없습니다. 그래서 변호사님이 사모님을 타일러주시길 부탁하러 왔습니다"라고 하더래요. "제 아내가 왜 방해를 합니까? 자세한 내막은 모르지만 아내는 당신들을 동정해서 하루라도 빨리 두 분이 결혼하기를 기원한다고 들었습니다만." 남편이 그렇게 대답했더니 "변호사님은 사모님과 미쓰코의 관계가 어떤지 진짜 사정을 모르고 계십니다"라고 하면서, 지금도 전과 똑같다는 걸 은근히 암시했대요. 그렇지만 처음 보는 남자의 말을 그대로 믿을 마음도 없고, 현재 그 남자의 씨를 배고 있다는 사람이 동성인 사람과 그런 관계라는 것도 이상해서 이 남자가 미친 게 아닌가 생각했더니, "제 말을 의심하시는 게 당연하지만 여기 확실한 증거가 있습니다" 하고 서약서를 내밀더래요. 남편은 그걸 읽고 제가 여전히 자기를 속이고 있다는 사실도 불쾌했지만, 그보다 생판 모르는 남자가 자기도 모르는 사이에 아내와 의남매 약속을 맺었다는 사실이 더 불쾌했대요. 또 남의 아내하고 이런 걸 교환하고는 뻔뻔스럽게 그 남편한테 내보이면서 한마디 변명도 없이 마치 형사가 범죄의 증거를 확보한 것처럼 득의양양한 모습으로 실실거리는 남자의 속마음에 한층 구역질이 났고요. "변호사님, 이 서명이 사모님 글씨라는 걸 인정하시지요?" 하고 묻기에 "네, 보기에는 분명히 아내의 서명 같네요. 그보다 먼저 여쭤보고 싶은 게 있는데, 여기 서명한 남자는 누굽니까?"라고 되물었더니 "그건 접니다. 제가 와타누키입니다" 하면서 남편의 비아냥거림을 못 알아차렸는지 태연한 얼굴을 하고 있더래요. "서명 아래에 있는 이건 뭡니까?" 하고 물었더니 그건 이렇게 저렇게 한 거라고, 염치도 없이 그때 일을 자세히 말했대요. 남편은 다 듣기도 전에 화가 나서 "이걸 읽어보면 당신과 미쓰코 씨, 그리고 소노코의 관계는 자세히 적혀 있지만, 소노코의 남편인 나에 대해서는 전혀 고려한 바가 없군요. 나라는 사람은 전혀 안중에도 없는 이 상황에서, 당신도 여기 서명한 이상 당연히 책임을 져야 한다고 생각합니다. 그러니까 일단 당신 입장에서 이 문서에 대한 설명을 해주면 좋겠습니다. 하물며 지금 들어본 바로는 이 서약이 소노코의 뜻이라기보다는 반강제로 맺어진 것 같은데요”라고 했대요. 그랬더니 와타누키는 기가 죽기는커녕 히죽히죽 웃으면서 “그 서약서에 있는 대로 저와 소노코 씨는 도쿠미쓰 미쓰코 때문에 맺어진 관계라 물론 소노코 씨의 남편인 변호사님의 이해관계와는 처음부터 충돌합니다. 만일 소노코 씨가 변호사님을 생각했다면 미쓰코와 저런 사이가 될 리도 없었을 테고, 이런 서약을 교환할 필요도 없었을 겁니다. 그거야말로 제가 무엇보다 바라는 바지만 남의 아내라는 사람이 자진해서 하는 일을 남인 제가 어떻게 할 수는 없죠. 제 입장에서 보면 이 서약서에 적힌 미쓰코와 소노코 씨의 관계를 인정하는 것만으로도 이미 소노코 씨한테 대단히 양보한 겁니다”라며 거꾸로 남편의 감독 불충분을 비난하는 말투였대요. 의남매 약속을 맺는 건 밀통과는 다르고, 그러니까 자기는 부도덕한 일을 했다고 생각하지 않는다고요.

26

남편은 그따위 문서를 만지는 것만으로도 추접스럽다고 생각했지만 상대방이 워낙 몰상식한 사람이라 이 남자가 이런 걸 갖고 있다가는 무슨 짓을 할지 모른다, 어떻게든 뺏어버리는 게 낫겠다 생각해서 “말씀은 잘 알겠습니다. 선생님 말씀대로라면 남의 부탁이 아니라도 남편의 책임상 내버려둘 수는 없지요. 하지만 저는 선생님을 오늘 처음 만났을 뿐이니 일단 아내 말도 들어봐야겠습니다. 그러지 않으면 공평하지 못하죠. 그러니 이 문서를 잠시 빌려주시면 좋겠습니다. 이 걸 눈앞에 들이대면 사실대로 자백하겠지만 안 그러면 여간 고집이 세지 않아서요"라고 했더니 빌려준다고도 빌려주지 않는다고도 말이 없이 갑자기 그 문서가 소중하다는 듯 무릎에 올려놓고는 "그렇지만 변호사님은 만일 소노코 씨가 자백하면 어떤 조치를 취하실 생각입니까?"라고 묻더래요. "어떤 조치를 취하는가는 상황에 따라 다르겠지요. 지금 명확하게 말할 수는 없습니다. 저는 당신의 부탁으로 아내를 심문하는 게 아닙니다. 당신의 이해를 위해 일하는 게 아니라 나 자신의 체면, 내 가정의 행복을 위해서 움직인다는 사실을 알아두십시오." 그랬더니 와타누키가 왠지 기분 나쁘다는 얼굴로 "저도 뭐 저를 위해서 일해달라는 건 아닙니다. 이번 일은 변호사님의 이해와 제 이해가 우연히 일치한다고 생각되어 찾아왔을 뿐입니다. 변호사님도 그 점은 인정하시겠죠" 하고 말하기에 "그런 건 생각할 여유도 없고 생각하고 싶지도 않습니다. 죄송한 말이지만 저는 당신하고 한패가 되어 사건에 휘말리고 싶지 않습니다. 저는 제 자유의지로 아내를 다룰 뿐입니다"라고 말했대요. 와타누키는 "아, 그래요? 그럼 어쩔 수 없지만"이라고 하면서 "사실 저도 변호사님하고는 아무 관계가 없으니 이런 일을 부탁하러 올 처지는 아니지만, 그래도 만일 소노코 씨가 미쓰코와 도망친다면 곤란한 건 저뿐만이 아니잖습니까? 알면서 가만히 있는 건 변호사님께도 못할 짓이라고 생각해서 온 겁니다." 그러면서 남편의 얼굴을 뚫어지게 들여다보고 "그렇게 되면 변호사님도 싫든 좋든 사건에 휘말리게 되겠지요"라고 하디래요. "네, 호의는 알겠습니다.

그 친절에 대해서는 감사합니다"라고 하자, "단지 감사하다고 말씀만 하셔서는 곤란합니다. 변호사님이 설마하니 사모님을 도망치게 놔두지는 않으시겠지만 그래도 만일 도망치면 어떻게 하시겠습니까? 가버린 사람이라고 포기해버리실 겁니까? 아니면 끝까지 쫓아가서 찾아오실 생각입니까? 그걸 확실히 해주십시오.""저는 어떤 상황이 되어보지 않으면 모를 제 행동에 대해 남한테 약속하거나 그 약속에 제약받는 것은 싫어합니다. 하물며 부부간의 일은 어디까지나 부부 사이에 해결해야죠"라고 했더니 "어쨌든 변호사님은 설마하니 무슨 일이 있어도 사모님과 이혼하거나 하지는 않으시겠죠?" 하더래요. 그 말투가 묘하게 뻔뻔하면서도 집요하고, 깐죽깐죽 달라붙어 생트집을 잡는 것 같아서 아내와 이혼하거나 말거나 지나친 간섭이다, 당신이 그런 걱정을 할 필요는 없다고 말했더니, "아니지요. 그래도 변호사님은 사모님 친정에 신세를 많이 졌는데"라느니 "조금 잘못했다고 사모님을 내쫓으면 도리에 어긋나는 일 아니겠습니까?"라느니 미쓰코 씨한테서 들은 듯한 저희 집안 속사정까지 다 늘어놓으면서 "변호사님은 훌륭한 분이시니까 설마 그런 부도덕한 일을 하시리라고는 생각하지 않습니다"라고 했대요. 남편이 끝내 화를 터뜨리면서 "도대체 당신, 여기 왜 온 거야? 뭣 때문에 그런 상관없는 이야기를 계속 주절주절 떠드는 거야? 당신이 일부러 말하지 않아도 나는 나름대로 신사의 도리를 지키겠지만 그게 당신의 이해와 일치할지 안 할지는 보장할 수 없어. 그렇게 알아둬"라고 했더니 "아, 그래요? 그렇다면 죄송하지만 이 문서는 빌려드릴 수 없습니다"라면서 무릎 위에 펼쳐두었던 걸 다시 잘 접어 봉투에 넣고 안주머니에 집어넣더래요. 남편은 그 문서가 필요하다고 생각은 했지만 그렇게 된 이상 어쩔 수 없고, 오히려 약한 티를 보이면 안 되겠다 싶어서 "그러시죠. 저도 뭐 굳이 빌리고 싶지는 않으니 맘대로 갖고 가십시오. 다만 한마디 하자면 제 손으로 아내에게 보이는 걸 당신이 거부한 이상 아내가 사실을 부인할 경우, 저로서는 그 서약을 믿을 수 없습니다. 저는 당연히 초면인 당신보다는 아내 쪽을 믿으니까요"라고 말했대요. 그랬더니 혼잣말처럼 "하여튼 남편이 아내한테 무른 게 모든 사건의 원인이지" 하고, "뭐, 이 문서하고 똑같은 걸 소노코 씨도 갖고 있으니까 찾아보면 틀림없이 나올 겁니다. 하기야 그런 짓을 안 하셔도 팔을 내밀라고 해서 보시면 증거가 있고요"라고 밉살스러운 말을 하고 "바쁘신데 폐가 많았습니다"라고 일부러 정중하게 인사하고 나갔대요. 복도까지 바래다주고 황당한 녀석이라고 생각하면서 방에 돌아와서 한숨 돌리고 있는데 5분쯤 지났을 때 다시 똑똑 문을 노크하는 소리가 들리더니 "조금 아까는 실례가 많았습니다. 다시 한 번 폐를 끼치겠습니다"라고 하면서, 5분 사이에 무슨 생각을 어떻게 했는지 와타누키가 이번에는 갑자기 생글생글 아첨하듯 웃으면서 인간이 바뀐 것 같은 얼굴로 들어오더래요. 남편은 그런 남자가 더 징그럽게 느껴져서 멈칫한 채 가만히 보고 있으려니, 책상 앞에 와서 허리를 깊숙이 굽히고는 앉으라고 하기도 전에 조금 전까지 앉았던 의자에 앉아 "아까는 제가 실례가 많았습니다. 저는 지금 목숨과 바꿔도 아깝지 않을 만큼 사랑하는 사람을 뺏기느냐 마느냐 하는 중대한 갈림길에 서 있기 때문에, 제 감정에만 정신이 팔려서 변호사님의 감정을 존중할 여유를 잃고 말았습니다. 악의가 있어서 그런 건 아니니까 아까 일은 잊어주십시오"라고 했대요. "그 이야기를 하러 일부러 오신 겁니까?" 하고 물었더니 "네, 그렇습니다. 돌아가던 중에 제 잘못을 깨달았습니다. 마음에 걸려서 다시 사과드리러 왔습니다"라고 해서, 인사치레로 "감사합니다" 했더니 "네……"라고 대답하고는 머뭇거리면서, 기묘한 거짓 웃음을 짓고 "사실은 그런 일을 부탁드리러 온 것도 지금 사과드리러 온 것도 제가 너무 괴로운 입장이라 그렇습니다. 제 이 애절하고 안타까운, 울려야 울 수도 없는 마음을 헤아려주십시오. 그것만 헤아려주신다면 이 문서를 빌려드리겠습니다"라고 하더래요. "헤아려달라니 어떻게 말입니까?"라고 했더니, "솔직히 저는 변호사님이 사모님과 이혼하실까봐 두렵습니다. 그렇게 되면 소노코 씨가 자포자기해서 점점 더 저와 미쓰코 사이를 방해할 테니 미쓰코와 제가 결혼할 가능성은 점점 줄어듭니다. 변호사님이 설마하니 그럴 리는 없으시겠지만, 아무래도 소노코 씨가 미쓰코와 도망치는 경우를 생각하면 걱정입니다. 너무 집요하게 여러 번 말한다고 하시겠지만 어지간히 엄중하게 감독을 하지 않으면 틀림없이 가까운 시일 내에 도망칠 겁니다. 그런 일이 일어나면 변호사님도 마음으로는 사모님을 용서하고 싶으셔도 세상에 대한 체면상 그렇게 못할지 모릅니다. 그래서 저는 위험이 눈앞에 닥쳤다는 생각에 밤에도 좀처럼 잠을 못 이룹니다." 그러면서 "제발, 제발 부탁드립니다"라고 이마를 테이블에 갖다 대듯 하면서 "제 사정이 이러하니, 멋대로 편하게 이야기하는 녀석이라고 하셔도 별수 없지만 제 처지를 헤아리셔서 앞으로 무슨 일이 있어도 소노코 씨가 도망치지 못하게 책임지고 감독하겠다고, 뭐, 묶어둘 수도 없으니 도망치지 않으리라고 장담할 수는 없지만, 그래도 그런 일이 일어나면 쫓아가서 집으로 데려오겠다고 약속해주십시오. 그 점만 약속해주시면 이 문서를 빌려드리겠습니다" 하고는, "새삼스럽게 다짐을 안 받아도 변호사님이 사모님을 무척 사랑하고 계시고, 이혼할 생각도 결코 없다는 건 잘 알고 있습니다. 그래도 딱 한마디만, 변호사님이 직접 말씀하시는 걸 듣고 싶습니다. 저를 불쌍히 여기신다면 마음속에 이미 결정하신 그 말을 지금 해주시지 않겠습니까?"라고 하더래요. 남편은 이야기를 들으면 들을수록 와타누키가 지겨워졌대요. 처음부터 감정 상하지 않게 솔직하게 하면 되는 이야기를 시시콜콜 쓸데없는 소리까지 하면서 안색을 살펴가며 이랬다저랬다 태도를 바꾸니 정말 불쾌했다는 거예요. '이래서는 여자들이 좋아할 리가 없지. 미쓰코 씨도 이 남자가 싫어진 거군. 어지간히 손해보는 성격을 타고난 인간이다.' 그렇게 생각하니 불쌍해져서 "그렇다면 당신도 이 문서를 앞으로 공개하지 않겠다고 맹세합니까? 그리고 필요한 기간 동안 내가 보관해도 되겠습니까? 그걸 승낙한다면 나도 당신의 조건을 받아들이겠습니다"라고 했더니 "이 서약서는 거기 쓰여 있듯이 쌍방이 합의하지 않으면 남에게 못 보이게 되어 있지만, 이미 소노코 씨의 배신 행위가 밝혀졌기 때문에 제가 마음만 먹으면 이걸 이용해서 무슨 일이든 할 수 있습니다. 하지만 제가 그런 비열한 짓을 하는 사람이 아니라는 건 이걸 굳이 변호사님한테 갖고 와서 맡기는 것만 봐도 알 수 있지 않습니까? 하기야 상대방한테 성의가 없으면 아무리 이런 걸 써도 휴지 조각이나 다름없지요. 도움이 된다면 갖고 가서 쓰십시오. 저는 다만 아까 말씀드린 두 가지 조건만 지켜주시면 만족합니다." 그러면 왜 처음부터 그렇게 말하지 않았을까 생각하면서 남편이 "그러면 이제 분명히 제가 맡아두겠습니다" 하고 받으려 하자, 와타누키는 "잠깐만요. 대단히 죄송하지만 후일을 위해서 보관증을 써주실 수 있습니까?"라고 하더래요. 알았다고 하고 '이 문서를 분명히 보관하기로 함'이라고 써줬더니 "그 밑에 한마디만 더 써주십시오"라고 해서 "뭘 쓸까요?" 하고 물었더니 '아무개는 위의 증서를 보관하는 동안 아래와 같은 조건을 준수할 것을 맹세한다. 첫째, 아무개는 자신의 아내가 아내로서의 행위에 어긋나는 일이 없도록 책임지고 감독한다. 둘째, 아무개는 어떤 경우에도 결코 아내와 이혼하지 않는다. 셋째, 아무개는 소유주가 청구할 때는 언제라도 보관 중인 증서를 제시 또는 반환한다. 넷째, 아무개가 보관 중인 증서를 분실했을 때는 달리 무언가로 소유주를 만족시킨다는 보장을 하지 않는 한, 첫째 항목과 둘째 항목에 규정된 의무를 벗어날 수 없다.' 그걸 한 번에 술술 말하는 게 아니라 하나 부르고 나서 생각하다가 "아, 한마디만 더 부탁드립니다"라고 하면서 점점 보충해나갔대요. 남편은 '정말 웃기네, 가짜 변호사 같은 소리를 하는 녀석이군' 하고 생각하며 반은 장난으로 맘대로 떠들게 하고 부르는 대로 써주었대요. 그러고 나서 "그러면 저도 이 밑에 단서를 하나 넣겠습니다. '단, 아무개가 보관한 증서가 허구의 사실에 근거한 것이 밝혀질 경우 모든 약속은 무효로 함.' 괜찮겠지요?"라고 했더니 와타누키는 흠칫거리며 당황스러워했는데, 그러든 말든 상관하지 않고 쓱쓱 써서 건넸더니 갑자기 다시 미련이 남은 듯이 우물쭈물하다가 어쩔 수 없이 문서를 두고 갔대요.

그런 이야기를 단숨에 끝낸 남편은 "어떻게 된 거야? 당신이 쓴 게 틀림없어? 당신한테도 똑같은 게 있으면 가지고 와봐"라고 한 뒤 가만히 제 대답을 기다렸어요. 저는 잠자코 일어나서 열쇠로 잠가두었던 서랍을 열고, 거기 숨겨두었던 각서를 들고 와서 말없이 테이블 위에 올려놓았어요.

27

"음, 이게 있는 이상 이 문서가 가짜는 아니군." 남편의 말에 잠자코 고개를 끄덕이자, 남편은 제가 어떤 심정인지 짐작할 수 없는지 의심스러운 듯 눈을 깜빡거리면서 "그렇다면 이 문서에 써 있는 게 전부 사실이란 말이야?"라고 물었어요. "그야 진짜도 있지만 거짓말도 있어." 저는 이미 남편의 말을 들으면서 이렇게 된 이상 숨겨봤자 별수 없으니 차라리 와타누키의 의표를 찔러, 불리한 일이든 유리한 일이든 남편한테 남김없이 털어놓자고 마음먹었어요. 나중 일은 될 대로 되라는 생각이었죠. 어쩌면 생각보다 결과가 괜찮을지도 모르고 좋은 수가 생길지도 모르니까요. 그래서 우선 와타누키의 비밀을 폭로한 다음, 미쓰코 씨의 임신은 거짓말이라는 것, 아까 남편을 만났을 때는 배에 이것저것 집어넣었다는 것, 가사야마치의 여관에 늘 있는 건 아니라는 것, 서약서를 썼을 때는 와타누키한테 완전히 속아 넘어갔을 뿐 아니라 협박당했다는 것 등 제가 속은 것부터 남편을 속인 사실까지 두 시간에 걸쳐 모두 이야기했어요. 남편은 "흠, 흠" 하면서 가끔 한숨을 쉬면서도 끝까지 듣더니 "당신이 지금 말한 내용에는 조금도 거짓이 없는 거지? 와타누키라는 남자한테 그런 비밀이 있는 건 확실한 거지?" 다짐을 두고, "실은 나도 이미 조사를 했어"라고 말했어요. 남편이 와타누키를 만난 건 사오 일 전이었는데, 어딘지 와타누키라는 녀석의 태도가 수상해서 뭔가 좀 더 깊은 사연이 있는 게 아닐까 싶어, 저한테 물어보기 전에 일단 조사부터 하려고 모른 척하고 사립 흥신소를 찾았대요. 그런데 그런 일을 하는 곳은 오사카에 그리 많지 않아서 지난번 미쓰코 씨가 부탁했던 곳에 남편도 갔던 거예요. "그 사람이라면 대강 알고 있습니다. 이미 전에 조사한 일이 있습니다" 하고, 그 자리에서 바로 알려주었대요. 그래서 그날 저녁에 이미 와타누키에 대해서는 어지간히 알게 되었던 거죠. 남편은 너무 뜻밖이라 처음에는 동명이인이 아닌가 생각했지만 흥신소에서 미쓰코 씨와의 관계까지 말해줬기 때문에 의심의 여지가 없었대요. ……정신을 차려보니 이번에는 미쓰코 씨가 임신했다는 이야기며 가사야마치의 집이며 저하고 미쓰코 씨의 관계가 납득이 가지 않아 다시 미쓰코 씨에 대한 조사를 부탁했대요. 그 결과에 대한 보고가 오늘 아침에 왔는데 남편은 그래도 믿기지 않아 반신반의하며 자기 눈으로 직접 확인하려고 갑자기 가사야마치로 찾아온 거였어요. "그럼 배에 뭔가를 집어넣었다는 걸 알고 있었어?" 저는 일부러 친근한 말투로 물었지만 남편은 그 질문에는 대답하지 않고 "나는 당신이 오늘 다른 때보다 유순하고 솔직하다는 걸 인정해. 그런데 그 솔직함이 지난날의 잘못을 후회하기 때문인지 아닌지 그 점을 확실히 해주면 좋겠어"라고 했어요. "당신이 저지른 행동이 얼마나 도리에 어긋나는지는 말하지 않아도 알겠지. 그런 불쾌한 사실들을 시시콜콜 캐물을 생각은 없으니 이후로는 진심으로 속죄할 결심이 있는지 없는지 그것만 말해줘. 와타누키 같은 인간이랑 한 약속은 어차피 진지하게 지킬 필요도 없지만 어쨌든 나는 당신과 이혼하지 않겠다고 그 남자 앞에서 맹세했고, 따져보면 나한테도 잘못이 있어. 남편으로서 감독을 게을리했다는 와타누키의 말에도 일리가 있다고. 미쓰코 씨 댁에서 따지러 오면 당신보다 내가 먼저 사과해야 할 지경이야. 나는 이렇게 된 건 우리 부부 공동의 책임이라고 생각해. 무엇보다 이 일이 신문에라도 나면 무슨 말로 장인 장모님께 변명하겠어? 차라리 보통 연애나 삼각관계라면 그나마 할 말도 있고 동정받을 수도 있겠지만, 이 서약서를 보면 누구라도 당신들을 미쳤다고 생각할 거야. 팔이 안으로 굽는 것이겠지만, 당신 말을 들어보니 모든 게 애당초 와타누키라는 녀석 때문에 일어난 일이고 정말 나쁜 건 그 녀석 하나야. 당신도 미쓰코 씨도 그런 놈에게 걸려들지 않았더라면 설마 이렇게까지 되지는 않았을 테지…… 도쿠미쓰 씨 댁에서 이 사실을 알면 어떻게 생각하시겠어? 나는 지금까지 미쓰코 씨가 무조건 나쁘고 불량해서 당신한테 나쁜 영향을 끼친다고 생각했지만 부모 입장에서는 와타누키라는 녀석을 갈기갈기 찢어 죽여도 시원찮겠군. 어디 내놓아도 부끄럽지 않은 미인 딸에게 그런 녀석이 들러붙다니 우리보다 더 불행하지……" 남편은 욱하는 제 성격을 건드리지 않으려고 이성보다는 감성에 호소했어요. 그게 일종의 수법이라는 걸 빤히 알면서도 부모님에 대한 이야기, 특히 미쓰코 씨가 불쌍하다는 이야기가 나오니 제가 늘 마음에 품은 생각과 똑같아 갑자기 슬퍼지고 눈에 눈물이 가득 고였어요. "맞잖아, 그렇지?" 남편은 눈물로 반질거리는 제 볼을 바라보면서 "울고만 있으면 알 수 없잖아. 잘 판단해서 이번에야말로 마지막이라고 생각하고 진짜 당신 생각을 말해봐. 당신이 무슨 일이 있어도 집을 나가겠다고 한다면 나도 어쩔 수 없어. 하지만 내 진심을 말하자면 미운 건 그 녀석이지 당신이나 미쓰코 씨는 불쌍한 사람이야. 만약 당신과 이혼한다 해도 당신이 지금 같은 짓을 계속하면, 아무리 시간이 지나도 불쌍하다는 마음이 사라지지 않아 나도 오랫동안 괴로울 거야. 당신, 미쓰코 씨하고 결혼할 수도 없잖아. 나한테서 벗어나도 언제까지고 세상이 용납해줄 리 없어. 많은 사람에게 심려를 끼치는 건 물론, 망신만 당하고 강제로 헤어지게 될지도 모르지. 그렇게 되기 전에 스스로 깨닫고 바로잡을지 말지는 당신이 마음먹기 나름이야.”“그렇다면 나는…… 이렇게 된 것도 운명이려니 하고…… 죽음으로 당신한테 용서를 구하겠어!”남편은 깜짝 놀라 벌떡 일어났어요. 저는 펑펑 울면서 테이블에 엎드려 버렸고요……“어차피 이렇게 된 이상 나 같은 건 당연히 모두한테 버려질 테고, 살아 있어도 세상에 얼굴을 들고 다닐 수 없을 테니…… 제발 죽게 내버려둬. 이렇게 썩어빠진 사람한테 당신도 미련이 없겠지……”“……누가 당신을 버린대? 버릴 거라면 이렇게 야단칠 필요도 없지.”“그렇게 말해주는 건 고맙지만 이제 와서 나만 착한 아이가 되고 미쓰코 씨를 나 몰라라 하면 미쓰코 씨 혼자 얼마나 고생하겠어. 당신도 미쓰코 씨가 제일 불쌍하다고 했잖아.”“했지, 그래서 당신들을 살리려고 하는 거야…… 자, 들어봐. 당신도 크게 잘못 생각하고 있어. 당신이 아무리 사랑을 바쳐도 절대 미쓰코 씨를 곤경에서 건질 수는 없어. 나는 당신만 걱정하는 게 아니야. 도쿠미쓰 씨 가족한테 잘 말해서 그 녀석이 일절 미쓰코 씨 가까이 가지 못하도록 엄하게 감시하고, 당신과의 교제도 끊게 해달라고 하는 게 내 의무라고 생각해.

그것이야말로 미쓰코 씨를 위하는 일이야.” “그런 짓을 하면 나보다 먼저 미쓰코 씨가 자살할 거야……” “왜? 왜 죽어?” “어쨌든 간에 죽을 거야…… 여태껏 맨날 죽는다, 죽는다 하는 걸 간신히 말리고 있는데…… 그러면 나도 따라 죽을 거야. 죽어서 세상에 용서를 구할 거야.” “바보 같은 소리 하지 마! 그런 짓을 해서 나랑 부모님한테 폐를 끼치면 그게 무슨 사죄가 돼?”

28

저는 남편이 무슨 말을 해도 듣지 않고 “아니야, 죽을 거야. 죽게 내버려둬” 하면서 테이블에 엎드린 채 떼쓰는 어린애처럼 울었어요. 그렇게 된 이상 ‘죽는다’고 말하는 게 제일 낫다, 다른 방법은 없다고 생각했죠…… 머릿속에는 어떻게 하면 앞으로도 미쓰코 씨를 계속 만날 수 있을까 하는 생각뿐이었기 때문에 솔직히 남편한테 이혼당하는 게 제일 두려웠어요. 저는 어차피 전부 들킨 이상 저와 미쓰코 씨의 관계를 납득시키자고 마음먹었죠. ‘그것만 인정해주면 나는 남편을 극진히 섬길 것이다. 그러면 부부 사이도 틀림없이 원만해질 것이다. 와타누키라는 녀석이 아무리 방해해도 증거가 되는 문서가 이쪽에 있고 그따위 놈이 하는 이야기를 믿을 사람은 없을 것이다. 미쓰코 씨하고 어디를 간들 괜찮은 양갓집 여인끼리 사이가 좋은 걸 누가 뭐라고 하겠는가. 전하고 조금도 달라질 게 없을뿐더러 전보다 훨씬 더 원만하고 좋은 사이가 될 것이다. 공연히 시끄럽게 만들기보다 그편이 훨씬 낫다'고 생각했거든요. 남편은 제가 무모한 짓을 저지를까봐 걱정했어요. 무사안일주의에 길들여진 사람이라 마음속으로는 저 이상으로 이혼을 두려워한다는 걸 잘 알고 있었기 때문에 '그렇게 속박하면 정말로 집을 나가겠다'는 분위기를 풍기면서 저는 슬슬 이쪽의 요구 사항을 끄집어내기로 했어요. 대강 그렇게 생각을 정리하자 이틀이 걸리든 사흘이 걸리든 마지막에는 틀림없이 제 말을 듣게 할 속셈으로, 가능한 한 반감을 사지 않게 무슨 소리를 해도 그저 얌전히 말없이 눈물이 그렁그렁한 채 단단한 결의를 감춘 것처럼 상당히 차분하게 있었어요. 남편은 그런 제 모습이 더더욱 불안한지 그날 밤은 끝내 날이 샐 때까지 한숨도 안 자고 곁에 붙어 있으면서 화장실까지 쫓아오더라고요. 다음 날은 사무실도 하루 쉬고 밥도 2층으로 가져오라고 하고는, 가만히 저를 노려보기도 하고 가끔 제 안색도 살피다가 "이러다가는 몸이 못 견디니까 한숨 자고 머리를 좀 쉬게 한 뒤에 천천히 다시 생각해봐"라든가 "어쨌든 죽는다느니 집을 나간다느니 하는 이야기는 안 하겠다고 약속해줘"라는 말을 했어요. 저는 말없이 싫다고 고개를 흔들면서 마음속으로는 이제 거의 다 됐다고 생각했어요. 그 다음 날 아침, 남편은 무슨 일이 있어도 한 시간이나 두 시간 사무실에 나가야 할 일이 있었는데, 자기가 집을 비우는 동안 절대로 밖에 안 나가고 전화도 걸지 않겠다고 맹세하라며 그게 싫으면 오사카까지 데리고 가겠다고 했어요. "나도 당신이 혼자 나가는 게 걱정이니까 따라갈게"라고 했더니 남편은 "뭐가 걱정인데?"라고 물었어요. "나한테 비밀로 하고 도쿠미쓰 씨네 가서 고자질이라도 하면 그때는 정말 죽을 수밖에 없어" 했더니 "나는 당신이 납득하지도 않았는데 그렇게 아무 말 없이 뒤통수를 치는 짓은 절대로 안 해. 내가 맹세하면 당신도 맹세할 거야?"라는 거예요. 그래서 저도 "당신이 그런 심술궂은 짓을 안 하겠다고 약속하면 없는 동안 얌전히 기다릴게. 안심하고 일하고 와요. 그럼 나는 그동안 한숨 잘게"라고 말하고 남편을 배웅했어요. 그때가 아홉시 무렵이었는데, 얼마 동안 침대에 누워 있었지만 묘하게 흥분이 돼서 잘 수가 없더라고요. 남편은 오사카 사무실에 도착하자마자 전화를 걸더니 삼십 분 간격으로 계속 전화를 해댔어요. 저는 마음이 뒤숭숭해서 방 안을 왔다 갔다 하다가 문득 '매일 이런 식으로 끈기 겨루기를 하다가는 와타누키가 먼저 뭔가 나쁜 짓을 벌일지 모른다. 미쓰코 씨도 그저께 헤어진 후 연락이 없었는데 지금 뭘하고 있는지. 어제도 하루 종일 기다렸을 텐데. 어차피 말로만 "죽을 테야, 죽을 테야" 하는 걸로는 위협이 안 먹힐 테니 차라리 빨리 결말을 짓는 게 좋지 않을까. 너무 시끄러워지지 않게 나라라든가 교토 같은 가까운 곳으로 도망치면 어떨까. 그러고 나서 오우메가 깜짝 놀란 듯이 남편한테 전화해서 "지금 변호사님 댁 사모님과 우리 집 아가씨가 도망쳤어요. 집에서 아시면 큰일이니까 빨리 잡아오세요"라고 말하게 하고, 조금만 더 지체하면 죽을지 모르는 상황에 맞춰 남편을 오게 하는 거야' 하는 생각이 들었어요…… 그렇다면 그날이 아니면 기회가 없다고 생각했지만 밖에 나갈 수가 없었기 때문에 "자세한 이야기는 만나서 할 테니까 빨리 우리 집으로 와"라고 전화로 미쓰코 씨를 부르고 하녀들에게는 "아저씨한테 말씀드리면 안 돼" 하고 입막음을 해두었어요. 이십 분 정도 지났을 때 미쓰코 씨가 도착했어요.

전화가 걸려오는 동안은 남편이 오사카에 있는 게 분명하니 오히려 안심이었죠. 그래도 갑자기 돌아오면 뒷문으로 빠져나갈 수 있게 미쓰코 씨의 양산과 신발을 뒷문 쪽에 갖다놓고, 도망갈 일을 대비해서 아래층 응접실에서 만났어요. 미쓰코 씨는 걱정스럽게 창백한 얼굴로 나타났는데, 하루 안 본 사이에 무척 초췌해져 있었어요. 제 이야기를 듣자마자 눈물이 그렁그렁하면서 "언니한테도 그런 일이 있었구나"라고, 자기도 그저께 저녁부터 어제까지 와타누키한테 무척 시달렸다고 했어요. 와타누키는 "너랑 누님이 짜고 나를 속였기 때문에 나도 네 의표를 찔렀지. 이마바시의 사무실에 가서 가키우치 씨한테 전부 말했어. 그러니까 가키우치 씨는 가사야마치에 정탐하러 온 거야. 그렇게 누님을 끌고 간 이상 이제는 아무리 기다려도 올 리 없어"라고 하더래요.

29

그러더니 와타누키는 "나하고 누님이 각서를 교환한 건 너도 어렴풋이 눈치를 챘겠지만 이제 그따위 거 휴지 조각이 된 이상 증거를 위해서 이마바시에 맡기고 왔어. 여기에 보관증이 있지" 하고 품에서 보관증을 내보이고 "봐, 여기 쓰여 있잖아? 아무개는 아무개의 아내가 아내로서의 도리에 어긋나는 일이 없도록……"이라고 하나하나 조목별로 쓴 것을 읽었는데, 그러면서도 자기한테 불리한 조목은 손으로 가리고 "가키우치 씨한테서 보관증을 받아놓은 이상 그쪽은 걱정할 것 없으니 이제 너도 나한테 각서를 써" 하면서 품에서 문서 같은 걸 또 꺼내더래요. 읽어보니까 미쓰코와 와타누키는 영원히 일심동체라느니 죽음으로써 와타누키를 따라야 한다느니 약속을 어기면 어떻게 한다느니 뻔뻔스럽게 자기한테 유리한 말만 잔뜩 써놓고 "이걸로 괜찮다면 여기 이름을 쓰고 도장을 찍어"라고 했대요. 미쓰코 씨가 "그런 일을 내가 할 것 같아?"라고 거절하고는 "당신처럼 툭하면 각서를 쓰자고 하는 사람은 없어. 그래놓고는 그걸 이용해서 사람을 위협할 생각이잖아" 했더니 "마음이 안 변한다면 무서워할 것도 없잖아"라면서 억지로 펜을 쥐여주려고 해서 "차용증서도 아니고 그따위 약조로 내 마음을 붙잡아둘 수 있다고 생각해? 뭔가 다른 목적이 있지?" "도장 찍기 싫다니 변심할 생각이지?" "아무리 도장을 찍어도 앞일은 모르지" 하고 다퉜대요. 그러자 와타누키가 "이런 식으로 나한테 반항하면 곤란해질 텐데. 당신이 약조를 안 해도 협박하려면 여기 얼마든지 자료가 있거든" 하면서 지갑에서 조그만 사진을 꺼내서 보여줬는데, 놀랍게도 남편이 빼앗은 서약서를 사진으로 찍어둔 것이었대요. "지난번 이마바시에 가기 전에 다 사진으로 찍어두었지. 가키우치 씨가 그 문서를 반환하지 않는다 해도 그런 수에 넘어갈 내가 아니야. 이 사진과 보관증만 신문기자에게 보여줘도 사겠다고 덤벼들걸. 어쩔 수 없게 되면 나도 무슨 짓을 할지 몰라." 와타누키가 그렇게 말하고는 "내가 시키는 대로 해. 안 그러면 네 앞날을 엉망진창으로 만들어주겠어"라고 해서 "거봐, 당신은 정말 비열한 인간이야. 난 각오했으니까 그런 증거가 있으면 더 이상 사람을 못 살게 굴지 말고 신문에든 뭐에든 팔아먹어"라고 싸우고 헤어졌대요. 미쓰코 씨는 약한 모습을 보이면 안 되니까 가사야마치에도 가지 않고 어떻게 하는지 꼴을 좀

보려고 하던 중에 저한테 전화가 와서 급히 왔다고 했어요.

아무리 와타누키라고 해도 완전히 틀렸다고 체념하기 전까지는 설마 자기한테 손해되는 짓은 안 하겠지만, 어쨌든 그렇게 된 이상 더더욱 남편을 우리 편으로 끌어들이는 게 급선무라 제가 생각한 계획을 실행하기로 했어요. 미쓰코 씨는 "가까운 곳으로 도망칠 거라면 하마데라에 있는 우리 별장이 좋겠어"라며 별장을 지키는 부부가 있을 뿐이니까 해수욕하고 오겠다고 하고 오우메를 데리고 가면 사오 일 정도 있어도 집에서는 전혀 걱정하지 않을 거라고 했어요. 제가 살그머니 집을 빠져나와 난바 역에서 미쓰코 씨를 만나 셋이 하마데라에 도착할 때쯤이면 남편이 제가 없다는 사실을 알아차리고 미쓰코 씨 집으로 전화를 걸 거예요. 그러면 금방 있는 곳을 알게 될 테니 하마데라로 쫓아오려 할 테고요. 그때 오우메가 전화를 걸어 "사모님하고 우리 아가씨가 수면제를 먹고 혼수상태입니다. 유서까지 있는 걸 보니 자살을 하려던 게 틀림없습니다. 지금 변호사님한테 전화를 걸었고 미쓰코 아가씨 댁에도 걸 참입니다. 얼른 와주세요"라고 하면 틀림없이 당황해서 뛰어오겠죠. 오우메의 역할도 크지만 무엇보다 혼수상태로 보이려면 아무리 연극이라 해도 진짜 약을 먹어야 했는데, 의사가 봤을 때 생명에는 지장이 없고 이삼일 안정을 취하면 된다고 진단을 내리게 하려면, 어느 정도 먹어야 하는지 분량을 알 수가 없었어요. 그렇지만 늘 사용하는 바이엘*의 약이라면 그다지 두렵지 않았고 미쓰코 씨가 "작은 알약이라면 한 상자를 다 먹어도 안 죽는대. 그러니

---

* 해열진통제인 아스피린, 진정제인 아달린 등을 제조, 판매하는 독일의 제약 회사.

까 그보다 조금 덜 먹으면 괜찮을 거야. 만약 잘못돼서 언니하고 같이 죽어도 나는 상관없어” 하기에 “응, 그렇고말고. 나도 상관없어”라고 했어요. 남편이 오면 오우메가 적당히 “아직은 멍하니 계시지만 의사가 걱정할 필요는 전혀 없다고 했어요. 정신이 많이 돌아와서 가끔 눈을 뜨기도 하시니까 아가씨 댁에도 기별을 해야 하지만 그러면 주인 아저씨가 야단을 칠 테고 사모님한테도 얼마나 혼이 나겠어요. 그게 겁나서 전화를 아직 못했어요. 변호사님도 그렇게 아시고 제발 비밀로 해주세요. 어차피 오늘 밤엔 못 돌아가시니 사모님이 나으실 때까지 놀러 오신 셈치고 느긋하게 묵고 가세요”라고 하는 거죠. 우리는 이틀이고 사흘이고 꼼짝 않고 자는 척하면서 헛소리도 하고 눈을 뜨면 울고, 그러는 동안 오우메가 “두 분 목숨을 살린다고 생각하시고 소원을 들어주세요”라고 거들면 남편도 어쩔 수 없이 승낙하겠지 생각했어요. “그러면 언제로 하지?” “언제라니, 이렇게 감금당한 거나 마찬가지니까 오늘밖에 기회가 없어.” “나도 빨리 뭔가 안 하면 와타누키가 또 이러쿵저러쿵 시끄럽게 굴 거야.” 그런 의논을 하는 동안에도 여러 번 전화가 와서, 그래서는 좀처럼 도망갈 틈도 없고 도망가봤자 하마데라에 도착하기도 전에 들켜버릴 것 같았어요. 도망치고 나서 붙잡힐 때까지 적어도 두세 시간의 여유가 없으면 안 되는데 말이죠. 처음에 저는 “저녁까지 잘 테니 깨우지 마”라고 남편한테 전화로 미리 말하고 침실 문을 안에서 잠근 뒤 창문으로 뛰어내릴까 생각했어요. 그렇지만 서양식으로 지은 집이라 바깥은 하얀 벽에 발판이 될 만한 것도 없고, 앞의 해변에는 해수욕하는 사람이 잔뜩 있어서, 그렇게 사람들 눈에 띄는 짓은 곤란했어요. 미쓰코 씨와 저는 다시 의논한 뒤 차라리 이삼일 동안은 얌전하게 지내고 남편이랑 집안사람들이 방심한 틈을 타 바다에 수영하러 가는 것처럼 꾸며 도망치기로 했어요. 이삼일 지나서 남편이 마음을 놓았을 때쯤 "매일 집 안에 틀어박혀 있으니까 병이 날 것 같아. 바다에 가서 헤엄치는 정도는 허락해줘. 수영복만 입고 이 앞 해변에 나가 있을게"라고 출근할 때 미리 말해두고, 정말 수영복만 입고 해변에 나가는 거죠. 오우메가 미쓰코 씨 옷을 들고 해변에서 저를 기다리고 있다가, 만나서 옷을 주면 바로 갈아입기로 했어요. 수영복을 가릴 수 있는 원피스에 가능한 한 챙이 커서 얼굴이 안 보이는 모자가 좋겠다고 했죠. 해변에는 사람들이 많으니 오히려 제 모습이 눈에 안 띌 테고, 그즈음은 좀처럼 양장을 입지 않았기 때문에 누가 봐도 저라는 걸 모르리라 생각했어요. 만날 시간은 오전 열시에서 열두시 사이. 그때는 남편도 오사카에 가 있으니까요. 비만 안 내리면 그날로부터 사흘째 되는 날. 그날이 안 되면 나흘째도 닷새째도 오우메가 오기로 했어요. 그런 이야기 중 또 좋은 생각이 떠올랐는데, 미쓰코 씨가 이튿날 밤에 먼저 하마데라로 가는 거였어요. 그러면 남편이 미쓰코 씨 댁으로 전화를 해도 댁에서는 "미쓰코는 어제부터 별장에 가 있어요"라고 말씀하실 테고, 별장에 전화를 걸면 미쓰코 씨가 "언니는 제가 여기 있다는 걸 모르니까 올 리가 없어요"라고 얘기하는 거죠. 그러면 남편은 제가 틀림없이 먼 곳으로 도망쳤거나, 바다에 빠져 죽었을지도 모른다고 짐작하고 먼저 바다 쪽을 수색하리라 생각했어요. 그러다 적당히 시간이 지나면 "사실은 좀 전에 사모님이 오셨는데 눈 깜짝하는 사이에 큰일이 났어요"라고 오우메가 연락을 하는 거죠. 그런 계획으로 시간을 계산해봤더니 우리 집 사람들이 알아차릴 때까지는 한 시간 반이나 두 시간이 걸리고, 오사카에 연락이 가서 남편이 미쓰코 씨 댁에 확인 전화를 걸고 고로엔으로 돌아오는 데까지 대략 한 시간, 바다를 수색하고 근처를 찾아다니는 데 한두 시간, 오우메의 연락으로 고로엔에서 하마데라까지 오는 데 한 시간 이삼십 분이 걸려서, 도합 다섯 시간에서 여섯 시간의 여유가 있으니 그동안 충분히 다 준비할 수 있겠다는 결론이 났어요. 다만 딱한 건 오우메로, 다음 날 미쓰코 씨를 따라 하마데라에 갔다가 거기서 열시까지 일부러 고로엔으로 와서는, 그 더위에 한 시간이고 두 시간이고 바닷가에서 기다리지 않으면 안 되는 거였죠. 그것도 자칫 허탕을 치면 두 번 세 번 와야 했고요. 그렇지만 "오우메라면 틀림없이 잘할 거야. 그런 일을 좋아하거든" 하고, 하나부터 열까지 실수가 없도록 순서를 다 정하고 서로 "잘하자" 말하고 미쓰코 씨가 돌아간 게 한시쯤이었어요. 미쓰코 씨와 엇갈리듯 남편이 돌아왔기 때문에 정말이지 그날 실행하지 않기를 잘했다고 생각했어요.

30

네…… 도망친 건 그러고 나서 3일 뒤였어요. 날씨도 시간도 계획했던 대로 전부 맞아떨어져서, 저는 열시가 조금 지난 시각에 수영복을 입고 바닷가로 나갔어요. 오우메를 보자 눈으로 신호를 주고, 잠자코 칠팔백 미터를 뛰어가서 사라사 무늬의 얇은 원피스를 받아 머리부터 뒤집어쓴 다음 10엔이 든 핸드백을 들고 양산으로 얼굴을 숨기면서 오우메와 따로 서둘러 국도로 나갔어요. 운 좋게 택시가 와서 잡아타고 단숨에 난바까지 갔죠. 열한시 반이 되기 전에 별장에 도착했어요. 오우메 쪽이 삼십 분이나 늦게 와서는 "굉장히 빨리 오셨네요. 정말 모든 게 이렇게 잘 풀릴 수가 없어요. 자, 지금 빨리 하세요. 우물쭈물하다가는 전화가 올 거예요"라고 안채에서 꽤 떨어진 정원에 세운 '××초막'이라는 별채로 우리를 쫓아내듯이 보냈어요. 들어가보니 벌써 머리맡에 약이랑 물이 준비되어 있어서 저는 옷을 유카타로 갈아입고 미쓰코 씨와 마주앉았지만 '오늘 이 세상을 마지막으로 보는 게 아닐까. 정말로 죽는 건 아닐까' 하는 생각이 들어서 "만일 잘못돼서 내가 죽으면 미쓰 씨도 따라 죽어줄 거지?" "언니도 그럴 거지?" 하고 서로 끌어안고 눈물만 흘렸어요. 그때 미쓰코 씨가 부모님과 제 남편한테 쓴 유서를 꺼내더니 "읽어봐" 말하기에 저도 제가 쓴 걸 꺼내서 서로 바꿔 읽었어요. 진짜 유서라는 생각으로 쓴 것이었죠. 특히 제 남편한테 쓴 미쓰코 씨의 편지에는 "소중한 사모님을 함께 데려가게 되어 뭐라고 사과드려야 할지 모르겠습니다. 다 운명이라고 생각하시고 체념해주세요"라고, 남편이 읽으면 원한이고 뭐고 다 잊고 틀림없이 마음이 움직일 만한 내용이 쓰여 있었어요. 유서를 읽으니 그 상황이 실제 같아서 우리는 이제 죽을 수밖에 없다고 생각했어요. 그러는 동안 한 시간 정도가 지났는데, 갑자기 통탕통탕하고 마당용 나막신 소리를 내면서 오우메가 달려오더니 "아가씨, 아가씨! 지금 이마바시에서 전화가 왔어요. 아직 약을 안 드셨으면 아가씨가 잠깐 전화를 받으세요" 하더라고요. 미쓰코 씨가 당황하며 급히 가서 전화를 받았어요. 전화를 끊고 돌아온 미쓰코 씨는 "이제 계획한 대로 모든 게 다 됐어. 자, 더 이상 우물쭈물하지 말자"고 말했어요. 우리는 다시 한 번 작별을 아쉬워하면서 부들부들 떨리는 손을 마주잡고 약을 먹었어요.

완전히 의식을 잃었던 건 반나절 정도 되는 것 같아요. 그날 밤 여덟시쯤에는 가끔 눈을 뜨고 주위를 두리번거렸다는 이야기를 나중에 들었지만, 저는 약을 먹은 뒤 이삼일 동안은 분명한 기억이 하나도 없어요…… 뭐랄까, 머리가 짓눌리는 것 같고 가슴이 답답하고 메슥거리면서 토할 것 같은 느낌만이 머리맡에 앉은 남편 모습과 뒤섞여서 남편이 환영처럼 눈에 비쳤는데, 그 중간은 수많은 꿈의 연속이었어요. 저하고 남편, 미쓰코 씨, 오우메가 어딘가로 여행을 가서 다다미 여섯 장 정도의 좁은 여관방 하나에 모기장을 치고 자는데, 저와 미쓰코 씨를 가운데 두고 양쪽에 남편과 오우메가 누워 있는…… 그런 광경이 꿈속 한 장면처럼 희미하게 머리에 남아 있지만, 방의 생김새를 생각하면 현실과 꿈이 뒤섞인 게 틀림없어요. 이것도 나중에 들은 이야기인데, 밤늦게 제 잠자리를 다른 방으로 옮겼더니 미쓰코 씨가 잠에서 깨어 "언니, 언니" 하고 헛소리처럼 계속 저를 부르면서 "언니가 없어, 우리 언니 돌려줘! 돌려줘!"라고 눈물을 뚝뚝 떨어뜨리는 바람에 어쩔 수 없이 다시 한 곳에서 자게 했대요. 그게 꿈에서는 여관방이 되어 있었던 거죠. 그 외에도 여러 가지 이상한 꿈을 많이 꿨는데, 한번은 여관 같은 곳에서 제가 낮잠을 자고 있으니까 옆에서 와타누키하고 미쓰코 씨가 작은 목소리로 비밀 이야기를 하는 듯 "언니 정말 자는 걸까?" "깨면 안 되는데"라는 소곤거림이 토막토막 들려왔어요. 저는 비몽사몽간에 '여기가 도대체 어딜까? 틀림없이 항상 오던 가사야마치 여관 같은데, 유감스럽게도 등을 돌리고 있어서 두 사람의 모습이 보이지 않네. 안 봐도 뻔하지, 나는 역시 속은 거야. 나만 약을 먹게 해서 이런 꼴로 만들어놓고 그사이에 미쓰코 씨가 와타누키를 불러냈구나. 아, 분해라, 분해. 벌떡 일어나서 두 사람의 뻔뻔스러운 낯가죽을 벗겨주겠어.' 그렇게 생각하고 일어나려고 해도 몸이 마음대로 되지 않았어요. 소리를 지르려고 해도 기를 쓰면 쓸수록 혀가 굳어서 안 움직였어요. 눈조차 뜰 수 없어서 '아, 분해. 어떻게 해야 좋을까? 어떻게 해줄까?' 생각하는 동안 또다시 깜빡 잠이 들고…… 말소리는 오랫동안 계속 들렸는데 남자 목소리가 이상하게도 와타누키가 아니라 남편 목소리로 바뀌고…… 이런 곳에 왜 남편이 있을까? 남편이 언제부터 미쓰코 씨랑 저렇게 친했지? "언니가 화 안 낼까요?" "뭐, 소노코도 바라던 바일 테지요." "그러면 셋이서 사이좋게 지내요." 그렇게 토막토막 귀에 들어온 말이 두 사람이 정말로 이야기를 나눈 건지, 아니면 꿈속 상상으로 제가 사실을 보완한 건지 지금도 잘 모르겠어요. 그뿐이라면 전부 제 착각이고 근거 없는 환영을 봤다, 그런 일이 있었을 리 없다 하고 부정해버렸겠지만…… 그게 그러니까…… 그 외에도 아직 잊히지 않는 장면이 떠오르고…… 처음에는 황당한 꿈이라고 생각했지만, 약 기운이 떨어지면서 의식이 분명해짐에 따라 다른 꿈은 점점 사라지는데 그 장면은 오히려 머리에서 떠나질 않아서, 의심의 여지가 없는 사실이 되어버렸죠. 똑같은 분량의 약을 먹었는데 제가 더 오랫동안 혼수상태에 빠져 있었던 건 미쓰코 씨는 열한시쯤 아침 겸 점심을 먹어서 배가 부른 상태였는데 저는 아침밥도 제대로 먹지 않고 뛰쳐나와서 여기저기 돌아다니는 바람에 위가 텅 빈 상태여서 약이 완전히 흡수되었기 때문이래요. 게다가 제가 비몽사몽 헤매고 있을 때 미쓰코 씨는 먹은 걸 전부 토해버린 덕분에 훨씬 빨리 의식이 돌아온 것 같아요. 나중에 미쓰코 씨가 "내가 모르는 사이에 옆에 있는 사람을 언니로 착각한 것 같아"라고 해서 그렇다면 죄는 남편 쪽에 있다고 생각했는데, 남편의 고백을 들어보니 좀 달랐어요. 약을 먹은 다음 날 오후, 오우메는 안채에 가 있고 남편은 자는 제 얼굴을 보면서 부채로 파리를 쫓고 있었는데, 미쓰코 씨가 잠에 취한 것처럼 "언니" 부르면서 저한테 다가오려 했대요. 저를 깨우면 안 되겠다고 생각한 남편이 우리 둘 사이에 들어가서 미쓰코 씨의 몸을 끌어안듯 떼어내고 베개를 다시 베어준 다음, 이불을 덮어줬는데…… 그렇게 다시 자는 줄 믿고 마음을 놓은 사이에 어느새, 정신을 차렸을 때는 이미 빠져나갈 수 없는 형편이었대요. 남편은 그런 방면으로는 경험이 없는 어린아이 같은 사람이라서, 저는 지금도 남편의 말이 틀림없는 사실이라고 생각해요.

31

　뭐, 그런 일은 어느 쪽이 먼저였는지 따져봤자 소용없죠. 한번 잘못을 저지르니 저한테 미안하다고 생각하면서도 같은 짓을 되풀이했던 것 같아요. 그걸 생각하면 남편한테 책임이 전혀 없다고는 할 수 없겠지만 저는 그 점이 오히려 불쌍해요. 전에도 여러 번 말씀드렸듯이 저와 남편은 궁합이 잘 안 맞았어요. 제가 늘 밖에서 사랑의 상대를 구했듯이 남편도 무의식중에 밖에서 사랑을 찾고 있었을 거예요. 게다가 다른 남자들처럼 기생놀이를 한다든가 술을 마신다든가 하면서 불만을 해소할 줄도 모르는 사람이었기 때문에 한층 더 유혹에 빠지기 쉬웠겠죠. 한번 그렇게 되니 둑이 터진 것처럼 맹목적인 열정이 의지나 이성의 힘을 짓밟고 불타올라서, 미쓰코 씨보다 남편이 열 배 스무 배 더 정신을 못 차리게 빠져버린 거예요. 저는 남편의 심경 변화는 대강 이해가 되지만 도대체 미쓰코 씨가 무슨 생각으로 그랬는지는 모르겠어요. 정말 반쯤 잠에 취해서 우발적으로 저지른 일인지, 아니면 확실한 목적을 가지고 한 짓인지…… 와타누키를 버리는 대신 남편과 관계를 맺어 저와 남편이 서로 질투하게 만들고 마음대로 조종하려는 생각이었을까요? 원래부터 자기 숭배자를 하나라도 더 가까이 두고 싶어 하는 사람이니까 다시 그 나쁜 버릇이 나온 건지, 그게 아니면 "정신을 차리고 보니까 미안한 일을 저질렀다고 생각했지만 이러는 게 우리 편으로 만드는 데 유리하잖아"라고 말한 것처럼 처음부터 남편을 끌어들일 생각이었는지, 글쎄요, 워낙 복잡하고 책략이 많은 미쓰코 씨의 마음은 좀처럼 알 수 없지만, 아마 그런 여러 가지 동기에다 그때의 상황이 가세했겠죠. 두 사람이 고백한 건 훨씬 나중의 일이라서, 처음에는 그런 깊은 생각 없이 누워서 멍하니 '배반당했다'고만 느끼고 있었어요. 오우메가 머리맡에 와서 "사모님, 이젠 안심이에요. 사모님 남편께서 전부 다 들어주신대요"라고 했을 때도 기쁨 반, 분함 반이고 별로 좋지도 않았어요. 두 사람도 제가 눈치챘다는 사실을 그때 어렴풋이 알았을 거예요.

의사한테서 "이제는 일어나셔도 됩니다"라는 말을 들은 게 사흘째

되는 밤이고, 하마데라에서 집으로 돌아온 게 나흘째 되는 아침이었
는데, 그때도 미쓰코 씨는 "언니, 이젠 걱정 안 해도 돼. 자세한 이야
기는 내일 언니네 가서 할게"라고 입으로는 그렇게 말하면서도 양심
에 찔리는지 묘하게 서먹서먹한 태도였고, 남편도 왠지 모르게 미쓰
코 씨와 말을 맞춘 것처럼 저를 데리고 고로엔으로 돌아오자 "일이 밀
려 있어서 잠깐 사무실에 다녀올게" 하면서 바로 나갔다가 밤 여덟시
가 지나 돌아와서도 "저녁은 먹고 왔어"라고 할 뿐 제가 말을 걸자 두
려워하는 것 같았어요. 저는 남편이 사람을 속이고도 태연할 수 있는
사람이 아닌 걸 잘 알아서 '이제 곧 무슨 말이 있겠지. 실컷 혼내주
자' 생각하고 억지로 모른 척하며 시간이 되자 먼저 잠자리에 들었어
요. 남편이 점점 안절부절못하면서 열두시가 되어도 잠을 못 자고 뒤
척이고, 가끔 실눈으로 살그머니 제 쪽을 보고 숨소리를 살피는 게 캄
캄한 중에도 느껴졌어요. 그러더니 얼마 후, 남편이 "이봐" 하고 저를
부르면서 제 손을 잡더니 "어때, 기분은 괜찮아? 이제 머리 안 아파?
아직 안 자면 하고 싶은 이야기가 있어" 하더라고요. "당신…… 알고
있었지? 제발 용서해줘. 운명이라고 생각하고 견뎌줘." "아, 꿈이 아
니었구나……" "용서해줘. 응? 용서한다고 한마디만 해줘." 남편은
훌쩍훌쩍 눈물만 흘리는 저를 위로하듯이 어깨를 쓰다듬으면서 "나
도 꿈이라고 생각하고 싶어…… 악몽이라고 생각하고 잊고 싶어……
하지만 잊을 수 없게 되어버렸어. 난 처음으로 사랑에 빠진 사람의 마
음을 깨달았어. 당신이 그렇게 정신없이 홀린 것도 무리가 아니었다
는 걸 이제야 알았어. 당신은 나한테 열정이 없다고 말했지만 나한테
도 열정이라는 게 있었던 거야. 이봐, 나도 당신을 용서할 테니 당신

도 나를 용서해줘." "당신, 그렇게 말하면서 복수하려는 거지? 이제 조금 지나면 그 사람하고 한패가 돼서 나만 혼자 내버려두려고……" "바보 같은 소리 하지 마! 난 그런 비열한 남자가 아니야. 이제야 당신 마음을 알았는데 왜 당신을 슬프게 만들겠어!" 남편은 그날도 사무실에서 돌아오는 길에 미쓰코 씨를 만나 상의하고 왔다면서, 저만 이해해준다면 나머지 일은 자기가 전부 책임지고 와타누키 쪽도 전혀 걱정 없게 처리하겠다고 했어요. 미쓰코 씨도 다음 날은 우리 집에 오겠지만 저를 만나는 게 쑥스럽다고 하면서 남편 먼저 저한테 사과해달라고 부탁했대요. 남편은 그러면서 자기는 와타누키처럼 신용이 없는 남자가 아니니까 와타누키에게 허락한 일이라면 자기한테도 허락해달라고 했어요. 하긴 남편은 사람을 속이는 일 따위는 하지 않는 사람이었죠. 그렇지만 맘에 걸리는 건 미쓰코 씨였어요. 남편은 "나는 와타누키하고는 다르니까 괜찮아"라고 했지만 제 입장에서는 그 '다르다'고 하는 점이 걱정이었어요. 무엇보다 미쓰코 씨는 처음으로 진짜 남자를 알게 된 것 아니겠어요? 그런 만큼 지금까지와는 달리 진심이 될지도 모르고, 저를 버려도 '부자연스러운 사랑보다는 자연스러운 사랑이 고귀하다'는 훌륭한 구실이 있으니 양심의 가책도 적을 테고…… 만일 미쓰코 씨가 그런 이치를 내세운다면 남편도 잘못된 일을 계속하라고 할 수는 없을 테고 어쩌면 이렇게 저렇게 설득당하다 결국에는 "미쓰코 씨하고 결혼하게 해줘"라는 말을 꺼낼지도 모른다고 생각했어요. "나하고 당신은 실수로 부부가 된 거야. 안 맞는 사람들이 같이 사는 건 서로한테 불행이니까 헤어지는 편이 낫다고 생각해." 언젠가 그런 말을 들을 날이 오지 않을까? 그러면 늘 연애의 자유를 주장했던 제가 "싫다"고 말할 수도 없고 세상 사람들도 저 같은 사람이야 이혼당해도 싸다고 생각하겠죠. 장래를 생각하며 미리 걱정해봤자 별수 없었지만, 아무래도 저는 분명히 그런 운명이 될 것 같았어요. 그렇다고 남편의 부탁을 들어주지 않으면 다음 날부터 미쓰코 씨 얼굴을 못 보게 될 테니 "당신을 못 믿는 건 아니지만 왠지 슬픈 예감이 들어서"라고 하며 저는 훌쩍훌쩍 계속 울었어요. "그런 바보 같은 일이 있을 리가 있나. 전부 당신의 망상이야. 누구 한 사람이라도 불행해진다면 셋이서 같이 죽자"고 말하면서 남편도 울기 시작해서 결국 둘이 밤이 샐 때까지 울어버렸어요.

32

그다음 날부터 남편은 미쓰코 씨 부모님을 이해시키는 일과 와타누키 일을 해결하기 위해 열성적으로 뛰기 시작했어요. 우선 미쓰코 씨 댁으로 가서 어머니를 만나 뵙고, 따님 친구인 소노코의 남편 입장으로서 부탁받은 일이 있다고 했어요. 사실은 나쁜 남자가 따님을 노리고 있다는 식으로 말을 꺼낸 다음…… '하긴 그 남자가 이러이러한 사람이기 때문에 따님의 정조는 깨끗합니다. 다만 비열한 놈이라서 따님이 자기 아이를 뱄다느니 따님과 제 처가 동성애를 나눈다느니 근거 없는 이야기를 떠들고, 서약서에 강제로 서명까지 하게 했습니다. 그러니 언제라도 댁에 협박 비슷한 이야기를 하러 올지 모릅니다. 그러나 절대로 상대하시면 안 됩니다. 따님이 깨끗하다는 건 누구보다 제가 압니다. 더구나 제 처와의 교제가 그런 추잡한 게 아니라는 건 남편인 제가 보장합니다. 따님 친구의 남편 입장에서 부탁을 안 하셔도 어떻게든 처리해야 되겠다고 생각하던 참이니 이 문제를 저한테 맡겨주시지 않겠습니까. 따님의 안전은 제가 책임지겠습니다. 그 남자가 무슨 소리를 하든 이마바시의 제 사무실로 보내시고 직접 만나지는 마십시오'라고 했대요. 좀처럼 거짓말을 못하는 사람인데 사랑을 위해서라면 그렇게까지 할 수 있는 걸까요? 남편은 적당히 둘러대서 미쓰코 씨 어머님을 구워삶은 뒤에는 와타누키를 만났어요. 결국 와타누키는 돈으로 해결하고, 신문에 판다고 했던 서약서의 사진과 원판, 남편이 써준 보관증 등 증거가 될 만한 건 전부 돌려받아 왔더라고요. 그 모든 일이 이삼일 동안에 지체 없이 순조롭게 마무리됐어요. 아무리 남편이 열심히 뛰었다 해도 와타누키가 그렇게 쉽게 손을 뗀 게 저도 미쓰코 씨도 왠지 납득이 가지 않았어요. 사진과 원판을 받았지만 복사해둔 게 있을지도 모르고 뭔가 다른 일을 꾸미는지도 모른다고 생각했죠. "돈은 얼마나 줬어?" 하고 물었더니 "천 엔 달라고 하는 걸 오백 엔으로 깎았지" 하면서 "뭐 녀석도 자기 책략의 증거물을 전부 내가 확보해둔 이상 더는 협박이 먹히지 않을 걸 아니까 팔아먹을 생각이 들었겠지"라고 남편은 완전히 안심하고 있더라고요. 그렇게 미쓰코 씨 부모님부터 와타누키까지 완벽하게 계획대로 처리했지만, 단 한 사람 불운의 제비를 뽑은 건 오우메였어요. "어떻게 일이 이 지경이 될 때까지 곁에서 모시면서 알리지 않았느냐"라는 질책을 듣고 해고당해서 저희를 무척 원망했어요. 물론 그렇게 고생을 시켜놓고 오우메한테 불똥이 튈 걸 미처 예상하지 못한 건 누가 뭐래도 저희 잘못이었어요. 그래서 그만두고 나갈 때 이것저것 사주면서 비위를 맞추려고 애썼는데, 나중에 오우메한테 보복을 당하리라곤 꿈에도 생각 못했죠.

남편이 미쓰코 씨 댁에 "이제는 안심입니다"라고 기별하자 미쓰코 씨 아버님이 일부러 이마바시의 사무실에 고맙다는 인사를 하러 오시지를 않나, 어머님도 저를 찾아오셔서 "저렇게 제멋대로인 아이지만 진짜 동생이라 생각하시고 부디 잘 돌봐주세요. 집에서는 미쓰코가 댁에만 가 있으면 안심입니다. 어디 가고 싶다고 해도 가키우치 부인이 함께 안 가면 안 보낼 생각입니다" 하시지를 않나, 무척 신임을 얻어서 미쓰코 씨는 오우메 대신 오사키라고 하는 하녀를 데리고 매일 저희 집에 공공연하게 놀러 오고 가끔은 자고도 갔지만 어머님은 아무 말도 안 하셨어요. 그렇지만 그렇게 바깥 문제가 전부 잘 처리되고 나니 이번에는 우리 내부의 문제가 생겨났어요. 와타누키 때보다 훨씬 더 서로가 서로를 의심하게 되어, 하루하루가 지옥처럼 고통스러웠어요. 그렇게 된 데는 여러 가지 이유가 있었는데, 우선 전에는 가사야마치라는 편리한 장소가 있었는데 이제는 사라졌죠. 설령 있다 해도 한 사람만 두고 둘이 나갈 수 없으니 결국 모두 집에 있을 수밖에 없었어요. 그러다 보면 저나 남편 중 어느 한쪽이 방해물이 됐고, 누구 한쪽은 알아서 피해줘야 했어요. 게다가 미쓰코 씨는 집에서 출발하면서 "지금 고로엔에 가요"라고 이마바시에 연락을 했기 때문에 남편은 그때마다 바로 돌아왔어요. 뭐든지 서로 숨기지 않기로 약속했기 때문에 연락을 하는 건 어쩔 수 없다지만, 그러면 조금 더 일찍, 아침부터 와주면 좋을 텐데 대개 두시나 세시에 오니까 미쓰코 씨와 둘이 있을 수 있는 시간은 정말이지 얼마 되지 않았어요. 남편은 미쓰코 씨한테서 전화가 오면 만사 제쳐놓고 뛰어왔어요. "그렇게까지 안 해도 되잖아? 나는 이야기할 시간도 없는데" 하고 말하면 "천천히 오려고 했지만 사무실이 한가해서 돌아왔어"라느니 "떨어져 있으면서 상상하면 더 애가 타. 한집에 있으면 우선 안심이니까. 내가 방해가 된다면 아래층에 가 있을게"라느니 "당신은 둘만의 시간이 있지만 나는 전혀 없다는 걸 헤아려주면 좋겠어"라고 했어요. 그런데 제가 계속 따졌더니 "사실은 미쓰 씨가 전화로 왜 빨리 안 오느냐고, 언니 쪽이 훨씬 더 성의가 있다고 화를 내거든" 하는 거예요. 도대체 미쓰코 씨의 질투는 어디까지가 진심이고 어디까지가 장난인지 모를 정도로 그때는 거의 광기 수준이었어요. 예를 들어 제가 남편을 '당신'이라고 부르면 벌써 눈에 눈물이 그득해서 "이젠 부부도 아닌데 저 사람을 당신이라고 부르면 안 돼"라고 했어요. 남이 있을 때는 몰라도 우리끼리 있을 때는 '고타로 씨'나 '고 씨'라고 부르고, 남편도 저를 '소노코'나 '당신'이라고 하지 말고 '소노코 씨'나 '누이'라고 부르라고 했어요. 거기까지는 그래도 괜찮았죠. 수면제와 포도주를 갖고 와서는 "둘 다 이걸 먹고 자요. 두 사람이 잠드는 걸 보고 갈게"라고 하면서 물러서지 않았어요. 처음에는 농담인 줄 알았는데 농담이 아니었어요. "특별히 잘 듣는 약을 조제해 왔어" 하면서 가루약을 두 봉지 꺼내 저하고 남편 앞에 놓고는 "둘 다 나한테 충성을 맹세한다면 그 증거로 이걸 먹어요"라는 게 아니겠어요? 그렇지만 약에 독이라도 들어 있어서 저만 영원히 잠들지도 모르는 일이잖아요. 문득 그런 생각을 하니 '먹어, 먹어' 재촉하는 미쓰코 씨가 점점 의심스러워졌어요. 물끄러미 미

쓰코 씨의 얼굴을 바라보고 있자니 남편도 역시 똑같은 공포에 사로
잡혔는지 하얀 가루약이 든 봉투를 손바닥에 올려놓은 채 제 손에 있
는 약과 색깔을 비교하면서 미쓰코 씨의 얼굴과 제 얼굴을 가만히 살
피더라고요. 그러자 미쓰코 씨는 "왜 안 먹어? 왜 안 먹어?"라고 안달
을 했어요. 그러더니 "아, 알았어. 둘이 나를 속이고 있었구나?" 하며
온몸을 떨면서 울기 시작했어요. 저는 '어쩔 수 없다. 죽을 걸 각오하
고 먹자' 생각하고 약 봉투를 입에 가져갔어요. 그런데 제 모습을 잠
자코 바라보던 남편이 "소노코!" 하고 저를 부르더니 갑자기 "잠깐만
기다려! 이렇게 된 이상 어느 쪽이 어떻게 될지는 운명이야. 약을 바
꿔 먹자"라고 했어요. "그래요, 그러면 하나, 둘, 셋 하고 같이 먹어
요." 그렇게 저와 남편은 결국 약을 먹었어요.

33

미쓰코 씨의 계략이 성공해서 그 뒤 저와 남편은 얼마나 서로를 의
심하고 질투하게 되었는지 몰라요. 매일 밤 수면제를 먹을 때마다 '나
만 잠드는 게 아닐까? 남편은 가짜 약을 먹고 자는 척하는 게 아닐
까?' 생각했어요. 그래서 약을 먹은 척하고 버리려고 해도, 미쓰코 씨
는 그런 속임수를 못 부리게 제 손을 자세히 지켜봤어요. 그러고도 성
이 안 차는지 나중에는 양손에 약을 들고 남편과 저를 똑바로 눕게 하
고는 "내가 먹여줄게" 하면서 침대 사이에 서서 우리가 딴소리를 못
하게 '아' 하고 입을 벌리게 한 다음 동시에 약을 털어 넣었어요. 그

러고 나서 병자가 물 마실 때 쓰는 주둥이가 긴 유리 주전자 있잖아요? 그걸 양손에 두 개 들고 조금씩 조금씩 어느 한쪽이 먼저 다 마시지 않게 똑같이 기울여서 따뜻한 물을 마시게 했어요. "물을 많이 마시면 약이 잘 들어"라고 하면서 그 유리 주전자로 두 번 세 번 물을 먹였죠. 저는 기를 쓰면서 '조금이라도 더 깨어 있자. 자는 척하고 지켜보자'라고 생각했지만 미쓰코 씨가 두 침대 사이에 앉아서 '뒤척이거나 옆으로 누우면 안 된다. 얼굴이 잘 보이게 똑바로 누워라' 하고는 남편과 저한테서 눈을 떼지 않고 숨소리를 들어보고 눈을 깜빡거리게 하고 심장에 손을 대고 이것저것 시험하면서 정말 잠이 들 때까지 곁을 떠나지 않았어요. 그렇게까지 하지 않아도 그때 새삼스럽게 무슨 부부의 운우지정(雲雨之情)을 나누겠어요? 남편이나 저나 그냥 내버려둬도 손조차 잡을 생각이 없었으니 그처럼 안전한 남녀관계도 없을 텐데 미쓰코 씨는 "그래도 어쨌든 한방에서 자니까 약을 먹어야 해"라고 했어요. 점차 약이 안 들자 분량이랑 조제법을 바꿔서, 잠에서 깬 뒤에도 강한 약 기운 때문에 아침에 침대에서 눈을 뜰 때도 불쾌한 기분이 들었어요. 머리 뒤쪽은 저리고 손발은 빠질 듯이 나른하고, 속이 메슥거려서 일어날 기운도 없었죠. 남편도 똑같이 병자처럼 창백한 얼굴로, 아직 약의 뒷맛이 남아 있는지 입을 쩝쩝거리면서 "이러다가는 정말로 중독으로 죽을지도 몰라" 하고는 한숨을 쉬었어요. 저는 그런 모습을 보면 정말 남편도 약을 먹었나보다 하고 오히려 안심이 됐어요. 그러다 또 의심하기 시작하면 그게 또 연극같이 생각되어 "저기, 우리가 왜 매일 밤 약을 먹어야 되지?"라고 물었어요. "왜 그럴까?"라고 남편은 남편대로 의심스러운 듯이 제 얼굴을 뚫어지게 쳐다봤죠. "우리 둘이 잠들었다고 해서 걱정이 없는 건 아니잖아. 뭔가 달리 목적이 있는 거야." "어떤 목적인지 당신은 알아?" "나야 모르지. 당신은 알 거 아냐?" "나도 몰라. 당신이야말로 아는 거 아냐?" "서로 의심하자면 한이 없겠지만 난 아무래도 나만 잠드는 것 같아." "그건 나도 똑같아." "그렇지만 하마데라에서의 일도 있잖아?" "그 일이 있었으니까 이번에는 내 차례가 아닌가 하는 거지." "당신, 미쓰 씨가 돌아갈 때까지 깨어 있었던 적 없어? 제발 사실대로 말해줘." "나는 없어. 당신은 어때?" "저렇게 독한 약을 먹이니 깨어 있고 싶어도 도저히 깨어 있을 수가 없어." "흠, 그렇다면 당신도 분명히 약을 먹는 거로군." "당연하지. 이 창백한 얼굴을 봐." "내 얼굴도 마찬가지야." 그런 이야기를 하는 동안 아침 여덟시가 되면 영락없이 전화가 와서, 미쓰코 씨가 "자, 이제 일어나요"라고 말했어요. 남편은 졸린 눈을 비비면서 일어나 어쩔 수 없이 사무실에 갔는데, 너무 졸립다며 출근하지 못할 때도 "여덟시가 지나면 당신은 침실에 있으면 안 돼"라고 미쓰코 씨가 명령했기 때문에 아래층에 가서 툇마루의 등의자 같은 데서 잤어요. 저는 언제까지라도 잘 수 있었지만 남편은 피로가 쌓여서 사무실에 가도 머리가 전혀 돌아가지 않았대요. 쉬고 싶어 했지만 너무 쉬면 "언니 곁에만 있고 싶어 해"라는 말을 들었기 때문에 대개는 일이 있든 없든 "낮잠 자러 갔다 올게" 하고는 사무실에 나갔어요.

저는 그 무렵부터 "미쓰 씨가 나한테는 아무 말도 안 하고 당신한테만 '이러면 안 돼, 저러면 안 돼' 하는 걸 보니 당신을 더 사랑하는 거야"라고 했지만, 남편은 "사랑하는 사람을 이렇게 못살게 할 리가 없어. 나를 지치게 만들어서 정욕이고 뭐고 다 없어지게 하고 둘이서

멋대로 놀려는 계획 아냐?"라고 했어요. 더 웃긴 건 저녁식사였어요. 둘 다 수면제 때문에 위가 나빠져서 식욕이 전혀 없는데도 공복이면 약 기운이 빨리 도니까 가능한 한 많이 먹으려 했고, 상대방이 몇 공기나 먹는지 살피면서 경쟁적으로 쑤셔 넣었어요. 그랬더니 미쓰코 씨는 "그렇게 밥을 많이 먹으면 약효가 떨어지니까 둘 다 두 공기 이상 먹으면 안 돼"라고 하다가 나중에는 밥상 앞에서 눈을 번득이며 감독했어요. 당시의 몸 상태를 생각하면 지금 멀쩡한 게 이상할 정도예요. 위가 약해진데다 매일 먹는 약의 분량이 많아서 한꺼번에 흡수가 안 되는 건지 낮에도 의식이 멍해서 살았는지 죽었는지 알 수 없을 지경이었거든요. 얼굴은 점점 더 창백해지고 몸은 마르고, 그보다 곤란한 건 감각이 둔해지는 것이었어요. 미쓰코 씨는 남편과 저를 괴롭히고 밥의 양까지 제한하면서도 자기는 마음껏 맛있는 것을 먹어서 반들반들 윤기가 흐르고 혈색도 좋았죠. 같이 있으면 미쓰코 씨 혼자만 태양처럼 빛나서, 아무리 지쳤을 때도 미쓰코 씨 얼굴만 보면 소생한 것처럼 느껴져서는 단지 그 즐거움만으로 연명하는 것 같았어요. 미쓰코 씨도 "아무리 신경이 마비되어도 나를 보면 정신이 번쩍 나지? 그렇지 않으면 열정이 모자란 거야"라고 하면서 저와 남편이 얼마나 흥분하는지에 따라 열정의 강도를 알 수 있기 때문에 더더욱 수면제를 먹이는 걸 그만둘 수가 없다는 말을 하더라고요. 말하자면 일상적인 열정을 바치는 건 재미가 없고, 약의 힘으로 정욕을 사라지게 했음에도 불구하고 불타는 듯한 애욕을 느끼는 걸 봐야만 만족한다는 거였죠. 결국 두 사람을 혼이 빠진 껍데기로 만들어 이 세상에서는 아무런 희망도 흥미도 못 느끼게 하고, 그저 미쓰코라는 태양의 빛만으로 살아갈 수 있게, 그 밖에는 아무런 행복도 원하지 않게 하고 싶었던 거예요. 약을 먹기 싫다고 하면 울면서 화를 냈어요. 자기를 얼마나 숭배하는지 시험하고, 그걸 보면서 기뻐하는 심리가 전부터 미쓰코 씨한테 있었던 건 사실이지만, 그렇게 극단적으로 히스테리를 부리는 걸 보면 뭔가 다른 이유가 있는 게 틀림없었어요. 어쩌면 와타누키의 영향을 받은 건 아닌가 생각했죠. 즉 첫 경험부터 건전한 상대로는 만족할 수 없게 되어버렸기 때문에 누구를 사귀어도 와타누키가 했던 것과 똑같이 하고 싶었던 게 아닐까요? 안 그러면 왜 그렇게까지 잔인하게 사람의 감각을 마비시켰을까요? 옛날이야기에도 사령(死靈)이나 생령(生靈)이 들러붙는 이야기가 나오잖아요. 미쓰코 씨는 와타누키의 원한이 들러붙은 것처럼 모습이 나날이 섬뜩해져서 저는 모골이 송연해지곤 했어요. 미쓰코 씨뿐 아니라, 그토록 건전하고 비상식적인 구석이라고는 전혀 없던 남편까지도 어느 틈엔지 영혼이 뒤바뀐 것처럼 여자같이 빈정대기도 하고 남의 말을 곡해하기도 하고 창백한 얼굴로 히죽히죽 웃으면서 미쓰코 씨의 비위를 맞췄어요. 그럴 때의 말투나 표정, 음험하고 비굴한 태도를 가만히 보고 있노라면 목소리부터 눈초리까지 완전히 와타누키를 빼닮아 있었죠. 저는 사람의 얼굴이라는 게 마음가짐에 따라서 완전히 변하는구나 하고, 진심으로 생각했어요. 원령(怨靈)의 저주 같은 걸 선생님은 어떻게 생각하세요? 하찮은 미신이라고 여기시나요? 누가 뭐래도 와타누키는 정말 집념이 강한 남자니까, 뒤에서 우리를 저주하고 뭔가 끔찍한 주술을 걸어서 남편에게 생령이 들러붙었던 건지도 몰라요. 어느 날은 제가 "당신 점점 와타누키처럼 되어가네"라고 했더니 "나도 그렇게 생각해" 하고 "미쓰코 씨가 나를 제2의 와타누키로 만들 생각인가봐"라고 대답하더라고요. 이미 그 당시 남편은 모든 걸 운명이라고 생각하고 순종하는 듯해서, 제2의 와타누키가 되는 걸 거부하기는커녕 오히려 행복을 느끼는 것 같았어요. 약도 나중에는 자진해서 먹더군요. 미쓰코 씨는, 결국 세 명이 그렇게 된 이상 무사히 일이 수습될 리 없으니 될 대로 되라는 자포자기의 심정으로, 어쩌면 남편과 저를 조금씩 약으로 쇠약하게 만들어 죽게 하려는…… 마음속으로는 그런 계획을 세운 게 아니었을까요…… 저뿐 아니라 남편도 "각오는 돼 있어"라고 말할 정도였으니까요. '사실은 우리가 유령처럼 말라비틀어져서 죽는 걸 기다렸다가, 자기는 슬쩍 손을 떼고 완전히 정상적인 생활로 돌아가서 좋은 신랑감을 찾으려는 게 아닐까' 생각했죠. "나도 당신도 이렇게 얼굴이 창백한데 미쓰코 씨 혼자 건강하고 원기 왕성한 걸 보면 아무래도 그런 것 같군" 하고 남편도 말했어요. 남편과 저는 너무 쇠약해져 즐거움도 기쁨도 못 느끼게 되면 그때가 이 세상을 하직하는 날이라고 생각하면서, 오늘 죽으려나 내일 죽으려나 기다리며 하루하루를 살았어요.

아…… 정말이지, 그렇게 지내다가 같이 죽었다면 얼마나 행복했을까요. 그런데 이런 뜻밖의 결과가 되어버린 건 신문 기사 때문이었어요. 9월 20일경이었던가, 아침에 남편이 "잠깐 일어나봐"라고 저를 깨우기에 무슨 일인가 했더니, "누가 이런 걸 보냈어"라고 하면서 평소 안 보던 신문의 3면을 펼쳐놓고 있었어요. 들여다봤더니 와타누키가 저한테 쓰게 한 서약서의 사진이 커다랗게 실려 있고 요란한 제목에는 빨간 잉크로 동그라미가 두 개 표시되어 있었어요. 기자는 기삿

거리가 잔뜩 있다며 하루로 끝내지 않고 며칠에 걸쳐 이 추악한 유한 계급의 죄상을 고발하겠다고 예고하고 있었죠. "거봐, 역시 와타누키 한테 속은 거야." 저는 말했지만, 그때는 의외로 배짱이 두둑해져서 분하거나 괘씸하기보다는 '드디어 마지막이 왔다'는 생각이 맨 처음 떠올랐어요. "흥, 바보 같은 녀석, 이제 와서 이딴 걸 내서 뭐에 쓰려 고." 남편도 핏기 없는 얼굴에 차가운 미소를 띨 뿐 "상관없어, 상관 없어. 내버려두면 되지, 뭐"라고 했어요. 그래도 그 신문이 형편없는 삼류신문이라, 설마 세상이 곧이듣지는 않을 거라고 생각하면서 우선 미쓰코 씨한테 전화해서 "이런 신문이 집에 왔는데 미쓰코 씨한테도 오지 않았어?"라고 물어봤어요. 당황해서 찾아본 미쓰코 씨가 "왔어, 왔어. 다행히 아직 아무도 안 봤어"라고 하더니 그 신문을 들고 "어떻 게 해야 하지?" 하고 뛰어왔어요.

처음에는 와타누키가 판 정보라면 자기한테 불리한 것들도 있으니 그건 기사로 쓰지 않을 테고 저하고 미쓰코 씨 이야기라면 어제오늘 있었던 소문도 아니니 큰 문제가 안 될 거다, 뭐 그렇게 당황할 것 없 다고 생각해서, 이삼일 만에 미쓰코 씨 댁에서 알게 됐을 때도 "또 예 의 못된 짓을 하는 겁니다. 가짜 서명까지 만들어 사진까지 찍은 걸 보면 악랄함이 지나치니 소송을 걸어도 될 겁니다"라고 남편이 적당 히 구워삶은 뒤 일단 마음을 놓고 있었어요. 그렇지만 기사는 며칠이 지나도 끝이 나지 않았을뿐더러 점점 더 심각한 사건까지 건드리면서 와타누키한테 불리한 사실까지 주저 없이 폭로하더라고요. 뿐만 아니 라 가사야마치의 여관집 이야기, 나라에 놀러 갔던 일, 미쓰코 씨 배 에 물건을 집어넣고 남편을 만난 일…… 와타누키가 모르는 일까지도 아는 것 같았어요. 그런 식으로 나가다가는 하마데라 사건과 자살극을 꾸민 이야기, 남편을 끌어들인 일 등 하나부터 열까지 전부 폭로할 기세였어요. 게다가 이상한 건 미쓰코 씨도 저도 서로 주고받은 편지를 소중하게 잘 보관했기 때문에 아무한테도 보인 적이 없는데, 제가 보낸 편지 중 한 통을—몹시 열정적이고 누가 봐도 너무 명백한 사랑의 마음을 늘어놓은—어느 틈에 훔쳤는지 신문에 그게 실린 거예요. 그걸 훔칠 사람은 오우메밖에 없었어요. 우리는 그제야 와타누키하고 오우메가 한패가 되었다는 사실을 깨달았죠. 그러고 보니 미쓰코 씨 댁에서 해고당한 뒤에도 두서너 번 저한테 놀러 와서 용건도 없는데 어정거리기에 '뭔가 좀 이상하다. 할 만큼 해줬는데 돈이 더 필요한가?' 생각했던 적이 있지만 그렇게까지 할 필요는 없다고 생각해서 그냥 내버려뒀었거든요. 신문 기사가 나기 이삼일 전에도 찾아왔는데, 이상한 말로 미쓰코 씨를 놀리고 간 뒤로는 발길을 뚝 끊었고요. "어쩜 이렇게 배은망덕할까? 집에 있을 때도 심부름하는 사람이라기보다는 친동기처럼 대했는데……" "버르장머리가 너무 없네." "길러준 개한테 발등 물린다는 말이 바로 이런 건가봐. 언니도 그렇게 여러 가지로 잘해줬는데 대체 뭐가 부족했던 거야?" "그러면 역시 와타누키한테 매수당했을까?" 처음에는 와타누키의 증거물을 가지고 조사하던 기자가 계속 숨겨진 사실이 드러나는 참에 때마침 오우메를 찾아낸 건지, 아니면 와타누키라는 녀석이 처음부터 자포자기의 심정으로 오우메한테 연락을 취해서 자기 비밀까지 밝히며 팔아먹었는지, 어느 쪽이든 그렇게 된 이상 더 지체할 시간이 없었어요. 우물쭈물하다가는 미쓰코 씨가 집에서 한 발짝도 못 나오게 될 테니 이미 약속한

대로 각오를 하자고 했지만, 실행을 못하고 어떻게 할지 매일 의논하는 동안 끝내 하마데라의 일까지 신문에 실리기 시작했어요.

그때부터의 일은 어느 신문에건 자세히 났으니 선생님도 잘 아실 테고, 지나간 일은 장황하게 말씀드리지 않을게요…… 너무 오래 이야기한 탓인지 묘하게 흥분되어 앞뒤가 안 맞는 이야기를 한 것도 같은데…… 다만 신문에서 빠진 사실을 말씀드리자면 그때 먼저 '죽자'라는 말을 꺼내고 마지막 수순을 정한 건 미쓰코 씨였어요. 오우메가 편지를 훔쳤다는 걸 알게 된 날, 미쓰코 씨가 "이것들을 우리 집에 두는 건 위험해"라고 증거가 될 만한 편지를 전부 저한테 가지고 왔기에 "태워버릴까?" 물었더니 "아니야, 아니야. 우리가 언제 갑자기 죽어야 할지 모르니까 유서 대신 이 기록을 남겨두자. 언니 편지들이랑 같이 잘 보관해둬" 하면서 저한테도 신변을 정리하라고 했어요. 그러고는 이삼일이 지난 10월 28일 오후 한시쯤 "집 분위기가 수상해. 오늘 집에 돌아가면 다시 못 나올 것 같아" 하면서 와서는, 도망치다 붙잡히는 건 싫으니까 차라리 언제나 우리가 함께 지내던 그 방에서 같이 죽어버리자고 했어요. 그래서 머리맡의 벽에 제가 그린 관음보살 그림을 걸어놓고 셋이서 분향했어요. "이 관음보살이 인도해준다면 나는 죽어도 행복할 거야" 하고 제가 말했더니 "우리가 죽은 뒤에 이 관음보살한테 '미쓰코 관음'이라는 이름을 붙여서 모두가 예불해주면, 우리도 성불할 거야"라고 하면서, 저세상에 가면 더는 질투 같은 건 하지 말고 부처님 양쪽에 서 있는 보살들처럼 사이좋게 같이 있자고 남편이 말했어요. 그런 다음 남편과 제가 미쓰코 씨를 가운데 두고 베개를 나란히 한 채 같이 약을 먹고 누웠던 거에요. ……네? 그야 그렇죠. 어떻게 그때 저만 혼자 남겨질 거라고 생각했겠어요. 다음 날 눈을 떴을 때도 바로 두 사람 뒤를 쫓아가려고 했지만 '어쩌면 살아남은 게 우연이 아닐지 모른다. 죽는 날까지 두 사람이 나를 속인 게 아닐까' 하고 생각하니 편지 다발을 맡긴 것도 수상하고, 모처럼 죽어도 저 세상에서 귀찮은 존재가 되는 게 아닌가 싶었어요. 아…… 선생님…… (가키우치 미망인은 갑자기 주르륵 눈물을 흘렸다) 그런 의심만 없으면…… 오늘까지 이렇게 염치없게 살아 있을 제가 아니에요…… 그렇다고 죽어버린 사람들을 원망해봤자 별수도 없고, 지금도 미쓰코 씨를 생각하면 밉거나 분하다는 생각보다는 그립고 보고 싶어서…… 아, 부디, 부디, 이렇게 우는 저를 용서해주세요……

시계모토 소장의 어머니

1

이 이야기는 당대의 색광(色狂)으로 이름을 날렸던 헤이주(平中)의 한 삽화에서 시작된다.

그 유명한 『겐지 이야기源氏物語』 끝머리에도 "너무너무 아름다워 홀딱 반했던 참이라, 슬금슬금 다가가 벼루 옆의 물을 종이에 슬쩍 적셔서 내밀었너니 내뜸 말하기를 너 이상 색(色)일랑 치워라, 사칫 헤이주 꼴 날라, 운운"이라고 나와 있다. 이것은 겐지가 일부러 자기 코 끝에 붉은색 연지를 발랐다가 아무리 씻어내도 씻기지 않아 조바심을 피우듯 하니까, 당시 겨우 열한 살이던 무라사키 님도 똑같이 조바심 을 내며 종이에다 물을 적셔서 손수 겐지의 코끝을 닦아주려고 하자, "헤이주처럼 먹물이 묻었다면 어찌했을꼬. 그런대로 붉은 연지색이 니 참아낼 수도 있으려니와"라고 겐지가 우스갯소리 한마디를 하는 것이다. 『겐지 이야기』의 주석 책 중 하나인 『가카이쇼河海抄』에도, 그 옛날 헤이주가 또 어느 그러저러한 여자 곁으로 가서 감동에 겨워 우는 척하려 들었으나, 그날따라 쉽게 눈물이 나오지 않자 곁에 있던 연적을 슬쩍 팔소매에 넣었다가 눈두덩을 적셨는데 그의 평소 버릇을 알고 있던 여자 쪽에서는 미리 그 연적 안에 먹물을 넣어두었다나. 그러나 헤이주는 그런 것까지는 알 턱이 없어 그 먹물로 눈두덩을 적셔, 여자 쪽에서 금세 헤이주에게 거울을 내보이며 "내 이 아픔도 그대가 보려니와 사람들에게 보이는 그대 얼굴 꼬락서니라니……"라고 한 구절 읊었더라는 고사(故事)도 있어, 이 자리에서 겐지의 몇 마디도 그걸 빗댄 것임을 알 수 있다. 『가카이쇼』는 이 우스갯소리 한 토막을 일본의 설화집 『곤자쿠 이야기今昔物語』에서 인용하면서 『야마토 이야기大和物語』에도 "이런 일이 있었다" 운운하는데, 오늘날 남아 있는 『곤자쿠 이야기』나 『야마토 이야기』에는 그런 것까지 실려 있지는 않다. 한데 겐지로 하여금 이런 농담 한마디를 던지게 하는 것으로 보아, 헤이주의 먹물 이야기 한 토막은 호색한들의 흔한 실패담으로 이미 『겐지 이야기』의 저자 무라사키 시키부 시대에도 일반에 널리 퍼져 있었던 것 같다.

헤이주는 그 무렵의 여러 책에 많은 노래가 남아 있고 그 집안 계보도 대강 밝혀지고 있으며 당대의 여러 이야기들에 수없이 출몰하고 있으니 실제로 있었던 인물임은 틀림없는데, 죽은 것은 엔초(延長) 원년(923)이라고도 하고 엔초 6년이라고도 하여 확실치는 않고, 태어났던 해는 그 어디에도 적혀 있지 않다. 다만 『곤자쿠 이야기』에는 "병위좌(兵衛佐) 다이라노 사다부미라는 사람이 있었는데 자(字)

를 헤이주라고도 했다. 황태자(御子)의 손자로 천한 인물은 아니었고, 당대의 호색가로 남의 아내며 딸이며 궁 안에서 일하는 계집이며 이것저것 가리지 않은 모양이더라"라고 하고, 또 다른 한 군데에는 "매사 하는 짓이나 행태가 천하지 않았고, 생김새는 아름다웠으며, 말하는 것도 우아해서 그 무렵 이 헤이주보다 잘난 자는 없었다. 그런 자여서 남의 아내며 딸이며 아무리 건드려도 별 탈은 없었으며 궁 안에서 일하던 계집들도 이 헤이주에게는 한두 번씩 당하지 않은 계집이 없었을 것이로다"라고 적혀 있다. 그의 본이름은 다이라노 사다부미로, 간무(桓武) 천황의 손자인 모치요 왕의 손자였고, 우근중장(右近中將) 종4위상(從四位上) 다이라노 요시가제의 아들이었다. 헤이주라고 일컬어졌던 것은 세 형제 중 둘째였기 때문인데, 그러고 보면 헤이주라는 이름은 아리와라노 나리히라(在原業平)를 재오중장(在五中將)이라고 불렀던 것과도 비슷한 게 아니었을까.

또 그러고 보니 나리히라와 헤이주는 모두 황족이었던 점, 헤이안 조 초기 태생이었으며 미남자에다 호색이었던 점, 원체 시를 잘 지어 나리히라는 36가선(歌仙) 중 한 사람이었고 헤이주도 후육육선(後六六選)*의 한 사람이었던 점, 나리히라에게『이세 이야기伊勢物語』가 있듯이 헤이주는『헤이주 이야기平中物語』와『헤이주 일기平中日記』 같은 문헌이 남아 있는 점도 꽤나 닮았다. 다만 헤이주는 시대가 조금 뒤이고, 먹물 이야기나 본원(本院)의 궁녀인 '지쥬노기미(侍從の君)'에게 농락당한 이야기 등으로 미루어볼 때 약간은 사람이 덜렁이였던

---

* 일본의 전통시 '와카'의 대가 36가선의 뒤를 이은 시인 36명을 가리킨다.

것 같다. 『헤이주 일기』만 보더라도 내용은 반드시 그럴듯한 연애만 담긴 게 아니고, 상대가 도망쳐버리는 이야기라든지, 보기 좋게 딱지 맞은 이야기라든지, '끝내는 관계도 못 맺고 끝나다'라거나 '힘들어서 그만두다'라는 식의 토막 이야기들이 꽤 있다. 또한 모 후궁 하나와의 관계처럼 더러는 바라는 일이 이뤄졌나 싶었는데 그 이튿날 공무로 교토를 떠나게 되어서, 응당 여자에게도 그 불가피한 사정을 알려야 했을 것인데 그 일을 소홀히 하고, 여자는 기다림에 지쳤다는 노래 한 가락을 읊고는 아예 절로 들어가 비구니가 되어버렸다던가, 그렇게 덜렁덜렁한 작태도 없지 않다.

한데 그 헤이주가 수많은 계집들 속에서 온몸으로 가장 사랑했으나 이뤄지지 않아 엄청 괴로워만 한 끝에, 결국 죽음에까지 이르렀던 그 상대는 '지쥬노기미', 사람들이 흔히 말하는 본원의 궁녀였다.

이 부인은 좌대신(左大臣) 후지와라노 시헤이의 저택 궁녀였는데, 그 주인인 시헤이를 본원의 좌대신으로 흔히 부르던 터라 본원의 궁녀라고 불렸다. 이 무렵 헤이주의 벼슬은 겨우 종5위 병위좌였다. 그는 혈통이나 문벌은 좋았으나 관직은 별 볼일이 없었던 것 같다. 게다가 보시다시피 게을러빠져서 "궁 안 일이란 괴로울 뿐이니, 오직 바라는 것은 소요(逍遙)로다"라고 일기에도 쓰고 있어, 요컨대 관청 근무는 싫고 그저 그날그날 늘 덜렁덜렁 지냈던 것이 아니었을까. 그리하여 천황은 그 점을 가증스럽게 여겨 한때는 관직에서 물러나게 한 일도 있었다. 하긴 일설에는 이때 파직까지 되었던 것도, 헤이주가 그보다 관직이 높은 누군가와 한 여자를 두고 다투었는데, 여자가 그쪽 남자를 싫어하고 헤이주 쪽에 마음을 두어 그 사내가 앙심을 품고 이러쿵저러쿵 그를 모함했기 때문이라던가. 실제로『고킨슈古今集』제18권에도 그 무렵 그가 아예 세상을 버리고 출가하고 싶어 했다는 글도 없지는 않은데, 천황의 모친 곁에 평소 친하게 지내던 궁녀 하나가 있어 한편으로는 그쪽에서 운동을 벌이고, 또 한편으로는 친아버지인 요시카제가 천황에게 읍소하여 얼마 안 있어 다시 관직에 돌아왔던 것이다.

이렇게 관직을 극히 싫어했던 헤이주는, 궁 안의 본업에는 게으름을 피우면서도 본원의 좌대신에게만은 노상 드나들며 공을 들었다. 본원이란 교토 북쪽, 시헤이가 거처했던 저택 이름으로, 그 무렵 시헤이는 고(故) 관백태정대신(關白太政大臣) 쇼센 공의 맏아들이자 당시 다이고(醍醐) 천황의 황후 온시의 오빠로서 아주 높은 지위에 있었다. 시헤이가(원래 이름은 도키히라지만 예로부터 시헤이라고 불렀고 익숙해졌으므로 이렇게 부르기로 한다) 좌대신 자리에 오른 것은 쇼타이(昌泰) 2년(899) 스물아홉 살 때였는데, 처음 이삼 년간은 우대신이었던 스가와라노 미치자네가 떡하니 버티고 있어 어느 정도 견제도 당했지만, 불과 2년 뒤 정적들을 죄 몰아내는 데 성공하고부터는 명실공히 천하제일인이 되었다. 게다가 지금의 이 이야기가 벌어지던 그때도 겨우 서른 살에서 서넛 먹었을 따름이었다.『곤자쿠 이야기』에서도 이 사람을 두고 "그 아름다운 풍채는 달리 비길 사람이 없고 목소리며 향기로움이 이 세상에서 처음으로 접하는, 운운" 하고 있어, 지금의 우리도 부귀와 권세와 미모와 젊음의 화신 같은 교만한 귀공자를 당장 눈앞에 그려볼 수 있다. 흔히 후지와라노 시헤이라고 하면, 저 '차(車) 끌기'에 등장하는 악한 귀족의 표본 같은 푸르뎅뎅

한 얼굴을 떠올리고, 간사하고 사악한 인물처럼 생각하는 데 버릇 들여져 있지만, 그것은 세상 사람들이 미치자네를 동정한 나머지 그렇게 된 면도 없지는 않아 아마도 실제로는 그 정도의 악당은 아니었을 것이다. 일찍이 다카야마 초규도 『관공론菅公論』이라는 책에서, 시헤이를 등용함으로써 후지와라 일문의 전횡을 막고자 했던 우다(宇多) 상황(上皇)의 은혜로운 의도를 미치자네가 거스른 일을 운운하면서, 관공 미치자네 같은 사람이야말로 의지박약한 시인의 반열에나 들 사람이며 제대로 된 정치인도 뭣도 아니라고 폄하하기도 했는데, 그런 점에서 시헤이 쪽이 도리어 정치적인 실천력에서는 더 평가를 받을 수 있을지도 모르겠다. 『오오카가미大鏡』라는 역사 소설의 작가는 시헤이를 나쁘게만 보지 않고 좋은 점도 있었다면서, 한 예를 들면 더러 우스운 일이라도 있으면 금방 웃기 시작해서 좀처럼 그 웃음을 멈추지 못하는 묘한 버릇이 있었다고 했다. 본래 사람됨이 천진난만하고 명랑하며 활달했다는 방증 같기도 하다. 또 다음과 같은 우스운 일화 한 토막도 소개하고 있다. 아직 미치자네가 우대신(右大臣) 현직에 있을 때, 시헤이와 단둘이 마주앉아 정무를 보던 무렵의 일이었다고 한다. 늘 시헤이가 미치자네를 제쳐놓고 저 혼자서 마음대로 일을 처리하는 것을 보던 기록계의 관리 하나가 자기대로 꿍꿍이를 부려, 어느 날은 결재받을 문서 하나를 들고 좌대신 앞으로 가서 막 내미는 찰나에 일부러 힘을 주어 방귀를 뀌었다. 시헤이는 그 순간 왈칵 웃음을 터뜨리더니 와하하 와하하 하고 배까지 잡고 웃는데 한참이 지나도 웃음은 계속되고 온몸이 흔들려서 문서조차 받을 수 없는 지경에 이르자, 그사이에 미치자네가 유유히 제 소견대로 재단을 내렸다는 것이었다.

시헤이는 또 꽤나 용기가 있었다. 미치자네가 세상을 떠난 뒤 그 혼백이 벼락으로 변해 살아생전의 정적들에게 원수를 갚으러 올 것이라는 설이 분분하던 때였다. 어느 날은 진짜로 청량전에 벼락이 떨어져 모든 관리들이 겁에 질려 안색이 파래졌는데 시헤이 혼자서만 늠름하게 검을 빼어 들고 하늘을 노려보며, "당신은 살아생전에도 내 아랫자리에 있지 않았는가. 설령 죽어서 신이 되었더라도 이 세상에 내려오면 나를 존경해야 마땅하거늘" 하고 꾸중하자, 그 위세에 질린 듯이 천둥 번개가 단번에 조용해졌다던가. 그러니 그 소설의 작가도, 여러 가지로 안 좋은 짓도 하기는 했지만 "일본 혼(大和魂)을 갖추신 분이었음을"이라고 덧붙이고 있다.

이렇게 보면 시헤이라는 자는 그저 물불 못 가리고 제멋대로 행동하는 귀공자 도련님처럼 보이지만, 의외로 그렇지 않은 일면도 있어, 당시의 다이고 천황이 시헤이와 은밀하게 일을 도모하여 당대의 사치 풍조를 바로잡았다는 이야기도 전해 내려온다. 어느 땐가 천황께서, 정해놓은 규율을 어기고 지나치게 화려한 차림으로 궁궐 안으로 들어서는 시헤이를 우연히 문틈으로 보고는 너무 사치스런 그 모습에 깜짝 놀라, 궁중의 한 관리를 불러 말했다. "근간에 지나친 차림들을 엄히 단속하는 터에 좌대신이라는 자가 아무리 관리 중에서 으뜸가는 자리에 있다 한들 저 지경으로 요란하게 차려입다니 괘씸하구나. 만나지 않겠으니 어서 퇴출하도록 이르거라." 그 분부를 받고 관리가 겁을 먹고 주뼛주뼛 시헤이에게 아뢴즉, 시헤이는 어찌해야 할지 모르고 황망해하며 시종들이 물렀거라 하고 소리치는 짓도 못하게 하고 스스로 물러가더니, 그 뒤 한 달가량이나 굳게 자기 집 문을 처닫고는 집 안에만 박혀 있었다는 것이다. 더러 누군가 찾아가도 "천황의 노여움이 무겁다"며 면접조차 삼가고 일절 바깥출입을 하지 않아 차츰 이 일이 소문으로 퍼지면서 모든 세상 사람들이 사치를 하지 않게 되었으니, 실은 이 일도 시헤이가 사전에 천황과 은밀히 짜고 한 짓이었다고 한다.

헤이주가 바로 이 시헤이 댁에 자주 드나들었던 것은 당대의 권문에 아첨해 나름대로 자신의 출셋길을 도모하자는 그렇고 그런 저의도 전혀 없지는 않았겠으나, 또 한 가지는 이 대신과 하급 관리였던 자신은 뭔가 처음부터 맞는 구석이 있었던 것이다. 두 사람은 관직과 위계 서열로는 엄청난 거리가 있었지만, 집안 계보나 가문으로 보자면 헤이주도 전혀 손색이 없었고, 게다가 취미나 교양도 어슷비슷하며 둘 다 여색을 즐기는 귀족 미남자였다. 따라서 두 사람이 만나면 노상 죽이 맞아 재미있어 하며 서로 지껄여댔으리라는 것은 요즘의 우리로서도 너끈히 짐작되는데, 하지만 헤이주는 오직 그 좌대신만 만나러 이 댁에 드나든 것은 아니었다. 언제나 그는 밤이 깊을 때까지 그이와 이야기를 나누다가도 눈치껏 귀가 인사를 하곤 했는데, 그대로 곧장 자기 처소로 돌아가지는 않았다. 그 댁에서는 일단 귀가한 것으로 하고는, 혼자서만 살짝 시녀들이 묵고 있는 쪽으로 들어가 그 '지쥬노기미'가 거처하는 근처를 혼자 어정버정하는 것이 관례였으며, 실은 이쪽에 더 목적이 있었다.

하지만 참으로 웃기는 것이, 헤이주는 지난해부터 이 짓을 죽 계속하면서 '여기다' 싶은 문밖에서 숨을 죽이고 기다린다거나 난간에 기대서서 숨을 삼키며 끈질기게 기회를 엿보지만, 여느 때의 그와는 달리 이 일만은 전혀 운이 없어서 상대의 마음을 조금이나마 이쪽으로 돌리게 하기는커녕 온 세상에 소문이 자자한 그 미녀의 실물은 담 너머로라도 직접 본 적이 없었다. 그 까닭은 헤이주의 운이 안 닿은 면도 있을 뿐만 아니라, 무슨 이유에서인가 상대가 고의로 헤이주와 대면하게 되는 일을 피하고 있는 듯하여, 그럴수록 더더욱 헤이주는 조바심을 냈다. 흔히 이런 경우 그쪽 하녀 하나한테 손을 써서 쪽지라도 전하는 것이 상투적인 수단인지라, 물론 그런 쪽으로도 소홀하지는 않게 두세 차례 시도해보기도 했으나 회답이 전혀 없었다. 언제나 헤이주는 하녀에게 "확실히 전해주었지?" 하고 집요하게 다그치는데, "네에, 건네기는 했지만서도……"라고 계집아이 쪽에서는 우물거리면서 더듬더듬 안됐다는 듯 헤이주를 올려다볼 뿐이었다.

"받기는 했다는 말이지?"

"네에, 확실히 받기는 했어요."

"꼭 회답을 해달라고도 했단 말이지?"

"그것도 물론 그대로 여쭈었지만서도……"

"그러니까?"

"아무 소리도 없으셔요."

"허면, 읽기는 했을까?"

"네에, 아마도 분명히……"

헤이주 쪽에서 기를 쓰고 연거푸 물어볼라치면, 계집아이는 점점 더 당혹해 마지않는다.

한번은 이런 일도 있있다.

노상 그랬듯이 간절하게 이런저런 사모의 심정을 토로하며 적은 뒤에, '당신께서 이 글을 읽기라도 하셨는지 일단 그것만이라도 알고 싶습니다. 결코 친절한 답장을 바라는 것은 아닙니다. 받으셨으면 보았다, 읽었다, 이 두 마디만이라도 회답을 해주십시오' 하고 거의 울음 섞인 글을 아이를 통해 보냈더니, 그 계집아이가 여느 때와 달리 희희낙락 웃으며 돌아와서는,

"오늘은 이렇게 회답이 있으셨어요"

라며 한 통의 봉투를 건네주었다. 헤이주도 두근거리는 가슴을 억누르며 그것을 받아들고 급하게 겉봉을 열어 본즉, 자그마한 종이쪽지 하나만 달랑 들어 있을 뿐이었다. 다시 자세히 들여다본즉, '보았다, 읽었다, 이 두 마디만이라도 회답을 해주십시오'라고 써 보냈던 부분 중에서 '보았다'라는 글자만 찢어 넣어져 있었다.

헤이주는 열린 입이 다물어지지 않았다. 이제까지 별별 여자들과 갖가지로 연애라는 것을 해보았지만 이 정도로 심술궂고 독종인 상대는 난생처음이었다. 나로 말하자면 막말로 온 세상이 아는 미남자 헤이주다. 이 세상 누구나 그 이름만 들어도 얼씨구나 하고 넘어왔는데, 아니, 이 정도로 콧대가 높은 계집이 있다니. 그야말로 느닷없이 귀싸대기라도 한 방 맞은 듯 잠시 멍해졌다.

그 뒤 두서너 달은 여자 쪽에 볼일이 없으니 실제로 좌대신 댁 방문도 자연 뜸해졌다. 그야 더러 찾아가는 일도 없지는 않았지만 돌아올 때는 그쪽으로는 아예 발걸음도 않고, 그쪽은 도깨비굴이라고 스스로에게 타이르며 그냥 귀갓길로 들어서곤 했다. 그런 식으로 다시 몇 달이 지나 장맛비가 내리던 밤이었다. 오랜만에 그 댁에서 밤늦게까지

있다가 밖으로 나왔는데, 내리는 둥 마는 둥하던 부슬비가 갑자기 저녁이 되자 본격적으로 내리기 시작하여, 소나기에 집까지 돌아갈 생각을 하니 갑자기 와락 지겹게 느껴지며, 문득 이런 밤중에 그 콧대 높은 여자를 한번 찾아가볼까 싶어졌다. 그리고 기왕의 그 일이라는 것도 다시 차근차근 생각해보니까, 물론 화는 나지만 그때 그녀의 그 러한 행태는 흔한 장난치고는 조금 지나칠 정도로 섬세하게 신경을 쓴 면도 없지는 않아 보였다. 일단 상대가 그 정도로 신경을 써서 이쪽을 골탕 먹이려 했다는 것은, 이쪽을 싫어하는 게 아니라 오히려 흥미를 느끼고 있다는 증거가 아닐까. 자기는 세상 곳곳에 널려 있는 싸구려 여인들처럼 당신의 이름만 들어도 좋아서 어찌할 줄 모르는 그따위 흔해빠진 여자가 아니라는 면을 보이고 싶어 하는 저의도 없지 않아 보이는데, 일단 그 뜻을 드러냈으니 나름대로 만족해하고 있을 것이 아닌가. 헤이주의 깊은 마음속에는 여전히 그런 자만심이 있어서 그렇게 골탕을 먹고도 사실은 아직 완전히 포기하지는 못하는 것이었다. 게다가 이렇게 새카맣게 어두운 밤에 소나기까지 엄청 퍼붓는 중에 찾아간다면, 아무리 독종이라 한들 조금은 이쪽이 측은해 보일 것 아닌가. 이렇게 생각하자 그는 벌써 혼자 가슴이 벌렁벌렁 두근거리며 흔들흔들 도깨비굴 쪽으로 걸음을 옮기고 있었다.

"어머, 어느 분인가 했더니……"

불러내자 금방 나온 계집아이는, 비가 들이치는 툇마루 옆에 초라하게 서 있는 사내의 모습을 어둠 속에서 겨우 가려보고는 꽤나 놀라서 말했다.

"오랜만에 오셨네요. 아주 이대로 단념해버리셨나 했더니."

"아니, 단념하다니. 본래 사나이란 그런 식으로 대접을 받으면 더더욱 그리움이 북받치는 법이니. 그 일이 있은 뒤에 안 찾아온 것은 너무 치근덕거려서 귀찮게 해드리는 것도 실례 같아서."

헤이주는 너무 지나쳐서 추태로 보이지 않게 냉정을 유지하려 했으나, 원체 경우가 경우라 스스로도 어이없을 만큼 목소리가 떨렸다.

"그간 날짜는 좀 지났지만, 단 하루인들 잊어버리지는 않았지. 줄곧 그리워했었어."

"쪽지는 가져오셨나요?"

계집아이는 그따위 넋두리에는 맞대응하지 않고, 쪽지는 갖고 있으면 전달해주겠다는 투였다.

"쪽지 같은 건 안 갖고 왔지. 어차피 회답도 못 받을 건데 써본들 헛수고일 테니. 그러니 응, 너, 제발 부탁이다. 딱 한순간이라도 좋으니까 얼핏 곁눈질로라도, 창문 너머로라도 한 번만 보고, 목소리나마 듣게 해다오. 그렇게 생각을 하니까 도무지 참아낼 수가 없어서 이 소나기 속을 무릅쓰고 달려왔으니, 이런 나를 그냥 내치질랑 말고, 가엾이 여겨서라도 단 한 번만."

"하지만 아직 시중드는 분들이 저렇게 곁에 있어서, 지금은 어려워 보이는데요. 하지만……"

"그야, 기다리지. 곁의 시중드는 분들이 잠자리에 들기까지 오늘 밤은 천하 없어도 얼마든지 버티고 기다릴 테니까, 응."

헤이주가 열과 성을 다 쏟아붓듯이 이렇게 말하고는,

"응, 제발, 부탁이다. 일생일대의 부탁이다, 응"

하고 거의 개구쟁이 아이가 떼를 쓰듯이 계집아이 손까지 잡은 채 애걸복걸하며 놓지를 않자, 끝내는 계집아이도 어이없어 하며 반은 겁을 먹은 듯한 눈으로 거의 미치기 직전인 듯한 사내의 얼굴을 뚫어지게 쳐다보더니,

"그럼 정말로 기다리시겠어요?"

하고 이 이상은 별수 없겠다는 듯 말했다.

"정 그렇게 기다리시겠다면, 시중드는 분들이 나간 뒤에 여쭈어보기는 하겠지만."

"고맙다, 부탁한다."

"하지만 아직은 산 너머 산이에요."

"응, 그 정도는 각오하고 있어."

"정말로 의향만 전할 뿐이에요. 그 이상은 저도 책임은 못 져요."

그러면 저편 미닫이 앞에서 되도록 사람들 눈에 띄지 않게 기다리고 계셔요, 하고 계집아이가 눈앞에서 사라진 뒤로, 헤이주는 대략 얼마 동안이나 서 있었을까. 점점 밤이 깊어 주위의 사람들이 잠자리에 드는 기척이 들려오고, 드디어 집 안이 온통 조용해져 모두가 잠 속에 든 것 같았는데, 그때 문득 헤이주가 기대서 있던 미닫이 안쪽에서 사람 기척이 나더니 철컥 하고 문고리 벗겨지는 소리가 들렸다.

어라, 생각하며 시험 삼아 미닫이문에 손을 대자 스윽 손쉽게 열렸다. 아아, 과연 오늘 밤은 그쪽의 그이가 드디어 마음의 문을 열어 이쪽의 이 뜨거운 바람을 들어주는가 하고, 헤이주는 꿈속을 헤매듯 기쁨으로 바들바들 떨면서 살금살금 기어 들어가, 미닫이문의 자물쇠를 안쪽에서 걸었다. 안은 칠흑 같은 어둠이어서, 방금 사람의 발소리가 들렸던 것 같은데 근처에는 누구 하나 있는 기척이 없고, 다만 어딘가

별실에서 태우는 향내만 가득 차 있었다. 헤이주는 칠흑 어둠 속에서 더듬더듬 조심스레 한 발짝 한 발짝 나아가면서 그이의 잠자리로 짐작되는 근처에 겨우겨우 가 닿았다. 바로 이곳이 아닐까 싶어 헤집어 더듬자, 잠옷을 걸친 채 길게 모로 누워 있는 몸체 하나가 손끝에 스쳤다. 가냘픈 어깨, 사랑스러운 머리 윤곽, 그녀임이 틀림없었다. 보들보들한 머리카락의 풍성한 느낌이 얼음처럼 차갑게 만져졌다.

"드디어, 끝내는, 이렇게 만나게 해주셨군요……"

이런 경우에 알맞을 대사 몇 마디 정도는 늘 미리 준비해두는 헤이주임에도, 오늘 밤은 뜻하지 않게 별안간 벌어진 일이라 당장은 아무 문구도 떠오르지 않고 그냥 바들바들 떨릴 뿐이어서 겨우 이렇게 지껄이고 나서는 뜨거운 숨을 연신 내뿜었다. 그는 양손으로 그녀의 머리카락까지 통째로 얼굴을 누르듯이 잡고는, 그것을 자기 얼굴 쪽으로 정면을 향하게 하여 천하의 미인으로 소문으로만 들었던 그녀의 눈이랑 코를 샅샅이 보려고 했으나, 그녀 얼굴에 자기 얼굴을 바싹 가까이 대어도 두 사람 사이에는 짙은 어둠만 있을 뿐 아무것도 볼 수는 없었다. 하지만 그렇게 잠깐이나마 열심을 다해 뚫어져라 보니까, 무언가 희부옇게 희끄무레한 것이 환영처럼 보이는 느낌은 들었다. 상대는 그동안 한 마디도 하지 않고 헤이주가 하는 대로 가만히 그냥 내버려두었다. 헤이주는 그렇게 여자의 얼굴을 구석구석 만지면서 그 윤곽을 촉각으로나마 상상해보려 했지만, 상대는 그냥저냥 그 유연한 몸체를 하늘하늘 움직이면서 남자가 하는 대로 내버려두는 것이, 비록 말 한 마디 없는 중에도 모든 것을 남자한테 몽땅 내맡긴 것으로밖에 딴생각은 할 수가 없었다. 한데 어느 순간 여자는 남자의 어떤 움

직임을 느끼고는, 갑자기 무슨 생각을 했는지,

"조금 기다리세요……"

하고는 몸을 뺐다.

"……저쪽 미닫이 고정쇠를 거는 걸 깜박했네요. 잠깐 가서 걸고 올게요."

"곧장 돌아오시지요?"

"네, 금방……"

여자가 미닫이라고 말한 것은 요즘의 장지문으로, 옆 칸과의 경계를 말하는 것이었다. 그쪽의 고정쇠가 벗겨져 있으면 누구라도 들어올 수 있는 터라, 남자가 어쩔 수 없이 손을 놓아주자 여자는 일어서서 위에 걸쳤던 것을 벗고 홑옷과 바지만 입은 채 나갔다. 그동안 헤이주는 옷을 홀랑 벗고 누워서 기다렸는데, 확실히 절컥 하고 고정쇠 걸리는 소리는 들렸지만 어찌 된 셈인지 여자는 좀체 돌아오지 않았다. 바로 코 닿을 거리였는데 대체 무얼 하고 있는 건가…… 그러고 보면 방금 고정쇠 걸리는 소리가 난 뒤 여자의 발소리가 저 안쪽으로 점점 멀어져가는 것이 들렸는데, 그뿐, 그 뒤로 이 방 안에는 사람 기척이라곤 전혀 없어졌다. 무언가 조금 수상해서,

"무슨 일이 있습니까…… 혹시……"

하고 가만히 속삭이는 소리로 물어봤지만 꿩 구워 먹은 소식이다.

"저어 혹시……"

라고 말하면서 그도 자리에서 일어나 장지문 쪽으로 가보니 괘씸하게도 이쪽 편의 고정쇠는 벗겨져 있고, 저쪽 편의 고정쇠가 내려져 있었다. 여자는 옆방으로 도망을 가서 그쪽에서 고정쇠를 걸고는 어디론

가 가버린 것이었다.

또 한 방 먹은 건가…… 헤이주는 그대로 망연히 장지문에 기대어 칠흑 어둠 속에 우두커니 서 있었다. 그나저나 이건 대체 무슨 뜻일까. 이렇게 깊은 밤중에 모처럼 자기 잠자리에까지 사람을 불러들였으면서, 바야흐로 이제부터다, 하는 판국에 감쪽같이 줄행랑을 치다니. 물론 지금까지도 하나하나 세심하게 신경은 써오는 것 같았으나, 오늘 이 일은 참으로 불가사의하다. 어렵게 어렵게 모처럼 여기까지 일이 진척되고 나서, 오늘에야 비로소 그간의 고난이 깨끗이 풀리고 드디어 사랑이 성취되려나 했는데…… 지금 이 순간도 머리카락을 만지고 야들야들한 두 볼을 어루만지던 감촉이 손바닥에 남아 있는데…… 이제 한 발짝 남은 지점에서 또 놓치다니…… 확실하게 잡았던 구슬이 손가락 사이로 스르르 빠져나가는 것처럼 놓치다니…… 헤이주는 못 견디게 아쉬워 눈물마저 나왔다. 지금에 와서 다시 차근차근 되돌아보면, 조금 전 여자가 일어서서 나갈 때 자기도 같이 나갔어야 했다. 이제는 성공이라고 마음을 푸욱 놓았던 것이 치명적이었다. 이를테면 여자는 남자가 과연 어느 정도의 뜨거운 열의를 갖고 있는가를 시험해보려 했던 것이다. 남자가 진짜배기로 오늘 밤의 이 해후에 감격했다면, 잠시의 순간인들 여자 곁을 떠나지 말았어야 옳았다. 한데 여자 혼자 가게 내버려두고 그냥 자빠져서 기다리고 있다니, 그따위 행태가 어디서 나온단 말인가. 이쪽에서 약간 정답게 나간다 싶으니 금방 그런 식으로 기어오르는군요. 그렇다면 한 방 더 먹고 혼쭐이 나야 제정신을 차리겠네. 외람되지만 나 같은 여자를 애인으로 두려면 좀 더 수양이 필요하겠네요. 여자는 그렇게 말하고 싶었는지도 모른다……

저 정도로 배배 꼬이고 비뚤어진 여자 성질로 미루어 좀처럼 돌아올 리가 없겠다고 생각하면서도, 아직도 헤이주는 미련을 못 버리고 장지문 쪽에 귀를 기울이면서 옆방의 움직임을 들어보려 했다. 그러고는 잠자리 쪽으로 되돌아와 벗어버렸던 자기 속옷을 당장은 다시 입을 엄두도 못 낸 채 바보 같은 짓이라는 것을 번연히 알면서도 여자의 옷과 베개를 끌어안아보기도 하고 만져보기도 하면서, 심지어 그 베개에 자기 얼굴을 가져다 대고는 그녀의 옷을 자기 몸뚱이에 휘감고 오랜 시간 엎드려 있었다…… 아무래도 좋다, 날이 샌들 대수냐. 그냥저냥 이러고 있을 테다. 사람들이 들여다본다고? 그런 거야 닥치면 그때 형편대로 대응하지, 뭐…… 이런 식으로 무지막지하고 고집스럽게 버티면, 끝내는 그 여자도 고집을 꺾고 이쪽 뜻대로 돌아오지 않고는 못 배길걸…… 이렇게 꾸역꾸역 생각하고 다시 생각하며 여자 냄새가 아직 은은하게 감도는 어둠 속에서 처연하게 내리는 바깥의 빗소리를 들으며 그는 밤새 한숨도 못 자고 꼬박 견뎠는데, 차츰 새벽녘이 가까워지면서 여기저기서 웅성웅성 사람들 깨어나는 소리가 들리자, 역시 쑥스러움을 견디지 못하고 슬금슬금 도망쳐 빠져나오고야 말았다.

이런 일이 있고 나서 '지쥬노기미'를 사모하는 헤이주의 마음은 더더욱 진지해져갔다. 그때까지는 어느 정도 유희 삼아 장난 섞어 쫓아다녔을 뿐인데, 그 이후부터는 오로지 그녀에게만 정신을 쏟으며 애걸복걸, 무슨 수를 쓰더라도 꼭 성취하리라 열을 냈다. 애오라지 그런 의욕으로만 불탄다는 것은, 저도 모르게 상대가 쳐놓은 덫에 걸려드는 일임에도, 한 걸음, 한 걸음, 그 덫에 빨려들어가는 걸 스스로 짐작은 하면서도 이미 제힘으로는 제어할 수 없는 것이었다. 그래서 결국은 다시 계집아이를 불러내서 쪽지를 건네주는 짓밖에는 이렇다 할 지혜도 떠올리지 못하니, 다만 그 쪽지 쓰는 데만 온 심혈을 기울여 그날 밤에 자신이 저지른 실수를 제발 용서해달라는 소리만 갖가지 표현으로 되풀이해 끄적거리곤 했다. '당신께서 저를 시험하고 계신 것은 익히 알고 있었는데, 그런 중에 그날 밤 그런 큰 실책을 저지른 이 자책, 괴로움. 아무튼 당신을 사모하는 열정이 아직 부족하다는 증거라고 여기실지도 모르겠지만, 지난해 이래 아무리 당신에게 놀림을 당해도 전혀 지치는 기색이라곤 없이 오로지 이 한 길로만 매진하는 저라는 인간을 조금이나마 불쌍히 여겨주신다면 더도 말고 오직 한 번만 그날 밤 같은 기회를 다시 베풀어주실 수 없으신지……' 대강 요지는 그러했으나 그 내용에 갖가지 문구를 담았다.

2

그럭저럭하는 동안 그해 여름이 지나고 가을도 저물어, 헤이주의 집 안 뜨락에 피었던 국화꽃 색향도 조금씩 퇴색해가는 계절이 왔다.

고금에 호색가로 이름깨나 떨쳤던 이 사내는, 사람 꽃을 사랑했을 뿐 아니라 식물 꽃도 보듬는 마음을 지니고 있었는데, 그중에서도 국화를 재배하는 데는 상당한 수준에 이르렀던 것 같다. "또한 이 사내의 집 침실 앞마당에는 특히 공을 들인 아름다운 국화도 여러 종류 있었다"고 적혀 있는 『헤이주 일기』의 한 단(段)에는 어느 아름다운 달밤에 집주인이 마침 댁에 없는 것을 눈치챈 여자들 여럿이 은밀하게 국화꽃 구경을 왔다가 키가 껑충한 국화 줄기에다 제각기 노래를 하나씩 지어 매달고 돌아갔다는 이야기도 있고, 『야마토 이야기』에도 우다 상황께서 헤이주를 불러 "어전에 국화를 심었으면 하는데, 좋은 국화 하나를 바치도록 하라"는 분부를 내렸다고 나와 있다. 우다 상황은 헤이주가 그 지령을 받고서 황감하게 여기며 막 물러나려는 것을 다시 불러 "헌상하는 국화에다 노래 하나를 첨해서 들이라. 그러지 않으면 안 받으리로다"라고 말하되 헤이주는 더한층 황송해 마지않으며 물러가서, 자기 집 마당에 가득 피어 있던 국화들 가운데서도 가장 멋진 것으로 몇 개를 골라 거기다가 노래 한 수를 붙여 바쳤다. 『고킨슈』 제5권의 가을 노래 가운데 '닌나 사(仁和寺)에 국화를 바칠 때 노래를 달아 바치라는 어명을 받들어 만들다'라는 설명이 붙어 있는 것이 바로 그것이다.

국화꽃에는 가을 말고도 한창때가 또 있군요
이렇게 색이 변하면서 한층 더 아름다워지니*

그건 그렇고, 그가 정성을 다해 피워놓은 그 국화꽃들도 완전히 색향이 시들어가던 그해 겨울 어느 날 밤의 일이었다. 헤이주는 그날 밤도 본원에서 좌대신을 모시고 세상 돌아가는 그런저런 이야기에 기분

---

* 상황이 닌나 사로 옮긴 후 더 번창한다는 의미이다.

을 맞춰주고 있었다. 자기 말고도 귀족들이 여럿 함께 있어 초장에는 그런대로 저택이 시끌벅적했는데, 한 사람 두 사람 슬금슬금 빠져나가다보니 어느새 좌대신과 자기만 달랑 남았다. 돌아가는 길에 은밀한 딴 목적이 있으니 이제 자기도 슬슬 빠져나가고 싶었던 판국인데, 시헤이는 으레 단둘이 마주앉으면 또 계집들 이야기를 꺼내기가 일쑤라, 그 뭣이냐, 최근에 무슨 수확은 없었느냐, 내 앞에서 숨기려 들지 말고, 그랬다가는 알지, 하는 식으로 또 서두를 떼는 것이어서, 헤이주도 마음속으로는 조마조마해하면서도, 일어설 틈을 놓친 터라 이젠 안 되겠지 어쩔 수 있겠느냐고 자포자기, 그다음부터는 차츰 허물없는 친구 사이가 아니고는 서로 나눌 수 없는 그런저런 비화들도 터져나오기 마련이었다. 하기야 헤이주는 근간의 그 '지쥬노기미' 일이 혹시 대신의 귀에 가닿지나 않았을까, 이제라도 당장 그 일을 꺼내어 자신을 대번에 곤경에 빠뜨리지는 않을까 싶어, 잔뜩 불안에 떨며 조마조마한 마음이라 그날 저녁에는 잔뜩 경계를 늦추지 않고 그런 쪽으로는 좀체 신명이 오르지 않았는데, 시헤이도 그런 것을 눈치라도 챘는지,

"한데, 딱 부러지게 한 가지 자네한테 묻고 싶은 것이 있는데⋯⋯"

그러더니 갑자기 윗자리에서 아래로 내려앉기까지 하며 헤이주 앞에 아예 무릎을 바싹 가져다 붙였다.

드디어 빼도 박도 못하게 하려나보다 생각하며 헤이주는 간이 콩알만해져 가슴이 죄어드는데, 시헤이는 히죽히죽 웃으며,

"아니, 돌연히 엉뚱한 일을 묻는다고 할지도 모르겠는데, 저어 후지와라노 구니쓰네 대납언(大納言)의 '북쪽 침전의 그분' 말인데⋯⋯"

"네에, 네에."

헤이주는 그만 큰 숨을 내쉬듯이 받으며, 엷은 웃음이 사라지지 않은 시헤이의 얼굴을 이상한 듯이 쳐다보았다.

"'그분'은 자네도 알고 있을 테지."

"저 그 '정실부인'…… 말씀입니까요."

"그렇게 능청일랑 떨지 말고, 알고 있거든 알고 있다고 정직하게 한번 털어놓아보라구."

헤이주가 어쩔 줄 몰라 하는 모습을 보고 시헤이는 한층 더 무릎을 헤이주 쪽으로 깊숙이 들이밀었다.

"뜬금없이 이런 소릴 꺼내어 기이하게 여길지 모르겠다만, '그분'은 세상에 드물게 보는 미인이라고 하던데, 그게 정말인가? ……말이야, 내 이미 능청 떨지 말라고 했겠다, 암튼 어때? 자네 보기에는……"

"아니, 능청이라뇨. 도무지 당치 않으신 말씀을."

잔뜩 조마조마한 마음으로 걱정하고 있던 이쪽 그녀의 일이 아니라, 전혀 예상치도 않았던 사람이 문제라는 것을 알아채자, 헤이주는 '후유우' 하고 안도의 한숨부터 나왔다.

"이거, 아시고 있을 테지."

"아니…… 천만의 말씀을."

"안 돼, 안 돼. 숨기려 들어도 뿌린 씨는 번연히 땅 위로 나오는 법이거늘."

이 두 사람 간에 이런 식으로 문답이 오가는 것은 이미 한두 번이 아닌 흔한 일이었다. 대개는 시헤이 쪽에서 놀리면, 으레 처음에는 "저는 모르는 일이옵니다"라고 헤이주가 엄청 시치미를 떼지만, 차츰 깊이 파고들며 물어대면, 결국 '모르지는 않는 정도'로 바뀌다가, 그러고 나서도 더욱 파고들면, '글 정도를 주고받기는 했다'로 됐다가, '한 번 만나기는 했다'가 되고, 다시 금방 '실은 대여섯 번……'이 됐다가, 결국 나중에는 죄다 털어놓는다. 그러면서 시헤이가 새삼 놀라는 건 당시 세간에 조금이라도 평판이 나 있던 여자들 가운데 헤이주와 관계를 갖지 않은 계집은 거의 한 명도 없다는 것이었다. 그날 밤도 시헤이가 악착같이 물고 늘어지자, 지껄이는 소리들이 차츰 뒤죽박죽, 입 끝으로는 아니라고 부정하면서도 얼굴 표정으로는 긍정하기 시작하는데, 시헤이가 한층 더 밀어붙이며 닦달하니까,

"실은 그게 그렇습니다요, '그분' 시중을 드는 여편네 중에 조금 알고 지내던 여자가 하나 있어서 말이지요"

라고 비로소 서서히 입을 열기 시작했다.

"음, 음, 그래서."

"그 여자에게서 들은 말입니다만, 그러니까 저 '그분'은 비할 데 없이 아리따운 분으로 나이는 고작 스무 살이 됐을까 말까 하고……"

"으음, 으음, 그 정도는 나도 들어서 알고 있어."

"한데 어쨌거나 저 대납언님은 저 지경으로 노인이니 말이지요…… 연세가 몇일까요. 대강 보기로도 이젠 일흔 살을 훨씬 넘은 걸로 보입니다만……"

"맞아, 일흔일곱이나 여덟쯤 되지 않았을까 싶은데."

"그러시다면 '그분'과는 오십 이상이나 차이가 나는 셈인데, 그렇다면 정말, 너무나 '그분'이 불쌍하지요. 세상에 드문 미녀로 태어났으면서도 하필이면 조부나 증조부 같은 남편을 두었은즉, 어찌 불만

이 없으시겠습니까. 그이 자신도 그 점을 한탄하면서 자기와 같은 불운한 팔자를 타고난 여자가 달리 있을까 하고 옆에서 시중드는 사람들에게도 더러는 푸념을 하고, 남모르게 울기도 하더라는 둥 그 여편네가 알려주곤 했습죠……”

“으음, 으음, 그래서?”

“그래서이기 때문은 아닙니다만, 그런 일로 두루두루 그 뭣입니까요……”

“아하하하하하하.”

“아무쪼록 자알 헤아리셔서……”

“대강 그 비슷하게 짐작은 하고 있었다만, 역시나 그랬군.”

“황공하옵니다.”

“근데 자넨 몇 차례나 만났나?”

“몇 차례라고 하시지만, 그렇게 자주는 아니었습니다. 그저 두 번이나 세 번 정도……”

“거짓말 마.”

“아니, 정말입니다…… 그 여편네가 중매를 서길래, 한 차렌가 두 차례 그런 일이 있었지만, 아무튼 터놓고 지내는 사이까지는 아니었습니다요.”

“암튼, 그런 일은 어떠하든 좋네. 그런 일보다 내가 참으로 알고 싶은 것은 세상 평판대로 그렇게 정말 미인인가 아닌가 하는 점이지.”

“그렇습니다요. 그건 이를테면……”

“이를테면 어떻던가?”

“어떻게 여쭈어야 할지 도무지”

하고 헤이주는 일부러 시헤이를 초조하게 만들며 히죽히죽 웃음을 씹어 삼키듯 목을 조금 흔들었다. 여기서 이 두 사람이 말하는 대납언과 그 정실부인은 과연 어떤 사람들인가. 대납언은 후지와라노 구니쓰네를 가리키는 것으로, 한원좌대신(閑院左大臣) 후유쓰구의 손자가 되며 권중납언(權中納言) 나가라의 장남이다. 시헤이는 구니쓰네의 친동생이자 나가라의 셋째 아들인 관백태정대신 모도쓰네의 아들이니, 바로 백부와 조카 사이가 되지만, 태정대신의 장남이자 종가(宗家)의 적자인 시헤이 쪽이 지위로는 훨씬 위여서, 이미 좌대신이라는 고위 자리에 있는 젊은 조카는 늙은 백부를 눈 아래로 내려다보고 있었다.

구니쓰네는 당시로는 대단히 장수를 누렸던 사람으로, 여든한 살로 죽을 때까지 이렇다 할 아무런 일도 않고 그저 사람 좋다는 소리나 들으며 산 자였다. 그러면서도 정3위 대납언까지 오를 수 있었던 것은 단지 장수를 누렸기 때문이었다. 일찍이 다자이후의 장관(太宰權師) 자리에 있었던 그가 그렇게 대납언까지 오른 건 75세 때였다. 그에게 오직 한 가지 자랑할 것이 있다면 대단한 건강체였다는 점이고, 무엇보다도 정력이 특출났다는 것은 그런 고령으로 고작 스무 살 남짓의 부인에게 사내아이를 임신시켰다는 한 가지 사실만으로 충분히 짐작할 수 있다. 이건 여담이지만, 쇼와(昭和) 시대인 현대에 와서도 막 육십팔구 세가 된 꽤 이름이 알려진 늙은 가인(歌人) 한 분이 사십몇 세의 모(某) 부인과 연애 사건을 벌여 신문과 잡지를 도배하고 세상을 크게 놀라게 했던 일은 새삼스럽다. 당시 그 주인공들에 대해 주위 사람들이 가장 궁금해했던 것도, 그이의 체력이 제대로 감당해낸 걸까 하는 점이어서, 어느 한 친구가 은밀하게 그 부인 되는 분에게 물어본 모양인데, 그 부인은 그런 쪽으로는 추호도 불만을 느끼지 않는다는 사실이 밝혀져, 우리는 새삼 그 노인의 정력을 부러워하며 놀라움을 금치 못했다. 현대에도 이런 유의 성생활은 극히 드문 일로서 세상의 주목을 끌고 있으니, 이 가인보다도 8, 9세나 고령이면서 50세 연하의 부인을 아내로 두었던 구니쓰네 같은 사람은 그 옛날로서는 참으로 놀라운 일이었을 터이다.

다시 본래 이야기로 돌아와서, 그 '부인'으로 말하자면 아리와라노 무네야나의 딸로, 정확한 나이는 사실 아무도 모른다. 그 남편과 쉰 살이나 차이가 난다는 것도 설마 그렇게까지 되었으랴 싶기도 한데, 가마쿠라 시대의 작자 미상의 설화집『요쓰기 이야기世繼物語』에는 '겨우 스무 살 정도'라고 되어 있고,『곤자쿠 이야기』에는 '스물 남짓'이라고 되어 있어 그녀 나이는 스물한두 살이 아니었을까 추측된다. 그녀가 나리히라의 손녀였다고 해서 꼭 미인이었다고 믿을 수는 없지만, 그 자식인 아쓰타다도 미남이었다니까 역시 미인 계통의 일족에 들기에는 대강 알맞은 외모가 아니었을까. 시헤이도 오가다 어디선가 그런 소문을 얻어듣고는, 게다가 그녀가 '더러는 남편의 눈을 속여가며 정부도 불러들인다는 것, 그 정부로 말하자면 다른 사람이 아닌 헤이주인 것 같다'는 사실을 흘깃 듣고는, 그것이 사실이라면 '그런 미녀를 엄청나게 늙은 저 노인이나 지위가 아주 낮은 헤이주 따위에게 그냥 맡겨둘 수는 없다, 마땅히 내가 가져야지' 하고 은근히 야심을 품고 있던 계제에, 요즘 발걸음이 뜸했던 헤이주가 알맞게도 오늘 밤 불쑥 나타났던 것이다.

뒤에 다시 자세히 밝혀지겠거니와, 시헤이는 은밀하게 바랐던 일을 끝내는 이뤄서 자기보다 열 살이나 젊은 이 큰어머니 되는 여자를 간단히 큰아버지 구니쓰네로부터 빼앗아 자기 것으로 만들어버렸는데, 『야마토 이야기』에는 이 부인이 아직 그 늙은이의 아내로 건재했던 시절에 헤이주가 그녀에게 바쳤다던 노래가 하나 실려 있다.

　　봄의 들녘에 초록으로 자라는 참나무 씨
　　우리네 군실(君實)과 한바탕 즐기소서

　이 '군실'이라는 것은 즉 본처라는 뜻이라, 어디까지가 진심이었는지는 모르겠지만 이런 문구까지 적어 보낼 정도로 헤이주도 부인에 대해 진정성이 없지는 않았던 것 같다. 그런 그에게 지금 시헤이가 문득 밀통을 까발리게 하니 우물쭈물 몇 마디 중얼대기는 했지만, 정직하게 말하자면 과거의 연인인 그녀와의 일을 아직 깡그리 잊어버린 것은 아니었다. 본시 타고난 호색가였으니 지금까지 스쳐갔던 계집은 수없이 많아 죄다 기억할 수도 없고, 대부분은 한 차례만으로 버렸기 때문에 지금에 와서는 얼굴이나 이름을 하나하나 기억해낼 수 없을 정도였다. 그 아름다운 부인과는 근간에 들어 조금 뜸하기는 했을망정, 한때는 확실히 간단치만은 않은 관계였다. 한데 본인으로서도 어찌할 수 없는 인연으로 '지쥬노기미'만을 뒤쫓는 처지가 되고, 묘하게 조바심까지 내게 되면서부터는 애오라지 마음이 이쪽으로만 향하게 되었으되, 그 부인과의 관계가 완전히 끊어진 것은 아니었다. 그래서 전혀 의외로 문득 이런 식으로 시헤이가 물어오니, 또한 새삼스럽게 그이 생각이 되살아나는 것이었다.

"아니, 조금 앞에서도 여쭈었듯이 직접 만났던 것은 한두 번뿐이라 확실한 건 아뢸 수 없겠사오나, 엄청나게 뛰어난 용모인 것만은 분명합니다."

또 헤이주는 꾸물꾸물 주저하면서 무언가 조금 아끼는 기분으로 선뜻 내놓기를 꺼리듯 말했다.

"흐음, 역시 세간의 소문이 어긋나지 않는군. 틀림없이……"

"기왕 이렇게까지 되었으니 숨길 것 없이 말씀드리겠습니다만, 그 정도의 얼굴 생김새는 달리 찾아보기 힘들다고 해도 과언이 아닙니다. 외람되오나 지금까지 제가 만났던 분들 중에서는 그 부인이야말로 으뜸으로 아름다웠습니다요."

"으음"

하고 시헤이는 한숨처럼 내뱉고는 다시 또 살그머니 큰 숨을 내쉬었다.

"한데, 자네가 보기에는 부부간은 어때 보이던가. 역시 그 늙은이와의 관계는 그다지 순탄하지 않을 것 같은데."

"글쎄요, 더러는 팔자타령을 하면서 눈물을 질금거리기도 합디다만, 세상이 다 알듯이 원체 그 대납언께서는 친절한 분이어서 자기에게도 더 바랄 수 없이 매사에 잘해주신다고 하더라고요. 그러니 진짜 심정이 어떤지 속사정은 잘 알 수가 없습니다. 게다가 귀여운 어린애까지 있으니……"

"애는 몇 살이던가?"

"달랑 하나 있는 아이가 네 살인가 다섯 살……"

"야아, 그러니까 일흔 살이 넘어서 낳은 애로구먼."

"참으로 대단합지요."

헤이주는 그 밖에도 여러 가지로 시시콜콜하게 물어오는 질문에 주저하지 않고 아는 대로 속속들이 대답하였다. 그 자리에서 새삼 예전 일을 되돌아보아도, 두 번 다시 그 정도로 아름답고 기품 있는 여자를 만날 수 있을지 알 수 없었지만, 헤이주는 어쨌든 이제 그분과의 연애는 그 이상 바랄 수 없이 충족되었고, 그녀가 구체적으로 어떤 사연을 지니고 있는 상대이든 간에 그 매력의 진수는 맛볼 대로 맛보았으며, 그녀와의 꿈은 완벽하게 이뤄냈다고 생각했다. 이제 그녀에게 아무런 흥미도 못 느낀다고까지 할 수는 없지만, 역시 그쪽보다는 아직 직접 대해본 일이 없는 새 여자, 예컨대 잇달아 갖은 기교를 발휘해가며 자신의 정열을 쏟아붓게 만드는 그 미지의 상대한테야말로 훨씬 마음이 끌렸다. 엽색가들의 이런 심리는 그 옛날 왕조 시대의 귀족들이나 에도 시대의 화류계에 통달한 멋쟁이나 죄다 어슷비슷해서, 일단 자신의 손에 들어온 여자한테 언제까지나 매여 있고 싶어 하지는 않는다. 대강 헤이주는 그런 정도로 자기 기분을 생각했는데, 다만 이 경우에는 저 대납언과 같은 호인의 눈까지 속이며 은밀하게 그런 일을 저질렀다는 것이 다른 사람은 몰라도 그의 입장에서는 무언지 마음이 찜찜해지는 구석도 전혀 없지는 않았다. 유부녀를 침범하는 데는 상습범이나 마찬가지였지만, 해골처럼 야윈 늙은이가 모처럼 젊고 아름다운 새댁을 뒤늦게 만나 금이야 옥이야 여기며 만족하는 모습을 보고는 평소의 그답지 않게 제법 연민의 정 비슷한 것을 느끼기도 했다.

한데 여기서 한마디 더 덧붙일 것은, 그 늙은이와 헤이주 간에는 젊은 부인과의 그런 관계 말고는 그 밖에 직접 깊은 접촉은 없었던 듯한데, 어느 해 가을인가, 별것도 아닌 일로 늙은이가 하인 하나를 시켜

헤이주에게 편지를 보내왔을 때, 마침 뜨락에 나와 있던 헤이주가 국화꽃 하나를 가지째 꺾어 답장과 함께 보냈던 것이 『헤이주 일기』에 남겨져 내려온다. 이때 그 국화꽃을 받은 늙은이도 금방 노래 하나로 답을 한다.

여러 천황을 모셔온 늙은 몸이지만 지팡이를 짚고라도
이렇게 탐스러운 꽃이 피어 있는 곳에 가보고 싶구나

여기에 헤이주가 답한다.

길 가시다 들러주신다면 잡초에 묻힌 국화꽃도
한층 더 향기로워질 테지요

대강 어느 때였는지 확실치 않지만, 이것은 늙은이가 그토록 애지중지하던 꽃을 자신이 꺾었음을 떠올리며 내심 비아냥거리는 헤이주의 심정은 아니었을까.

3

이런 일이 있은 뒤부터 시헤이는 궁중에서 더러 그 늙은이와 마주치면 어김없이 인사를 올렸다. 직위로 말하면 엄연히 자기보다 아래였지만, 나이로 친다면 큰아버지뻘이어서 당연히 공경함에 이상해 보이는 구석은 없었다. 하지만 달리 생각하면 스가와라노 미치자네 우대신을 내쳐서 물러나게 한 뒤 엄청 태도가 교만해져 수많은 신하들 앞에 양껏 그 위용을 떨치던 판이라, 그동안 아랫사람에게 특별히 관심을 표하는 일도 없었고 안중에도 안 두었는데, 웬 바람이 불었는지 근간에 와서는 어쩌다 그 노인과 부딪히면 이상하게 웃는 얼굴로 잘 대해주곤 했다. 또한 그렇게 나이가 들수록 강건해 보여서 보기가 좋으신데, 요즘 같은 추위에 혹시 아픈 곳은 없으신지, 감기에 들지 않도록 조심하시라는 둥 전에 없던 애교를 떨기도 했다. 그러다가 어느 유난히 추운 아침나절, 늙은이의 코끝에도 쪼르르 콧물이 나오는 것을 보고는 곁으로 다가가,

"콧물이 나오는군요"

라고 한마디 하고는,

"이렇게 엄청 추운 날에는 솜옷을 껴입으셨어야지요"

라고 속삭이듯 말했다.

장수하는 사람이 흔히 그렇듯 늙은이도 조금 귀가 멀었던 터라,

"솜……?"

이라고 되묻자,

"네, 네"

라고 시헤이도 대강 혼잣말하듯 대답하고는, 여전히 노인에게는 잘 들리지 않게 몇 마디 더 중얼거렸는데, 그렇게 그날 저녁 노인이 자기 처소로 돌아오자, 좌대신이 보낸 사람 하나가 솜을 몇 섬가량 푸짐하게 들고 왔다. 거기에 "나이 여든이 되어서도 그렇게 기력이 정정하신 모습을 보니 참으로 부럽소이다. 이 나라에 그런 신하가 계신 것은 백

번 천번 치하드릴 일입니다. 아무쪼록 앞으로도 몸을 귀히 다루어서 하루라도 더 장수를 누리도록”이라는 쪽지 하나도 함께 들어 있었다. 바로 그 이삼일 뒤에는 엄청나게 눈이 많이 와서 저녁에는 한 자 가까이나 눈이 쌓였는데, 또 사람 하나가 와서, 이렇게 눈이 많이 오는데 어찌 보내시는지, 오늘밤은 아마도 정말 추워질 터인데…… 어쩌고 저쩌고하고는 의복함 하나를 조심스럽게 받들어 모시듯이 들여왔다. 그걸 들고 온 하인이 “이것으로 말하자면 당나라에서 온 전래품으로, 선대(先代)이신 쇼센 공께서 겨울에만 입으셨던 것인데, 현재의 좌대 신께서는 아직은 젊으셔서 이런 걸 입을 처지는 아니니 백부님께서 입으셨으면 한다”고 하여 그 옷상자라는 걸 열어 보니 훌륭한 담비 가 죽옷으로, 이것을 입으셨던 옛 분의 향내음이 아직도 솔솔 나는 것 같 았다.

　이것 말고도 그 뒤로 선물이 몇 차례나 이어졌다. 어느 때는 고급 비단 옷감들, 또 어느 때는 역시 당나라에서 건너왔다는 진귀한 향나 무 몇 종류, 역시 진귀한 색조의 겨울옷과 봄옷 들뿐 아니라 그때그때 경우에 따라서 이런저런 구실을 붙여 연달아 사람을 보내곤 했다. 늙 은이는 시헤이가 딴 속셈이 있으리라고는 전혀 의심하지 않고, 오로 지 고마움과 황송한 마음으로 어쩔 줄 몰라 했다. 하긴 누구나 예외 없이 노년으로 들어서면 젊은이들이 어쩌다가 가볍게 떠받드는 소리 만 해도 금방 온몸이 흐늘흐늘해지는 법인데, 원체 타고나기를 어디 서나 호인 소리만 들어오던 늙은이임에랴. 게다가 상대는 조카라고는 하지만 천하를 뒤흔드는 사람으로, 명실공히 섭정(攝政)이나 관백(關 白)에 오르실 분인데, 이렇게 뼈에 사무칠 정도로 신경을 써주시고 보잘것없는 늙은 백부에게 이 정도로 덕을 베풀어주시다니……

"역시 사람이란 오래 살고 볼 일이야"

라고 어느 날 밤에는 그 부인의 통통한 볼에다 주름투성이 얼굴을 문지르며 말했다.

"나는 당신 같은 사람을 아내로 맞이하고 내 행복은 이제 이것으로 충분하다고 생각했는데, 요즘에 들어서는 좌대신 같은 분한테서 이렇게 큰 대접을 받고 있어…… 참말로 사람이라는 건 언제 어느 때 어떤 행운에 부딪힐지 알 수가 없어."

노인은 젊은 아내가 말없이 자기 말에 동의하는 것을 제 얼굴의 감촉으로 느끼면서 한층 얼굴을 찰싹 붙이듯, 아예 두 손바닥으로 턱을 안아 올리듯 하며 그녀의 머리카락을 오랫동안 애무했다. 2, 3년 전까지는 그렇지 않던 노인이 요즘에는 점점 집요해지고, 한겨울 동안에는 매일 밤 아내 곁을 잠시도 떠나려 하지 않고 밤마다 약간의 틈도 생기지 않게 온몸을 딱 붙이고 자려 들었다. 게다가 좌대신이 호의를 보이면서부터는 그 감격에 겨워 과음까지 일삼고 술기운이 얼근해서 잠자리에 들어오는 일이 많았는데, 더더욱 악착스럽게 손발을 온통 가만두지 않는다. 게다가 또 하나 이 노인의 버릇은, 잠자리의 어둠을 심히 싫어해서 되도록 등불을 환하게 켜두고 싶어 하는 것이었다. 이 노인은 젊은 아내를 손으로 애무하는 것만으로는 성이 차지 않고, 더러는 두세 척의 거리를 두고 자기 얼굴을 뒤로 쭉 빼서 그녀의 미모를 찬탄하듯 건너다보는 것을 좋아해서 방 안을 환하게 밝혀두었다.

"한데, 이제는 나 같은 건 무엇을 입든 그게 그거니, 그대가 저 비단 옷들을 즐겨 입으시게."

“하지만 대신께서 감기에 걸리지 말라고 나리께 주신 것을 제가 어찌 감히……”

부인이 낮은 목소리로 말했다. 원체 노인이 평소에 귀가 안 좋아서 부인은 자연히 말수도 적고, 더구나 잠자리에서는 거의 입을 열지 않아 좀처럼 잠자리에서 대화를 나누는 일은 없고, 대개 노인 혼자서만 계속 지껄이곤 했다. 젊은 아내 쪽은 그냥 표정으로 수긍하거나 더러는 한두 마디 노인의 귀 쪽에 입을 바짝 대고 입술 끝이 귓불에 가 닿을 만큼 가까이에서 말했다.

“아니야, 나는 아무것도 필요 없어. 무엇이든 당신한테 줄 거야…… 나는 그저 당신만 곁에 있어주면……”

그렇게 말하고 노인은 또 자기 얼굴을 아내 얼굴로부터 조금 뒤로 빼며 아내의 머리카락을 양쪽으로 걷어내듯 하고 그 눈과 코에 불빛이 잘 비치도록 했다. 이런 때면 젊은 그녀 쪽에서는 쭈글쭈글하게 비틀어진 노인의 손가락이 바들바들 떨면서 머리카락을 쓰다듬거나 얼굴을 비벼대는 것을 온몸으로 느끼면서 공손하게 노인이 하는 대로 그냥 두 눈을 감고 있었다. 그러니까 그것은 얼굴 위에 비쳐드는 환한 불빛을 피하기 위해서라기보다는, 노인의 탐욕스러운 그 눈길을 피하기 위해서라는 편이 옳겠다. 여든 살 가까운 노인에게 그 정도의 정열이 있다는 것부터가 불가사의하고 놀라울 뿐인데, 실은 그렇게 강건하기만 하던 노인도 최근 1, 2년 동안 차츰 기력이 쇠해 무엇보다도 성생활에서 그 증거가 드러나고 있었다. 남보다 먼저 그 점을 자각한 노인은 너무너무 야속하고 덧없어져 사람이 풀기부터 없어지고 조바심을 냈다. 하긴 그의 경우 이 야속함은, 그 방면으로 자신의 욕구가 뜻대로 이뤄지지 못하는 데서 오는 것보다는 젊은 아내에게 미안하다는 생각에서 오는 것이 더 컸지만……

"아니에요, 그런 마음은 안 쓰셔도 돼요……"

노인이 솔직히 털어놓고 매우 미안하게 생각한다고 사과라도 하듯 말하면, 그때마다 젊은 아내는 조용히 머리를 가로 흔들고 되레 그러는 남편을 가엾이 여기기 일쑤였다. 나이가 차면 당연지사인 것이니 그런 일에 신경을 쓸 필요는 없다, 당연한 생리 현상을 어기면서까지 무리를 하는 일이야말로 몸에 안 좋다, 그러니까 그런 일 따위에 신경일랑 쓰지 말고 나리께서는 섭생을 지키는 데 더 공을 들여서 다만 일 년이라도 장수를 누리는 편이 좋다고 항상 말했다.

"그렇게 말해주니까 크게 고맙기는 하오만."

노인은 젊은 아내가 그렇게 말하면 그 마음씨에 더더욱 감격했다. 그러고는 두 눈을 감아버린 아내 얼굴을 들여다보면서 자기대로 또, 대체 이 사람은 마음 깊은 곳에서 혼자 어떤 생각을 하는 걸까, 짐작해보는 것이었다. 당연히 그렇기도 한 것이, 이렇게도 드문 미모를 지니고 있는 여자가 쉰 살 이상이나 나이 차가 있는 남자를 남편이라고 두고 있으면서도 자신의 그 불운을 겉으로는 털끝만큼도 드러내지 않고 그런 쪽으로는 전혀 자각하지도 않는 것 같은 점이 꽤나 불가사의해 보일 뿐만 아니라, 더러는 자신이 세상 물정이라곤 통 모르는 어린 아내에게 사기라도 치는 듯한 느낌이 들고, 그렇게 아내의 희생 위에 자신의 행복을 꾸려냈다는 의식을 지워낼 수가 없기 때문이었다. 마음속으로 그렇게 생각한 채 이 젊은 아내를 바라볼 적마다, 더러는 그 얼굴이 신비에 차 보이고 수수께끼처럼 보인다. 노인은 자기가 이런 보물을 혼자서만 독점하고 있다는 것, 이 세상에 이 정도의 미녀가 있다는 것을 알고 있는 건 자기뿐이고, 본인조차 그 사실을 확실하게는 알지 못하는 것 같다는 생각을 하면, 왠지 득의양양한 느낌이 들고 마음 한구석으로는 이렇게 출중한 미모의 아내를 갖고 있음을 누군가에게 보여주며 자랑이라도 하고 싶은 충동조차 생겼다. 그리고 다시 전체적인 면을 차근차근 돌아보면, 만일 본인이 실제로 지금 입으로 말하듯 저렇게 생각하는 것이라면 —자신의 성적 불만 같은 건 무릅쓰고 애오라지 늙은 남편의 장수만을 바라는 것이 참으로 본심이라면 —그 고마운 마음씨에 자기는 어떻게 보답해야 할 것인가. 자기는 이제 단지 그녀의 아름다운 얼굴을 쳐다보는 것만으로 만족하면서 죽어갈 것이지만, 이 젊은 육체를 자기와 함께 그냥 늙어가게 하는 것은 너무너무 불쌍하고 아까운 일이다. 그래서 두 손 안에 그 보물을 오직 혼자서만 꽉 잡고 보고 있자니, 차라리 자기 쪽이 하루빨리 아예 죽어 없어져서 이 젊은 아내를 자유롭게 해주어야 하지 않겠는가 하는 생각마저 드는 것이었다.

"아니, 왜 그러세요."

노인의 눈에 고인 눈물이 자신의 눈썹에 전해져오는 것을 느끼고 그녀는 깜짝 놀라 눈을 떴지만,

"아니, 아무것도 아니다, 아무것도"

라고 노인은 혼잣소리로 중얼거리고는 입을 다물었다.

그런 일이 있고 나서 며칠 뒤, 그해도 이미 저물어가던 12월 20일경 또 시헤이로부터 갖가지 선물이 전해졌다. "귀하께서 내년에는 다시 한 살 더해 팔십 줄에 들어서게 되니, 곁에 있는 우리는 당연히 경

하해 마지않는다. 약소하지만 오로지 축하의 뜻으로 보내드리니 아무 쪼록 흔쾌히 받으시고 상서로운 새봄을 맞으시기를……" 하고 그것들을 들고 온 신하가 몇 마디 말하고, 덧붙여 시헤이가 정월 초사흘 안으로 이 댁에 인사차 왕림하실 생각임을 아뢰었다. "대신께서 '자신의 백부님들 가운데 이와 같이 장수를 누린 분이 계신 것은 두고두고 문중의 영예다. 일찍부터 백부님과 여유롭게 술이라도 한 잔 하면서 함께 즐거움을 나누고 그 김에 양생법도 가르침을 받고, 또한 차후도 건강하게 지내시기를 빌고 있사온데 그간에는 좀처럼 틈이 나지 않았으나 꼭 가까운 시일 안으로 그 오랜 바람을 이뤄내고 싶다. 마침 새해 정월이어서 더없는 좋은 기회로 여긴다. 매년 백부님 댁에 세배를 못 간 것을 매우 미안하게 여기던 차에 새해 봄에는 기필코 찾아뵈어 그간의 무례도 사과드리고 싶다'고 하시며 새해 초사흗날 안으로는 반드시 방문하시겠으니 그리 알라고 하셨습니다." 이 몇 마디 말은 늙은이에게 아주 큰 놀라움과 기쁨을 주었다. 사실 시헤이가 이런 댁에 세배차 오겠다는 이 같은 일은 일찍이 전례가 없었을 뿐 아니라 전대미문의 큰 사건이라 해도 과언이 아니었다. 이 은혜로운 젊은 좌대신께서는 한 집안의 연장자라는 이유만으로 보잘것없는 한 노인에게 몇 번이나 귀한 선물을 수북하게 보냈을 뿐만 아니라, 이번에는 몸소 집에 왕림까지 하셔서 크나큰 광영을 안겨주시려고 한다. 솔직히 말해, 그러잖아도 늙은이는 벌써부터 번번이 크게 베풀어주는 보살핌에 어떤 방법으로든 마땅하게 갚을 길이 없을까 자나 깨나 골똘히 궁리해오던 터였다. 좌대신 댁과는 비교도 안 되는 비좁은 누옥일망정, 하룻저녁 자기 집에 그 귀인을 모시고 한 차례 향연을 베풀고, 마음껏

성심으로 대접해 이 감사의 뜻에 만분지일이나마 기별이 가 닿게 할
수는 없을까 하고 생각했던 것도 한두 번이 아니었다. 그렇지만 서로
간의 지위로 보더라도 선뜻 그러마고 응할 것 같지는 않아서, 여쭈어
본들 분수를 모르는 실례되는 짓으로 자칫 웃음거리나 되겠지 싶어
미적거리고만 있던 참인데, 전혀 뜻밖에도 스스로 오시겠다는 통지를
한 것이다.

　이튿날부터 늙은이의 저택은 아연 활기를 띠고 수많은 일꾼들이 드
나들기 시작했다. 이제는 정월도 며칠 안 남아서 귀한 손님을 맞아들
이기 위해 급히 목수다, 원예사다 불러서 이 구석 저 구석 수선을 하
고, 정원에도 바쁘게 손질을 더했다. 집 안도 마루며 기둥이며 반짝반
짝 윤이 나게 닦고, 다다미며 가구도 새 것으로 바꾸고, 병풍이며 대
청마루 휘장이며 옮길 것은 옮겨서 방 전체의 분위기를 신선하게 바
꿨다. 하인이나 늙은 시녀 들에게 이리저리 지시를 하며 '이것도 아니
다, 저것도 아니다'라고 한 가지를 두고도 몇 차례씩이나 저쪽으로 가
져가게 했다가 다시 이쪽으로 되가져오게 하는 등 정신이 없었다. 뜨
락에서도 큰 나무를 파서 옮긴다든지 물길을 막는다든지, 동산 일부
를 무너뜨린다든지 했는데, 이때는 늙은이 자신이 뜨락으로 내려서서
나무 옮길 자리나 돌 놓을 자리를 이리저리 궁리하곤 했다. 그이로서
야 참으로 평생에 한 번 있을까 말까 한 일이고 모처럼 늘그막에 한바
탕 광을 내는 자리인 셈이라 이 일에 아무리 많은 일꾼과 재력을 쏟아
부은들 아까울 것이 없었다.

　좌대신 댁으로부터는 정월 초이틀에 기별이 와서, 이튿날 초사흘에
잔뜩 치장을 한 수레와 기마행렬이 늙은이의 저택에 들어섰다. 너무

요란하지 않게 일행의 숫자도 조촐하게 오겠다고 했음에도 우대장(右大將) 사다쿠니, 식부대보(式部大輔) 스가네 등에다 노상 시헤이 곁에서 알랑대는 이들도 그 행차에는 빠지지 않고 상당수 따라붙었고 헤이주도 당연히 끼어 있었다. 이들이 그럭저럭 좌정하게 된 것은 신시(申時)를 조금 지난 시각이어서 대강 향연 자리가 펼쳐지자 금방 해가 졌는데, 그날 밤은 특히 술 들이켜는 속도마저 과격해져서 주객 모두 유난히 빨리 취했던 건 모든 것을 미리부터 눈치챘던 패거리들이 나름 연출한 덕이기도 했을 터이다. 그리하여 시헤이가,

"술만으로는 재미가 적지요……"

라고 한마디 던진 것을 신호 삼아, 한 소납언(少納言)이 피리를 꺼내어 불기 시작했다. 그에 맞춰 또 누군가가 칠현을 꺼내어 연주했다. 또 누군가는 노래를 부르고, 이어서 쟁(箏)이며 거문고, 비파가 뒤를 따랐다.

"연세 많으신 분부터 먼저……"

"주인께서 그렇게 삼가시면 어쩝니까. 그러시면 우리가 술이 깹니다."

"아니, 송구스러워서…… 지혜롭지 못하게 늙은 저로서는 단지 감사할 뿐…… 이렇게 기꺼운 일은 팔십 평생에 처음 있는 일이라서……"

늙은이는 취해서 거의 울음이라도 터뜨릴 듯 말했다.

"아하하하하하하하하."

시헤이는 특유의 활달한 웃음을 보이며 늙은이에게 갑자기 버럭 소리를 질렀다.

"그런 말일랑 접으시고, 그보다 좀 더 시끌벅적하게 한바탕 노십시

다.”

“아무렴입쇼. 아무렴이고말고요.”

늙은이도 갑자기 냅다 소리를 내지르며 노래를 시작했다.

“나에게 술을 권한즉 나는 사양 않도다. 노래도 청한즉 노래하니 막지 말기를……”

노인은 『백씨문집白氏文集』을 즐겨 읽던 터라 흥이 오르면 곧잘 이런 식으로 암송을 하곤 했는데, 바로 이것이 이제 대강 술이 취했다는 증거였다.

“……낙양의 아녀(兒女) 얼굴은 꽃을 닮았도다. 하남의 장관 머리는 눈송이 같은데……”

지금 늙은이는 술을 삼가고는 있지만, 원래부터 좋아하던 편이어서 과하게 마시자고 들면 얼마든지 마시는 실력이라, 오늘 밤은 자신이 주인이 되어 이러저러한 귀인을 맞이했으니 추호도 소홀함이 있어서는 안 되리라 생각해 처음부터 긴장을 늦추지 않았건만, 아무튼 가슴속에 누르려야 누를 수 없는 즐거움이 넘쳐나고, 게다가 손님들 쪽에서 연신 술잔을 건네니 어느덧 마음의 긴장이 풀어지면서 한껏 신이 오르고 있었다.

“아니, 머리는 눈처럼 희어도 정력은 여전하시니 부럽기가 한량없소이다.”

그렇게 한마디 한 것은 식부대보였다.

“나 같은 사람도 노인이라고 말하지만, 새해 들어 겨우 쉰 살 됐으니, 대납언 보시기에는 손자뻘로 보일 터인데 요즘엔 도무지……”

“그렇게 말해주시는 건 고맙습니다만, 이제 이 나이가 돼서는 그전처럼 되지도 않아서……"

"되지 않다니요. 무엇이 되지 않는다는 겁니까?"

시헤이가 물었다.

"이도 저도 죄다 안 됩니다요. 요 2, 3년 동안에는 특히 안 돼서 말입지요."

"아하하하하하하하하."

"영롱영롱, 늙어지는 걸 어찌하리."

노인이 또 이태백의 시 한 줄을 읊었다.

두세 명의 내객이 엇바꾸듯이 차례차례 춤을 추기 시작할 무렵부터 향연은 차츰 절정으로 접어들었다. 봄이라고는 하지만 아직 겨울 느낌이 가시지 않은 추운 새벽녘임에도, 이곳만은 낭랑하고 왁자지껄하게 즐거운 자리라 웃음소리, 노랫소리, 말소리 들이 잦아들 줄 모르고, 사람들은 모두 윗도리 앞섶을 풀어헤치고 한쪽 소매는 걷어 올린 채 속옷까지 죄다 내보이며 평소의 예의 따윈 모두 잊어버리고 떠들썩하기만 했다.

4

주인의 아내, 즉 '북쪽 침전의 그분'은 이런 요란한 잔치 광경을 안방 쪽에서 비단 발 너머로 가만히 지켜보고 있었다. 처음 한동안은 손님들 자리의 뒤편에 세워져 있던 병풍이 가로막아서 잘 보이지 않았는데, 누군가의 고의인지 우연인지 자리가 소란스러워지면서 손님들이 제각기 일어섰다가 앉았다가 하는 탓에 차츰 병풍 한편이 조금씩 접혀지면서 틈새가 넓어져, 이제는 좌대신의 모습이 거의 바로 마주 보였다. 발 너머이긴 하지만 좌대신은 '그분'과 약간 삐딱하게 보이는 다다미 서너 장 저쪽에서 바로 이쪽을 향해 앉아 있었다. 마침 그 앞에 등잔 하나까지 놓여 있어, 알맞게 살이 오른 흰 살결의 얼굴이 술에 조금 취하여 불그레한 것과 양쪽 눈썹 근처를 이따금 짜증이라도 내듯이 강하게 떠는 버릇, 웃으면 매우 애교가 넘쳐서 눈가나 입가에 어린아이 같은 천진한 기운이 넘쳐나는 것까지 아주 잘 보였다.

"어머, 저렇게도 훌륭하신……"

"역시 저런 분은 어느 구석이 달라도 다르시네요."

곁에서 시중드는 여자들이 살그머니 소매 끝을 당기며 한숨을 내쉰 것은 그저 무심하게 '그분'의 동의를 이끌어내기 위함도 있었겠지만, '그분'도 그분대로 눈앞의 광경을 양껏 느끼며 마치 빨려들듯 발 쪽으로 온몸을 찰싹 붙이고 있었다. 그분이 우선 놀란 것은, 남편이 여느 때와 달리 왕창 취한 모습으로 꼴사납게 혀가 잘 돌지 않은 탁음을 내는 데 반해, 일단 좌대신도 남편 못지않게 취하긴 했지만 그이 쪽은 역시 남편처럼 꼴사나워 보이지는 않는 점이었다. 남편은 앉아 있으나 이쪽저쪽으로 몸을 비트적거리고 눈도 풀려 딱히 무엇을 보는지도 알 수 없었지만, 좌대신은 앉은 자세도 반듯하고 쌩쌩해 보여, 비록 취했더라도 본래의 위용을 그대로 유지하고 있었다. 그러면서도 쉼없이 가득가득 채워지는 술잔을 받아 거침없이 거푸 들이마셨다. 악기가 연주되는 틈틈이 모두가 합창을 할 때도 좌대신의 아름다운 목소리나 대목마다 간드러지게 넘어가는 교묘함에는 누구 하나 당할 사람이 없어 보였다. 다만, 이것은 '그분'이나 곁의 시중드는 여자들이 하나같이 그렇게 느꼈다는 것뿐이지, 시헤이가 과연 실제로 그 방면의 재능이 대단했는가 하는 점에서는 딱히 기록이 남아 있지 않다. 그러나 시헤이의 동생이 그쪽으로 이름깨나 있어 비파 대신이라고도 불렸고, 시헤이의 아들인 아쓰타다도 관현(管絃)의 명수로 미나모토노 히로마사*보다 못하지 않았다는 것 등을 두루두루 생각해보면, 시헤이도 조금은 그런 쪽으로 타고난 재능이 있었는지도 모르고, 그래서 특히 이런 쪽으로 여자들이 죄다 홀딱 반했던 게 아니었을까.

'그분'이 다시 눈여겨보자니 좌대신도 조금 전부터 이따금 슬쩍슬쩍 발 쪽으로 곁눈질을 하고 있다. 그것도 처음 한동안은 조심스러운 눈길로 가만가만히 훔쳐보듯 했는데, 조금씩 취기가 오르면서 눈길도 점점 대담해지고 무슨 사연이라도 품은 듯 노골적으로 그러저러한 표정으로 변해간다.

우리 집 문 앞을
그리저리 돌아다니는 사내
무삼 뜻이 있는공
무삼 뜻이 있는공

좌대신은 사이바라(催馬樂)**인 〈우리 집 문 앞〉 한 구절을 노래하

226

면서 "무삼 뜻이 있는공"이라는 후렴 부분에 가면 한층 목소리에 힘을
주어 불렀다. 그러고는 추호의 거리낌도 없이 애걸하는 듯한 눈길을
곧바로 발 너머로 보냈다. '그분'은 자기가 좌대신을 훔쳐본다는 걸 좌
대신이 알고 있는지 어떤지 처음에는 반쯤 의문스러웠지만, 이제 틀림
없이 안다고 생각되자 저도 모르게 얼굴이 달아올랐다. 어쩌면 저 병
풍 끝이 조금 겹쳐진 것도 누군가가 저이의 의향을 사전에 간취하고
일부러 손을 써둔 것인지 모른다. 어쨌든 좌대신은 발 너머에 있는
'그분' 얼굴을 어떤 방법으로든 한번 보려는 듯 그렇게 탐색하는 눈
을 번뜩이는 것이었다.

　좌대신의 자리에서 훨씬 떨어진 말석에서 또 한 사람 역시 발 근처
로 은밀하게 눈길을 쏟는 사내가 있다는 걸 '그분'은 이미 벌써부터
의식하고 있었는데, 그 사내는 말할 필요도 없이 헤이주었다. 곁의 시
중드는 여자들도 물론 그 사실을 모두 알고 있었지만, 이 경우는 '그
분' 눈치를 안 살필 수가 없어 이 사내 이야기를 드러내고 꺼내는 것
은 못내 조심스럽게 삼가면서, 그러나 제각기 마음속으로는 좌대신과
비교하여 어느 쪽이 더 잘생긴 미남인지 가려보려고 했다. '그분'으로
말하자면, 기왕에 몇 날 몇 밤에 걸쳐 어슴푸레한 규방의 등불이 비추
는 잠자리에서 늙은 남편의 눈을 속여 이 사내 가슴에 안겨들었던 기
억은 비록 아직도 생생하지만, 지금 이 자리에서 여러 사람들 틈에 섞
여 있는 그를 보는 것은 처음이었다. 그런데 그렇게나 어엿해 보였던
헤이주도 이 자리에서는 저 당당한 시헤이의 관록에 눌려 생판 다른
사람처럼 형편없이 빈약해 보이고, 희부옇던 등잔 아래에서 만났던
때의 매력 같은 것은 전혀 보이지 않았다. 게다가 오늘 밤은 누구나

할 것 없이 마음껏 떠들어대고 있는데, 무슨 까닭인지 헤이주는 혼자
서만 저만큼 외떨어져서 도무지 술맛이 안 나는 듯한 모습을 하고 있
었다.

마침 시헤이가 그쪽을 보더니 눈치껏,

"이봐, 스케(佐) 공"

하고 꽤나 떨어진 자리에서 그를 불렀다.

"그대는 어째 오늘은 묘하게 풀이 죽어 있구먼. 뭐 그럴 만한 사연
이라도 있는가?"

시헤이의 얼굴에 떠오른 장난꾸러기 아이 같은 짓궂은 미소를 헤이
주는 곁눈으로 원망스러운 듯이 흘겨보며,

"아니 뭐, 딱히 그렇지는 않습니다요……"

하고 곤혹스러워하면서도 애써 약간 미소를 지었다.

"하지만 여느 때와 좀 달라 보이는구먼. 술도 전혀 안 취한 것 같은
데 좀 더 마셔, 마시라구."

"충분히 마시고 있습니다요."

"그럼, 자네 특유의 그 육담이라도 한번 펼쳐 보이게나."

"무슨 그런 농담을……"

"아하하, 어떻습니까. 여기 모처럼 모이신 여러분들."

시헤이는 자리를 둘러보고는 다시 헤이주를 가리키며,

"저이는 육담과 허튼소리 하는 데는 대강 어느 수준에 올라 있사온
데, 이곳에서 한번 펼쳐 보이게 하는 게 어떻겠습니까."

"좋습니다. 좋고말고요!"

"경청, 경청!"

일제히 손뼉을 치는 가운데 헤이주는 금방 울음이라도 터질 듯한 얼굴로,

"제발, 제발"

이라며 연방 머리를 가로저었다. 시헤이는 그럴수록 더 노골적으로 심술궂은 미소를 지으며, 나한테는 노상 좋아라 들려주면서 왜 이 자리에서는 피하려 드느냐, 들어서 곤혹스럽게 여길 분이라도 있다는 말이냐, 하고는 정 못하겠다면 내가 한번 털어놓아볼까, 얼마 전의 그 이야기를 내가 자네 대신 이 자리에서 한번 선을 보일까, 하고 반(半) 위협조로 나왔다. 그러자 헤이주는 뒷머리까지 긁어대며 두 손을 그 러쥐고 빌듯이,

"제발, 제발"

이라는 말만 되풀이했다.

밤은 어지간히 깊었으나 자리는 언제 끝날지 전혀 종잡을 수 없는 데 소동은 한층 깊어만 갔다. 좌대신은 다시 사이바라 〈우리 집 망아 지〉 한 자락을 시작했다.

자, 애마야

빨리 대유산(待乳山)을 넘자

기다리고 있는 사람에게 가서

같이 자게

이렇게 읊으면서 끝부분에서는 기지개를 켜듯 온몸을 한껏 일으켜 세우기까지 하여 발 안의 그녀 쪽으로 추파를 던졌다. 그 후에도 누군

가 〈정자亭子〉나 〈우리 집〉의 문구를 흥얼거렸다.

"아예 문 열고 나오셔, 우리 주인마님……"

"전복이랑 소라, 성게랑……"

"리라라라라리루로……"

그 뒤로는 모두가 제멋대로 양껏 떠들어대어 아무도 다른 사람 말에 이렇다 하게 귀를 기울이는 자가 없었다.

특히 늙은이는 누구보다 심했다. 앉아 있어도 몸을 제대로 가누지 못하고 상반신을 겨우겨우 감당하면서,

"영롱영롱, 늙어지는 걸 어찌하리"

하고 조금 전의 그 문구를 거의 기계적으로 웅얼거리는가 하면, 누구든지 상관 않고 아무나 옆 사람을 붙들고는,

"이 늙은이는 오직 감사, 감사할 뿐이라오…… 이렇게도 즐거운 일은 내 팔십 평생……"

하면서 울먹울먹 눈물까지 그렁그렁했다. 그러면서도 용케 주인이 할 몫을 잊지는 않아서 좌대신께서 인사말을 하고 귀가할 채비를 하니, 오늘 밤 선물로 미리 준비해두었던 물건을 챙겨 가져오게 하고, 최고의 흑마와 백마를 끌어오게 하며 극진한 대접을 아끼지 않았다. 그러고는 오늘의 주인공인 그 손님이 비틀거리며 자리에서 일어나려고 하자,

"각하, 각하, 실례올시다만 발이 조금 염려됩니다"

하고 자신도 비슷하게 비틀거리는 다리로 일어나서는,

"수레를 이쪽으로 대도록 하십시다요"

라고 하면서 타고 온 수레를 정면에 있는 계단에 오도록 조치했다.

"아하하하하하하하, 이래 보여도 나는 괜찮소이다. 염려하지 마시오. 그대야말로 취하지 않았소?"

그러는 사이 더 크게 취하여, 타고 온 수레를 바로 문 앞까지 끌어왔음에도 코 닿을 그곳까지 걸어가는 것조차 곤란해 보였는데, 결국 두세 발짝 걷다가 철퍼덕 엉덩방아를 찧고 말았다.

"아아, 이거 안 되겠다……"

"저런저런, 저렇게 비틀거려서야……"

"아무것도 아냐, 아무것도 아냐."

좌대신은 일단은 일어섰지만 서자마자 다시 엉덩방아를 찧었다.

"이거야, 이거야, 추태로구먼."

"그래가지고는 아무래도 수레에 타시기 어렵겠습니다요."

늙은이가 말하자,

"그래, 그래"

하고 누군가 맞장구를 쳤다.

"차라리 조금 술이 깬 뒤에 돌아가는 편이 낫겠군요."

"아니아니, 너무 오래 이러고 있으면 주인장한테도 실례지."

"무슨 그런 말씀을! 비록 누추한 곳이지만 원하신다면 언제까시나 마음 편하게 계시기를 원합지요!"

어느새 이 댁 주인은 손님 곁으로 바싹 다가앉아 그 손을 잡을 듯한 기세로 설득하고 있었다.

"각하, 각하, 저는 각하를 무리해서라도 이곳에 머무시도록 하겠습니다요. 귀가하겠다고 하시더라도 결코 돌려보내지 않겠소이다."

"허어, 그냥 눌러앉아도 좋다는 말씀이신가?"

“좋다마다지요, 물론.”

“하지만 나를 그냥 이대로 눌러앉히려거든, 그 뭣이냐, 특별한 대접을 하실 필요가 있는데……”

돌연 시헤이의 목소리 억양이 달라져서 이 댁 주인이 보니, 조금 전까지 붉은 기운을 지녔던 안색이 창백해져 있고, 입술 가장자리도 신경질적으로 떨리고 있었다.

“……오늘 밤은 그야 지극정성으로 향응해주어 더 바랄 수 없을 정도로 융숭한 대접을 받았으나 아직 이것만으로는, 감히 밝히겠거니와 나 같은 사람을 이 댁에 묵게 하기에는 부족하지요.”

“그렇게 말씀하시면, 어느 구멍에라도 피해 달아나고 싶소이다! 이 늙은이로서는 이것만으로도 양껏 정성을 쏟았습니다요……”

“그대는 이것으로 양껏 정성을 쏟았다고 하지만, 실례올시다만 저 따위 물건들만으로는 아직 부족하지요.”

“그렇게 말씀하신다면, 그 밖에 무슨 소망이 있으신지요?”

“그걸 군이 내 입으로 털어놓지 않아도 그대 눈치로 알 것 같은데…… 자, 노인장, 그렇게까지 아끼지 마십시오.”

“제가 아낀다니 무슨 말씀을! 제 마음은 오직 각하의 그 뜨거우신 은혜에 보답하자는 일념으로만 가득하오니, 각하께서 만족하시기만 한다면 무엇도 가리지 않고 드리고 싶습니다요.”

“그 어떤 것이라도! 주신다는 말이죠. 아하하하하하.”

시헤이는 온몸을 뒤로 양껏 젖히며 역시 스스로도 조금은 쑥스럽고 어색한 듯 특유의 호걸웃음부터 한바탕 터뜨렸다.

“그럼 딱 부러지게 말하리다.”

"아무쪼록 제발 말씀해주십시오."

"만일 참으로 그대가 입으로 말하듯이 그간의 내 호의에 대해 진정으로 감사하게 생각하고 계신다면…… 말이지요……"

"네, 네."

"아하하하하하하, 아무리 정신이 나갈 정도로 취했더라도, 조금 미친놈 같기도 할 터라 그다음은 지껄이기가 어렵구먼."

"그러지 마시고, 제발, 제발."

"그건 내 거처에는 물론 그 존귀한 구중궁궐에도 없는 것이지만 늙으신 그대, 그대에게는 있는 것. 그대에게는 자기 목숨보다도 귀한, 이 천지와 하늘, 땅, 어디에도 다른 곳에는 없는 것. 그러저러한 물건 따위와는 비교부터 안 되는 보물단지……"

"그런 것이 이 늙은이한테 있다는 말씀입니까?"

"있소이다! 딱 하나가 있습니다! ……자, 노인장, 그걸 저한테 주시오!"

그이는 이렇게 말하고는 너무 놀라 아연해 있는 늙은이의 눈을 정면으로 뚫어져라 들여다보았다.

"자, 그걸 주시오. 더 이상 아무것도 아끼지 않으신다는 증거로!"

"아끼지 않는다는 증거로!"

이 댁 주인은 그때 무슨 생각을 했는지, 팅기듯이 소리를 되받았다. 그리고 벌써 다음 순간에는 자리 뒤쪽을 가로막고 있던 병풍 쪽으로 성큼성큼 걸어가더니, 재빨리 한쪽을 밀어 병풍을 겹치고는 비단 발 틈으로 손을 집어넣고 안에 숨어 있던 그녀의 소맷자락을 잡았다.

"각하, 보십시오. 이 늙은이의 목숨보다도 귀한, 이 천지에 달리 없는 것, 저 모든 보물을 넘어서는 보물, 제 집이 아니고는 어디에 간들 있을 리 없는 그 보물은 바로 이것입니다……”

조금 전까지 엉망으로 취해 있던 이 댁 주인은 갑자기 웬 활기 같은 것을 되찾고 쌩쌩하게 서 있었다. 제대로 혀가 돌지 않던 것이, 이제는 또랑또랑한 목소리로 쩌렁쩌렁 울리게 지껄였다. 다만, 크게 뜬 눈은 무언가 발광한 듯한 괴기스러운 휘황한 빛으로 차 있었다.

“각하, 더 이상 아끼지 않는다는 증거로, 이것을 드리겠습니다. 받아주시옵소서!”

그 선물을 받는 장본인을 비롯하여 한자리에 있던 여러 귀족들은 누구 하나 한마디도 못한 채 바로 눈앞에서 벌어진 전혀 의외의 광경에 우선은 황홀해 마지않았다. 노인이 발 쪽으로 손을 들이밀자 그 발의 겉면이 안에서부터 불룩하게 부풀어 오르면서, 밤눈으로 보기에도 보라색, 엷은 홍매화 색 등 갖가지 색깔임을 알아차릴 수 있는 소맷자락이 비집고 나왔다. 그건 그녀가 입고 있던 옷의 일부였다. 그런 식으로 조금씩 삐져나와 보이는 모양이 마치 만화경처럼 반짝반짝 눈부신 색채를 지닌 물결이 밀려오는 듯하고, 요염한 양귀비꽃이나 모란 꽃처럼 두드러져 보였다. 그리고 그렇게 사람 크기의 한 송이 꽃은 겨우 반 정도 몸뚱이를 내놓은 모습으로 늙은 남편에게 가만히 소맷자락을 잡힌 채, 그 이상은 모습을 드러내기를 거부하는 듯이 보였다. 늙은 남편은 그런 그녀의 어깨에 손을 올려 끌어안듯 하면서 그녀를 손님 쪽으로 더 당기려 했는데, 그럴수록 그쪽은 발 그늘 속으로 몸을 숨기려고만 들었다. 얼굴은 부채로 가려서 눈이나 코는 들여다볼 수도 없고, 부채를 든 손가락 끝도 소매 속에 숨겨져 있어 단지 양어깨로 길게 내려 드리워진 머리카락만 보일 뿐이었다.

"오오!"

하고 소리친 시헤이는 마치 아름다운 꿈에서 금방 깨어난 듯 불쑥 발 곁으로 달려가서, 이 댁 늙은 주인의 손을 홱 뿌리치곤 자신이 그 소매를 움켜잡았다.

"장관님, 이 선물은 확실하게 받았습니다. 이로써 소생은 오늘 이 댁에 온 보람이 있습니다. 마음속 깊이 고맙습니다!"

"오오, 이 세상에 둘도 없는 보물이 비로소 제자리를 찾았나봅니다. 이 늙은 몸이야말로 고마워해야 합지요."

늙은이는 시헤이에게 자리를 내주고는 곧장 병풍 이쪽으로 물러나,

"여러분!"

하고, 그간에 일 되어가는 것을 멍하니 보고만 있던 일행들 쪽에 대고 입을 열었다.

"자아, 여러분들, 여러분들은 이제 더 기다리실 것이 없습니다. 그냥 그렇게 앉아 계신다 한들 아마 대신께서는 금방 나오지는 못하실 것입니다. 그러니 아무쪼록 제각기 자유롭게 물러가주시옵소서."

그렇게 말하면서 접힌 병풍을 다시 펴서 방 앞을 가로막았다.

의외의 광경이 갑자기 연이어 벌어진 것에 손님들은 손님들대로 거의 얼이 빠져 있던 참이라, 이 댁 주인으로부터 이제는 돌아가라는 말을 들었지만 누구 하나 움직일 생각을 못했다. 잔뜩 흥분한 주인 얼굴의, 웃는지 우는지 판단이 안 서는 눈초리를 볼 뿐이었다.

"자, 아무쪼록 이제 그만 물러나주시길."

거듭 주인이 재촉을 하고서야 일행들 사이에 겨우 술렁거리는 기적

이 일면서도, 여전히 선뜻 일어서서 자리를 나서는 사람은 몇 명 되지 않았다. 미적미적 엉성하게 자리에서 일어서더라도, 대다수는 그냥저냥 기이해하는 눈길로 서로 얼굴을 마주보며, 금방 나설 듯하다가도 다시 그 자리에 멈춰 있거나 기둥이나 방 문틈에 숨어 선 채 이 일의 끝을 직접 보지 않고는 물러설 기미들이 아니었다.

이렇게 잔뜩 호기심에 찬 눈길들이 우물쭈물 병풍 너머 방 안쪽으로만 향해 있을 때, 그 병풍 너머에서는 과연 어떤 일이 벌어지고 있었는가. 좌대신 시헤이는 이 댁 주인이 젊은 아내의 소매 끝을 그에게 넘겨주고는 그대로 저쪽으로 빠져나가자 말없이 그 소매를 자기 쪽으로 조용히 당겼다. 그러고는 이제까지 늙은이가 했던 그대로 그 방 안에 살그머니 자기 몸뚱이 반을 넣어, 뒤에서 그 큰 한 송이 꽃을 끌어안았다. 그러자 조금 전 병풍 저 너머에서 솔솔 풍겨오던 그 달콤한 향내가 지금은 바로 코끝에 와 닿았다. 여자는 그때까지도 부채로 얼굴을 가리듯 하고 있었다.

"건방진 소리 같습니다만, 이제 제 것이 되신 몸이오. 얼굴을 들어 보여주시오"

하면서 시헤이가 가만가만 소매 위로 손부터 잡자, 그 손이 바들바들 떨리면서 어깨 높이에 있던 부채를 스르르 내려 무릎 근처에 놓았다. 방 안에는 등잔이 없었지만 연회장에 켜진 등불의 빛이 병풍에 가로막히나마 먼 거리에서 이곳까지 비쳐, 그 은은한 밝기 속에서 드러나는 희부연 것이 처음으로 접하는 그녀의 모습임을 알게 되자 시헤이는 자기 계획이 끝끝내 여기까지 이르렀다는 데 더할 수 없는 만족을 느꼈다.

"자아, 이제 같이 우리 집으로 가십시다."

그는 곧장 그녀의 두 팔을 들어 제 어깨에 걸쳤다. 여자는 잡아끌리면서 역시나 약간은 주저하는 모습을 보였지만, 조금 저항했을 뿐 금방 유순하게 슬금슬금 몸을 일으켜 걷기 시작했다.

병풍 밖에서 기다리고 있던 사람들은, 쉽게는 나오지 않을 것이라고 생각했던 좌대신이 대번에 위용이 그득한 영롱한 색채의 윗도리를 어깨에 걸치고 요란한 소리와 함께 나온 것에 다시 한 번 놀라버렸다. 게다가 좌대신의 어깨에 걸쳐진 것은 자세히 본즉, 귀인 한 사람, 이 저택의 주인께서 더없는 '보물'이라고 한 바로 그 사람이었다. 그 사람은 오른팔을 좌대신의 오른쪽 어깨에 올려놓고 얼굴은 통째로 깊숙이 그이의 등에 파묻은 채 죽은 듯이 반은 뻗어버린 듯, 그래도 어찌어찌 자신의 힘으로 걸음은 옮기고 있었는데, 조금 전에 발 틈으로 흘낏흘낏 보였던 화려한 소매나 옷자락은 긴 머리카락에 감기고 얽혀, 마루청을 걸어가는 동안 좌대신의 차림과 여러 겹 겹쳐 입은 옷이 어느새 하나의 커다란 덩어리가 되어 스륵스륵 소리까지 내면서 층층다리 아래로 내려감에 따라 사람들은 양쪽으로 갈라지며 길을 내주었다.

"주인장, 그럼 귀한 선물 잘 받아 가렵니다!"

"핫."

늙은이는 황감하게 머리를 숙였으나 금방 다시 일어서서,

"수레, 수레"

하고 소리를 지르며 자기가 먼저 층계 아래로 내려가, 곧장 수레의 앉는 좌석부터 두 손으로 챙기려 들었다. 시헤이가 아름답고도 무거운 어깨짐을 조심스럽게 다루면서 숨이 차서 겨우겨우 수레 옆에 이르

자, 잡역부와 심부름꾼들이 훤히 횃불을 밝히고 여럿이서 함께 끙끙거리며 도와 양쪽에서 안아 올리듯 겨우겨우 그녀를 수레 안에 들여놓았다. 늙은이는 그 수레 문이 막 닫힐 때,

“나를 깡그리 잊지는 마시기를”

하고 한마디 했는데, 하필이면 이때 수레 안이 캄캄하여 이미 그녀의 얼굴은 보이지 않고, 그쪽의 대답 한마디나마 들었으면 하던 터에, 그 뒤에 곧장 올라탄 시헤이의 몸 때문에 앞은 완전히 가로막혀버렸다.

바로 그때, 즉 ‘그분’ 뒤로 바로 시헤이가 수레에 올라타던 순간에, 속옷 자락을 묶고 있던 끈 하나가 그녀 엉덩이로부터 삐져나와 땅에 끌리는 것을 보고는, 그 순간의 혼잡을 무릅쓰고 가까이 다가가 수레 안으로 쑤셔 넣어준 사람이 있었는데, 그가 헤이주였음을 눈치로라도 알았던 사람은 거의 없었다. 그날 밤, 헤이주는 자리에 그냥 앉아 있기가 몹시 민망하여 잠시 사라졌다가, 옛날 애인이 시헤이에게 반납 치당하듯이 그렇게 끌려가는 것을 보고는 그냥 참아낼 수가 없었다. 그리하여, 마침 곁에 있던 종이쪽에다가,

한마디 말할 수조차 없는 소나무 바위 위 진달래
말하지 못해 더욱더 그리운 것을

이라고 서둘러 몇 자 휘갈겨 써서 작게 접어, 문득 그 찰나에 어디선가 좌대신의 수레 곁에 다시 나타나, 마침 수레 밑으로 내리 드리워져 있는 그 끈을 보고는 그녀의 몸뚱이가 수레 안에 밀어 넣어지는 것과 동시에 아무도 모르게 그 종이쪽을 그녀의 소매 밑에다 밀어 넣었다.

5

　늙은이는 '그분'을 태운 수레가 일행 모두를 태우고 사라져가는 모습을 볼 때까지는 어느 정도 의식이 멀쩡했다. 그런데 수레가 보이지 않게 되자 갑자기 긴장이 풀린 탓인지 취기가 확 오르면서 난간 아래에 누워버리고 말았다. 그러면서 그냥 그대로 금방 난간의 판자때기 위에 엎드려 잠 속에 떨어지려고 하여, 시중들던 여자들 몇이 일으켜 침실로 데려가 겉옷부터 벗겨 잠자리에 눕히고 베개를 베어주었는데, 당사자는 완전히 정신을 잃은 채 그대로 깊은 잠에 빠져들었다. 그렇게 몇 시간이나 잤을까, 묘하게 목 근처부터 으슬으슬 추워지고, 어느 틈엔가 잠자리에 웬 바람이 솔솔 들어오는 것 같아 눈을 떠보니, 어느새 방 안이 희끄무레하게 밝은 새벽녘이었다. 노인은 부르르 몸을 한번 떨고는, 어째서 오늘 새벽은 이렇게도 추운가, 자기는 지금 어디에서 자고 있는가, 이곳은 평소의 자기 침소와는 다른 곳인가 생각하면서 주위를 둘러보았다. 그 눈길에 닿은 집기들 하나하나에 스며 있는 향내나 모든 것은 아침저녁 늘 익숙한 자기 집 침소임이 틀림없었다. 단 한 가지 다른 점은, 오늘 아침에는 자기 혼자서만 달랑 자고 있는 것이었다. 그도 세상 늙은이들이 거의 그러듯 새벽이면 일찍 잠에서 깨는 편이어서, 새벽녘의 닭 울음소리를 들으며 아직도 깊은 잠 속에 빠져 있는 아내 얼굴을, 바로 오늘 새벽 같은 여명 속에서 늘 쳐다보곤 했었는데, 오늘 아침에는 그 얼굴이 있어야 할 곳에 주인 없는 베개만 덜렁 놓여 있었다. 아니, 그보다 먼저, 매일같이 '그분' 몸에 찰싹 붙어서 어느 한 군데 틈을 두지 않고 손발까지 얽어 두 몸뚱이가 한 덩어리가 되어 자곤 했는데, 오늘 아침에는 목이나 겨드랑이 밑 곳곳에 틈이 나 있고, 거기에 슬렁슬렁 바람이 지나고 있으니 으슬으슬 추워지는 것은 당연지사였다……

오늘 새벽에는 그녀가 자기 팔 안에 안겨 있지 않다니 어찌 된 일인가. 그녀는 대체 어디로 갔단 말인가. 늙은이가 이런 생각을 하자 어떤 기괴한 환영 같은 것이 머리 한구석에 들러붙어 조금씩 부풀며 되살아나더니, 새벽빛이 차츰 밝아오면서 그 환영도 점점 분명한 윤곽을 지니고 떠올랐다. 그는 애써 그 환영을, 과음한 나머지 한바탕 악몽을 꾼 것이라고 생각해보려 했으나, 착 가라앉은 마음으로 초저녁부터의 기억을 하나하나 천천히 되돌아보며 차곡차곡 음미해보니, 필경 그것은 꿈이 아니라 실제로 일어난 일이었음을 어쩔 수 없이 인정할 수밖에 없었다.

“사누키……”

그는 옆방에 대기하고 있는 늙은 시녀를 불렀다. 한때 ‘그분’의 유모였던 마흔 살 남짓의 여자인데, 일찍이 사누키 노스케의 아내로 임지(任地)에 내려가 살다가, 남편이 세상을 떠나자 곧장 ‘그분’과의 옛 인연에 기대어 지난 몇 년 동안을 이 댁에서 시중들어왔다. 이 댁 주인은 원체 젊은 아내를 친딸처럼 여기던 터라, 어떤 경우에는 이 여자를 장모처럼 생각하여 부부간의 일은 물론이고 모든 집안일을 의논했다.

“이제 잠에서 깨셨습니까?”

그녀가 베갯머리에서 두 손을 모아 쥐고 언제나처럼 기다리고 서 있자, 늙은이는 얼굴을 잠옷 깃 속에 파묻은 채,

“으응”

하고 그저 무심한 듯 받았다.

"어떻습니까, 기분은?"

"골이 쑤시고 가슴이 답답하군. 어제 마신 술이 아직 덜 깼나……"

"그럼 약을 갖고 올까요?"

"간밤에는 아마 과음을 했던가봐. 얼마나 퍼마셨는지, 원."

"글쎄올시다. 얼마나 마셨는지 알 수는 없지만…… 그렇게 대취하셨던 모습은 전에는 뵌 적이 없었지요."

"그래, 그렇게 취해 있었는가."

늙은이는 비로소 얼굴을 내밀고,

"사누키"

하고, 조금 억양을 바꾸어 불렀다.

"아침에 눈을 뜨니까, 나는 혼자서 자고 있었어……"

"네에."

"이게 대체 어찌 된 일인가. 그이는 어디 갔는가?"

"네에……"

"네라니, 대체 어떻게 된 일이냐……"

"지난밤 일을, 기억 못하시는 겁니까?"

"지금 조금씩 생각나기는 하는데…… 그이는 이제는 이곳에 안 계시는 건가…… 꿈이 아니었단 말인가…… 나는 좌대신께서 귀가하려는 걸 무리하게 만류했지. 그랬더니 좌대신은 이따위 선물로는 부족하다, 더 훌륭한 선물을 내놓아라, 더 이상 아껴두지 말라고 하셨어. 그래서 나는 내 목숨보다도 귀한 그이를 선물로 드렸는데…… 그게 그냥 꿈이 아니었단 말인가?"

"정말로, 꿈이었다면 얼마나 좋겠습니까……"

문득 코를 훌쩍거리는 소리가 들려 늙은이가 얼굴을 들어 보니, 그녀는 소매로 얼굴을 가린 채 아래쪽을 보고 있었다.

"그렇다면 꿈이 아니었단 말인가……"

"외람되오나, 아무리 크게 취해 있을망정 어찌 그런 일까지 저지르셨는지요……"

"이제 그런 소릴랑 말게나. 후회한들 별수 없게 되었으니."

"하지만 좌대신에까지 오르신 분께서 어찌 진짜로 남의 아내를 빼앗는 그런 일을 감히 할 수 있겠습니까. 아마 지난밤의 일은 취해서 한 장난이고, 오늘 아침에는 틀림없이 돌려보내지 않으실까요?"

"그래주었으면 좋겠네만……"

"정 뭣하시면 사람을 보내보시는 게 어떨지……"

"어찌 그런 일을 할 수 있겠나……"

늙은이는 다시 잠옷을 뒤집어쓰며,

"됐네, 물러가 있게나"

라고 겨우 들릴까 말까 한 탁한 목소리로 말했다.

지금에 와서 생각해보니 과연 그 모든 일은 자기 마음속에도 정확히 각인된 기억임이 분명했다. 반 미친 행위이긴 했을망정 그런 짓까지 저지른 심리에 대해 스스로도 설명이 전혀 안 되는 건 아니다. 자신은 지난밤의 향연을 평소에 좌대신에게서 받았던 은혜를 갚는 절호의 기회로 생각했고, 가능한 한 최고의 대접을 하자고 마음먹었다. 그러나 한편, 자기의 능력으로는 도저히 좌대신을 만족시킬 만한 환대를 할 수 없음을 부끄럽고 창피하게 여기는 생각으로 가득 차 있었다.

스스로 그렇게 자책의 심정—이런 빈약한 대접으로는 미안하기 그지
없다, 그러니 좀 더 그럴듯한 뭔가가 없을까 하는 심정—이 가득했던
참에, 마침 그이께서 그런 식으로 청해오고, 심지어 "그렇게 아끼지
말라"고 일갈하니 그 한마디가 그만 깊이 가슴에 꽂혀서, 좌대신께서
그렇게 소망하신다면 무엇이든 바치자는 생각에까지 이르렀던 것이
다. 게다가 지금에 와서 무슨 수수께끼를 풀자는 것도 아니다. 그이께
서 소망하는 게 무엇인가 하는 것은, 대강은 알고 있었다. 간밤에 그
이는 안방 쪽으로만 곁눈질을 했다. 처음 한동안은 제법 조심스러웠
지만 점점 노골적인 눈길로 변하여, 나중에는 남편인 자기가 번연히
보는 앞에서도 거의 그쪽으로 추파를 보냈다. ……자기가 노망했다
한들, 아무리 머리가 잘 안 돌아간다 한들, 그렇게까지 하는데 어찌
눈치를 못 챘을까보냐……

　……늙은이는 여기까지 기억을 더듬다가, 실제로 지난밤 그때의
자기감정이 묘하게 움직였던 것을 새삼 생각해냈다. 즉 좌대신의 그
런 지나친 행동을 뻔히 보면서도, 스스로도 기괴하기 짝이 없지만 그
무례를 불유쾌하게 느끼기는커녕 도리어 즐겁고 무언가 우쭐한 기분
도 느꼈던 것이었다……

　……어찌하여 그렇게도 즐거웠던가. ……어찌하여 질투를 느끼지
않고 득의만만하게 느꼈을까. ……그는 그전부터 저렇게 세상에 보
기 드문 여인을 아내로 갖고 있다는 데 더없는 행복을 느꼈고, 정직하
게 말한다면 심지어 세상 사람들이 이 사실에 별로 관심을 가지지 않
는 것이 도리어 섭섭했다. 그는 그 누군가에게 더러는 자신의 이런 행
복을 보여주면서 부러워하게 만들고 싶었다. 그래서 좌대신이 그렇게

선망에 찬 얼굴로 안쪽을 슬쩍슬쩍 곁눈질하는 걸 보면서 아주 만족스러웠다. 자기는 이렇게 늙었고, 벼슬이래야 겨우 정3위 대납언으로 끝날 운명이지만, 이 젊디젊은 미남자 좌대신조차 못 가진 것을 갖고 있다. 아니, 어쩌면 구중궁궐 속에 계신 제왕조차 이 정도의 후궁을 갖고 있지는 않을 것이다. 그런 생각으로 한껏 우쭐했고, 바로 그 점 때문에 남다른 즐거움을 느꼈다…… 그런데 거기까지는 누구나 이해하겠지만 실은 그의 가슴속에는 또 한 가지 감정이 내재해 있었다. 즉 그는 요 2, 3년 동안 생리적으로 크게 기운이 떨어져, 그냥 이대로는 안 되겠다, 무슨 방법을 강구해야…… 안 그러면 아내에게 너무나 미안하다, 하는 그런 기분을 느끼고 있었던 것이다. 자신이 행복하다고 느끼는 반면, 자기 같은 늙어빠진 남편을 가진 그녀의 불행을 날로 강하게 느끼고 있었던 것이다. 하긴, 이 세상에는 그러저러한 비참한 운명 속에서 울고 있는 여자들이 얼마나 많은가. 그러니 이런 일로 노상 속을 썩을 일은 아니지만 원래부터 그녀는 세상의 그렇고 그런 흔해빠진 여자가 아닌 것이다. 좌대신의 부인이 아니라 황후라고 해도 좋을 용모와 품위를 지닌 그녀가, 어찌 된 일인지 무능력자 늙은이의 반려가 되었다. 그도 처음 한동안은 그녀의 불행을 보고도 애써 못 본 척했지만, 그녀의 고귀함, 딱함이 차츰 아프게 느껴지며 하루하루 세월이 흘러갈수록 겨우 자기 같은 졸때기가 이런 여자를 독점하고 있다는 죄책감을 느끼지 않을 수 없었다. 스스로는 천하에 자기만한 행복을 누리는 사람은 결코 없다고 생각하지만, 정작 아내 쪽은 어찌 생각할까. 자신이 아무리 그녀를 귀하게 여기며 어여삐 여긴들 아내 쪽은 귀찮게 생각할 뿐이지, 결코 고마워하지는 않을 것이다. 아내는 본시 이쪽에서 무슨 소리를 한들 딱 부러지게 대답하지는 않는 성격이어서 그 깊은 속을 어찌 알 수 있으랴만, 어쩌면 이 늙은이가 어서 빨리 세상을 떠났으면 하고, 그냥저냥 오래 살기만 바라는 남편을 원망스럽게 여기며, 살아 있는 자체를 한탄하고 있지는 않을까……

……그는 그 점을 거듭 의식할수록, 만에 하나 적당한 상대가 나타나 딱한 처지에 있는 가련한 그녀를 당장 이 불행한 지경에서 구해내 진정으로 행복하게 해줄 수만 있다면, 아예 이쪽에서 자청이라도 해서 양보할 수도 있다, 아니, 양보하는 것이 당연하다고까지 생각했다. 어차피 자기가 살날은 얼마 안 되니 조만간 그녀는 그런 운명이 될 테지만, 여자의 미모나 젊음도 시기가 있기 마련이라고 생각하면 그녀를 위해 하루빨리 그렇게 되는 편이 낫다. 그러므로 그녀 입장에서 그가 어서 죽기를 바라고 있다면, 차라리 지금부터 이미 죽은 셈쳐서 그녀의 나머지 반생을 밝히고 싶다. 그리운 사람을 이 세상에 남겨두고 죽은 인간이 무덤 밑에서 그 사람의 앞날을 줄곧 지켜보듯이, 살아 있으면서도 죽은 사람의 심정이 되는 것이다. 그렇게 한다면 그녀도 비로소 이 늙은이의 애정이 얼마나 헌신적이었는가를 이해할 것이다. 그때가 오면 그녀는 이 늙은이를 향해 무한한 고마움과 더 많은 눈물을 흘리게 될 것이다. 그녀는 마치 고인의 무덤 앞에 이마를 대고 엎드려 절하듯이 '아아, 이분은 나를 위해 이렇게 친절한 일을 해주셨다. 참으로 가엾은 늙은이였다' 하고 눈물을 흘리며 고마워할 것이다. 그리고 자기는 그녀 쪽에서는 보이지 않는 어느 곳엔가 숨어서 그녀가 눈물 흘리는 모습을 보고, 그 목소리를 들으면서 여생을 보내는 것이다. 그편이 사랑하는 사람으로부터 원망을 듣는다든지 저주를 받으

며 사는 것보다 얼마나 행복한 일인가……

　지난밤 좌대신의 그 집요한 작태를 보고 있는 동안, 그는 평소 늘 가슴속에 맴돌던 여러 가지 생각들이 술에 취할수록 더욱 짙어짐을 의식했다. 저분은 저 정도로 내 아내를 탐내는가. 사실이 그렇다면 평소 늘 혼자 꿈꾸어오던 일이 어쩌면 실현될지도 모르겠다. 진짜 그 계획을 실행에 옮기려 든다면, 지금이야말로 더없이 좋은 기회이고, 저분이야말로 자격이 충분한 사람이다. 현재의 지위, 재능, 용모, 나이, 어느 점으로 보더라도 바로 저분이 내 아내에게 걸맞은 상대이다. 저분이라면, 진짜배기로 아내를 행복하게 해줄 수 있을 것이다. 그는 그렇게 생각했던 것이다.

　마음속에 그런 생각들이 막 생겨나고 있을 때 좌대신 쪽에서도 적극적으로 움직임을 보이니, 이미 주저할 상황이 아니었다. 그는 자신의 염원과 좌대신의 염원이 이렇게 합치된 데 크게 감동을 받고 고무되었다. 한편으로는 대신에게 은혜를 갚고, 또 한편으로는 사랑하는 이에게 죄를 갚을 기회였으니, 그만 흥분한 것이다. 그래서 결국은 그 자리에서 그런 행동까지 하게 되었다…… 물론 그 순간에도, 내가 과연 이런 행동을 해서 되겠는가, 아무리 은혜에 보답한다지만 어느 누가 보더라도 너무 지나친 행동이 아닐까…… 취한 상태에서 엉뚱한 일을 저질러놓고는 술이 깬 뒤에 후회하지 않을까…… 사랑하는 사람을 위해 그렇게 헌신적인 것은 좋지만 과연 그 뒤의 고독을 견뎌낼 수 있겠는가 하고, 마음 한구석에서는 이런 속삭임이 들리기도 했지만, 뭐, 어떨려고, 그 뒤의 일은 나중에 생각할 일이다, 옳다고 믿어 의심치 않으면 술기운을 빌려서라도 저지르고 볼 일이다, 살아 있으

면서도 죽어 있기를 각오했었는데 그까짓 고독 따위를 무서워하다
니…… 이렇게 스스로를 비웃기까지 하면서 끝내는 사랑하는 그녀의
소매 끝을 좌대신께 넘겨주고 만 것이다……

　그는 지난밤의 자기 행동이 어떤 동기에서 일어난 것인지 지금 순
간에도 하나하나 상세히 떠올릴 수 있었다. 하지만 그렇다고 해도 우
울한 마음이 조금이나마 가벼워지지는 않았다. 그는 조용히 잠옷에
얼굴을 파묻으며 울컥 솟아오르는 회한에 그냥 온몸을 맡겼다. 아아,
이 무슨 경솔한 짓인가…… 아무리 은혜를 갚는다고 했을망정 그토
록 사랑하는 아내를 다른 이에게 양보하다니, 이런 바보가 어디 있을
까…… 이런 일이 세상에 알려진다면 웃음거리밖에 안 된다…… 좌
대신부터가 고맙게 여기기 전에 혀를 내밀며 우스워할 것이다. 그 사
람부터가 열광적인 애정에서 나온 행동이라고 이해하기보다는 박정
한 짓으로 볼 것이다…… 실제로, 좌대신 정도의 인물이면 다른 곳에
서도 얼마든지 아름다운 아내를 얻을 수 있을 테지만, 나는 이참에 그
사람을 놓치면 두 번 다시 어느 누가 기웃거릴 것인가. 그 점을 생각
하면 나야말로 가장 그 사람이 필요했던 것이다. 나야말로 죽는다 해
도 그 사람을 놓쳐서는 안 되었던 것이다…… 어쨌거나 간밤에는 당
장의 흥분에 겨워 고독 같은 건 아예 걱정도 안 했지만, 아침에 깨어
나보니 고작 몇 시간도 지나지 않아 이렇게 쓰라려오는데, 이제 앞으
로 쭉 이런 상태가 이어진다면 어떻게 감당할 수 있을까…… 구니쓰
네는 이렇게 생각하자 눈물부터 주르륵 흘렀다. 늙으면 어린아이로
돌아간다고 하던가. 팔십 고령의 노인은 아이가 엄마를 부르듯 큰 소
리로 엉엉 울기 시작했다.

6

아내를 빼앗긴 후지와라노 구니쓰네가 그리움과 절망감에 시달리며 그 후로도 3년 반 동안 살아간 일은 이후 시게모토가 나오는 장면에서 다시 자세히 그려질 것이다. 자, 이제 잠깐 장면을 옮겨서 그날 밤 수레 안에 '쪽지' 하나를 휙 들이밀었던 헤이주 쪽을 살펴보자.

헤이주는 이 늙은이 정도까지는 아니었지만, 조금은 이와 닮은, 뒷맛이 그다지 좋지 않은 쓰디쓴 느낌에서 헤어나지 못했다. 하긴 애당초 이 일의 계기는 지난해 겨울 어느 날 밤 그가 좌대신 댁을 찾아가 알현했을 때, 좌대신이 '그분'에 관해 이것저것 물어온 것을 그만 자기도 모르게 신바람이 나서 얼결에 몇 마디 지껄였던 일이니, 다시 생각해보면 헤이주는 누구를 원망하기보다 자신의 실수를 탓하지 않을 수 없었다. 헤이주는 "나야말로 당대 첫째가는 호색가다"라고 자처하는 사람이라 대체로 그때그때마다 입을 가볍게 놀리는 버릇이 있어, 시헤이에게 더러 장난기 섞인 부추김이라도 받으면 그만 우쭐해져서 그런 쪽의 일은 죄다 털어놓곤 했는데, 아무리 그래도 잔칫날 밤 시헤이가 그런 폭거를 행할 줄 예상했다면 그리 경솔하게 입을 놀리지는 않았을 터였다. 물론 이런 일에 대해서는 방심할 수 없는 시헤이라는 걸 알고 있었기에, '그분'이 그 정도로 미모가 뛰어난 것을 알게 되면 어떤 장난은 치겠거니 하고 전혀 걱정을 안 했던 건 아니지만, 자기처럼 벼슬자리가 낮은 졸때기와는 달리 조정의 중요한 위치에 있으니 설마 야밤중에 '그분'의 규방에 숨어들 수는 없겠지 하고, 그 점은 차라리 졸때기가 낫다고 안심하고 있었다. 더구나 많은 사람이 둘러싼

가운데 그렇게 당당하게 남의 여편네를 가로채다니, 전혀 상상하지 못한 일이었다. 헤이주의 생각에 따르면, 아내 쪽은 남편의 눈을 속이고, 남편 쪽은 아내의 눈을 속여서 조금 무리하게 아슬아슬한 위험 지대를 건너서 아무도 모르게 살짝 한두 번 만나는 것이야말로 연애의 진미였다. 높은 지위나 권세를 이용해 남의 여편네를 강탈하는 식의 폭거는 너무나 야만적인 이야기라 결코 자랑거리가 못 된다. 그러므로 좌대신의 저런 짓거리는 남의 체통이나 세간의 법까지 짓밟는 방약무인한 행위이며, 호색가끼리의 의리까지 무시한 행동으로, 저래서는 호색가의 자격도 없다고 해야 할 것이다. 이렇게 생각하자 헤이주는 슬그머니 불쾌한 감정이 가슴에 치밀어올랐다. 흔히 여자들에게 인기가 있는 사내들이 그렇듯, 매사에 게으르지만 속되지 않고 사람을 대할 때는 부드러우며 어지간해서는 잔일에 매이지 않는 헤이주였지만, 이번 같은 경우는 처음 겪는 일이라 시헤이가 한 짓에 화가 나서 도무지 견딜 수가 없었다.

헤이주가 '그분'에게 지니고 있던 본래 감정은, 앞에서도 조금 언급했지만 그냥 한두 번의 색정만이 아닌 좀 더 깊은 무엇이 있던 것이라, 예전에 만약 그대로 일이 진행되었더라면 아직도 관계가 이어졌을 터인데, 괜히 평소의 그답지 않게 저 사람 좋은 늙은 구니쓰네에게 측은한 생각이 들며, 더 이상 죄를 짓는 것이 꺼려져서 애써 그녀를 잊고 스스로 물러서고 만 것이었다. 물론 시헤이는 헤이주의 이런 입장까지 알고 있을 리 없지만, 그렇다고 하더라도 헤이주로서는 시헤이의 저 무지막지한 폭거로 인해 모처럼 베푼 따뜻한 마음 씀씀이도 그만 설 자리를 잃게 됐다. 헤이주는 죄를 지었다고 해도 단지 얌전히 아무도 모르게 대납언의 아내와 이따금 몇 시간 정도를 만나 즐겼을 뿐이지만, 시헤이 쪽은 대납언에게 약간의 선심을 쓰고는, 그 늙은이로 하여금 앞뒤 가리지 못하도록 엄청 술에 취하게 한 뒤, 그이가 자기 목숨보다 귀하게 여기는 것을 아예 빼앗아버렸다. 헤이주와 시헤이 중 어느 쪽이 더 잔인한가 하는 것은, 그 늙은이 입장에서 보면 두말할 나위가 없다. 헤이주는 지금, 지난날의 연인이 우연히 자신의 손길이 미치지 않는 귀인에게 피랍된 것일 뿐임에도 참을 수 없는 분노를 느끼는데, 저 늙은 대납언이 느끼는 울분은 얼마나 클 것인가. 더구나 늙은이가 저 지경에 이르게 된 것은 헤이주가 시헤이에게 쓸데없는 소리를 나불나불 지껄였기 때문이다. 결국 헤이주는 늙은이를 저런 불행에 떨어지게 한 원흉이 자신이고, 정작 늙은이는 그 일에 대해 전혀 모르고 있으리라는 데 생각이 미치자, 어떻게 용서를 빌어야 할지 도저히 알 수가 없었다.

한데 사람의 마음이라는 게 또 어찌나 제멋대로인지, 헤이주는 자기보다 늙은이 쪽이 비교가 안 될 정도로 훨씬 가엾다는 걸 잘 알고 있었지만, 자기가 바보짓을 했다는 생각 때문에 기분이 썩 좋지 않았다. 그도 그렇고, 방금 이야기한 그런 사정들이 있어 그녀와는 그간 조금 멀어지긴 했으나, 그녀에게 흥미를 완전히 잃었던 건 아니어서 실은 마음속 깊이 아직 아련한 여운 정도는 남아 있었다. 아니, 좀 더 정확히 말하자면 잊고 지내던 중에 시헤이가 그녀에게 호기심을 품고 있다는 사실이 명확해지자 알게 모르게 잃어가고 있던 흥미가 다시 왈칵 되살아났다. 헤이주는 지난해 그날 밤에 그런 일이 있은 뒤, 시헤이가 갑자기 큰아버지인 대납언을 가까이하기 시작하고 자꾸만 환심을 사려고 드는 것을 불안한 마음으로 지켜보면서, 도대체 무슨 속셈으로 저러나 하고 시헤이의 의도를 궁금하게 여기며 몰래 그쪽 움직임에 주의를 기울여왔는데, 결국 잔치 이야기가 나오고 함께 가도록 명령을 받은 것이었다.

잔칫날 밤, 헤이주는 어쩐지 저 나름의 낌새로, 바야흐로 무슨 일이 일어나긴 일어나겠다는 예감이 들어 처음부터 우울했다. 좌대신이 자기를 이 자리에 끼도록 조치한 건 반드시 무슨 의도가 있으려니 하고 생각은 했는데, 과연 잔치가 시작되자 맹렬한 속도로 술판이 벌어지며, 좌대신이며 그 패거리 부하들이며 하나같이 늙은이를 대취하도록 분위기를 끌어가고, 한편으로 좌대신 자신은 그 댁 안방 쪽으로 연신 눈길을 주고, 한편으로는 헤이주에게도 이상한 농지거리를 하여 한층 헤이주를 불안하게 만들었다. 헤이주는 그렇게 시헤이가 여느 때와는 달리 거의 개구쟁이 같은 눈으로 잔뜩 취해, 벌건 얼굴로 고래고래 소리를 지르고 노래 부르고 웃는 모습을 보자, 이제 곧 어떤 커다란 위험이 그 댁 안방으로 닥치리라는 생각이 들면서, 그에 따라 더더욱 옛날과 같은 강도로 애정이 되살아옴을 느꼈다. 그리하여 시헤이가 끝내 안방으로 침입해 들어갔을 때는, 도저히 그대로 앉아 있을 수가 없어 황급히 일어나 그 현장에서 벗어났는데, 결국 그녀가 수레에 태워져서 끌려갈 때는 또 그냥 보고 있을 수만은 없어 수레 옆으로 다가가 거의 제정신이 아닌 채로 쪽지 하나를 집어넣었던 것이다.

그날 밤 헤이주는 다시 그 패거리 속에 섞여 수레 뒤에 붙어 좌대신 댁까지 갔다가, 그곳에서 혼자 터벅터벅 야밤의 거리를 걸어 집까지 돌아오면서, 그녀를 향한 그리움이 새삼 솟구쳐오르는 것을 견딜 수 없었다. 행렬이 시헤이의 저택에 이르러 그녀가 수레에서 내릴 때 살짝 눈이라도 맞추길 바랐지만 그 바람도 이루지 못한 채 그대로 들여보내고, 이렇게 영원히 헤어지게 되는가 싶자 또다시 그녀에 대한 그리움이 일었다. 자신이 그녀를 이토록 사랑했는가, 그녀에 대한 열정이 이토록 끈질겼는가 하고, 그 자신도 스스로 의아한 생각이 들었는데, 하긴 헤이주의 이런 새삼스러운 정념은 이제 부인이 지금의 그에게는 도저히 손길이 닿을 수 없는 꽃이 되었다는 사실로 더욱 부추겨진 면도 없지는 않았다. 이를테면 부인이 늙은 대납언의 아내, '그분'으로만 계셨다면, 언제라도 욕심이 날 때는 쉽게 관계를 되돌릴 수 있었겠으나, 이제는 그것이 불가능해졌으니 더더욱 애석하고 아까운 느낌이 들기도 했을 터였다.

이야기가 나온 김에 하나 더 말하자면, 앞에서 인용했던 헤이주의 쪽지 속 노래는 『고킨슈』에는 작자 미상이라 되어 있고, "한마디 말할 수조차 없는 소나무 바위 위"라는 구절이 "생각날 때는 산 바위 위 진달래"로 되어 있다. 그리고 설화집 『짓킨쇼十訓抄』에서는 이 노래의 작자를 구니쓰네라고 밝히면서 이렇게 말하고 있다.

시헤이 공은 모든 면에 교만한 사람이었거니와, 큰아버지인 구니쓰네 대납언의 부인이자 아리와라노 무네야나의 딸을 계략을 써서 빼앗아 자기 부인으로 만들었는데, 이 사람은 아쓰타다 경의 모친이다. 구니쓰네 경은 한탄했지만, 세상에 퍼질까 주저하여 힘쓰지 못했다.

생각날 때는 산 바위 위 진달래

말하지 못해 더욱더 그리운 것을

이 노래는 그 구니쓰네 경께서 읊은 것이다.

과연 앞의 것보다 "생각날 때는"이라는 쪽이 더 격조가 높아 보이고, 또 이것을 구니쓰네 노인이 직접 읊었다고 생각하면 더욱 가엾어지지만, 그런 건 이 소설의 범위를 벗어난 일들이니 어느 쪽이든 무방한 걸로 치자. 다만 확실한 사실은 시헤이는 '그분'을 아예 빼앗을 목적으로 데리고 갔으니, 물론 이튿날 아침이 되어서도 대납언에게 돌려보내지 않았다는 것이다. 그러기는커녕 미리 준비해둔 침소 한 곳에 살게 하면서 끔찍이 총애하여, 이듬해에는 벌써, 뒤에 등장하는 중납언(中納言) 아쓰타다라는 사내아이를 낳기에 이르고, 마침내 온 세상 사람들도 이 부인을 귀히 여겨 '본원 북쪽의 그분'으로 부르게 된다. 본시 기가 약했던 구니쓰네 노인은 그런 일들을 죄다 보면서도 어찌할 수는 없었고, 『곤자쿠 이야기』의 서술에 따르면 '질투와 슬픔과 그리움으로' 괴로워하면서 덧없는 나날을 보냈는데, 정작 헤이주는 도저히 체념할 수가 없어 대담하게도 좌대신의 아내가 된 그이에게 조금이나마 틈이 보이면 살그머니 꼬셔볼 생각을 하기에 이른다.

『고센슈後撰集』제11권 「사랑」 3부에는 "대납언 구니쓰네 댁에 거처하던 여주인과 은밀한 관계를 맺고, 두고두고 사귀자고 밀약까지 했으나, 이 여인, 태정대신으로 추서된 시헤이에게 창졸간에 납치되어 그 댁으로 옮겨 앉은즉, 그다음부터는 글 한 쪽 전할 길도 막혀, 여인의 다섯 살 정도 된 아이가 그 댁 본원의 서쪽 뜨락에서 놀고 있을 때 불러, 어머니에게 갖다 보이라며 팔뚝에다 몇 자 썼으되, 다이라노 사다부미……"라 하고, 다음 노랫말이 실려 있는데,

　　그 옛날에 사귀었던 일 새삼 슬퍼져
　　아무리 그때 굳게 약속했기로서니 지금은 여운만 남았으니

무엇보다 확실한 증거인 이 노래 뒤에 또, '답시, 작가 미상'이라는 다음과 같은 노랫말이 보이는 것은 매우 주목할 만한 일이다.

　　현실 세계에서 누구와 맹세했던가
　　지금은 꿈속에서 헤매는 나는 누구인가

구니쓰네나 헤이주와 그런저런 곡절이 있었으므로, 시헤이가 새 부인의 신변을 빈틈없이 감시하고 아무나 함부로 접근하지 못하도록 했으리라는 것은 상상하기 어렵지 않지만, 헤이주도 그 나름으로 교묘하게 손을 써서 삼엄한 경계의 눈을 뚫고 어린아이를 구슬려 쪽지 하나를 전하는 데까지는 성공했다. 이 아이는 『짓킨쇼』에 '그 여인의 아드님으로 다섯 살 정도'라고 묘사되고, 『요쓰기 이야기』의 '어린애 하나를 시켜서'라는 구절에 나오는, 부인 아리와라 씨와 구니쓰네 사이에 태어났던 사내아이, 그러니까 뒤에 등장하는 소장 시게모토를 일컫는 것인데, 이 아이만은 어머니가 반강제로 끌려간 뒤에도 유모 등과 함께 본원에 자유롭게 드나들거나 혹은 눈에 띄어도 못 본 척해주는 위치에 있었을 것이다. 매사에 빈틈이 없던 헤이주는 일찍부터 그

아이에 주목하고 교묘하게 꼬드겨, 어느 날엔가는 바로 그 아이가 본원으로 와서 어머니가 거처하는 침전의 서쪽 방 앞에서 놀고 있는 걸 불러 부탁을 했다. 그러니까 헤이주는 어떻게든 그녀에게 접근하려고 틈만 나면 그 근처를 어물거렸을 터인데, 소년의 팔뚝에다 노래 구절을 적었다는 것은, 어지간히 급한데 당장 종이 따위가 없었거나 종이 같은 건 자칫 잃어버릴 우려가 있다고 생각했던 것일까. '그분'은 자기 아들의 팔뚝에 적혀 있는 옛 남자의 노래를 보고 심히 울었다고 하는데, 결국 그 글을 받아 "현실 세계에서……"라는 화답의 노랫말을 역시 아이 팔에다 적어 "가서 이걸 그이에게 보여주거라" 하고 아이를 밀어버리고, 자신은 황급히 칸막이 그늘에 몸을 숨겼다던가.

당대의 최고 권력자였던 좌대신의 '그분'에게 헤이주가 이런 식으로 접근을 시도했던 게 한두 번이 아니었다는 사실은 『야마토 이야기』에 전해 내려오는 다음과 같은 노랫말로도 알 수 있다.

앞날이 어찌 될지 알지도 못한 채
이 내가 그 옛날에 맹서했던 그 일일랑

어쩌고저쩌고 몇 자 보낸 이 글에 '그분'도 답장을 보냈던 것 같은데, 남겨져 있지는 않다. 하지만 이렇게 몇 자 글을 보내는 건 가능했지만 직접 만날 길은 없어, 그런 쪽으로 거의 통달한 헤이주도 이 일에는 차츰 실망한 끝에 아예 포기를 한 듯, 끝내 '그분'과의 관계는 그 이상까지 이르지 못했던 것 같은데, 그렇게 되니 자연히 이 호색한의 마음은 다시 왕년의 또 하나의 연인, 저 '지쥬노기미' 쪽으로 되돌아갔을 것이다. 당연한 것이, 이쪽도 좌대신의 여자로서 같은 본원 안에 기거했을 터이니, 부인 쪽으로 더 이상 방법이 없어 아무런 일도 이루지 못한 채 그냥 빈털터리로 돌아서느니, 본시 반장난삼아 한때 공을 들였던 그녀라도 건드려보지 못하면 사내로서의 헤이주 체면이 말이 아니라는 자격지심 같은 것도 없지는 않았기 때문이다. 하지만 짓궂기로는 누구에게도 지지 않는 '지쥬노기미'가 얼씨구나 하고 손쉽게 헤이주에게 응할 리도 없었으니, 혹여 헤이주가 그때 그녀에게서 그 지경으로 놀림감이 되고 그런 대접을 받으면서도 온 마음을 다해 열의를 잃지 않고 집요하게 공을 들였더라면, 끝내는 시험에 합격한 것으로 쳐서 한두 번은 몸을 허락했을지도 모르지만, 도중에 그냥 포기했으니 상대는 또 상대대로 기분이 상해 한층 더 꽁해서, 이젠 무슨 소리를 한들 코웃음이나 치며 전혀 응할 생각이 없어졌을 터였다.

그렇게 한 여인은 타인에게 빼앗기고, 또 한 여인은 자신이 단호하게 돌아서버려 내쳐진 상황이었으니, 당대를 울리던 호색가의 면목을 생각해서라도 헤이주는 거의 필사적으로 '지쥬노기미'에게 끈질기게 치근댔을 터인데, 그 경위까지 이 자리에서 서술하는 것은 그만두자. 모름지기 독자들께서는 당대에 자존심에서는 어느 누구에게도 지지 않던 그녀, 사내들을 골탕 먹이는 일에 특별한 재미를 느끼던 그 '지쥬노기미'가 또다시 전과 같은, 혹은 전보다 몇 배 더 가혹한 시련을 헤이주에게 안겨주었고, 헤이주도 이번에는 참으로 엄청난 시련을 고스란히 겪어내며, 끝내는 그녀의 그 자존심이라는 것을 유감없이 만족시켜 한두 번이나마 성공에 이르렀던 그 어려웠던 경로를 각자 상상해보기 바란다. 다만, 겨우겨우 헤이주가 목적을 달성하고, 오랫동안 애타게 그렸던 그녀와의 해후를 즐기는 경지에 이르기는 했을망정, 이후로도 그녀의 버릇은 없어지지 않고 걸핏하면 전혀 상상할 수도 없는 장난을 고안해내어 헤이주를 웃음거리로 만들고, 그때그때 목적을 이루지 못한 채 돌아가는 사내 뒤에서 좋아라 하고 재미있어하며 날름 혀를 내밀 정도로 조롱하는 일이 세 번에 한 번씩은 꼭 있어서, 헤이주도 끝내는 정나미가 떨어져 '젠장, 망할 놈의⋯⋯' 하고 쭝얼거릴 만큼 노상 바보 취급을 당하면서도, 그냥저냥 매달리고 있는 자신을 저주하며, 이젠 정말로 끝이라고 몇 번씩 굳게 다짐하기도 했던 것이 『곤자쿠 이야기』나 『우지슈이 이야기宇治拾物語』 등에도 남아 기억되고 있으니, 이 유명한 자취들은 아마도 그 무렵의 실화였을 터이다.

결국 헤이주는, 어떻게든 저 '지쥬노기미'의 치명적인 약점을 찾아내고야 말겠다고, 아무리 저 여자가 흠이라곤 털끝만큼도 없는 아름다운 여인이라 한들, 결국은 세상에 흔한 보통 여자와 추호도 다름이 없을 것이라는 확실한 증거라도 찾아낸다면, 이렇게까지 홀딱 반한 자신도 그 꿈에서 깨어나 정이 떨어지려니 하고 애써 고안해낸 것이, 저렇게 겉보기로는 아름다워 보이는 여자일지라도 그 몸이 배설해내는 것은 우리들과 똑같은 오물일 터여서, 그러니 어떤 방법을 쓰든지 저 여자의 변기를 훔쳐내서 그 내용물을 본다면, 그렇게 된다면, 저런 얼굴을 하고 있으면서도 이런 더러운 것을 싸는가 하고, 자기도 대번에 징그러워지며 정이 떨어질 것이라는 생각이었다.

이 대목에서 지금 이 글을 쓰고 있는 필자 자신도 그 당시의 변기가 어떤 모양이었는지는 알 리 없다. 『곤자쿠 이야기』에는 단지 '궤짝'이라고만 적혀 있고, 『우지슈이 이야기』에는 '가죽 통'이라고 되어 있다. 어쨌든 당시 그만한 지위에 있던 여자들은 변기를 타고 앉아 일을 보고는, 곁에서 시중을 드는 계집아이를 시켜 그것을 갖다버리게 했다. 그리하여 헤이주가 하녀 방 근처에서 그늘에 숨어 사람이 나오기를 기다리고 있자니, 어느 날은 열일고여덟 살쯤 되어 보이는 귀엽게 생긴 계집아이 하나가 나왔다. 한여름이라 머리카락 길이가 조금 짧고, 계절에 알맞은 얇은 옷을 걸치고 진한 하카마를 입고, 문제의 그 변기를 예쁜 색깔의 천으로 싸서 빨간색 종이에 그림을 그려 넣은 부채로 살짝 감추듯 들고 나왔는데, 헤이주는 그 뒤를 가만가만 쫓다가 인적이 드문 곳에 이르자 곧장 달려가 그 변기에 손을 내밀었다.

"어머, 이게 무슨 짓이에요?"

"잠깐, 이걸 잠깐……"

"어머, 이건 거시기……"

"괜찮아, 알고 있으니까! 좀 이리 내놔봐."

계집아이가 놀라서 얼이 빠져 있는 동안 헤이주는 그걸 홱 잡아채서 냅다 달아나고 말았다.

옥이야 금이야 변기를 소매 끝에 숨겨 안고 집까지 내뺀 헤이주는, 방 안의 문들을 죄다 닫고 근처에 아무도 없음을 확인한 다음, 조심스레 변기를 내려놓고 살펴보려 했다. 그런데 바로 이것이 자기가 그렇게나 깊은 공을 들이는 여자의 배설물이 든 그릇이라고 생각하자 당장은 뚜껑을 열기가 아쉬워져서, 자세히 자세히 살펴본즉, 흔히 있는 가죽 통이 아니고 금빛 옻칠을 한 훌륭한 변기였다. 그는 새삼스럽게 변기를 손에 들고 쳐들어보기도 하고, 내려놓아보기도 하고, 안에 든 내용물의 무게를 가늠해보기도 하다가 드디어 조심스럽게 주뼛주뼛 살짝 뚜껑을 열자, 정향나무 비슷한 향내가 코를 찔렀다. 이상하게 생각하고 들여다보자 반쯤 담긴 향나무 색깔 액체 속에 엄지손가락만한 굵기에 두서너 치 길이의 검정색이 섞인 누런 덩어리가 세 조각 정도 둥그스름하게 뭉쳐져 있었다. 한데 세상에 흔한 그것답지 않게 향긋한 냄새가 나서 시험 삼아 작은 나무 막대기로 찔러 코끝에까지 가까이 대본즉, 저 흑방(黑方)이라고 하는 방향제, 즉 침향, 정향, 갑향(甲香)*, 백단(白檀), 사향 등을 뒤섞어 만든 향내와 닮아 있었다.

"속을 찔러서 코를 대어 냄새를 맡아본즉, 아하, 흑방 향이로다. 이게 웬일인고, 흔한 세상사람 것은 아니로세. 이렇게 생각하면서 더 자세히 들여다볼수록, 아아, 이 여자와 노닐어보자는 생각이 굴뚝같이 치밀어 올라……"라고 한 것은 『곤자쿠 이야기』의 묘사인데, 요컨대 그냥 흔한 사람 중 하나에 지나지 않는다는 증거를 찾아서 이참에 아예 끝을 내려고 마음먹고 한 짓이었는데, 도리어 그 반대의 결과가 되었으니, 정이 떨어지기는커녕 더욱더 뜨겁게 달아올랐다는 것이다. 그럼에도 헤이주는 너무너무 뜻밖이고 불가사의하여 그 변기를 끌어당겨 안에 있는 액체를 조금 맛보기까지 했다. 역시 짙은 정향의 향내가 났다. 나무 막대기로 찌른 그것도 조금 혀끝에 대고 맛을 보니 약간 쓰고도 달콤한 맛이 있었다. 그리하여 좀 더 혀끝으로 맛을 보니, 오줌처럼 보이는 액체는 정향나무를 끓여낸 국물 같고, 대변으로 보이는 덩어리는 여러 가지 방향제를 담쟁이덩굴 즙을 섞어 굳힌 다음

---

* 조개껍데기를 빻아서 만든 약재.

큰 붓대에 넣어 둥글게 만든 듯했는데, 하지만 설령 그렇다고 하더라도 도대체 이쪽 마음을 그 정도로 미리 꿰뚫어보고, 배설물까지도 이런 모양으로 만들어 사내를 뇌쇄하려 손을 쓰다니, 얼마나 얼마나 철저한 여자냐, 역시 그녀는 세상에 흔하디흔한 그런 여자는 아니라고 생각되어 단념하기는커녕 그리움만 더 용솟음치는 것이었다.

사람의 운이란 일단 안 좋은 쪽으로 접어들게 되면 어느 지경에까지 가 닿는지 모르는 것이라 그런 쪽으로는 세상에 이름을 떨쳤던 헤이주도 '지쥬노기미'의 배설물 냄새까지 맡고 나서는, 어디에 가서든 계집 놀음이 번번이 성공하지 못하고 거의 실패의 연속이었다. 더구나 '지쥬노기미'는 더더욱 교만해지고 잔인해지고 이쪽에서 열을 올리면 올릴수록 냉대하고, 이제 겨우 됐나보다 할 즈음에는 보기 좋게 튕기니, 가엾은 헤이주는 끝내 그녀에게서 헤어 나오지 못한 채 결국엔 병을 얻어 속이 썩다 못해 죽기에 이르렀다. "어쩌다가 이 사람은, 이 일에만 오로지 골몰하다가 결국 심뇌 끝에 죽음에 이르렀으니"라고 『곤자쿠 이야기』에도 적혀 있다. 하긴, 이쯤에서 한 가지 꼭 덧붙여야 할 것은 『짓킨쇼』에 의하면 '지쥬노기미'는 본래 헤이주의 여자였는데, 이를 시헤이가 가로챘다고 되어 있다. 그래서 이 점을 두고 본 필자가 상상하기로는, 본시 이 부인은 본원의 저택에 있는 여자였으니 필경 시헤이가 손을 대지 않았을 리는 없고, 헤이주는 그것을 모르고, 혹은 나름대로 알고 있으면서도 삼각관계에 들어섰던 게 아니었을까. 그렇다면 처음의 그 사건을 위시하여 '지쥬노기미'의 헤이주에 대한 악랄한 장난들도 어쩌면 배후에서 이 여자를 조종하고 있던 좌대신의 꿍꿍이였을지 모른다. 그렇다고 한다면, 헤이주를 죽인 것은 바로 시헤이라고 할 수 있다.

7

필자는 앞서 헤이주가 죽은 해가 엔초 원년으로도, 6년으로도 전해지고 있어 확실치 않음을 밝혔다. 지금 보듯이 '지쥬노기미'의 일이 원인이 되어 앓다가 죽었다는 『곤자쿠 이야기』를 따르기로 한다면 헤이주 쪽이 시헤이보다 먼저 죽었으리라는 생각도 들지만, 앞에서 말한 『고센슈』를 읽어보면 역시 헤이주가 훨씬 오래 살아 있었던 게 아니었을까. 하지만 그 점도 대충 어느 편이든 무방하다고 치고, '그분' 탈취 사건이 있고 나서 4, 5년 뒤인 엔키(延喜) 9년 4월 4일에 시헤이가 고작 39세의 한창 나이로 급사한 것은 거의 확실해 보인다.

이 좌대신이 한창 일할 나이에 갑자기 급사한 사실을 두고, 겹겹이 쌓은 악업의 응보였다고 당대 사람들은 말하기도 했는데, 그중에서도 대표적인 것은 스가와라노 미치자네 공(公)의 원한 때문이라는 이야기였다. 스가와라노 미치자네 공이 쓰쿠시(築紫)에 유배되었다가 그곳에서 서거했던 것은 엔키 3년 2월 25일로, 그 몇 년 뒤인 엔키 6년 7월 2일에는 시헤이와 함께 스가와라노 미치자네 공을 참소하는 모의에 동참했던 우대장(右大將) 사다쿠니 대납언이 41세로 죽고, 엔키 8년 10월 7일에는 시헤이와 가까웠던 참의 식부대보 스가네도 53세로 세상을 하직한다. 게다가 스가네의 경우는 우레의 신으로 변한 스가와라노 미치자네 공의 혼령에게 죽임을 당했다고 알려져 있다. 그러면 스가와라노 미치자네 공께서 천둥 번개로 변하여 생전의 원한을 갚았다고 하는 괴담 중 시헤이와 그 일족에 관계되는 부분 몇 가지를 한번 이 자리에서 살펴보기로 하자.

스가와라노 미치자네의 혼령이 처음 모습을 드러낸 것은 죽고 나서 다음해 여름, 어느 환한 달밤 새벽 네시가 지난 시각, 밝은 하늘 속에 엔랴쿠 사(延曆寺) 13대 주지인 손이(尊意)가 히에이 산(比叡山)의 제일 높은 정상에서 밀교의 삼밀관상(三密觀想)에 몰입해 있을 때였다. 중문 근처라고 짐작되는 곳에서 문을 두드리는 자가 있어 열어 보니, 이승에서 저승으로 가셨을 터인 스가와라 공이었다. 고승 손이가 울렁거리는 가슴을 지그시 누르면서 공손하게 불당에 맞아들여 이 심야에 무슨 일로 왕림하셨나이까 물으니, 스가와라 공의 혼령이 대답하되, '나는 억울하게도 탁한 세상에 살다가 근거 없는 모함을 받아 좌천당해 유배되었다. 그 원한을 갚기 위해 천둥 번개가 되어 교토의 하늘을 돌며 궁궐에 가까이 가 닿으려고 하는바, 이 일은 이미 범천(梵天), 사천왕, 염라대왕, 제석천, 5도(道)의 명관(冥官), 저승사자, 사록(司錄)* 등의 허락을 받아 어느 누구도 막아설 수 없는데, 다만 큰스님의 법력이 남달라 나를 제압하실 것이 가장 두렵노라. 아무쪼록 지난 오랜 세월 피차의 관계를 고려하여, 혹여 조정의 부름이 있더라도 그대로 응하지 않기를 바란다. 이 일을 아뢰기 위해 일부러 이곳까지 왔다'는 것이었다.

그리하여 손이가 '지금 말씀을 들어보니 충분히 노여워하실 만하

---

* 인간의 수명을 관리하는 천신.

지만, 예로부터 어지신 분이 소인배로 인해 화를 입는 일은 원체 많아서 귀공 한 사람만의 운명은 아니옵고, 대체로 이 세상은 무도한 것이라 그렇게 원한을 지니는 일은 딱하게 보이는바, 아무쪼록 그런 생각일랑 접어두시기를…… 그러나 그렇긴 할망정, 귀하와 본인은 원체 깊은 인연이 있었기로, 모처럼 그렇게 간절하게 부탁해오신다면, 비록 두 눈을 뽑힌들 그대 말씀을 좇아, 아무리 어명이 내린다 한들 그대로 받지는 않겠나이다. 다만 천하의 모든 것이 왕토(王土)이고, 본 우승(愚僧)도 왕민(王民)의 한 사람인 이상 만일 어명이 몇 차례에 이른다면, 두 차례까지는 안 들더라도 세번째에는 안 들을 수가 없겠나이다' 하고 대답하자 스가와라 공의 혼령은 대번에 안색을 바꾸며 험악한 모습이 되어서는 손이가 목이 마르실 테지요 하고 내민 석류를 받아 한 입 물고는 와작와작 깨물어 그걸 문 옆에다 내뱉었다. 그것은 금방 한 줄기 불기둥이 되어 타올랐는데, 손이가 쇄수(灑水)의 수인(手印)*을 맺자 곧 꺼졌다.

그러고 나서 얼마 뒤에 낙양의 하늘에 검은 구름이 몰려와 퍼지더니 천둥 번개를 동반한 물벼락이 치며 바람이 세차게 불고, 우박까지 내려 궁중 이곳저곳에 벼락이 떨어졌다. 모든 신하늘이 벌벌 떨면서 마루 밑으로 기어 들어가고 뒤주 속으로 숨고 혹은 다다미를 떠메고 울부짖고 법화경 한 구절을 읊는 난리 속에, 시헤이는 혼자서만 의연하게 장검을 빼어들고 하늘을 향해 질타했다는 것이 바로 이때의 이야기로, 그 뒤에도 비바람은 멎지 않아 끝내 가모 강의 대홍수에까지

---

* 물 뿌리는 모양의 수인.

이르렀다. 손이 주지스님은 어명이 세 차례에 이르자 어쩔 수 없이 궁궐에 들어가 법력으로 천둥 번개를 가라앉히며 천황의 괴로움을 덜었는데, 손이가 탄 수레가 가모 강 가까이 다다르자 물이 자연스레 스르르 빠져 쉽게 수레로 건넜다는 일화가 전해온다. 또한 궁중의 천황께서 꿈에 부동명왕이 불더미 속에서 소리를 높여 주문을 읊고 계심을 보고는 눈을 뜨고 둘러보니, 바로 손이 스님이 열심히 기도하는 독경 소리였다고 한다.

하지만 손이의 법력도 날이 갈수록 효험이 사라졌는지 그 뒤 5년이 지나 8년 10월에는 신하 스가네가 벼락을 맞아 즉사했다. 시헤이는 9년 3월경부터 시들시들 몸이 아파 자리에 누웠는데, 스가와라 공의 원령이 이따금 베갯머리에 나타나 저주를 일삼아서 점술사나 의원을 불러 갖가지 기도, 치료, 침이나 뜸을 해보기도 했지만 전혀 효험이 없고 이제는 단지 죽음을 기다리는 상태로 나가떨어져 있었다. 문중의 슬픔은 날로 더해가서 결국 덕망 높은 성인(聖人)을 모시고 법력에 의지할 수밖에 없다고 여긴바, 그런 사람이라곤 당시 천하에 이름을 떨쳤던 조조 법사 외에 달리 없었다. 이 조조 법사는 스가와라노 미치자네 공이 우대신으로 시헤이와 승진을 다투던 시절 '리주(離朱)의 밝은 눈으로도 자기 눈썹 위의 먼지를 볼 수는 없고, 공자님의 지혜도 요강 속의 물건을 알 수는 없으니'라는 구절이 들어 있는 글을 스가와라노 미치자네 공에게 바치며, 내년에 기필코 공에게 화가 미칠 터이니 속히 벼슬에서 물러나 몸 보호에 충실할 일이로다, 하고 알려준 문장박사(文章博士) 미요시노 기요쓰라의 여덟째 아들로, 어머니는 고닌 천황의 손녀였다. 어릴 때부터 총명하기 이를 데 없어 네 살에 천자문을 읽고 일곱 살에 출가하려다가 열두 살에 우다 상황의 눈에 들어 상황의 법제자가 되었는데, 그 뒤 상황은 그로 하여금 히에이 산에 올라가 스님이 되기 위한 수계를 받게 하고, 겐쇼 율사에게 붙여 밀교(密教)를 배우도록 했다고 한다. 원체 다재다능한 사람이어서 불교의 현교(顯教)와 밀교는 물론이려니와 10종이 넘는 학문, 기술을 익혔다고 하는데, 의술, 천문, 실담(悉曇), 관상, 관현(管絃), 문장, 점복, 수군(水軍), 그림, 기도로 괴물을 퇴치하는 힘을 지녔고, 법화경 등등에 통달해 있었을 뿐만 아니라 음곡(音曲) 등의 여러 예능에서도 어깨를 나란히 할 사람이 당대에는 전혀 없었다고 한다. 좌대신 댁에서 이 조조 대사를 간청하여 그이가 가본즉, 이미 시헤이의 얼굴에는 죽음의 그늘이 짙어서 살아날 가망은 없어 보여, 아무리 비책을 써본들 별수 없을 것임을 알려준바, 당자도, 온 식솔도 그래도 계속 살려달라고 졸라대어 어쩔 수 없이 기도에는 애를 썼다. 그때 조조의 아버지 기요쓰라도 병문안을 왔다가 베갯머리에 앉아 있었는데, 조조가 성심을 다하여 기도하자 환자의 양쪽 귀에서 청룡이 나와서 입으로 불을 뿜어내며 기요쓰라에게 말하기를 '나는 생전에 귀하의 충언을 듣지 않아 좌천을 당하여 쓰쿠시의 하늘에 유배되어 덧없는 최후를 맞이했으나, 바야흐로 범천과 제석천의 허락을 얻어 우레가 되어 내게 모질게 대했던 자들에게 그 원한을 갚으려고 하는데, 귀하의 자식 조조가 법력으로 나를 항복시키려 하다니 심히 뜻밖이노라. 귀하에게 부탁하겠사오니 조조 법사를 그만 말려달라'고 하는 것이었다. 기요쓰라가 그 소리를 듣고 황겁해 마지않으며 조조에게 명하여 당장 기도를 중지시켰더니, 조조가 자리에서 뜨자마자 시헤이는 숨을 거두었다.

우다 상황은 자신의 법제자인 조조가 좌대신의 저택에서 마지막까지 기도하지 않고 퇴거한 것을 전해 듣고는 기색이 크게 나빠졌다. 이를 알고 조조도 깊이 반성하여 그 뒤 3년 동안은 요가와의 법당에 칩거하며 수련과 고행에만 전념했다고 한다. 세간 사람들은 시헤이가 그런 모습으로 죽어간 것을 당연한 일로 여기고, 그다지 동정하는 사람도 없었다. 그런데 그 앙갚음은 비단 시헤이 한 사람에게만 머무르지 않고, 자손에게까지 이르러 그의 세 아들 중 큰아들 야스타다는 조헤이(承平) 6년(936) 7월 14일에 47세로 죽고, 저 새 부인 아리와라 씨가 낳았던 3남 늦둥이 아들은 덴교(天慶) 6년(943) 3월 7일에 38세로 세상을 떠난다. 하긴 야스타다가 죽은 나이는 47세이니 그 무렵으로서는 꼭 젊어서 세상을 떠났다고 할 수는 없겠지만, 실제로 스가와라 공의 저주에 조바심을 낸 끝에 병환을 얻었다고 하며, 베갯머리에 주술사를 불러『약사경藥師經』을 읽던 중에 그 경전 속의 구비라(宮毘羅) 대장이라는 문구를 '그대를 목 졸라 죽인다'라고 잘못 듣고는 혼절하여 그대로 세상을 떠났다는 설도 있어 아무튼 예사로운 죽음은 아니었다. 그 밖에 우다 천황의 부인으로, 교고쿠 왕비라고 불리던 딸 하나도 단명하여 세상을 뜨고, 또 다른 딸 니세코와 다이고 천황의 황태자인 야스아키라 사이에서 태어났던 요시요리 왕은 시헤이의 외손자가 되며 야스아키라 친왕 서거 뒤에 황태자에 오르는데, 이 사람도 엔초 3년(925) 6월 18일에 겨우 5세의 나이로 세상을 떠난다. 둘째 아들인 도미노고지 우대신(右大臣) 아키타다가 고호(康保) 2년 (965) 4월 24일 68세로 세상을 떠난 것은 예외였는데, 이 아들은 마음씨가 고와서 평생 동안 스가와라노 미치자네의 혼령을 두려워하고 또 존경했기 때문에, 매일 밤 뜨락에 나가서 하느님을 향해 빌었다. 또 하루하루 처신하는 데 있어서도 근엄하고 검약을 일삼아, 대신 자리에 6년간 있으면서도 집 안에 있거나 밖에 있거나 대신이라는 티를 전혀 내지 않았다. 어쩌다 외출할 때도 요란한 모습을 전혀 보이지 않고 뒤따르는 하졸도 네 명이 되지 않았으며, 늘 수레 뒷자리에 타곤 했다. 식사를 할 때도 화려한 그릇은 아예 쓰지 않고 질박한 토기에 음식을 담았으며 밥상도 없이 작은 소반을 놓고 맨바닥에서 드시곤 했다. 손을 씻을 때도 큰 대야를 쓰는 일 없이 침방의 틈서리 자그마한 물통에 바가지 하나만으로 충분했다. 매일 아침 시중드는 아이가 거기에다 데운 물을 채워 넣었는데, 손을 씻을 때도 직접 가서 씻고 어느 누구의 도움도 마다했다. 그런 사람이었으니 뒤에는 우대신에까지 올라 정2위가 되었다. 또한 손자 가운데 미이데라 사(三井寺)의 신요(心譽), 고후쿠 사(興福寺)의 부공(扶公) 등 불문에 든 자들도 하나같이 윗사람의 눈에 들어 높은 지위에까지 올랐다. 스님이 된 자는 그 밖에도 아쓰타다 중납언의 아들인 우병위좌(右兵衛佐) 스케마사, 그 아들인 이와쿠라의 보리방(菩提房) 몬케이 등이 있었고, 이들은 죄다 불도에 귀의한 덕에 화를 모면할 수 있었다. 결국 쇼센 공의 장남이었던 시헤이의 자손들은 그렇게 영달에서 점점 벗어났지만 넷째 아들인 다다히라는 뒤에 종1위 섭정 관백 태정대신에 올랐을 뿐 아니라, 집안 모두가 출세하여 중요한 지위에 올랐다. 그것은 스가와라노 미치자네 공이 좌천되었을 때 우대변(右大辯)이었던 다다히라가 은밀하게 스가와라노 미치자네 공을 동정하여, 형님 편을 들지 않고 그 뒤에도 줄곧 유배지에 줄을 대어 은근히 관계를 이어갔던 덕이었다고도 말해진다.

시헤이의 셋째 아들 아쓰타다는 36가선(歌仙)의 한 사람으로 본원(本院) 중납언 혹은 비와(枇杷) 중납언으로, 또 쓰치미카도(土御門) 중납언으로도 불리며 『백인일수일석화百人一首一夕話』의 「서로 보고 난 뒤의 마음에 비긴다면」의 작가로도 알려져 있다. "이 중납언으로 말하자면 본원의 시헤이 좌대신과 '그분' 사이에서 태어났는데, 나이 사십쯤에 생김새부터 아름다웠고 사람 됨됨이도 괜찮은데다 세상의 평판도 무척 좋아서"라고 『곤자쿠 이야기』에도 적혀 있듯이, 시헤이와는 달리 다정한 호인풍의 사람이고, 어떤 면으로는 어머니의 증조부인 나리히라의 피를 이은 다감하고 정열적인 시인이기도 했다. 단, 시인들의 생애, 일화, 시 해석 등을 쓴 『백인일수일석화』에는, 부인 아리와라 씨는 구니쓰네의 집에서 시헤이에게 강제로 끌려올 때 이미 아쓰타다를 배고 있었으므로 아쓰타다는 실은 후지와라노 구니쓰네의 아들이었는데, 부인이 본원으로 끌려가서 태어났기 때문에 시헤이의 아들로 키워졌다는 기사(記事)도 있다. 그렇다고 한다면, 아쓰타다는 소장 시게모토의 친동생이 되는 셈인데, 이 기사는 어디에 그 근거를 두고 있는가. 필자로서도 그 근거를 자세히 밝혀낼 수는 없다. 그저 당대에 그런 풍설도 있었다는 이야기이다. 이 아쓰타다가 덴교(天慶) 6년(943)에 일찍 세상을 뜨자, 궁중에 관현놀이가 한 판 벌어질 때는 미나모토노 히로마사가 없어서는 안 될 인물이 되어, 히로마사가 못 나오면 그날의 모임은 중지되곤 했다던데, 이때 원로들께서 그 말을 듣고는, 요즘은 말세여서 관현의 명수도 사라졌다, 아쓰타다 중납언이 살아 있을 때는 히로마사가 그렇게까지 중요하게 여겨지지

268

는 않았는데, 하고 한탄을 하기도 했다고 한다. 이 사실 하나만 보더라도 아쓰타다의 죽음이 사람들에게 얼마나 애석한 일이었는지, 또 아쓰타다가 와카뿐 아니라 관현 쪽으로도 꽤나 우수했음이 짐작된다.

참의(參議) 후지하라 하루카미의 딸로 황태자 야스아키라 친왕의 정실에까지 올랐던 사람이 있었다. 아쓰타다는 좌근소장(左近少將)의 지위에 있을 때 두 사람 간의 서신 전달을 전담하기도 했는데 그런 연고로 뒤에 친왕이 서거했을 때는 부인과 아쓰타다가 관계를 맺게 되었다. 아쓰타다는 한없이 이분을 사랑했는데, 어느 때인가는 "내 일족은 모두가 단명하여 나도 그리 멀지는 않을 것입니다. 내가 죽거든 당신도 저 후미노리의 것이 될 테지요"라고 지껄인 일도 있었다. 후미노리라는 사람은 아쓰타다 집안의 집사 격인 사내로, 왕비께서 "아니, 어찌 그런 일이 있겠습니까"라고 하자, "아뇨, 분명히 그렇게 될 것입니다. 나는 하늘에서 내려다보지요" 하고 아쓰타다가 받았는데, 실제로 나중에 예언대로 되었다. 시헤이의 아들들이나 손자들이 하늘이 내리는 벌에 무척이나 신경을 써서 마음 편한 때가 없었음은 야스타다를 보더라도 충분히 짐작되거니와, 아쓰타다 역시 도저히 자신은 오래 살지 못할 운명임을 알고 은밀하게 체념에 빠져 있었다.

지금 거론된 왕비 외에도, 아쓰타다에게는 또 몇 명의 못 잊을 사람이 있었다. 『아쓰타다집』을 보면 대부분은 연애 타령이고, 그중에서도 사이구(齋宮)* 마사코 공주와 주고받은 글이 많아서 그이와는 꽤

---

* 이세 신궁에서 천황가의 조상인 아마테라스의 신을 모신 여인. 천황이 즉위할 때, 결혼하지 않은 황녀 가운데서 뽑았으며 중병이 걸리거나 친상을 당하지 않는 한 해임되지 않았다.

오랫동안 사귀었던 것으로 짐작되거니와, 『고센슈』 제13권 「사랑」 5부
에는 공주께서 사이구가 되신 뒤 이세에 내려갈 때 아쓰타다가 부른
노래가 다음과 같은 사서(詞書)와 함께 실리기도 했다.

　니시시죠(西四條) 앞에서 사이구가 아직 공주이실 때 문득 마음
이 일어 달려가, 사이구에게 인사 올렸사온즉, 이튿날 아침에는 비
쭈기나무 가지에 쪽지 하나 붙여 보내도다.

　이세(伊勢) 바다 해변에서 주워본들
　　이제는 무삼 소용이 있으리오

또한 오노미야 좌대신 사네요리의 딸로, 자신이 '미쿠시게 전(殿)
의 수석상궁'이라고 부르던 사람을 오랫동안 그리워하면서도 좀체 만
나지는 못하여 어느 해의 끝머리에는, 이렇게 몇 자 써서 보냈다.

　곱씹어 생각하면 지나는 달과 날도 모르는 사이에
　　이 해도 어느새 끝머리에 닿았는가

아버지인 좌대신이 어찌어찌 사정을 눈치채고는 일부러 더 만나지
못하도록 손을 쓰니, 또 다음과 같이 써 보내기도 했다.

　이렇게도 생각이 나는데 어찌어찌
　　사람을 보내서 이 애달픔을 알리나

스에나와 소장의 딸인 우곤이라는 사람과도, 그녀가 아직 궁중에 있을 때 관계가 있었는데, 궁의 일을 그만두고 고향에 돌아간 뒤로는 찾아가는 일도 없어져 여자 쪽에서 이렇게 썼다.

잊지 않겠다고 말씀한 사람은 있다고 하나
지껄인 소릴랑 어디에 맴도는고

그러자 남자 쪽에서 아무런 회답 없이 꿩 한 마리를 보내와서, 여자는 다시 이렇게 읊는다.

구리코마 산에서 포수를 피해 나는 아침 꿩보다도
이렇게라도 만났으면 하는 그대련만

이 밖에도 아쓰타다의 큰아들인 스케마사의 모친이 되는 사람으로 참의 미나모토노 히토시의 딸이 있다. 또 『아쓰타다집』에 '처음 그분'이나 '스케마사의 모친'이라는 여자가 보이는 것은, 앞에서 거론된 사람들인지 다른 사람들인지 잘 알 수 없다. '스케마사'라는 자는 둘째 아들인 사리를 가리키는데, 저 유키나리나 미치가제와 함께 이름을 떨친 서예가 사리와는 다르다. 『아쓰타다집』에 따르면 사리의 모친은 사리를 낳고는 금방 죽어서, 아이는 작은어머니에게 맡겨져 어릴 적에는 아즈마라는 이름으로 불렸다. 그 아즈마가 두 살 되었을 때 아쓰타다가 아이를 보러 갔다가 엄청 울고 나서는 다음과 같은 노래 한 자락을 읊었다던가.

하고픈 이야기 전혀 못하고 헤어지고
남은 유품은 이 아즈마인가

아즈마가 뒤에 출가하여 불문에 들어선 일에 대해서는 이미 앞에
적어두었다.

8

헤이주, 시헤이 및 그 자손들의 후일담은 대강 이상과 같거니와, 가
없은 늙은 대납언과, 그이가 부인 아리와라 씨의 배에서 얻었던 아들
시게모토는 그 뒤에 어찌 되었을까.

대납언에게는 시게모토 말고도 세 아들이 있어 『존비분맥尊卑分
脈』에 실린 순서에 따르면 큰아들이 시게모토, 둘째가 세코, 셋째가
다다모토, 넷째가 호메이였다. 그중 셋째 아들 다다모토의 모친은 아
리와라 씨가 아니고, 그 손은 뒤에도 오래 이어졌던 모양인데, 둘째와
넷째 아들에게는 자식이 없고, 모친이 정확히 누구였는지도 기록이
없다. 그런데 시게모토가 그 사건 때 대강 다섯 살 정도였다고 한다
면, 늙은 대납언이 72, 73세에 낳았다고 봐야 하는데, 그 뒤 81세로
세상을 떠나기까지 구니쓰네는 다시 세 명 정도의 아이를 낳았으니,
다른 부인과도 관계가 있었던 것일까. 아니면 『존비분맥』에 실린 순
서는 순전히 엉터리여서 둘째 이하 아들이라고 말한 것이 시게모토보
다 앞이었을까. 거의 비슷한 때 태어났던 서출이기라도 한 걸까. 그러

면 구니쓰네는 오십이나 어렸던 아리와라 씨를 아내로 얻기 이전에도 전처가 있었던 걸까. 이런 등등의 궁금한 일에 관해 지금에 와서는 전혀 밝혀낼 방법이 없다. 또한 시게모토는『존비분맥』에 종5위 우근소장(右近少将)이라고 엄연한 지위가 나와 있고 스케아키, 마사아키, 다다아키라는 세 아들까지 둔 것으로 되어 있는데, 이 아이들의 모친이 누구인지는 알 수가 없고, 그 세 아들조차 죄다 대가 끊겨 자손이 제대로 없다. 게다가 시게모토라는 이름은 정3위 이상 귀족들의 현황을 기록한 명부인『구교부닌公卿補任』등에는 전혀 보이지 않아서 언제 종5위에 오르고 언제 좌근소장이 되었는지도 명확하지 않고, 생년월일이나 죽은 연도도 알 수가 없다.『존비분맥』이외의 것으로 시게모토에 관한 기사를 모아본다면,『야마토 이야기』에 다음과 같은 구절이 보인다.

시게모토 소장에게, 여자가,

그리움이 사무쳐 죽어버린 저를
찾는 자 있거든 이미 이 세상에는 없다고 답하세요

소장의 답사,

하다못해 시체에라도 내가 왔다고 전해주시오
이슬 같은 덧없는 이 목숨 사라질 때는 함께하자고 약속했으니

『고센슈』제11권「사랑」3부에는 후지와라노 시게모토라는 이름으로, 다음 구절이 있다.

　　새벽에 여자를 만나 반드시 뒤에 다시 만나자며 맹세를 하게 하고 이튿날 노래를 보내기를,

　　굳게굳게 맹세했거늘
　　그 맹세를 저버리시면 안 돼요

이런 글이 대강 알려져 있는 것들인데, 이 밖에 그다지 세간에 알려져 있지 않은 읽을거리로 슈코가쿠 문고에서 나온『시게모토의 일기』사본(寫本)이 있다. 슈코가쿠본 이외에 사본이 두세 권 있었던 듯하지만 어디에도 원본이 전해지지는 않고, 대체로 덴교 5년(942) 봄 무렵부터 이후 7, 8년 동안에 걸쳐 가끔 적었다고 생각되는 것이 부분적으로 남아 있을 뿐인데, 내용은 거의 전부가 어머니를 그리는 글로만 채워져 있다.

　그런데 시게모토의 친어머니가 바로 아쓰타다의 친어머니였다는 것은 독자들도 이미 아실 테고, 이 어머니는 대강 언제까지 살아 있었을까.『슈이슈拾遺集』제5권에 적혀 있는 미나모토노 긴타다의 노랫말 하나로 아쓰타다가 모친을 위해 축하연을 열었던 사실은 짐작할 수 있는데, 그 자리는 분명히 쉰을 축하해드리는 자리였으리라 추정된다. 시게모토의 일기를 보면 아쓰타다가 죽은 다음해인 덴교 7년(944)에도 아직 이 어머니는 생존해 있었던 것 같다. 그때가 그녀의

두번째 낭군이었던 태정대신으로 추서된 시혜이가 죽고 나서 35년이 지난 해이니, 그녀는 그때 60세 전후, 시게모토는 44, 45세가 되어 있었을 것이다. 시게모토가 그런 나이가 되어서도 어머니를 떠올리며 그리워한 데는 또 그만한 까닭이 있었다. 옛날 그 사건이 있었을 당시 대여섯 살 시절에는 그도 시혜이의 거처인 본원에 드나드는 것을 일단 허락받았으나, 일고여덟이 될 무렵에는 이미 여러 가지 장애에 부딪혀 전처럼 무사하게 드나들기는 힘들어졌고, 그 뒤로도 줄곧 모친이 건재함은 들으면서도 친히 만나는 일은 어려워지고 말았다. 어느 누구의 경우건, 어머니 얼굴을 전혀 모르면 모를까, 아주 철없이 어린 때 희미하게나마 어머니를 보았던 기억이 어슴푸레 남아 있고, 금방 그 어머니가 다른 사내와 재혼을 하고 떠난 경우라면, 어머니를 사모하는 아이의 마음이 그리 평범하지는 않을 것이다. 하물며 그 어머니가 세상에 드문 미인임에랴. 또한 겨우겨우 철이 들까 말까 했던 나이에, 남의 아내가 되어버린 어머니 곁을 찾아간다든지, 어머니의 손으로 팔뚝에 무슨 노랫말이 적힌다든지 하는 이상한 추억까지 지니고 있는데다, 이에 더하여 그 모친이 지금도 시퍼렇게 살아 계신다는 걸 알고 있는 것이다. 그렇게 생각해보면, 시게모토가 어머니를 그리워한 나머지 글을 썼다는 것도 당연하다. 지금 남아 있는 것은 단편적인 부분에 지나지 않지만, 나머지 부분도 필경은 거의 어머니에 대한 사무친 그리움으로 메워져 있을 것이다. 아니, 어쩌면 시게모토는 42, 43세가 되어 비로소 어머니를 그리는 마음이 간절해지면서, 태어나서 처음으로 그런 느낌들을 적어보려 마음먹게 된 게 아니었을까. 실제로 그것은, 일기라면 일기임에는 틀림없지만, 어린아이 때 어머니와

생이별하고 그 뒤 아버지의 죽음까지 겪은 소년 시절의 슬픈 회상에서부터 시작해, 그로부터 40년 세월이 지난 덴교 몇 년 늦봄 어느 날 니시사카모토에 있는 아쓰타다의 산소 자리를 모처럼 찾아갔다가, 예상치 않게 옛 어머니와 만나게 되는 경위를 써낸 한 편의 긴 이야기라고 해도 좋을 것이다.

그 일기로 짐작해보면 어머니에 대한 시게모토의 기억은 네 살 때쯤의 것도 조금은 남아 있는 듯하지만, 모두 부옇게 아련한 기억일 뿐이다. 그는 자신에게도, 늙은 아버지 구니쓰네에게도 한평생 가장 큰 사건이었던 그날 밤의 일—어머니가 본원의 대신에게 반강제로 납치되어 간 일—은 전혀 기억하지 못하고, 단지 언제부턴가 어머니가 집에 없게 된 것을 누군가에게 듣고 갑자기 너무나 슬퍼져서 울었던 일만 기억했다. 그에게 이야기를 해준 사람은 아마도 늙은 사누키였거나, 유모 가운데 하나였을 것이다. 당시 그는 밤마다 유모에게 안겨 잠을 잤는데, 그 어린것이 연달아 어머니를 부르면서 울음을 그치지 않아 유모는 당혹해 마지않으며,

"자아, 자아, 얌전히 주무셔야지. 어머님은 지금 여기에는 안 계시지만, 그다지 멀지 않은 곳에 계셔요. 얌전하게 계시면 꼭 어머님이 있는 곳에 데려다줄게요. 그러니, 자, 자"

하고 달랬다. 그러면 어린 시게모토는 금세 기쁜 얼굴로,

"그럼 언제?"

라고 묻고, 유모는,

"이제 얼마 있다가"

라고 둘러댔다.

“정말, 꼭이지.”

“그러엄, 꼭이지.”

“꼬옥, 꼭이지, 거짓말 아니지?”

이런 문답을 매일 밤 되풀이하면서 잠을 재우곤 했는데, 유모가 저렇게 말하고는 있지만 이쪽을 안심시키느라 그러는 것쯤은 이쪽에서도 대강 알아서, 그러려니 지나가곤 했다. 하지만 유모도 유모대로 이 일을 두고는 사누키와 의논을 했던 모양이다. 어느 날 사누키가 정말 시게모토의 손을 잡고 어머니 있는 곳에 데려다주었기 때문이다. 한데, 어린 때의 기억이란 흔히 그렇듯 전혀 믿을 게 못 돼서 어찌 된 셈인지 그는 그렇게도 중요한 날의 일을 깡그리 잊어버리고 떠올릴 수가 없었다. 그의 기억은 오래전에 본 영화처럼 연결되지 않는 몇몇 장면이 부옇게, 혹은 어떤 부분만 이상할 정도로 또렷한 영상으로 남아 있는데, 그 영상 가운데서도 지금도 자주 떠오르는 것은 본원 저택의 건물과 건물을 잇는 마루 난간 밑에 웅숭그리고 앉아 멍하게 뜨락 풍경을 보고 있던 어린 자기의 모습이었다.

그는 자기가 앉은 곳의 맞은편 저택에 어머니가 산다는 걸 알고 있었다. 어머니를 만나기 위해 간 그곳에서, 언제나 그렇게 한동안 기다리고 있으면 사누키가 나와서 오라고 손짓을 했다. 어머니는 여간해서는 그 근처까지 나오지 않았으며 본채 저 깊은 곳의 방 하나에 계시다가 어린 그가 가면 무릎 위에 앉히고 머리를 만져주면서 볼에다 입을 맞추었다.

“엄마”

하고 부르면,

"내 아들아"

하고는 와락 껴안아주었다. 그러나 그뿐, 한두 마디 부드럽게 몇 마디 하지만, 깊이 새겨둘 만한 이야기 따위는 들려주지 않았던 건, 아직은 무슨 소리를 한들 이해하기 힘든 나이 탓이었을까. 그는 그렇게 이따금 만날 수밖에 없는 어머니 얼굴을 그때 말고는 확실하게 각인시켜둘 수가 없어, 그렇게 가슴에 안기면서도 바로 위로 고개를 들어 찬찬히 보아두려고 했는데, 유감스럽게도 방 안이 어두운데다 얼굴에 드리운 풍성한 머리칼이 어머니의 얼굴 윤곽을 뒤덮고 있어서, 궤 안에 있는 부처님이라도 되는 듯 마음껏 볼 수는 없었다. 어머니만큼 생김새가 아름다운 사람은 드물다는 건, 주위 여자들의 수군거림으로도 알 수 있었다. 그는 아름답다는 것이 이런 얼굴을 두고 하는 말이구나 생각은 했지만, 정말 그런지는 그다지 자신이 없었다. 다만 뭔지는 잘 모르겠지만 어머니 옷에서는 특별히 달콤한 향이 솔솔 풍겨와서, 아무 말 없이 가만히 안겨 있어도 매우 기분이 좋기는 했다. 집에 돌아와서도 며칠 동안은 그 향내가 두 볼이나 손바닥, 소맷자락에 스며 있어, 어머니가 그런 모습으로 자기 몸에 감도는 듯 느껴졌다.

어릴 적의 그가 어머니를 참으로 아름답다고 느꼈던 건, 저 헤이주가 붙들어서 팔뚝에다 노랫말을 써준 때였다. 난간 바로 옆에 홍매화가 흐드러지게 피어 있었으니 어느 봄날이었던 건 틀림없다. 그가 맞은편 서쪽 방 근처에서 여자아이 두세 명과 놀고 있을 때, 어른 하나가 싱글싱글 웃으면서 옆에 다가오더니 물었다.

"저…… 벌써 어머니를 만나 뵈었나요?"

자기 어깨에 한 손을 얹기에 시게모토는,

'아직은……'

이라고 말하려다가, 문득 그런 소리를 해도 좋은지 어떤지 몰라서 가만히 그 어른의 얼굴을 쳐다보았다. 그 어른이 헤이주었다는 사실은 나중에 알았지만, 그때도 전혀 낯선 사람이 아니라 전부터 자주 보던 얼굴이긴 했다.

"아직 못 만났구먼."

사내는 시게모토가 불안한 듯 우물쭈물하는 걸 보고는 대강 눈치를 채고 말했다. 그러고는 근처를 날렵하게 한번 살피더니 허리를 굽혀 귀에다 바싹 입을 대고,

"우리 도련님은 슬기로운 아이로군요, 정말 슬기로워요"

하더니

"엄마와 만나게 되면 말이지, 조금 외람되지만 내가 부탁할 것이 있어요…… 응, 도련님, 들어줄 거죠?"

"무슨 일이요?"

시게모토가 묻자,

"저, 그러니까……"

시게모토의 등 쪽으로 손을 뻗어 계집아이늘과 함께 있는 곳에서 조금 떨어진 쪽으로 데리고 가더니,

"어머니한테 노래를 하나 드리고 싶은데, 전해줄 수 있겠는지?"

어머니와의 만남은 비밀이니까 누구에게도 절대 알려줘서는 안 된다고 사누키나 유모에게 귀가 아프도록 들어왔기 때문에, 시게모토가 당장은 대답을 못하고 우물쭈물하자, 사내는 '그리 걱정할 것까지는 없다, 도련님 어머니를 잘 알고 있으니까 도련님이 이걸 전해주면 어

머니도 기필코 좋아할 것이다'라고 여러 번 되풀이해 설득했다. '아무
튼 도련님은 머리가 좋은 아이니까'라는 말을 반복하면서 처음에는
어린것을 불안하게 하지 않으려고 애써 히죽히죽 웃으면서 달래다가,
그렇게 지껄이는 동안 점점 자신이 더 진지해져서 어떻게 해서든 납
득시키려고 안간힘을 쓰는 게 시게모토의 눈에도 보일 정도였다. 이
런 경우 어른의 얼굴이란 아이들에게는 왠지 무섭게 보여 시게모토도
마음 한구석이 조금 언짢았지만, 반면에 헤이주 쪽은 아주 조급해져
아이에게조차 동정심을 유발시키려 애원하는 태도가 불쌍해 보이기
까지 했다.

사내는 아이가 머리를 끄덕이자, 또 '머리가 좋다, 똑똑하다, 영리
하다' 운운하면서 주의 깊게 주위를 둘러보고는,

"잠깐만, 잠깐……"

그리고 아예 시게모토의 손을 잡고 어느 방 병풍 뒤쪽으로 끌고 가서
는 다짜고짜 책상 위에 놓여 있는 붓을 들고 벼루에 담그더니 말했다.

"잠깐만 가만히 있으렴."

시게모토의 오른쪽 소매를 어깨까지 걷어 올린 헤이주는 팔뚝에서
손목 쪽으로 무언가 깊이 연구하듯 가사 두 줄을 써내려갔다.

그렇게 쓰고 나서도 먹물이 마르도록 기다리는 동안 잡은 손을 놓
지 않아서 또 뭘 더 하려나 했는데, 먹물이 마르자 걷어 올렸던 소매
를 정성들여 내려주며,

"자, 이걸 엄마한테 보여줘요. 다른 사람이 아무도 없을 때…… 이
만 됐어요, 아시겠지요?"

시게모토가 고개를 끄덕였다.

"엄마한테만 보여주는 거예요. 다른 사람한테는 절대로 보이지 말고"

하고 사내는 거듭 다짐을 두었다.

그러고 나서 시게모토는 언제나처럼 난간 근처에서 사누키의 신호를 기다렸다가 어머니를 만나러 갔을 것이다. 그 부분의 기억이 아물아물한데, 휘장 아래 그늘 속으로 들어가서 엄마 무릎에 앉을 때,

"엄마"

하고 소매를 걷어 올려 보여준 기억은 있다.

어머니도 단번에 이러저러한 사정을 알았는지, 어두운 방의 휘장을 조금 걷어 바깥의 밝은 기운을 들였다. 그런 다음 아이를 무릎에서 내려 앉히고 밝은 쪽으로 팔을 내밀게 해서는 몇 번씩이나 팔 위의 글자를 읽었다. 시게모토는 누가 이런 것을 썼는지, 누가 이런 심부름을 시켰는지 엄마가 일절 묻지 않고 모든 것을 죄다 아는 듯하여, 조금 의아하게 여겼다. 그때 문득 눈앞에 뭔가 떨어져서 이상한 마음에 얼굴을 들어보니 어머니는 눈물이 그렁그렁해서 먼 곳을 쳐다보고 있었다. 시게모토는 그 한순간 어머니 얼굴이 참으로 아름답다고 생각했다. 그건 바로 그때 봄 햇살이 바로 어머니 얼굴에 와 닿아, 늘 어두컴컴한 곳에서만 봤던 얼굴 윤곽이 분명하게 드러나 보였기 때문이었다. 어머니는 아이가 눈치챈 것을 알고 황급히 그 얼굴을 아이 얼굴에 착 붙여서, 시게모토는 곧 아무것도 볼 수 없게 되었지만, 대신에 어머니의 속눈썹에 묻어 있던 눈물방울이 볼에 닿아 차갑게 느껴졌다. 평생 어머니 얼굴을 확실하게 본 건 오로지 그 순간뿐이었다. 하지만 그때 봤던 눈이며 코며 전체적인 인상과 그 지극한 아름다움의 감동

은, 오래오래 머릿속에 각인되어 평생 잊히지 않았다. 어머니가 그렇게 얼굴을 자기 얼굴에 바싹 붙이고 있었던 시간은 어느 정도였을까. 그동안 어머니가 울었는지 골똘히 생각에 잠겨 있었는지 하는 일도 시게모토는 전혀 기억이 없다. 마침내 어머니는 옆에 있던 시중드는 소녀에게 무언가를 갖고 오게 하여 시게모토 팔뚝의 글자를 깨끗이 지워버렸다. 어머니는 직접 글자를 지우면서, 꽤나 아쉬운 듯이 뚫어지게 한 자 한 자를 쳐다보며 머릿속에 새겨놓으려는 듯했다. 그러고는 조금 전에 헤이주가 그랬듯이 자기 아이의 소매를 걷어 올려, 왼손으로 아이의 손을 잡고 금방 지웠던 자리에 조금 전 길이만큼 글자를 써내려갔다.

처음 시게모토가 팔뚝을 걷어 올렸을 때는 어머니밖에 없었지만 어느새 두세 명의 시녀들이 와 있었다. 시게모토는 헤이주가 거듭거듭 타일렀던 말이 신경 쓰였는데, 이 시녀들은 어머니도 깊이 믿는 사람들이라 모든 것을 이미 아는 듯했다. 그는 어머니가 자기 팔뚝에 그렇게 글을 썼던 일은 잘 기억하고 있지만, 그때 어머니가 무슨 말을 했는지는 전혀 기억이 없다. 어쩌면 아무 말이 없었던 것도 같았다.

어머니가 글자를 다 쓰자,

"도련님"

하고 어느새 곁에 온 사누키가 시게모토를 불렀다.

"그분께 어머니의 이 노랫말을 보여드리세요. 아마 분명히 아까 만났던 근처 어디에 계실 거예요. 어서 빨리 가보세요."

이 말을 듣고 곧장 서쪽 방 근처로 돌아가보니, 과연 그 사내는 툇마루 옆에 서서 기다리고 있었다.

"오, 무슨 회답이라도 있었나요? 오, 그렇군, 역시 영리하고 똑똑해."

그는 달려오듯이 와락 다가와서는 엄청나게 흥분해서 말했다.

시게모토는 뒤에, 그때 자기가 어머니와 헤이주의 연애 심부름을 했다는 것, 자신이 헤이주에게 이용당했다는 것 등을 알게 되었다. 하지만 그때 어머니 곁에서 시중들던 시녀들이나 사누키는 이미 그런 일을 전부 알고 있었을 것이다. 어쩌면 사누키야말로 헤이주 편이 되어 어머니와의 연락에 시게모토를 이용하도록 한 게 아닐까 생각하기도 했다. 왜냐하면, 확실히는 기억나지 않지만, 그 병풍이 쳐 있던 방에 들어가서 어머니가 쓴 글씨를 헤이주에게 보여주었을 때, 십중팔구 그 자리에 사누키도 있었을 것이기 때문이다. 이걸 지우기는 정말 아쉽네 하면서 글씨를 지운 것도 어쩌면 그녀였을지 모른다.

팔뚝에다 글자를 쓴 것은 그때 한 번뿐이었는지, 그 뒤에도 한두 번 그런 일이 더 있었는지는 확실하지 않지만 그 후에도 어머니를 만나러 갈 때는 노상 헤이주가 우물쭈물거리며 서 있다가, 시게모토를 불러 쪽지 같은 걸 전해달라고 부탁하곤 했다. 시게모토가 그것을 가져가면 어머니는 회답을 할 때도 있고 그냥 무시할 때도 있었는데, 차츰 처음 같은 감동은 보이지 않고 귀찮아하는 기색이어서 어느 때부터인가 그도 그런 일을 싫어하게 되었다. 헤이주는 언제부턴가 모습을 드러내지 않았고, 또 언젠가부터 시게모토도 어머니를 만날 수 없게 되었다. 그 이유는 유모가 어머니가 계신 곳으로 데려가는 일을 꺼렸기 때문인데, 엄마가 보고 싶다고 시게모토가 칭얼거리면, 유모는 어머니는 이제 금방 아기를 낳아야 하니까 만나기 힘들다고 말했다. 그 무렇 실제로 어머니는 임신 중이었던 것 같고, 그 밖에도 그럴 만한 다른 사정이 있었던 것 같다.

그 뒤로 시게모토는 어머니 모습을 보지 못했다. 그러니까 그에게 '어머니'라는 기억은 다섯 살 때 흘낏 보았던, 눈물 머금은 얼굴과 향기로운 냄새뿐이었다. 게다가 그 기억과 감각은 40년 동안이나 그의 머릿속에서 귀중하게 커가면서, 차츰 이상적으로 더더욱 아름다워지고 정화되어 실물과는 훨씬 다르게 변해갔다.

아버지에 대한 기억은 어머니의 것에 비하면 훨씬 늦었는데, 어느 때부터의 기억인지조차 확실치가 않다. 대강 짐작하기에 그가 어머니를 만날 수 없게 된 무렵부터가 아닐까 싶다. 왜냐하면 상황이 그렇게 될 때까지는 아버지를 만난 일이 별로 없었고, 그 뒤에 이르러서야 아버지라는 존재가 갑자기 뚜렷해졌기 때문이다. 그가 기억하는 아버지는 사랑했던 사람에게 철저히 버림받은, 세상에서 가장 가엾은 늙은이라는 인상뿐이었다. 그렇다면 자기 자식의 팔뚝에 쓴 헤이주의 노래에도 금방 눈물을 머금었던 어머니는, 정작 아버지라는 존재를 어떻게 생각했을까. 시게모토는 끝내 어머니한테 그런 쪽으로는 아무 말도 못 들었다. 휘장 그늘에서 어머니 무릎에 안겨 있을 때 자기가 먼저 아버지 이야기를 꺼냈던 일은 한 번도 없었고, 어머니도 아버지는 어떻게 지내시느냐는 등의 말 같은 건 한 번도 하지 않았다. 게다가 저 사누키도, 그러저러한 다른 여자들도, 묘하게 헤이주 편을 들면서 구니쓰네의 일은 누구 하나 입에 올리지 않았는데, 유모 중 하나였던 에몬만은 예외였다.

9

그 유모만은 어린 시게모토에게, 도련님이 어머니를 보고 싶어 하는 건 당연하지만, 진정으로 보기 딱한 건 아버님이세요, 하면서 아버지가 쓸쓸해하니 잘 보살피고 위로해드려야 한다고 말했다. 그녀는 어머니를 나쁘게 말하지는 않았지만, 헤이주와의 일을 알고 있어서, 헤이주와 어머니의 관계에 도움을 주려는 사누키에 대해서는 반감을 지닌 듯했다. 그리고 시게모토까지 그 일에 이용하는 걸 알고 나서부터는 더욱 사누키를 미워했던 것 같다. 나중에 시게모토가 어머니를 만나러 가지 못하게 된 건 혹여 그러저러한 관계 속에서 유모 에몬이 그런 쪽으로 분위기를 몰아갔기 때문이 아닐까. 도련님이 어머니를 만나러 가는 건 어쩔 수 없는 일이지만, 누군가의 부탁을 받고 심부름 같은 걸 하는 건 안 좋아요, 하고 유모는 시게모토에게 핀잔을 주거나 무서운 눈으로 흘겨보기도 했다. 어머니가 없어진 뒤 아버지는 궁에 나가는 일에 게으름을 피우는 날이 많았고, 대낮부터 방 안에만 틀어박혀 마치 환자처럼 지내기도 하여, 가까이서 봐도 초췌하고 울적해 보였다. 아이 입장에서는 그런 아버지가 한결 더 으스스해 보이고 가까이 하기가 싫어 여간해서는 찾아가지도 않았는데, 언젠가 한번은, 아버님은 아주아주 좋은 분이세요, 도련님이 찾아가주면 얼마나 좋아하시겠어요, 라고 하면서 유모가 아예 시게모토의 손을 잡고 아버지 방 앞으로 끌고 가서 장지문을 열고 무리하게 안에 밀어 넣은 일도 있었다. 본래부터 야윈 아버지는 한층 야위어 은빛 수염을 기른 채 그때까지 잠자리에 누워 있다가 금방 일어난 듯, 늑대 같은 모습으로 베개

근처에 앉아 있었다. 그 눈으로 힐끗 바라본 순간, 시게모토는 섬뜩해져 막 입을 열고 "아버님"이라고 부르려던 소리를 도로 목 안으로 삼켜버렸다.

그렇게 아버지와 아들은 잠시 서로의 눈을 들여다보았는데, 그러는 동안 시게모토의 마음을 누르던 공포감이 차츰 사라지면서 어떤 달콤하고 그리운 감정으로 바뀌어갔다. 그것이 무엇 때문인지 시게모토도 처음엔 몰랐지만 어느 순간, 어머니가 늘 풍기던 그 향내가 이 방 안에 꽉 차 있다는 걸 깨달았다. 더 자세히 둘러보니, 아버지가 앉아 계신 근처에 옛날에 어머니가 노상 입고 있던 겉옷, 홑겹옷, 속옷 등이 널려 있었다. 갑자기 아버지가,

"이걸 기억하느냐?"

라고 물으면서 쇠막대기처럼 뻣뻣한 팔을 쑤욱 내밀어 화려한 옷 하나의 깃을 잡았다.

시게모토가 곁으로 가자 아버지는 그 옷을 두 손으로 떠받들듯이 들어 시게모토 앞으로 내밀고는, 거기에 자신의 얼굴을 대고 오랫동안 꼼짝도 하지 않았다. 그러다가 겨우 얼굴을 들고는,

"너도 엄마가 보고 싶지?"

라고 조용히 가라앉은 어조로 물었다.

시게모토는 아버지의 얼굴을 이렇게까지 자세히 본 일은 일찍이 없었는데, 눈두덩에는 눈곱이 끼고, 앞니도 거의 빠져 있는데다 목소리까지 잔뜩 쉬어서 도대체 무슨 소리를 하는지 알 수가 없었다. 게다가 아버지는 그렇게 말하면서, 얼굴은 웃지도 않았고 울지도 않았다. 다만 애오라지 어떤 한 가지 집념으로만 뭉뚱그려진 진지한 표정으로

똑바로 시게모토의 눈을 들여다볼 뿐이라, 시게모토는 기분이 으스스 해져서,

"응"

하고 고개를 끄덕인 채 그냥 서 있었다. 그러자 아버지는 점점 깊이 눈살을 찌푸리고,

"이제 됐다, 저편으로 가라"

하고 시큰둥하게 말했다.

그런 일이 있고 나서, 한동안 시게모토가 다시 아버지 근처에 가는 일은 없었다. 아버님은 오늘도 집에 계실 거야, 하고 유모가 말하면 도리어 아버지 방 쪽으로는 가지 않으려 했고, 아버지도 종일 방에만 틀어박혀 거의 모습을 드러내지 않았다. 더러 그 방 앞을 지날 때면 귀를 기울여 방 안의 움직임을 들어보려 했는데, 살았는지 죽었는지 아주 작은 소리도 들리지 않았다. 분명히 지난번처럼 어머니 옷가지 들이나 펼쳐놓고 그윽한 향내 속에 파묻혀 있기나 할 테지, 하고 시게 모토는 짐작했다.

그러던 중에 같은 해인지 이듬해인지, 활짝 갠 상쾌한 가을 어느 날 오후에 아버지가 모처럼 뜨락으로 나와 싸리꽃이 한창 피어 있는 연못 가 돌 위에 멍하니 앉아 있던 때가 한 번 있었다. 시게모토는 그때 정 말 오랜만에 아버지를 본 것인데, 그렇게 돌 위에 앉아 있는 아버지 모 습은 오랫동안 먼 길을 걸어 아주 녹초가 된 여행객이 어느 길바닥에 서 쉬고 있는 것처럼 보였다. 입은 옷들도 무척이나 때가 껴서 반은 누 더기 같은데다, 소맷자락이나 옷자락도 찢어지거나 실밥이 터져 있었 다. 그즈음에는 신경 써주는 여자들도 이미 없어진 지 오래이고 설령

있었대도 그런 여자들이 가까이 와서 만져대는 것을 아버지 쪽에서 꺼렸을 것이다. 살짝 지는 해가 아버지의 반신을 비추고 있어 야윌 대로 야윈 두 볼이 말갛게 드러났다. 그 모습을 보면서도 시게모토는 어쩐지 그쪽으로 다가가기가 싫어 대여섯 발짝 떨어진 곳에 멈춰 있었다. 그때 아버지가 작은 소리로 뭐라고 웅얼거리는 소리가 들렸다.

그 중얼거림이 보통의 말이 아니라 무슨 문구에 가락을 붙여서 입속으로 암송하는 것인 줄은 대강 짐작했는데, 아버지는 시게모토가 곁에서 듣고 있는 건 전혀 눈치를 못 챈 듯 무심코 수면을 내려다보며 같은 문구를 두세 번 되풀이하더니,

"아들아"

하고 겨우 소년 쪽을 보았다.

"너에게 이 시를 가르쳐주겠다. 당나라 백낙천의 작품으로, 아이들은 의미가 어려워 잘 모를 것인데, 그런 건 어쨌든 상관없다. 내가 일러주는 대로 외우고 있기만 하면 된다. 네가 어른이 되면 이해할 때가 올 테니."

시게모토는,

"자, 여기 앉아라"

하는 아버지의 말대로 아버지의 오른편에 나란히 앉았다. 처음에는 아이가 외우기 쉽도록 한 구절, 한 구절 잘라서 천천히 읊으며, 시게모토가 한 구절 읊기를 기다려 다음, 또 다음으로 넘어가던 아버지는 그러던 중에 점점 가르치고 있다는 사실을 잊어버리고는, 자기감정대로 소리를 내지르며 가락까지 붙여서 낭송하기 시작했다.

잃어버려 뜨락 앞의 눈송이가 되고

날아서 바다 위의 바람이 되도다

구천에 친구 하나를 얻어

사흘 밤을 집에 돌아오지 않도다

목소리는 푸른 구름 밖으로 끊기고

그림자는 밝은 달 속에 가라앉아

이 관사에서 이제부터는

누가 머리 흰 늙은이와 함께하랴

　시게모토는 뒷날 이 시가 『백씨문집』에 있는 「학을 잃다」라는 제목의 오언율시(五言律詩)라는 것을 알게 된다. 당시에는 무슨 사연의 이야기인지도 몰랐지만, 그 뒤에도 아버지가 술만 취하면 노상 중얼거리곤 하여 귀에 딱지가 앉을 정도로 들은 시였다. 지금 와서 돌이켜보면, 아버지는 자기 곁을 떠나간 어머니를 학에 빗대어 그리운 정을 이 시로 달랬던 것 같다. 아버지가 시를 읊을 때의 비장한 목소리를 들으면, 어린 마음에도 아버지가 느끼는 가슴속 단장(斷腸)의 그리움이 전해져왔다. 앞에서도 이야기했지만 아버지의 목소리는 쉬어 있어 높은 소리는 낼 수가 없었고, 숨이 차서 소리를 길게 끌 수도 없어 그 읊는 모양은 기교 면에서는 졸렬했지만 '구천에 친구 하나를 얻어', '목소리는 푸른 구름 밖으로 끊기고 그림자는 밝은 달 속에 가라앉아', '누가 머리 흰 늙은이와 함께하랴' 등의 구절을 읊을 때는, 모든 흔한 기교를 단박에 뛰어넘는 처절한 감정이 스며 있어, 참으로 사람을 감동시키지 않고는 못 배기는 무언가가 있었다.

아버지는 시게모토가 그 시를 암송하는 것을 보고는,

"그것을 외웠으면 더 긴 것을 가르쳐주마"

하고는, 전의 것보다 훨씬 긴 시를 또 하나 가르쳐주었다. 그것은 '나,
생각하는 사람 있어'라는 구절로 시작되는 「밤비」라는 시였다.

　　　나, 생각하는 사람 있어

　　　서로 떨어져 머나먼 곳에 있어

　　　나, 느끼는 구석 있나니

　　　내 생각은 깊이깊이 마음속에 있나니

　　　그가 있는 곳은 머얼리 있어 갈 수는 없지만

　　　하루라도 그리지 않은 날은 없나니

　　　마음속 생각은 깊고 깊어 지울 수는 없나니

　　　저녁이면 생각나서 그침이 없고

　　　하물며 이 등잔불의 야밤에

　　　홀로 누워 빈방 지키나니

　　　가을 하늘 언제쯤이나 밝아지려나

　　　바람과 비 소리만 바야흐로 창창(蒼蒼)

　　　두타(頭陀)의 법을 깨치지 못했다면

　　　어떻게 이 마음의 슬픔을 잊겠는가

　이 마지막 구절의 '두타의 법을 깨치지 못했다면 어떻게 이 마음의
슬픔을 잊겠는가'라는 부분을 아버지는 걸핏하면 혼잣말하듯 읊어대
곤 했는데, 그러고는 얼마 뒤에 불도(佛道) 쪽으로 관심을 기울이며

열을 냈던 건 어쩌면 이 구절의 영향이 아니었을까. 뿐만 아니라 시게모토는, 어떤 제목의 시인지는 가물가물하지만 '야밤이 깊어 방 안에 홀로 누웠지만 누가 나를 위해 이부자리의 먼지를 털어주려는가' '아침밥의 양이 줄고 잠이 적어지니 밤 긴 것을 알겠고나' '몸은 마르고 백발 섞인 머리카락이 빠져 머리 빗기도 귀찮고 두 눈은 봄이 부서 줄곧 눈에 약이나 넣는도다' '모름지기 술잔이나 기울여 내장으로만 퍼넣으니 취해서 자빠진들 어느 누가 상관하리' 등, 여러 가지 비슷한 구절을 부분부분 기억한다. 아버지는 그런 구절들을 소슬한 뜨락 한 구석에 앉아 아무도 못 듣게 조용히 읊거나 사람을 멀리하고 혼자 술잔을 기울이며 감격한 목소리로 울먹였는데, 그럴 때마다 두 볼에는 눈물이 주르르 흘렀다.

그 무렵 사누키는 모습을 보이지 않았는데, 짐작건대 그녀는 어머니가 없어지고 나서 곧 아버지는 단념하고 어머니 쪽으로 몸을 기울인 게 아니었을까. 시게모토가 기억하기로는 유모인 에몬이 크고 작음을 가리지 않고 시게모토나 아버지의 일을 돌봐주었다. 어떤 경우 그녀는, 어린 시게모토를 살살 달래는 것과 똑같은 방식으로 아버지도 달래려 했는데, 그녀가 가장 못 참는 건 아버지의 심한 주정이었다.

"나이를 드셨으니 그 밖에는 다른 취미도 없고, 조금이야 괜찮지만……"

유모가 그런 식으로 잔소리를 하면, 아버지는 아이들이 어머니에게 잔소리 듣는 것처럼 쩔쩔매면서,

"걱정을 끼쳐서 미안하구먼"

하며 얌전하게 듣고만 있었다.

정말이지, 늘그막에 그렇게 사랑하던 어머니로부터 버림받고 난 후, 전부터 좋아했던 술에 한층 빠져들어 오로지 술 마시는 일을 반려로 삼은 게 이해가 안 되는 건 아니지만, 주정이 날로 광포해지면서 상궤를 벗어날 정도가 되자 주위 여자들이 우려하는 것도 무리는 아니었다. 아버지는 잔소리를 들으면 그때만큼은 제대로 사과도 하지만, 바로 몇 시간 뒤면 언제 그랬냐는 듯 아예 정신이 몽롱해질 정도로 다시 취했다. 시를 읊거나 소리를 질러대며 울부짖는 건 차라리 약과였고 야밤중에 혼자 비틀비틀 어디론가 나가서는 이틀이나 사흘씩 돌아오지 않는 일도 예사였다.

"대체 어디 가셨을까요?"

유모나 시녀들이 머리를 맞대고 의논을 하면서 한숨을 내쉬는 건 물론이고 사람을 시켜 사방으로 수색을 하는 일도 한두 번이 아니었다. 시게모토도 그런 때는 아이답게 나름대로 가슴이 아팠다. 아버지는 이삼 일이 지나면 저녁녘에 혼자 아무렇지 않게 돌아오거나, 아무도 모르게 슬그머니 방으로 돌아와 자거나, 사람들에게 이끌려 들어왔다. 언젠가 한번은 시가지를 떠나 어느 먼 들판에 쓰러져 있는 것을 찾아내 데려온 일도 있었다. 그때도 상거지 꼴이어서 머리는 헝클어져 있고 찢어진 옷에 손이고 발이고 온통 진흙투성이였다.

유모는 완전히 질려서,

"어쩜"

하고 한마디 중얼거리고는 눈물을 줄줄 흘릴 뿐이었고, 아버지는 매우 쑥스럽다는 듯 아무 말 없이 슬그머니 방 안으로 내빼듯 들어가 잠옷에 얼굴을 파묻을 뿐이었다.

"저런 식으로 지내다가는 정말 언젠가는 아예 미쳐버리든지, 아니면 몸이 망가지든지……"

유모는 뒤에서 수군거리기도 했는데, 그러던 아버지가 언제부터인가 그렇게도 좋아하던 술을 깨끗이 끊어버렸다.

시게모토는 아버지가 어떤 계기로 술을 끊게 되었는지 그간의 사정을 자세히는 몰랐지만, 조금 짐작이 간 것은,

"아버님께서는 요즘 들어 매우 얌전해지셔서 하루 종일 불경만 읽고 계시는군요"

라는 유모의 말이었다.

아버지는 어머니를 그리워하다 못해 술의 힘으로 잊으려 해보았으나 술로는 도저히 안 될 것 같아서 부처님의 자비심에 의지하려 한 게 아닐까. 다시 말해 '두타의 법을 깨치지 못했다면 어떻게 이 마음의 슬픔을 잊겠는가'라고 했던 시 구절을 넌지시 따른 셈이다. 그건 바로 아버지가 운명하시기 1년쯤 전인 시게모토가 일곱 살 정도 됐을 때의 일이었다. 그 무렵 아버지는 이미 광포한 성격은 모두 버리고 하루 종일 불상을 모셔둔 방 안에만 틀어박혀 명상에 잠기거나 경을 읽거나 어디선가 귀하신 큰스님을 모셔 와서 불경 강의를 듣거나 하는 날이 많아져, 유모나 주위 여인들도 노상 찌푸렸던 얼굴을 펴고, 이제 나리께서도 점잖아지셨다, 저 정도면 안심이다, 하며 좋아했다. 하지만 시게모토에게는, 그렇게 변하고 나서도 여전히 가까이 다가가기 어려운 꺼림칙한 아버지였다.

유모는 그 방이 너무 조용하면,

"도련님, 아버님께서 뭘 하고 계시는지 살짝 한번 들어가보세요"

라고 말했기 때문에 시게모토가 두려운 마음으로 방 앞으로 가서, 조심스레 방 앞에 꿇어앉아 소리 나지 않게 미닫이문에 손을 대고 조금 열어보면, 아버지는 정면에 보현보살의 화상을 걸어놓고 그 앞에 조용히 마주앉아 있었다. 뒷모습밖에 보이지 않는 아버지를 잠시 그렇게 들여다보고 있자면 아버지는 경을 읽는 것도, 글을 읽는 것도, 향을 피우는 것도 아니고 그저 묵연히 앉아 있을 뿐이었다.

"아버지는 대체 뭘 하고 계시는 거야?"

시게모토가 어느 날 유모에게 물어보니,

"부정관(不淨觀)이라는 걸 하고 계시는 거예요"

라고 유모가 일러주었다.

그 부정관이라는 것은 설명하기가 무척이나 어려운 내용이라, 유모로서도 자세한 설명은 하지 못했는데, 요컨대 그것을 하면 사람들의 여러 가지 관능적인 쾌락이 죄다 한때의 미혹에 지나지 않는다는 것을 깨닫게 된다, 그리하여 이제까지 그립고 그립게 여겨지던 사람도 그리워하지 않게 되고, 눈으로 보아서 아름답다든가 먹어서 맛이 있다든가 냄새가 향기롭게 느껴진다든가 하는 것들이 실은 아름답지도 맛있지도 향기롭지도 않은, 더러운 것임을 터득하게 된다, 아버지는 어떻게 해서든지 어머니 일을 잊으려고, 단념하시려고 저렇게 수행을 하고 계시는 거라고 했다.

그러고 보면 시게모토는, 아버지에 관해 평생 잊지 못할 두려운 추억 하나를 갖고 있는데, 바로 그 무렵 언젠가의 일이었다. 그즈음 며칠 동안 아버지는 밤낮이 따로 없이 그렇게 가부좌를 틀고 가만히 앉아 깊은 생각에만 잠겨 있는 듯하여, 대체 언제 식사를 하시고 언제 주무시는가 하고 시게모토는 꽤나 궁금했다. 그래서 야밤에 유모 모르게 잠자리를 빠져나와 그 방 앞으로 가보니, 등잔불이 켜진 방 안에 아버지는 가부좌 모습 그대로 가만히 앉아 있었다. 흔히 그랬던 것처럼 좁은 틈새로 들여다보던 시게모토는, 아버지가 마치 조각처럼 움직이지 않자 다시 살짝 미닫이를 닫고 돌아와서 그대로 잠을 잤는데, 그다음 날 밤에도 궁금해서 다시 가보니까 아버지는 전날 밤과 똑같은 자세로 그렇게 있었다. 사흘째 되던 날 밤에도 궁금해서 발소리가 나지 않도록 발끝걸음으로 가서 또 숨을 죽이고 들여다보았는데, 등잔의 불꽃이 바람기도 전혀 없는데 약간 흔들리는가 싶더니, 갑자기 아버지가 두 어깨를 조금 움직였다. 아버지의 동작은 아주 느려서 뭘 하려는지 처음에는 짐작이 안 되었는데, 곧 한 손으로 바닥을 짚으며 굉장히 무거운 것을 들어 올리듯이 가쁜 숨을 내쉬면서 자신의 몸을 일으켜 세웠다. 원체 늙어서 그러잖아도 서고 앉을 때 아주 느렸는데, 오랫동안 가부좌 자세로 앉아만 있어 그런 식으로밖에는 일어설 수가 없는 모양이었다. 일어선 아버지는 비틀거리며 방 밖으로 나섰다.

시게모토가 의아한 마음으로 뒤를 쫓으니, 아버지는 뒤도 돌아보지 않고 계단을 내려가 짚신을 신고 땅을 밟았다. 환한 달빛이 비지고 근처에서 풀벌레 소리가 들렸던 것으로 미루어 가을이었음이 확실하다. 뒤따라 마당에 내려선 시게모토도 마침 놓여 있던 어른 짚신 하나를 신었는데, 발바닥이 차가워서 마치 물속을 걷는 느낌이었고, 달빛으로 지면에 내린 새하얀 서리가 보였으니 혹시나 겨울이 아니었나 하는 생각도 없지는 않다. 아버지의 걸음에 따라, 땅 위에 선명하게 비치는 아버지 그림자가 흔들렸다. 시게모토는 되도록 그림자를 밟지 않도록 거리를 두고 뒤쫓아갔다. 아버지가 뒤를 돌아보았다면 금방 들켰겠지만, 아버지는 깊은 명상에 잠긴 모습으로, 어느새 대문을 나서서 어딘가 명확한 목적지가 있는 듯 그냥 걷기만 했다.

여든 먹은 늙은이와 겨우 일고여덟 살인 아이 걸음이었으니 그리 멀리까지 갔던 건 아니었겠지만, 그래도 시게모토에게는 꽤나 먼 거리처럼 느껴졌다. 그는 아버지한테서 멀리 떨어져 보이는 듯 안 보이는 듯 뒤쫓아갔는데, 원체 깊은 밤중이라 한길에는 그 두 부자 말고는 인적이라곤 전혀 없었고, 아버지 모습은 멀리 흰 달빛에 반사되어 놓칠 일은 없었다. 길은 처음 한동안은 위압적인 저택들이 이어지다가, 차츰 볼품없이 대나무나 갈대로 짠 담벼락이며 지붕 위에 돌이 얹혀 있는 초라한 판잣집들이 나왔다. 여기저기 물웅덩이나 빈터가 점점 많아지고, 억새나 그 밖의 가을 풀들이 껑충하게 자라 있기도 했다. 무성한 풀 속의 풀벌레들은 두 사람이 가까이 가면 문득 울음을 멈추었다가 멀어지면 다시 울어댔는데, 교외 쪽으로 나가면 나갈수록 비가 내리는 것처럼 소리가 시끄러워졌다. 그러던 중에 집이라곤 한 채도 없고 눈길 닿는 저쪽 무성하게 자란 풀 속에 좁은 길 하나가 구불구불 나 있는 곳에 이르렀다. 외길이지만 이리저리 구부러진데다 풀도 사람 키보다 높아서, 아버지 모습이 더러는 보이지 않게 되어 할 수 없이 시게모토도 조금 가까운 거리까지 좁혀갔다. 양쪽에서 길로 뻗어나와 통째로 길을 가린 풀들을 두 손으로 헤치며 가자니 소매며 옷단이 금방 이슬에 젖어서 차가운 물방울이 목젖까지 스며들었다.

아버지는 다리가 놓여 있는 작은 강에 도착해 다리를 건넌 다음, 바로 뻗은 길로 들어서는 게 아니라, 강가를 따라 강의 하류 방향으로 걷기 시작했다. 그러자 다리에서 백 미터 정도 떨어진, 조금 둔덕이 진 평지에 봉분 서너 개가 나타났는데, 하나같이 부드러운 새 흙으로, 꼭대기에 세워 놓은 소토바(卒塔婆)*도 새하얀 색이라서 마침 달빛 덕에 그 문자까지 확실하게 보였다. 주변에는 소토바를 세우지 못하고 그 대신 소나무 같은 것을 심어놓은 곳, 봉분이 아니라 그냥 울타리를 두르고 돌을 쌓아 올려서 오륜탑(五輪塔)을 세워둔 곳, 시체를 거적으로 덮고 꽃 한 송이를 얹어 놓아 표만 낸 곳, 개중에는 얼마 전의 태풍으로 소토바가 쓰러지고 윗부분이 떠내려가서 시체 일부가 드러난 곳도 있었다.

무언가를 찾아 헤매는 것처럼 무덤 사이를 돌아다니는 아버지 뒤를, 시게모토는 거의 뒤꿈치가 닿을 거리에서 뒤따라갔는데, 아버지는 그걸 아는지 모르는지 한 번도 돌아보는 일이 없었다. 시체를 파먹고 있었던 듯한 개 한 마리가 불쑥 풀 속에서 뛰쳐나와 달아났는데, 아버지는 그것에도 전혀 아랑곳하지 않았다. 그렇게 뭔가 이상하게 긴장해서 정신을 집중하고 있다는 것은 그 뒷모습으로도 충분히 판단할 수 있었다. 그리고 얼마 지나지 않아 문득 아버지가 멈춰 서고, 뒤따라가던 시게모토도 멈춰 선 순간, 시게모토는 온몸이 얼어붙을 만한 광경을 눈앞에서 보고 말았다.

금방 눈이 내려서 쌓인 것처럼 달빛이 세상 만물을 하나의 색깔로 물들여놓았기 때문에, 시게모토도 처음에는 그곳 땅 위에 널려 있는 묘하게 생긴 것들의 정체가 무엇인지 잘 몰랐다. 두 눈을 크게 뜨고

---

* 죽은 자를 추모하여 경문 구절이나 범자(梵字)를 적은 뾰족한 나무판자.

본 다음에야 젊은 여자의 시체가 썩어 문드러져 있는 것임을 알 수 있었다. 젊은 여자 시체라는 건, 부분적으로 드러난 팔과 다리의 살점이나 피부 색깔로 대강 짐작했는데, 긴 머리칼이 살갗째로 가발처럼 머리에서 벗겨지고, 얼굴은 통째로 뭉개져버린 듯이 혹은 부풀어 오른 듯이 덩어리져 보이고, 복부에서는 내장이 삐져나와 근처에 구더기들이 득실거리고 있었다. 대낮처럼 환한 달빛 속에서 본 끔찍스러움은 정말이지 상상을 넘어섰지만, 시게모토는 두려움에 얼굴을 돌리지도, 몸을 움직이지도, 하물며 아무 소리도 내지 못하고 눈앞의 광경에 꼭 붙들린 것처럼 서 있었다. 한데 아버지를 보니, 조용히 그 시체 곁으로 다가가 우선 공손하게 합장을 하곤 그 옆에 놓인 거적 위에 가만히 앉는 것이었다. 그러고는 조금 전에 방에서 그랬던 것처럼 의연하게 가부좌를 틀고 앉아 가끔 시체 쪽을 보고 다시 또 반쯤 눈을 감고 무슨 깊은 생각에 빠져들었다.

그때, 달은 날카로운 칼날처럼 맑아 주위의 삭막함은 한층 깊어져 있었다. 그런대로 바람이 이따금 불어 참억새가 서걱서걱 소리를 냈지만, 그 외에는 풀벌레가 유난히 극성스럽게 울어댈 뿐이었다. 그 안에서 홀로 그림자처럼 앉아 있는 아버지 모습을 보는 건, 어떤 기괴한 꿈속 세계에 끌려들어간 느낌이었다. 하지만 근처에는 코를 찌르는 송장 썩는 냄새만 가득해서, 시게모토는 어쩔 수 없이 바로 눈앞의 현실 세계로 되돌아올 수밖에 없었다.

시게모토의 아버지가 여자의 시체를 본 그 자리가, 정확히 어디였는지는 알 수 없지만, 그 무렵 교토 거리에는 이런 식으로 시체를 내다버리는 자리가 곳곳에 수없이 있었을 것이다. 당시에는 천연두나

홍역 같은 전염병이 돌면 많은 사람이 한꺼번에 죽어서, 전염을 두려워하여 혹은 시체 처리가 어려워서 어디든 공터만 있으면 시체들을 운반해 간단히 표시만 한 채 대강 흙을 덮는다거나 거적째 버렸기 때문이다. 그러니 거기도 그런 곳 중 하나가 아니었을까 짐작된다.

10

아버지가 그 시체와 마주앉아 명상에 잠겨 있는 동안 시게모토는 어느 무덤 뒤편에 웅숭그리고 앉아 숨을 죽이고 있었다. 중천에 떠 있던 달도 서쪽으로 기울고, 시게모토가 몸을 숨기고 있던 탑 그림자가 땅 위에 길게 늘어지는 때가 되어서야 아버지는 겨우 일어나서 집으로 향했다. 시게모토도 왔던 길과 똑같은 길을 다시 아버지 뒤를 따라 걷기 시작했는데, 뜻밖에도 아버지가 작은 강의 그 다리를 다시 건너 억새밭에 막 들어섰을 때 말을 걸어왔다.

"아들아…… 넌 오늘밤에 내가 그곳에서 뭘 했다고 생각하느냐?"

아버지는 하나로 뻗은 길 한가운데서 금방 걸어온 길 쪽을 되돌아보며 시게모토가 가까이 다가오기를 기다렸다.

"나는 네가 내 뒤를 쫓아오는 걸 알고 있었다. 나대로 생각이 있어 일부러 네가 그러는 걸 내버려두었어."

그렇게 말해도 시게모토 쪽에서 아무 반응이 없자, 아버지는 한층 더 부드럽게 낮은 목소리로 말했다.

"애야, 난 지금 너를 야단치려는 게 아니니까, 어디 한번 솔직하게 말해보렴. 넌 오늘 밤 내 행동을 처음부터 쭉 보았을 테니 말이다."

시게모토는,

"응"

하고 살짝 머리를 끄덕이고는,

"아버님이 뭘 하는지 걱정이 되어서요……"

라고 조심스럽게 말했다.

"너는, 내가 반은 미쳤다고 생각했을 테지."

아버지는 우습다는 듯한 입술 모양을 하고 핫핫, 하고 힘없이 웃었지만 그 소리는 너무 작아서 잘 들리지 않았다.

"하긴 너뿐 아니다. 모두 그렇게들 생각하는 것 같은데…… 하지만 난 미치지 않았다. 내가 이러는 건 그만한 까닭이 있다. 네가 안심하도록 까닭을 들려주어도 좋겠다만…… 어때? 들어보겠니……"

그렇게 말한 아버지는 집까지 돌아오는 동안 시게모토와 나란히 걸으면서 다음과 같은 이야기를 대강 들려주었다. 그 무렵의 시게모토로서는 물론 그런 일이 납득될 리 없어, 후에 그가 그때 일을 일기에다 적어놓은 건 아버지가 이야기했던 그대로가 아니라, 뒷날 어른이되고 나서 그의 해석이 더해져 있었다. 요컨대 그때 아버지가 닦던 수행은 그즈음 흔히 불교를 믿는 자들이 더러 말하던 부정관이라는 것인데, 당장 필자만 해도 불교 교리에는 원체 어두워 지금 이 자리에서도 제대로 전달될지는 썩 자신이 서지 않는다. 아닌 게 아니라 필자는이 일로, 평소 도움을 얻고 있는 천태종(天台宗)의 어느 고승도 찾아뵙고, 그런 쪽의 참고서 같은 것도 빌려 읽어봤는데, 그렇게 들여다보면 볼수록 더더욱 그 심오한 뜻은 이해하기 힘들 뿐이었다. 이 자리에서 그런 식으로 깊이 들어갈 수는 없고, 단지 순서상 이야기의 진행에 필요한 면만 조금 언급해보겠다.

부정관이란 것이 비교적 알기 쉽게 쓰여 있는 책은, 다른 것도 있는지 모르겠지만, 필자가 알고 있는 책으로는 흔히 세간에서 지진 스님의 저술이라고도 하고, 또 고승 게이세이의 저술이라고도 하는『한거閑居의 친구』다. 이 책은『왕생전往生傳』이나『발심집發心集』에도 언급된 왕생발심자(往生發心者)의 일대기나 이름 있는 스님들의 일화 등을 모은 것으로서, 상권에 실린「수행 중인 승려가 고승 모시는 틈틈이 부정관을 실천해본 일」,「천민이 들판에서 남자 시체를 보고 불도에 뜻을 세운 일」,「강가 자갈밭의 여자 시체의 일」, 그리고 하권에 실린「황녀의 아들과 결혼한 여자의 부정不淨을 본 일」등을 읽어보면 부정관이라는 게 대강 어떤 건지 짐작할 수 있다.

당장 이 책을 통해 한 예를 들어보면 이런 이야기가 있다.

옛날 히에이 산, 어느 고승 곁에서 수련을 하며 시중들던 스님이 있었다. 스님이라곤 하지만 그저 절간 심부름꾼 같은 사람으로, 평소 고승의 잔심부름이나 할 따름이었다. 그러나 주인을 무척 존경해서 지시받은 일은 어느 한 가지도 실수 없이 충실히 해냈기 때문에 고승도 적지 않게 그를 신뢰했다. 그렇게 세월을 보내는 동안 이 사내는 매일 저녁이면 어디론가 가서 보이지 않다가 이튿날 아침 일찍 돌아오곤 했다. 그것을 알게 된 고승은, 저녁마다 사카모토(坂本)*에라도 다니겠거니 하고 내심 조금 언짢게 생각했다. 그런데 아침에 돌아오는 모

---

* 히에이 산 동쪽으로 헤이안 시대부터 전국 시대 말기까지 번창했던 시가지.

습을 보면 어쩐지 매우 울적해 보이고, 주위 사람들과 얼굴 마주치는 일도 꺼리며 노상 눈물이 그렁그렁해 있어, 아마도 단골로 다니는 곳의 여자가 제 뜻대로 잘 안 되는 모양이구나, 하고 고승을 비롯한 모두가 대강 짐작을 했다. 그런데 어느 날은 그 고승께서 사람 하나를 시켜 뒤를 쫓아가보게 했더니, 사내는 니시사카모토(고슈江州의 사카모토가 아니라, 히에이 산의 서쪽 산자락, 즉 현재의 교토 사쿄 구 이치조 사一乘寺 근처)를 지나쳐 내려가 렌다이노(蓮臺野) 쪽으로 가는 것이었다. 뒤쫓던 사람은 의아해하며 대체 무슨 짓을 하려나 싶어 가만히 지켜보았다. 그러자 그는 여기저기 풀을 헤치며 들어가더니 차마 눈 뜨고 볼 수 없을 정도로 썩어 문드러진 한 시체 곁으로 가서, 때로는 눈을 감고 때로는 눈을 뜨고 염원을 하고, 되풀이해서 예불을 올리며 목을 아끼지 않고 큰 소리로 우는 것이었다. 그는 밤이 새도록 그렇게 있다가, 새벽녘이 되어 어느 절에서 종소리가 들릴 무렵에야 겨우 눈물을 거두고 돌아왔다. 뒤쫓아갔던 사람은 그만 감동하여 눈물을 흘리며 돌아와서, 대체 어떻게 된 일이냐고 고승께서 묻자 글쎄올시다, 그게 그렇습니다, 저 사람이 늘 저렇게 맥이 빠져 있었던 것도 그럴 만한 이유가 있었습니다, 실은 그렇게 저렇게, 저녁이면 안보였던 것도 그 때문이었습다, 저렇게 고귀하고 성스러운 사람을 함부로 의심하다니 저는 엄청 무서워집니다, 하고 말했다. 그 얘기를 듣고 깜짝 놀란 고승은 그 뒤로는 그 수련 중인 스님을 여느 사람처럼 취급하지 않게 되었다. 그러던 어느 날, 그가 아침 식사로 죽 한 그릇을 끓여 가져왔기에 주위에 마침 아무도 없는 틈을 타서, 자네가 더러 부정관을 한다는 소문이 나도는데 그게 참말인가, 하고 물었는데, 천만의 말씀입니다, 그런 일은 학문이 높으신 귀인들 나리나 하실 일이지요, 저 같은 사람이 그런 일을 감히 할 수 있는지 아닌지는 그냥 생긴 걸 봐서도 아실 텐데요, 라는 것이었다. 고승이 이어서, 아니, 자네가 하는 일은 지금은 모두가 알고 있네, 나만 해도 이미 일찍부터 마음속으로는 자네를 귀하고 고맙게 생각하고 있었으니 숨기지 말고 그간의 일을 죄다 털어놓게, 하고 말하자, 그러시다면 말씀드리겠습니다만, 실은 세상만사 저는 깊게는 알지 못합니다만 약간 마음을 쓰고 있는 일은 있습니다, 라고 말했다. 고승께서 다시, 자네도 자네대로 받은 영험이 있을 테지, 그러니 일단 시험 삼아 이 죽을 자네 방식대로 부정관으로 본 다음 나에게 한번 보여주게, 하고 말했다. 사내는 쟁반 하나를 가져다가 그 죽 그릇 위에 덮고는, 잠시 두 눈을 감고 조용히 있다가 얼마 뒤에 그 쟁반을 걷어냈다. 죽은 몽땅 흰 벌레들로 변해 있었다. 그걸 본 고승이 하염없이 울더니만 제발 자신을 이끌어달라며 사내를 향해 간절히 합장했다.

　이상이 「수행 중인 승려가 고승 모시는 틈틈이 부정관을 실천해본 일」에 얽힌 이야기다. 『한거의 친구』의 저자는 그 뒤에다가 "참으로 귀하고 귀하다"라고 쓰며 설명을 더하기를 "비록 아무것도 모르는 어리석은 자일망정 무덤가에 가서 썩어 문드러진 시체를 보면 깨달음을 얻을 수 있다"는 것은 덴다이 대사도 『차제선문次第禪門』에서 설법할 정도이니, 이 수행 중인 스님도 그걸 배웠을 터이다. 『마하지관摩訶止觀』에서는 '관(觀)'을 풀어서 밝히기를, "산하(山河)도 모두가 부정하며, 먹는 것도 또한 부정이다, 밥은 하얀 벌레와 같고, 옷은 악취 나는 것의 가죽과 같고"라고 하는데, 저 수행 중인 스님이 보여준 경지가 대단한 것은, 자연과 성스러운 진리가 합치했기 때문이다. 또한 천축(天竺)의 불교 비구도 말하길 '밥그릇은 해골과 같고 밥은 벌레 같으며, 옷은 뱀 껍질 같도다'라고 하고, 당나라의 도선율사도 '밥그릇은 바로 사람의 뼈요, 밥은 바로 사람의 살점이니'라고 하는데, 그런 사람들이 풀어낸 것들을 이해할 턱이 없는 일자무식의 스님이 그 가르침을 실행하고 있었다는 건 아무튼 장한 일임에 틀림없다. 보통 사람들은 이 스님과 같은 경지에까지는 이르지 못하겠지만, 그 정도로 도리를 알기 시작하면 숱한 오욕(五慾)의 잡생각들은 차츰 엷어지면서 제각기 마음가짐이 고쳐지기는 할 것이다. "이 이치를 모르는 자, 자질구레한 맛에 탐욕의 마음도 깊이 일고, 별것도 아닌 누더기 옷에도 분노의 불꽃 같은 생각이 얕지 아니하도다. 옳고 그름은 엇바뀌지만 윤회의 씨가 되는 것은 똑같은 것이거늘. (중략) 그렇다고는 할망정 무익하구나, 꿈속의 헛된 일들로 윤회전생을 되풀이해도 깨닫지 못하는 무명장야(無明長夜) 괴롭구나"라고도 한다.

「천민이 들판에서 남자 시체를 보고 불도에 뜻을 세운 일」도 대강 비슷한 교훈을 품은 설화다. 어느 사내 하나가 허허벌판에서 처참한 여자 시체 하나를 보고 돌아와서 그 형상이 머릿속에 들러붙어 가시질 않아, 아내를 껴안고 자면서도 아내의 이마, 코, 입술이 죄다 그 시체 모습과 너무나 닮아 보임에, 결국은 무상(無常)의 터득에 이른다는 것이다. 이 이야기는 "지관(止觀) 속에서 사람이 죽어 몸이 문드러지므로, 끝내는 그 백골을 화장하여 연기로 피어오름을 말하는 것이 보기에도 슬프구나. 이런 글이 무식한 남자에게서 저절로 우러나왔음은 참으로 고마운 일이로다"라고 한다.

부정관의 수행 방법은 선승(禪僧)이 좌선을 하듯이 홀로 고요히 가부좌를 틀고 앉아서 두 눈을 감고 깊은 생각에 잠겨 어느 하나의 일을 향해 상념을 집중시키는 일로 시작된다. 하나의 일이란, 예를 들어 이 내 몸은 부모님의 음탕한 즐거움의 산물이어서 본래는 부정불결(不淨不潔)한 액체에서 생겨났다는 사실, 즉 『대지도론大智度論』의 말을 인용하자면, '사람이 화합할 때 몸 안의 욕정의 벌레인 남충은 백정(白精), 눈물처럼 나오고, 여충은 적정(赤精), 토하듯이 나온다.* 골수의 기름이 흘러 이 두 개의 벌레가 눈물 흐르듯 나온다' 는 사실을 깨닫는 것이다. 이어서, 이 붉고 흰 두 액체가 합쳐진 것이 자기 몸이라는 것을 생각한다. 그다음, 태어날 때도 더럽고 냄새나는 통로를 거쳐 나온다는 것, 태어난 뒤에도 대소변을 쏟아내고 콧구멍으로 콧물을 흘리고 입으로는 냄새나는 숨을 내쉬고 겨드랑이에서도 끈적끈적한 땀을 낸다는 것, 몸 안에는 똥이나 오줌이나 고름과 피와 기름이 있고, 내장 속에는 오물이 꽉 차서 여러 가지 벌레가 우글거리고, 죽고 나면 그 시체를 짐승들이 달려들어 뜯어먹거나 새들이 쪼아 먹고, 팔다리는 찢어지고 비릿한 악취가 사방 삼십 리 오십 리까지 퍼져서 사람들은 코를 막고, 피부는 시꺼메져서 개의 사체보다 흉한 모습이 된다는 것, 요컨대 이 몸은 태어나기 전부터 죽은 후까지 부정(不淨)하다는 사실을 깨닫는 것이다.

『마하지관』에서는, 이러한 수행 방법을 설명하며 인체의 부정을 심지어 종자부정(種子不淨)이라거나 오종부정(五種不淨)이라는 식으로

---

* 남충(男蟲)은 정자, 여충(女蟲)은 난자를 가리킨다.

세세하게 설명한다. 이 책은 또한 사람이 죽어서 그 시체가 변화해가는 과정을 샅샅이 그려내며, 첫번째 과정을 괴상(壞相), 두번째 과정을 혈도상(血塗相), 세번째는 농란상(膿爛相), 네번째는 남은 살이나 피부가 퍼렇게 변색되는 청어상(靑瘀相), 다섯번째는 시체가 새나 짐승에게 먹히는 모습인 담상(噉相)이라고 설명한다. 또한 이러한 상(相)을 체관(諦觀)하지 못하면 쉽게 어느 누구를 사랑한다든지 애착을 느끼지만, 만일 진정으로 이것들을 체관하여 어느 경지를 넘어서면 모든 욕심이 사라지고 바로 전까지 아름답다고 느낀 것도 역겨워서 못 견디게 된다고 말한다. 그것은 마치 변을 보지 않았을 때에는 밥을 먹고 싶다가도 일단 변 냄새를 맡으면 메슥거려서 밥을 못 먹게 되는 일과 비슷하다는 것이다.

하지만 혼자서 가부좌를 틀고 가만히 앉아 이러한 이치를 생각만 한다든지 변화하는 과정을 상상만 해서는 충분히 터득이 안 되는 경우도 없지 않아서, 더러는 사람 시체를 버려둔 곳으로 일부러 찾아가서 『지관止觀』에 쓰여 있는 현상이 실제로 일어나는 것을 바로 눈앞에서 보는 것도 역시 하나의 방법이라, 앞에서 본 수행 중인 스님 같은 사람은 그걸 실천하고 있었던 것이다. 그 스님이 밤마다 산을 지나 들판에 찾아갔던 것처럼 한두 번이 아니라 몇 번씩이나 가서 시체가 변해가는 과정을 나름대로 관찰하여 괴상이나 혈도상이나 농란상에 익숙해지면, 나중에는 자기 방에 단정히 앉아 눈을 감고 있기만 해도 그것들이 죄다 보이게 된다. 아니, 더 나아가, 설령 세상 사람들 눈에는 절세의 미인으로 보이는 부인을 납치해 왔다고 해도 수행자의 눈에는 더럽게 썩은 하나의 살덩어리나 피고름 덩어리로만 보여서 욕망을 일으키지 않는 경지에 도달한다. 실제로 수행의 정도를 파악하기 위해, 미인을 바로 눈앞에 데려다 놓고 직접 그 경지를 시험하는 경우도 있다고 한다. 그런데 그 정도의 경지에 올라서 수행자가 일단 부정관을 행하면, 살아 있는 미인이 수행자의 눈에만 추악하게 보이는 것이 아니라 제3자의 눈에도 그렇게 보이게 되는 것이다. 수행 중인 그 스님이, 주인인 고승이 금방 끓여온 죽을 관(觀)해서 보여달라고 하여 잠깐 동안 골똘하게 관법을 행하자, 흰죽이 몽땅 흰 벌레로 변해버린 일이 바로 그와 같다. 진짜로 부정관을 터득하면 그런 기적도 해낼 수 있는 것이다.

시게모토의 일기에 의하면, 그의 아버지 늙은 대납언도 역시 그렇게 부정관을 닦으려 했던 것이다. 이 대납언의 경우는, 잃어버렸던 한 마리 학(鶴)—소리를 구름 밖으로 끊고 그림자를 명월 속으로 숨긴 미인의 요염한 모습—이 언제까지나 눈앞에서 사라지지를 않아, 애타는 생각을 참지 못하고 환상으로부터 벗어나려고 그야말로 전력을 다해 노력했음이 확실하다. 그날 밤 시게모토의 아버지는 그렇게 친자식을 상대로, 부정관의 수행법부터 시작해 자기는 어떤 방법을 써서라도 자기를 저버린 그분을 향한 원망과 뜨거운 그리움, 정념에서 벗어나고 싶다, 마음속 깊이 각인된 그이의 미모를 심장 속에서 몽땅 씻어내어 애달픈 괴로움에서 풀려나고 싶다, 이런 자신이 미친 것처럼 보일지 몰라도, 어쨌든 지금 그 때문에 수행을 하는 것이다, 하고 털어놓았다.

"그렇다면, 아버님이 저런 것을 보러 온 게 오늘 밤이 처음은 아니군요."

아버지의 긴 이야기가 대강 일단락되었을 때 시게모토가 묻자, 아버지는 그렇다고 머리를 끄덕여 보였다. 아버지는 이미 몇 달 전부터 이따금 달 밝은 밤을 골라, 주위 사람들이 모두 잠든 시각에 이 근처를 찾아와, 정해진 어느 한 곳이 아니라 묘지 어디든 가리지 않고 골똘하게 관법을 닦다가 새벽녘에야 아무도 모르게 돌아왔다고 말했다.

"그럼 아버님은 이제 그런 미혹에서 아주 풀려났습니까?"

시게모토가 물었다.

"아아니."

아버지는 그 자리에 잠시 서서 먼 산의 달 쪽으로 눈길을 주며 후유우 하고 큰 숨을 내쉬었다.

"그게 간단히는 안 되는구나. 부정관을 이뤄낸다는 게 혀끝으로 어찌고저쩌고 지껄이듯 그렇게 쉬운 건 아니구나."

그렇게 말한 아버지는, 그다음은 시게모토 쪽에서 무슨 소리를 해도 듣는 둥 마는 둥, 전혀 상대를 않고 무언가 자기 생각에 깊이 골몰해서 집에 돌아오기까지 거의 한마디도 하지 않았다.

아버지와 시게모토가 밤 걸음을 같이한 건 그 하룻밤뿐이었다. 아버지는 전부터 사람들 눈을 피해 더러 그렇게 다녔다고 하니까, 분명히 그 뒤에도 몇 번이나 나가서 돌아다녔을 테고, 예를 들면 이튿날만 해도 깊은 밤에 아버지가 살그머니 문을 열고 나가는 기척을 시게모토는 느꼈지만, 아버지는 굳이 시게모토를 데려가고 싶어 하지 않았고 시게모토도 다시는 아버지 뒤를 따라가고 싶지 않았다. 그렇다고는 해도, 아버지가 그때 아직 철부지였던 자식에게 그런 식으로 털어놓은 건 도대체 무슨 까닭이었을까. 시게모토는 나중에도 그 점을 이상하게 생각했다. 평생에 아버지와 단둘이 그렇게 긴 시간 동안 이야기를 나눈 건 그때뿐이었다. 하긴, 이야기를 나누었다고는 하나, 대부분은 아버지 혼자서 말하고 시게모토는 그냥 들었을 뿐이었다. 그때 아버지의 목소리에는 왠지 무겁게 소년의 마음을 억누르는 듯한 침울한 기운이 담겨 있었는데, 차츰 시간이 지나면서 그것은 간절히 호소하는 듯 변했고, 마지막에는 시게모토에게 특히 그렇게 들렸는지는 모르겠지만, 울음소리처럼도 들렸다. 그때 시게모토는 어린 소견이지만, 상대가 어린아이인 것조차 잊고 그렇게 흐트러진 모습을 보이는 아버지가 높은 경지의 수행을 이뤄내기는 어려울 것이다, 아무리 본인은 수행한다고 하지만 헛고생으로 끝나지 않을까 하는 우려 섞인 생각이 막연하게나마 들었다. 사랑하는 분의 환영을 부여안고 밤낮으로 괴로워하는 아버지가 딱하고 가엾게 여겨지지 않은 건 아니지만, 흔한 말로 그렇게 아름답게만 보였던 어머니 모습이라면, 그냥 귀하게 간직하려 애쓸 것이지, 더러운 길바닥 시체까지 끌어들여서 썩어 문드러진 추악한 모습으로 생각하려 함에는, 무언지 욱하고 노여움 같은 반항심까지 끓어올랐다. 실제로 그는,

'아버지, 부탁입니다. 내가 가장 좋아하는 어머니를 그런 식으로 더럽히지 말아주세요'
하고 아버지가 말하는 중에 몇 번이나 끼어들어 소리를 지르고 싶은 충동을 겨우 참아냈다.

그런 일이 있고 나서 열 달 정도가 지난 이듬해 여름 끝머리에 아버지는 기어이 세상을 떠나셨는데, 그즈음에는 과연 색욕의 세계에서 완전히 해탈에 이르러 있었을까? 그토록 그리워서 못 잊었던 상대를

일고의 가치도 없는 썩은 살덩어리로 여기면서 과연 본인은 맑고 고귀하고 자유롭게 죽어갔을까? 아니면 소년 시게모토가 예견한 대로, 끝내는 부처님에게도 구원을 받지 못하고, 다시금 사랑하는 그이의 환상에 시달리면서 팔십 늙은이의 가슴속에 정열의 불씨를 태우며 마지막 숨을 거두었을까. 시게모토는 아버지의 마음속 투쟁이 어떤 결말에 이르렀는지는 확증이 없어 말할 수 없지만, 아버지가 죽음에 이르는 과정이 결코 사람들이 부러워할 정도로 편안하지는 않았으리라 여기면서, 자기 예상이 그다지 틀리지는 않았다고 생각했다.

애당초 보통 사람들의 인정이라면, 그렇게 자기 곁을 떠나간 아내를 체념할 수 없는 남편이었다면 그 아내가 낳아준 사내아이를 좀 더 귀여워해줘도 좋았을 테고, 아내에 대한 애정을 아이 쪽으로 옮겨 어느 정도는 간절한 그리움을 덜어보려고 했음직도 한데, 시게모토의 아버지라는 사람은 그렇지가 않았다. 그의 경우는 오직 그를 버리고 떠난 아내를 되돌려 받지 않고는, 다른 어느 누구건, 아무리 아내와 피를 직접 나눈 자기 자식이더라도, 결코 그런 것에 속아 넘어간다든지, 어물어물 넘긴다든지 하지 못했다. 그만큼 아버지가 어머니를 그리워하는 마음은 순수하고, 애오라지 한길만을 향해 있었다. 아버지가 시게모토에게 다정하게 말을 걸어온 적이 아예 없지는 않았지만, 그런 일도 대개는 어머니가 화제에 오를 때뿐이었고, 그렇지 않을 때 아버지라는 사람은 대체로 아들에 대해 냉담하기만 했다. 한데, 또한 시게모토는, 아들을 돌아볼 틈이 없을 정도로 오직 어머니 일로만 머릿속이 꽉 차 있던 아버지였다고 생각하면, 그 차가움조차 추호도 원망스럽게 여겨지지만은 않았다. 차라리 그래준 것을 요행으로 기쁘게

까지 느꼈다. 어쨌든 그날 밤의 그 일을 겪고 나서부터 아버지는, 더
더욱 아들에 대해 냉담했고 시게모토의 일 같은 건 전혀 신경을 쓰지
않는 듯했다. 달리 말하자면, 언제까지나 눈앞에 있는 허공을 멍히 쳐
다보고만 있었다. 그래서 시게모토는, 마지막 1년간의 아버지의 수행
에 대해 아버지 본인으로부터는 아무것도 듣지 못했는데, 하지만 그
아버지가 한때 끊었던 술을 다시 마시게 됐다는 것, 혼자 방 안에만
틀어박혀 있는 것은 매한가지였지만 언제부터인지 그 방의 벽에 있던
보현보살의 모습이 사라진 것, 그리고 불경을 읊는 대신 다시 당나라
시를 즐겨 읊기 시작했다는 것은 나름대로 관심을 가졌다.

11

　필자는, 늙은 대납언이 어떤 정신 상태로 죽었는가에 대해 좀 더 자
세한 자료를 얻고 싶었다. 그러나 시게모토의 기록만으로는 그 이상
은 알 수 없었고 단지 그 무렵의 앞뒤 사정으로만 판단해볼 때 마지막
까지 끝내 구원받지는 못했고, 사랑하는 분의 아름다운 환영에 패하
여 영겁의 미혹을 안은 채 죽어갔으리라고 생각할 수밖에 없었다. 그
리고 이 일은, 늙은 대납언에게는 가슴 아픈 결말이었겠지만, 시게모
토에게는 아버지가 어머니의 아름다움을 모독하지 않고 죽었기 때문
에, 무엇보다도 요행이었다.
　그렇게 늙은 대납언이 죽고 나서 이듬해에 좌대신 시헤이도 죽고,
그로부터 약 40년 동안 시헤이의 일족이 차례차례로 죽어갔던 것은

이미 앞에서 쓴 대로이고, 다이고(醍醐), 스자쿠(朱雀) 천황을 거쳐 무라카미(村上) 천황이 올라서고, 세상은 후지와라 씨나 스가와라 씨의 영고성쇠가 있었으며 그 밖에도 여러 가지 별별 사연들이 엄청 많았다. 그러는 동안 시게모토는 어디서 어떤 길을 거쳐 자라서 소장(少將) 지위에까지 오르게 되었는가, 그의 일기는 어머니 이야기를 적기에 바빠 자신의 이야기는 그다지 다루고 있지 않다. 그나마 그 일기들로 추측해보건대, 아버지가 죽고 나서 몇 년간은 유모에게 맡겨져 양육되었던 것으로 보인다. 사누키라는 늙은 여자도 뒤에는 '그분'을 따라 들어가 본원 안에서 근무하게 되는 것까지는 대강 알 수 있으나 그뿐, 그 밖의 일은 일기에도 통 드러나지 않는다. 시게모토는 배다른 형제들이나, 그들의 어머니에 해당하는 사람들과는 아무런 교류도 없었던 것일까. 이 일기의 어느 대목을 읽어도 그런 방면의 움직임은 전해지지 않는다. 하지만 시게모토는 자기의 씨 다른 동생 중납언(中納言) 아쓰타다에 대해서만은 의붓지간이지만 깊은 애정을 기울였다. 그와 아쓰타다는 문중이나 벼슬이 달랐을 뿐만 아니라 아버지들이 부인 하나를 두고 그런저런 사정도 있었던 것이 작용한 듯, 왠지 쌍방간에도 신경이 쓰여 서로 가까이 지내는 건 피했던 것 같은데, 그럼에도 불구하고 시게모토는 남모르게 아쓰타다의 인품에는 호감을 느껴, 표 안 나게 그의 행복을 빌면서 늘 은밀하게 지켜보고 있었다. 그렇다고 하는 것은 분명히 아쓰타다가 어머니를 빼닮았기 때문이었다. 그를 보면 먼 옛날에 만났던 어머니 모습이 떠오르며 그리움에 겨워온다고 시게모토는 몇 차례나 적어놓고 있다. 또한 자기 용모가 불행히도 어머니를 닮지 않고 아버지를 닮은 것을 내심 한탄하고, 어머니가 그렇게 자신을 버리고 간 뒤 아버지가 오직 어머니만 그리워할 뿐 전혀 자신을 귀여워해주지 않았던 것도 자기 얼굴이 어머니를 닮지 않았기 때문이라고 일기에도 끼적였으며, 아쓰타다의 친아버지인 시헤이가 죽은 뒤에도 아쓰타다가 어머니와 같이 사는 것을 못내 부러워하고, 어머니도 늠름하고 사내다운 아쓰타다는 무척 사랑했을 테지만, 자기처럼 못생긴 자식은 설령 한집에 같이 살았더라도 귀여움을 받지 못했을 것이라고, 어머니는 아버지를 싫어했듯이 자기도 싫어했을 것이라고 일기에 적어놓았다.

그런데 한편, 그렇게 시게모토의 뜨거운 사모 대상이었던 어머니라는 사람, 부인 아리와라 씨는 그 뒤 과연 어떤 식으로 여생을 살았을까. 그녀는 시헤이가 죽었을 때 고작 스물대여섯이나 됐을까. 그렇게 그때부터 젊고 아름다운 미망인으로 그저 조용한 여생을 살았던 것일까. 혹은 세번째, 네번째 사내를 두었을까. 일찍이 늙은 대납언의 아내로 지낼 때 헤이주라는 애인까지 지닌 여성이라면, 적어도 사람들의 눈길을 피해 달콤한 사랑을 나누는 애인이 있었다 해도 이상할 것은 없지만, 그런 일도 지금은 전혀 알려져 있지 않다. 아버지보다 어머니를 지극히 사랑했던 시게모토는 설령 어머니 일로 안 좋은 풍문이 있었던들 그런 일을 일기에 적었을 리는 없었을 것이니, 여기서는 단지 그의 일기만을 믿고, 어머니는 좌대신의 대를 이은 아쓰타다의 원만한 성장만을 낙으로 삼아 외롭고 검소하게 단지 그런 미망인으로만 살았다고 해두자. 그렇다곤 해도 전남편이었던 늙은 대납언이 애오라지 그녀만을 그리워하고 괴로워하며 속을 앓다가 죽어간 일이나, 헤이주가 그녀에게 버림받은 것에 대한 앙갚음으로 '지쥬노기미' 만을 뒤쫓다가 끝내 목숨까지 잃은 사실을 듣고는 대체 어떤 감상을 가졌을까. 좌대신이 그 권세를 양껏 누렸던 때는, 그녀도 본원의 여주인으로 지내며, '그분'으로서 많은 사람들에게 우러러 모셔지며 선망의 표적이었을 테지만, 좌대신이 죽은 뒤로는 그 옛날의 영화도 하룻밤의 꿈으로 변하여, 만사가 시들해져 적요한 나날이었을 것이다. 그녀에게 엄청난 열정을 쏟던 사내들도 차례차례 죽어가고, 좌대신 시헤이의 문중 일족들도 스가와라 공의 원귀 탓에 차례차례 죽어가고, 결국에는 옥이야 금이야 예뻐했던 아들 아쓰타다까지 여지없이 앗아가는 것을 보면서 그녀는 그녀대로 세상사 무상함을 절감했을 터이다.

한데, 시게모토는 그렇게 어머니를 사모하면서도 어째서 그녀에게 직접 가까이 다가가려 하지 않았을까. 좌대신 살아생전에는 응당 그랬으려니 하겠지만, 그이가 세상을 떠난 뒤로는 직접 만나는 데 그다지 어려움도 없었을 텐데, 아쓰타다를 만나는 일조차 슬금슬금 피했다는 건, 더구나 특히 어머니에게 가까이 다가가려고 하는 일은 그때의 그의 지위로 미루어 보아 과연 그렇게 조심만 했어야 했던 일일까. 이 점에 대해 시게모토는 일기에서 다음과 같이 적고 있다. 열한두 살경에 몇 차례 어머니를 만나고 싶다고 했지만, "세상일은 그렇게 간단치만은 않아요. 어머님께서는 이제 다른 집 사람이에요"라고 항상 유모에게 거부당했다. "어머님은 이제 도련님의 어머니가 아니라 우리보다 훨씬 높으신 분의 어머니예요"라고도 유모는 말했다. 시게모토는 또 말한다. 결국 나는 어른이 되어 유모 곁을 떠나 독립했고, 무슨 일이든 스스로 판단해서 처리할 만한 나이가 되었는데, 그제야 유모가 들려준 이야기가 진실이었음을 알게 되고, 그럴수록 더욱 어머니를 만날 기회는 멀어졌다. 해가 가면 갈수록 어머니와의 거리가 멀어짐을 느꼈다. 비록 남편인 좌대신 시혜이가 세상을 떠났지만, 역시 어머니는 나 같은 사람에게는 여전히 손이 미치지 않는 구름 위의 사람, 고귀한 집안의 미망인으로 많은 사람들에게 에워싸여 훌륭한 저택의 깊은 안쪽에서 아침저녁을 지내는 분으로만 상상되었다. 그렇게 생각하니 유모가 말한 대로, 이제 그이는 자기 같은 사람이 어머니라고 부를 수 있는 사람이 아니었다. 서글픈 일이지만, '어머니'는 이미 이 세상에는 없는 것으로 생각하지 않으면 안 되었다. 아닌 게 아니라 시게모토는 아버지인 대납언과 함께 어머니에게 버림받았다는 생각에 어머니에 대한 열등의식 같은 것을 품고 있어서, 그런 일들이 한층 어머니와의 사이를 심리적으로 멀게 느끼도록 한 원인이 되었을 것이다.

그럭저럭 세월이 흐르는 동안 덴교 6년(943) 3월에 아쓰타다가 죽고, 그러고 나서 얼마 있다가 어머니도 불가(佛家)에 출가했는데, 그 소문이 시게모토의 귀에 들려오지 않을 리 없었다. 이제까지 시게모토와 어머니의 사이를 멀게 한 장벽 중 하나는 아쓰타다라는 존재였는데, 결국 그도 죽었으니 자연스럽게 기회가 돌아온 셈이어서, 만일 시게모토 쪽에서 바라기만 한다면 어머니를 만날 길은 쉬워졌을 터였다. 이전에 그 길을 가로막았던 세상의 의리나 규범 같은 건 지금에 와서는 모두 사라졌고, 스님이 된 어머니는 니시사카모토에 있는 아쓰타다의 산장 근처 어느 암자에 기거하고 있어서, 그런 소식도 시게모토는 세상 소문으로 듣고 있었음이 틀림없었다. 이미 어머니 주위에는 감시하는 눈길도 없고, 우거진 숲 속의 문도 가까이 가는 것을 거부하지 않고 누구에게나 열려 있을 터였다. 그렇다면 시게모토도 모처럼 마음이 움직였던가. 그래도 역시 잠시 동안은 결심을 못하고 주저하고 망설였던 것 같다. 그것은 앞에서도 보았던 조금 비뚤어진 성격이나 특유의 수줍음 탓이었을까. 그 밖에 시게모토에게는 또 다른 무엇인가 정말로 어머니를 만나기 두려운 기분도 있지 않았을까.

생각건대, 옛날에 나이 든 아버지 대납언이 부정관이라는 걸 닦고 있었을 때 어머니의 환영이 모독됨을 한탄하며 아버지를 원망했던 시게모토는, 40년 동안이나 어머니와 단절되어 지내면서 어스름한 기억으로만 남아 있던 모습을 이상적으로만 꾸려서 가슴 깊숙이 숨겨왔을 것이다. 시게모토는 언제까지나 그 어머니를, 어릴 때 보았던 모습으로만 사모하고 싶었을 수도 있다. 40년이라는 시간을 지나, 갖가지 세상 변화를 겪고 나서 아예 사람이 사는 세상을 버린 채 부처님의 길로 들어선 현재의 어머니는, 과연 어떤 모습이 되어 있는 걸까. 시게모토가 기억하는 어머니는 스물한두 살 적 머리칼이 길고 두 볼이 탐스러웠던 귀인이었는데, 니시사카모토의 암자에 은거하고 있는 비구니인 어머니는 이미 예순을 넘은 늙은 휘파람새가 되었다는 것을 생각할 때, 시게모토의 마음은, 그런 냉정한 현실을 바라보기를 조금 머뭇거렸던 게 아니었을까. 그는 영원히 옛날 어머니의 모습을 부여안고 그때 들었던 부드러운 목소리나 달콤한 향내, 팔뚝을 스치고 지나던 붓끝의 감촉, 그러한 여러 가지 기억을 그리워하며 사는 편이 적나라한 환멸의 쓴잔을 드는 것보다 훨씬 바람직하다고 생각하지 않았을까. 시게모토 자신이 특별히 그런 고백을 하고 있는 건 아니지만, 어머니가 비구니가 된 후로도 몇 년의 세월이 무심하게 지난 데는 어쩌면 위와 같은 사정이 있지 않았을까 필자는 추측한다.

출가한 시게모토의 모친이 살고 있던 니시사카모토, 즉 교토 사쿄 구 이치조 사 근처에 아쓰타다의 산장이 있었던 건, 『슈이슈』 제8권 잡상(雜上)의 이세 노래에, 「중납언 아쓰타다 니시사카모토의 산장 폭포 바위에」라는 글에,

오토와 강 물을 끌어들여 떨어지게 한 폭포
만든 사람의 풍류 넘치는 마음 보는 듯하네

라고 적혀 있는 것만 봐도 확실해서, 당시 교토에서 말을 타고 달려가면 그다지 먼 길도 아니었을 것이다. 마침 그 시기에 시게모토는 이따금 히에이 산의 요코가와 정심방(定心房)에 거처했던 고승 료겐을 찾아가 부처님의 가르침을 들었으니, 그가 만일 그곳으로부터 돌아오는 귀로를 기라라자카 쪽으로 잡아 산에서 내려왔으면, 곧장 어머니가 묵으시는 산자락 마을로 나설 수 있었던 것이다. 실제로 그는 더러는 그 산 위에서 니시사카모토 쪽 하늘을 건너다보며 어머니를 그리워하기도 했고, 발걸음이 저도 모르게 그쪽으로 향하는 경우도 없지는 않았는데, 스스로 늘 자신을 억제하며 일부러 다른 길을 택했다.

한데 그로부터 다시 몇 년이 지난 어느 해 봄이었다. 히에이 산 요코가와의 료겐의 방에서 하룻밤 묵은 시게모토는 이튿날 해가 떠오르고도 한참 지나서야 방을 나왔다. 그는 고갯길로 접어들어 서쪽에 있는 탑과 강당을 거쳐 본전의 네 갈래 길목에 왔을 때, 문득 갑자기 마음이 끌려 기라라자카 쪽으로 향했다. '갑자기'라는 것은 그때 난데없이 그런 기분이 일었다는 건 아니고, 전부터 한번 가보자, 가보자 생

각은 있으면서도 어쩐지 그걸 막는 무언가가 있어 못 가곤 했는데, 그
날은 유독 봄이 한창이고 아지랑이 낀 먼 산의 여기저기 골짜기마다
푸짐한 꽃구름이 보여, 이끌리듯이 들뜬 마음으로 한번 스적스적 걸
어보고 싶어졌던 것이었다. 그 밖에 딱히 이거다 하는 목적은 없었지
만, 그쪽 길을 내려가면 당연히 니시사카모토 쪽으로 나가게 될 것이
니 어머니가 사시는 곳은 어떤 곳인가, 불현듯 그 모습이나 한번 뵈었
으면 하는 정도의 생각이 전혀 없었던 건 아니었다.

시게모토가 그 길로 들어섰을 때는 해가 서서히 서편으로 기울던
무렵이어서 무넘기 언덕 근처를 지나 오토와 폭포 소리를 들으면서
산자락에 닿았을 무렵에는 어느새 하늘에 탐스럽고 몽롱한 달이 빛나
기 시작했다. 저 미부노 다다미네는 이렇게 노래했다.

　　내리 떨어지는 폭포 물 위로 세월은 쌓여
　　늙어 그리 됐나 검정 머리는 간 곳 없으니

그는 이 폭포를 읊은 걸까. 폭포 끝은 오토와 강이라고 하는 외줄기
흐름이 되고, 길은 냇물가를 따라 내려가므로, 그저 무심히 더듬어가
니 나지막한 울타리 너머 나무들 틈으로 별장풍의 집 한 채가 보였다.
시게모토는 워낙 오래되어 군데군데 뭉개진 낡은 담을 가랑이를 벌리
고 훌쩍 뛰어넘어 안으로 한두 발짝 들어가서, 잠시 주위를 둘러보았
으나, 조용할 뿐 사람이 사는 기척조차 없었다. 동쪽으로는 히에이 산
의 봉우리로 이어지는 마루턱이 솟아 있고, 서쪽으로는 완만한 경사
를 이룬 산들이 뻗어 있었는데, 여기저기에 연못을 파고 돌을 쌓아 올

려 동산을 만들고 물을 끌어들인 뜨락의 모습은 옛날 한때는 번성한 듯했지만 지금은 처연하게 황량해져서 맨땅에는 잡초도 무성하고 나뭇가지에는 넝쿨들이 그물처럼 엉켜 있었다.

그 근처는 산이 가까운데다 숲도 그런대로 깊어 해가 멀고, 황혼 무렵이 되자 냉랭한 공기가 몸에 스며들었다. 시게모토가 지난해의 낙엽이 겹겹이 쌓여 있는 것을 조심스럽게 헤치면서 본채로 보이는 건물까지 가서 보니, 그곳도 지금은 폐옥이 된 듯 격자문이 굳게 잠겨 있어서 저녁녘인데도 등불 빛 하나 새어 나오지 않았다. 잠깐 계단 아래에 걸터앉아 피곤을 달래던 시게모토는, 여닫이문의 경첩이 고장나서 문 하나가 거의 금방 떨어질 것 같은 걸 보고는 마루에 올라서서 살짝 안쪽을 들여다보았으나 그 안은 컴컴했고 곰팡이 냄새가 물씬 풍겨왔다. 시게모토는 그전에는 누가 살았을까 생각하며, 혹시 산장이 아니었을까 하고 조금은 궁금해졌다. 지금에 와서는, 그러니까 그 중납언이 저세상 사람이 되고 나서는, 그 누구도 사는 사람이 없어 이렇게 그냥 내팽개쳐둔 것일까. 그렇다면, 그 중납언과 함께 이 산장에서 기거했고 그가 죽은 뒤에는 어딘가 이 근처 가까이 암자에서 지낸다는 어머니도, 지금은 어쩌면 이곳 어디쯤에 살고 있는 건 아닐까. 아무리 세간을 버렸다 한들 여자 몸으로 이런 호젓한 곳에서 살지는 않으실 테지…… 시게모토는 이런 생각을 하면서 묘하게 귓속이 지잉 하고 울리는 듯한 고요 속에서 휴식을 취했다. 그러는 동안에도 주위의 어둠과 적요는 뭉클하게 더해갔는데, 아무튼 그곳이 한번쯤은 어머니가 사시던 곳이 아니었을까 싶어서 쉽사리 일어설 수 없었다.

바로 그때 부엉이 우는 소리에 섞여 살짝 여울물 소리가 들리는 듯

하여, 그 소리를 따라 그도 겨우겨우 몸을 일으켜 물의 흐름을 좇아보았다. 작은 못 하나를 돌아서 뜨락 안의 동산 하나를 넘고 잔나무들 사이를 빠져나가자, 과연 깎아지른 곳에 폭포 하나가 또 있었다. 높이는 일고여덟 척쯤 될까, 깎아지른 절벽은 아니었고 완만하게 높이가 진 곳곳에 신기한 모양의 돌이 얹혀 있고, 떨어지는 물살이 돌 사이로 굴곡을 지으며 하얗게 거품을 내며 흐르고 있었다. 단애 위로는 단풍나무와 소나무가 가지를 쭉 뻗쳐서 폭포 위를 덮듯 하고 있었는데, 과연 그러면 그렇지, 이 폭포는 저 오토와 강의 물을 끌어와서 만든 것이 분명했다. 그런 생각이 떠오르자 시게모토는 저 '오토와 강물을 끌어들여 떨어지게 한'이라고 읊은 이세 노래의 가사가 대번에 떠올랐다. 아무렴, 노래에 있는 '폭포'는 이것을 노래함이 확실해서, 이 산장이 바로 그 죽은 중납언의 별장 자리였다는 건 더 이상 의심의 여지가 없었다.

시게모토는 저녁 황혼이 한층 짙어져 수면조차 보기가 조금 어려워지자, 이제 슬슬 돌아가볼까 생각하면서, 하지만 아직 왠지 약간의 미련이 남아서 시냇물 속의 돌 몇 개를 훌쩍 건너뛰어 폭포 위쪽으로도 올라가봤다. 그곳은 이 댁의 영역 밖인 듯 돌들이 놓여 있는 모양새부터가 인위적인 정원 같지는 않고, 그저 그런 살풍경한 산길이었다. 문득 그 건너편을 보니 시냇물가의 깎아지른 언덕 위에 커다란 벚나무 한 그루가 주위로 막 내리는 저녁 그늘을 와락 튕겨내듯이 찬란하게 꽃을 피우고 있었다. 「보는 이 하나 없이 피고 지는 깊은 산중의」라고 읊은 쓰라유키의 옛 노래는 가을 단풍을 읊은 것이었지만 그런 때 그런 골짜기에, 누구 하나도 모르게 봄을 자랑하며 피어 있는 벚꽃 또한

'밤의 비단'인 것은 틀림없었다. 마침 길보다 조금 높은 곳에서, 나무 하나만이 홀로 떨어져 우뚝 솟은 우산처럼 가지를 펼치고 서서 그 주변을 아련히 밝게 비추고 있었다. 누구나 흔히 겪는 일이지만, 인적이 드문 어두운 밤길을 가다가 홀로 걷는 아리따운 묘령의 여자 하나와 문득 마주칠 때는, 남자 하나와 그렇게 만났을 때보다 오히려 섬뜩하고 무서워지기도 한다. 그와 같이 무인지경에서 조용히 양껏 혼자 피어 있는 저녁나절의 벚꽃에는 뭔가 도깨비 비슷하기도 한 요염한 것이 달라붙어 있는 듯도 여겨졌다. 시게모토는 자기 눈을 의심하면서, 가까이 다가가지 않고 조금 거리를 둔 채 벚나무를 건너다보기만 했다. 벚나무가 있는 언덕은 거의 한 덩어리 전체가 이끼투성이인 엄청나게 큰 바위였다. 개울에서는 꽤나 높이 울뚝 불거져 나와 있었고, 맑디맑은 좁은 물줄기 하나가 어디선가 삐져나와서 언덕 아래를 휘돌아 시냇물로 흘러 떨어지고, 언덕 중간쯤부터는 황매화 한 무더기가 시냇물 쪽으로 휘늘어져 있었다. 그러다 보니 아까부터 꽤 시간이 지났을 텐데도, 지금 시게모토가 머물러 있는 곳에서 건너의 세밀한 경치들이 이렇게도 영롱하고 선명하게 보이니, 꽃들이 마치 눈빛처럼 작용해 막 드리워지는 어둠 속에서 근처의 풍경을 저렇게 떠오르게 하는 것일까 하고 시게모토는 생각했지만, 사실은 꽃이 뿜어내는 빛이 아니라 꽃 위의 하늘에 걸려 있는 달이 바야흐로 더더욱 밝아졌기 때문이었다. 땅 위는 차가운 습기로 가득해 살갗에 공기의 찬 기운이 닿았지만, 하늘은 음력 3월이고 부옇게 흐렸으며, 달빛은 꽃구름을 뚫고 비추고 있어, 저녁 벚꽃이 풍겨내는 향내에 섞여 골짜기 한구석은 환상적인 빛깔 속에 잠겨 있었다.

일찍이 시게모토는 아버지 뒤를 따라 들판을 걸으며 푸르스름한 달빛 밑에서 처참한 광경을 본 일도 있었지만, 그건 가을 한밤중의 칼끝처럼 맑은 달로, 오늘처럼 부옇고 솜뭉치처럼 부드럽고 따뜻한 달은 아니었다. 그때의 달은 이 땅 위에 있는 미세한 물체까지 죄다 분명히 식별할 수 있도록, 시체의 내장조차도 분명히 가려 볼 수 있게 했지만, 오늘 밤 저 달은 근처에 널려 있는, 가령 가느다란 실과 같은 맑은 물의 흐름, 바람 한 점 없이 떨어지는 벚꽃 한 잎 두 잎, 황매화의 노란 꽃잎을 그 색깔 그대로 보여주면서도, 모든 것을 환등 그림처럼 뿌연 선으로 테두리를 둘러주어 왠지 현실과 다른 신기루같이 그저 한순간 공중에 그려진, 눈을 깜박이면 금방 사라져버리는 세계처럼 느끼게 했다……

그렇게 이상야릇하고 기묘한 광채 속의 일이어서, 언제부터 그곳에 그런 것이 있었는지도 애매하지만 곧 시게모토는 전혀 예상치도 않았던 어떤 것—무언지 하얗고 둥실둥실한 것이 그 벚나무 아래에서 움직이고 있는 것을 발견했다. 꽃이 무성하게 달린 가지 하나가 바로 위까지 내려 드리워져 있어서 처음에는 두 가지가 뒤섞여 가려내 보기가 어려웠다. 꽃이라기에는 너무 크고 하얗고 둥실둥실한 그것은, 어쩌면 그가 보기 전부터 그곳에서 그렇게 움직이고 있었는지도 몰랐다. 사실대로 말하면 시게모토는 그걸 보고 금세, 무척이나 자그마한 승려, 낮은 키와 좁은 어깨로 판단컨대 비구니로 추정되는 사람이 벚나무 밑동에 거의 붙어 멈춰 서 있는데, 확실하지는 않지만 그 사람이, 나이 많은 승려들이 더러 방한용으로 쓰는 하얀 명주 모자를 머리에 완전히 덮어쓰고 있어서 그것이 바람에 흔들리고 있다고 알아채긴 했지만, 바로 그 찰나에, 아니 아니, 이건 꿈이다, 이런 곳에 어떻게 비구니가 있겠는가, 나는 지금 꿈을 꾸는 건가, 그게 아니면 도깨비 같은 저녁 벚꽃 요정이 나타난 건가…… 하고 지금 보이는 눈앞의 세계를 송두리째 부정하려 들어서, 확실하게 자기 눈으로 보고 있는 그것을 계속 보면서도 일부러 믿지 않으려고 했다.

하지만 그는 계속 부정하려고 해도, 달 표면을 덮고 있던 구름의 두께가 얇아지면서 점점 사람의 그림자가 뚜렷해졌고, 반신반의했던 모습이 비구니라는 사실이 분명해졌다. 그녀가 쓴 모자는 마치 에도 시대 두건처럼, 목 전부를 덮어서 어깨 위까지 내려와 있었다. 시게모토가 있는 곳에서는 얼굴은 알 수 없었는데, 홀로 기대서서 하늘 쪽을 올려다보는 것은 송두리째 꽃구경에 빠져 있는 건지, 그 꽃 위에 있는 달에 흠뻑 빠져 있는 건지…… 곧 비구니는 조용히 꽃 아래로 내려서며 언덕을 내려오기 시작했다. 그러고는 맑은 시냇물 옆까지 가서 몸을 구부리고 손을 뻗어 황매화 가지 하나를 꺾으려고 했다.

그러는 동안 시게모토는 저도 모르게 속도를 내어 걸었다. 되도록 발소리를 내지 않으려고 하면서 가만히 뒤로 다가갔는데, 비구니는 꺾은 황매화를 들고 금방 일어서서 다시 언덕 쪽으로 올라가려고 했다. 과연 근처까지 가보니, 바위 위의 이끼 틈으로 보일까 말까 한 가느다란 길이 있었고, 다 오르고 나면 바로 그곳에 기우뚱한 작은 문 하나가 보였다. 아마도 그 안쪽이 암자일 터였다.

"저어……"

가까이에서 나는 사람 기척에 깜짝 놀란 비구니가 비로소 획 뒤를 돌아보는 찰나, 시게모토는 어떤 기운이 뒤에서 와락 밀기라도 한 듯 그녀 쪽으로 확 다가갔다.

"저어…… 당신은 돌아가신 중납언님의 어머님이 아니십니까?"

시게모토는 떨리는 소리로 물었다.

"세간에 살 때는 말씀하신 대로였습니다만…… 당신은……"

"저는…… 저는…… 돌아가신 대납언의 남겨진 아들, 시게모토입니다."

그리고 그는, 마치 한꺼번에 둑이 무너지듯이 소리쳤다.

"어머니!"

비구니는 큰 숲에 있던 사내가 갑자기 달려들어 엉겨 붙듯 하자, 비틀거리면서 겨우 근처 바위 위에 앉았다.

"어머니."

시게모토는 다시 한 번 불렀다. 그는 맨땅 위에 꿇어앉아, 아래에서 어머니를 올려다보며 그녀의 무릎에 온몸을 내맡기듯 기댔다. 하얀 모자 속에 파묻힌 어머니의 얼굴은, 꽃무더기를 뚫고 내리비치는 달빛을 받아 뿌옇게 보였지만 여전히 귀엽고 자그마했으며 마치 원광(圓光)을 뒤에 달고 있는 듯했다. 40년 전의 어느 봄날, 휘장 그늘 속에서 그 품에 안겼을 적의 기억이 금세 영롱하게 되살아나고, 한순간에 시게모토는 예닐곱 살의 어린아이가 된 느낌이 들었다. 그는 어머니 손에 들린 황매화 가지를 거칠게 젖혀내면서 자신의 얼굴을 어머니 얼굴 쪽으로 더욱더 디밀었다. 어머니의 검정 소매에 스민 향내가 문득 먼 옛날의 잔향(殘香)을 떠올리게 했다. 그는 마치 응석이라도 부리듯 어머니 소매에 얼굴을 문지르면서 눈물을 마음껏 쏟아냈다.

다니자키 문학, 내밀한 탐미의 결정체

1965년 8월 6일자 〈타임스〉는 다니자키 준이치로의 사망을 다음과 같이 보도했다.

"다니자키 준이치로, 일본문학계의 원로. 도쿄의 미곡상 아들로 태어나 79세에 심장마비로 사망. 그는 여성에게 예속당하는 성도착자인 남성을 주인공으로 등장시키길 즐겼으며, 성(性)과 결혼 문제를 다룬 소설을 118편이나 발표하여 동양의 D. H. 로런스로 불린다."

다니자키는 현대 일본문학사에서 '대(大) 다니자키'로 불리는 거장이다. 생전에 그는 일본뿐 아니라 범세계적으로도 널리 알려져 있었고 노벨문학상의 유력한 후보였다. 가와바타 야스나리보다 먼저 후보에 올랐지만 아깝게도 먼저 사망하여 노벨문학상은 가와바타에게 돌아갔다.

다니자키 문학은 일본 근대문학사에서 고립된 문학으로 평가되고 있다. 꾸밈과 장식이 너무 지나쳐 벼락부자 취향의 문학이라는 혹평을 받기도 했다.

그의 작품에는 본질적으로 치열한 투쟁은 없다. 사회와 철저하게 유리된 개인적 공간 속에서 현실을 향유하는 인물이 그려져 있을 뿐이다. 그 인물들은 자신의 육체적, 관능적 환락의 추구에 탐닉할 뿐이다. 투쟁의 대상이 될 수 있는 유일한 존재인 '아름다운 여체' 앞에서 다니자키는 무조건적 굴복을 서약한다.

이러한 다니자키에 대해 테라다 도오루는 말했다. "온실 속의 인공천국 안에서 이루어지는 변태적 에로티시즘에의 탐닉만을 그리는, 이토록 천박하고 단순한 개성이 근대문학사상 어떻게 그 존재 이유를 획득할 수 있었을까?"

당연하다고 생각되는 이 지적에도 불구하고, 다니자키는 일본 근대문학사상 대가의 지위를 차지하였다. 그는 일본 예술원 회원이었으며, 미국 예술원, 미국 예술 문예 아카데미의 일본 최초의 명예회원이었고, 문화훈장 수상자이기도 했다.

이토 세이는 '사상이 없는 작가'로 평가되는 다니자키를 이렇게 정의하고 있다. "근대 일본문학은 '어떻게 살 것인가'라는 명제를 전제로 육성되고 평가되어왔다. 그러나 개인적 에고이즘, 색정, 이성(異性) 숭배 등으로 붕괴되는 윤리와 질서가 야기하는 공포를 묘사하여 인간의 실존을 파악하는 문학적 계보도 현대에는 필요하다." 또한 이렇게 단언했다. "남성이 여성을 숭배하는 것도 사상이다."

다니자키가 일본 현대문학계의 거두이자 탐미주의 문학의 거봉이라는 사실은 부인할 수 없다. 이는 어디에서 연유하는 것일까? 그 점에 대해서는 다니자키 문학과 일본의 문화, 풍토가 얼마나 밀접한 관련을 갖고 있는지 알아볼 필요가 있다.

에도의 상인계급 출신인 다니자키가 도쿠가와 막부 말기의 퇴폐적 서민문화가 짙게 남아 있던 도쿄의 시타마치(상인들이 모여 사는 동네)에서 유년기를 보냈다는 사실은 중요하다. 다니자키가 태어난 해는 메이지유신으로 근대 일본의 막이 열린 지 약 20년이 지난 메이지 19년(1886)이다. 메이지유신 이후 서구의 강대국과 같은 문명개화된 근대국가 건설을 지상과제로 삼은 메이지 정부가 내건 갖가지 개혁안은 표면적으로는 국민생활을 변화시켰다.

예컨대 상투머리는 서양식 머리로 바뀌었고 고관대작들의 옷은 일본 전통 옷차림에서 프록코트 차림으로 대체되었다. 무사계급은 없어지고 그들이 혼으로 여기던 칼의 패용 습관은 무례를 범한 서민을 임의로 처형할 수 있었던 특권과 함께 사라졌다. 개량 옷에 파라솔, 커다란 리본에다 영어책으로 치장한 신식 여학생들이 거리를 활보하고, 학생복에 일본 고유의 나막신인 게다를 신은 남학생들이 영어를 뒤섞어 대화를 나누며, 터부시되어 입에 대지도 않았던 쇠고기를 끓여주는 음식점이 번창하고, 시골 산간의 점원까지도 찬송가 한 구절쯤은 흥얼거리게 된 서양 일변도의 세태였다.

그러나 일반인들의 의식 내면까지 완전히 바뀐 것은 아니었다. 더구나 다니자키가 태어나 자란 시타마치는 하이칼라라는 말로 대변될 만큼 시구적인 세로운 풍습과 도쿠가와 말기의 난숙한 문화가 교차되는 곳이었다. 등하교 때에 당시로는 드물었던 철교인 요로이 다리 가운데에 서서, 전통적인 일본가옥의 흰 토광과 동화에나 나옴직한 대재벌 시부사와(澁澤)가의 베니스풍 저택을 하염없이 바라보며, 석판화에서 본 서양 풍경화를 떠올리던 다니자키였다. 그는 태생부터 에도 말기와 메이지 초기 문화가 교차하는 세계와 깊이 연계되어 있었던 것이다.

다니자키는 서양에서 규범을 따온 신학문에다 에도 말기의 통속소설이나 구비문학이 지닌 잔인하고 괴기한 세계를 자연스럽게 접목시켜 자신의 에로틱한 피학적, 가학적 취향을 근대문학이라는 껍질로 감싸 탐미주의 문학으로 싹을 틔웠다.

노구치 다케히코는 이렇게 말한다. "일본의 고전문학이 전적으로 에로티시즘 문학이라는 것은 아니다. 그러나 에로티시즘이 배제된 일본문학은 생각조차 할 수 없다. 헤이안 문학(平安, 9~12세기), 에도 문학(江戶, 17세기~1868)에 보이는 호색의 전통(중략). 그것은 우리 일본인의 미의식이라 할 수 있는 심미적 감각, 감정생활을 풍부한 수량으로 관개하는 수원(水源)이다."

호색문학의 전통은 '풍부한 수원'과 같이 일본인의 미의식의 일부분을 형성하며 존속해왔다.

또한 나가이 가후는 "과거의 문명과 에도의 영혼을 신시대의 특징인 개인적 감격과 접촉·융화시켜 에도의 혼을 직접 잡아내어 독자에게 제시한" 다니자키 문학에 이르러 에도의 서민문학은 비로소 순수문학으로 올라설 수 있게 되었다고 말한 바 있다.

다니자키 준이치로의 생애

다니자키 준이치로는 1886년 7월 24일, 도쿄에서 태어났다. 다니자키의 조부 규에몬은 시대를 남보다 앞서 포착할 줄 아는 진취적 기질 덕분에 상업으로 상당한 재산가가 된 입지전적인 사람이었다. 신문 보급이 미미하던 그 당시 미곡 시세를 인쇄하여 가판하는 인쇄업, 가로등 석유램프를 점화하고 끄는 점등사업, 여관업, 양주점 등을 경영하던 조부는 다니자키가 세 살이 되던 해 쉰여덟의 나이로 사망했다. 그때까지 조부와 함께 살았던 다니자키는 결코 잊지 못할 안락하고 사치스러운 생활을 경험했다.

그런 조부를 존경했던 다니자키에게, 아버지 구라고로는 상당한 재산을 물려받고도 하는 일마다 실패하는 그저 사람 좋고 무능할 뿐인 비판의 대상이었다. 아버지는 가족, 그중에서도 다니자키 문학의 영원한 테마 중 하나인 모친 사모의 대상인 어머니 세키의 삶을 고달프게 했기 때문이다.

1892년 여섯 살이 되던 해 사카모토 초등학교에 입학한 부잣집 도련님 다니자키는 집안에서는 왕이었으나 밖에서는 내성적인 울보에 지나지 않았다. 그는 학교생활에 적응하지 못해 낙제하여 1학년을 다시 다녔다. 그러나 그 덕에 일생 동안 그에게 유형무형의 도움을 아끼지 않은 친구 가사누마 겐노스케를 얻었고, 노가와 긴에이라는 담임을 만나 큰 감화를 받았다. 노가와 선생은 1897년 고등과에 진학했을 때 담임을 맡았던 이나바 세이키치 선생과 함께 다니자키를 문학에 눈뜨게 했으니 낙제한 것이 오히려 전화위복이 된 셈이다. 이나바 선생은 13, 14세밖에 안 된 소년들을 앉혀 놓고 양명학파의 유학, 선학, 플라톤, 쇼펜하우어 등을 논하고 일본 고전문학을 가르쳤다. 그때 다니자키가 쌓은 소양은 한자어를 화려한 자개를 뿌려놓은 듯 유려하게 구사하는 토대가 되었다.

제일중학에 진학한 다니자키는 수재들만 모인 그 학교에서도 뛰어난 천재성을 발휘했다. 그러나 2학년 1학기가 되자 도저히 학업을 계속할 수 없을 만큼 가세가 기울었다. 그의 재능을 아깝게 여긴 교사의 알선으로 기타무라가(家)의 입주 가정교사 겸 서생이 되어 학업을 계속할 수 있었고, 맛있는 과자와 음식을 얻어먹으며 부에 대한 선망을 키웠다.

2학년 1학기를 마친 뒤 3학년 2학기로 월반을 하고도 여전히 수석을 놓치지 않았던 다니자키는 1905년 9월 제일고등학교 영법과에 진학하는 등, 학교에서는 타의 추종을 불허하는 존재였다. 그러나 기타무라가의 하녀와의 연애 사건으로 내쫓기게 되자, 겐노스케의 도움으로 학업은 계속할 수 있었으나 이를 계기로 '창작가가 되려는 비장한 각오'를 하게 되었다.

그가 작가가 되겠다는 결심을 '배수의 진을 치는 각오'라고 표현한 것은 당시 일본문학의 주류가 다니자키의 성향과는 동떨어진 자연주의 문학이었기 때문이다. 당시 그의 집안 사정으로 보아, 다니자키의 성공 여부라든지 만약 성공하더라도 수입이 거의 보장되지 않는 작가가 되려고 결심한 것은, 도쿄 대학 출신으로서 매우 이례적인 선택이었다. 실연과 가난, 그리고 성공 여부가 불투명한 문학가로 나서려는 불안감, 이 모든 것이 다니자키를 짓눌렀다. 그가 노이로제 증상을 보인 것은 오히려 당연한 일이었다.

그 자신이 탐미파 작가이며 다니자키를 잘 이해했던 미시마 유키오는 이렇게 말했다. "만일 천재라는 말을 예술적 완성도만을 기준 삼아 결코 자기 자질을 오판하지 않고 그것을 계속 믿을 수 있는 사람이라고 정의한다면, 팔십 평생을 통해 자기 자질을 거의 오판하지 않았던 다니자키야말로 천재라 해야 할 것이다."

다시 말해 다니자키는 자기 자질이 어디에 놓여 있는지 정확히 파악하고 있었기 때문에 문학 외에는 나아갈 길이 없다고 확신하고 그 외길만을 걸었던 천재였다.

문학가로 나서려고 마음은 먹었지만, 와세다 대학 출신들이 중심을 이룬 자연주의 문학 전성기의 문단에 반자연주의 성향의 도쿄 대학 학생인 다니자키가 등단하기에는 벽이 너무 높았다. 당시 도쿄 대학 출신으로서 반자연주의 진영에 있었던 대표적 문인에는 나쓰메 소세키와 그 문하생들, 그리고 신극운동의 기수 오사나이 가오루가 있다.

오사나이가 창간했다가 반년 만에 폐간한 연극 중심의 종합잡지 『신사조』가 부활해 1910년 9월에 제2차로 간행된 『신사조』 동인지를 통해 다니자키의 문단 진출이 이루어졌다.

다니자키는 그 창간호에 희곡 「탄생」을 실었고, 10월호에 희곡 「코끼리」와 「An Affair of Two Watches」를, 11월호에 단편소설 「문신」을, 12월호에 단편소설 「기린」을 잇달아 발표했다.

당시 게이오 대학 문학과 교수이면서 동시에 반자연주의 진영의 유력한 거점이 된 『미타문학三田文學』 편집 책임자였고 이미 기성작가로 확고한 위치를 구축하여 명성이 자자했던 나가이 가후가 1911년

『미타문학』11월호에 「다니자키 준이치로 씨의 작품」이라는 글을 게재하였다. 무명의 신인작가에 대한 평가로는 이례적이라 할 만큼 찬사로 가득 찬 논평이었다. 다니자키의 문장에 대해 가후는 이렇게 말했다. "「문신」의 주인공 '세이키치'가 문신을 새기듯 다듬고 다듬은 아름다운 문장을 구사하는 이 작가는 금빛 과녁을 맞히는 명사수와 같다. (중략) 우에다 빈 선생은 탁마된 다니자키 씨의 예술을 접하고 나서 감읍할 뻔했다고 한다."

이 글에서 가후는 다니자키를 아나톨 프랑스에 비견할 만한 작가라고 지적한다. 가후의 다니자키 평이 얼마나 충격적이었는가는 히나쓰 고노스케의 다음의 말로 미루어 알 수 있다. "오늘날 일본 문인을 영국의 문호나 프랑스의 시인 혹은 독일의 사상가와 비교하여 동등 혹은 그 이상으로 평가하는 일은 그리 신기한 일이 아니다. 그러나 서양 문물의 유입을 통한 건설기가 그 절정에 달했던 메이지 40년대 초엽에 문단 초심자를 프랑스 노대가와 비교한다는 것은 그 자체가 대단한 일이었다."

무명의 신인작가 다니자키를 일약 문단의 총아로 만든 가후의 논평은 주로 「문신」을 중심으로 한 것이었다. "자연주의 문학이라는 회색빛 하늘을 배경으로" "현란한 모란꽃"처럼 피어난 「문신」에는 "만년의 「열쇠」에 이르기까지 다니자키 문학의 특성이 서곡처럼 전부 제시되어" 있다.

「문신」을 간단히 살펴보자. 소설은 이렇게 시작한다.

"때는 사람들이 아직 '우(愚)'라는 귀한 덕을 지닌, 세상이 지금처럼 각박하지 않은 그런 시절이었다. 연극에서든 소설에서든 아름다운 자는 강자이고 추한 자는 약자였다. 너도 나도 아름다워지고자 노력한 끝에 마침내 천품의 몸에 문신까지 새겨 넣게 되었다."

문신사 '세이키치'의 숙원은 자기가 꿈꾸는 미녀의 살갗에 문신을 하는 것이다. 그녀는 '오랜 세월을 색향에서 보내고 몇십 명의 남자를 노리개로 삼았던' 여인이어야 하며 '온 나라의 재보와 악과 죄가 모이는 도시에서 오랜 세월에 걸쳐 살다가 죽어간 미남미녀의 꿈속에서 태어난 듯한 처절한 미모의 소유자'여야 한다. 이상의 여인을 찾아 배회하던 세이키치는 '꽃잎 같은 발뒤꿈치의 소유자'인 소녀를 만나 마취제로 정신을 잃게 한 후 문신을 해나간다. 세이키치가 소녀의 등에 새긴 문신은 거대한 거미였다.

'아침 바람이 돛단배의 흰 돛 가득 실리고 강기슭 집들의 기와가 안개를 뚫고 아침 햇살에 빛나기 시작할 때' 마성의 동물은 여덟 개의 거대한 발을 소녀의 등 가득히 뻗치고 웅크렸다.

'너를 정말로 아름다운 여인으로 만들기 위해 나는 내 온 영혼을 이 문신 속에 새겨 넣었어. 이제 남자란 남자는 모두 너의 먹이가 될 것이다.'

가기 전에 다시 한 번 등의 문신을 보여달라고 세이키지가 요청하자 소녀는 묵묵히 아침 햇살 속에서 빛나는 등을 내민다. 미시마 유키오는 「문신」에 대해 이렇게 말했다.

"빛나는 여자의 등이 있다. 꽃잎 같은 여자의 발뒤꿈치가 있다. 문학사상, 여자의 등이나 발이 이렇게 중대한 문제가 된 적은 없었다. 사람들을 우왕좌왕하게 만드는 시대적 변화와 한 여인의 발. 그 둘 중에서 어느 쪽이 본질적으로 인간에게 더 중요하냐고 다니자키 문학은 반세기에 걸쳐 묻고 있다. 이 부조리한 물음의 중압을 느낄 때 우리는 '예술'이라는 대답을 상기하지 않을 수 없다."

다니자키는 여자의 '등'과 '발'을 얘기하면서 자연주의의 전성기였던 일본문단에 정면으로 도전했던 것이다. 이렇게 다니자키는 여체숭배, 악마주의, 마조히즘의 문학도라는 평에 어울리는 작가로서의 길을 실제 생활뿐 아니라 작품세계에서도 펼쳐나갔다.

결혼 그리고 여인들

자타가 인정하는 신진작가로 자리를 굳힌 다니자키는 1915년 서른 살 때 열 살 연하인 이시카와 치요코와 결혼했다. 그녀는 다니자키가 결혼하고 싶어 하던 기생 오하쓰의 여동생이었다. 오하쓰는 요부형, 말하자면 남들이 악마주의 작가라 부르고 본인도 그 칭호에 걸맞은 삶을 실생활에서도 실천하던 다니자키의 이상형이라 할 여성이었다. 하지만 다니자키의 기대와 달리 치요코는 현모양처형의 유순한 여성이었다.

결혼한 이듬해 딸이 태어났지만 이미 이 결혼은 실패라고 생각한 다니자키는 치요코와는 말도 안 할 정도로 그녀를 구박하고 무시했다. 게다가 이때 아직 열네 살밖에 안 되었지만 이미 남자를 남자로도 여기지 않는 요부적 기질을 천성적으로 지닌 치요코의 여동생 세이코가 등장한다. 그녀를 데려다가 자기의 악마주의적 예술관에 부합하는 여성으로 키우기 시작한 다니자키는 결국 세이코에게 빠져 부부 사이는 걷잡을 수 없이 악화되어갔다.

그때 다니자키를 흠모하고 다니자키 또한 그 재능을 아껴 평생 지우로 지낸 청년문인 사토 하루오가 다니자키 집에 드나들기 시작했다. 하루오는 이유 없이 구박받는 치요코를 동정하다가 그 동정이 사랑으로 바뀌었다. 세이코와 결혼할 속셈이었던 다니자키가 치요코를 부추긴 면도 있어서 하루오와 치요코는 사랑하는 사이가 되었다.

그러나 영화에 관심이 많은 다니자키가 세이코를 다니자키 원작, 각색의 〈아마추어 구락부〉의 여주인공으로 데뷔시키자, 세이코는 이 배우 저 배우와 놀아났고 다니자키와 결혼할 의사가 없음을 밝혔다.

하루오에게 치요코를 양도하겠다고 약속했던 다니자키는 1921년 3월 이를 번복하고 만다. 이후 1926년까지 하루오와 다니자키는 절교하게 된다. 세 사람의 관계는 1930년 8월 19일 각 신문에 다니자키와 치요코가 이혼하고 하루오와 결혼한다는 소식을 알리는 공동명의의 발표문을 싣는 것으로 정리되었다. 일대 센세이션을 일으켰던 이 사건을 '오다와라 사건' 또는 '아내 양도사건'이라 한다.

이혼한 다음 해인 1931년, 다니자키는 스무 살 연하의 문예춘추사의 기자 후루가와 도미코와 결혼했다. 그러나 이 결혼도 삼 년을 못 넘기고 이혼으로 끝났다. 그 배후에는 후기 다니자키 문학에 결정적인 영향을 끼친 네즈 마쓰코 부인이 있었다. 오사카에서도 유수한 부상(富商)의 네 자매 중 둘째 딸로 태어난 마쓰코는 역시 200년 이상 부를 누리던 거상 네즈 가문의 세이타로와 결혼하여 그 미모에 걸맞은 사치를 누리고 있었다.

아쿠타가와 류노스케가 아직 살아 있었던 1926년 12월, 아쿠타가

와와 오사카에 놀러 간 다니자키는 여관집 여주인이 두 분을 뵙고 싶어 하는 훌륭한 가정의 부인이 있다면서 소개해준 마쓰코 부인을 보자마자 그녀에게 숙명적인 사랑을 느낀다. 당시 다니자키는 41세, 마쓰코는 25세였다. 그러나 어엿한 대상인의 부인인 마쓰코는 가까이할 수 없는 존재였다.

다니자키가 1923년 9월 1일에 일어난 관동대지진을 계기로 관서지방으로 이사한 것이 둘을 맺는 계기가 되었다. 다니자키가 마쓰코에 대한 사랑을 품은 채 도미코와 결혼할 당시, 이미 세이타로의 난봉으로 마쓰코 부부 사이는 냉랭해지기 시작했다. 나중에 네즈 가문은 파산하고 마는데, 그때 외로운 마쓰코의 정신적 지주가 되어준 이가 다니자키였다. 「장님 이야기」, 「갈대 베기」, 「슌킨쇼」 등의 작품은 아직 네즈 부인이었던 마쓰코를 그리며 쓴 작품이라고 다니자키 자신이 고백한 바 있다.

다니자키는 「슌킨쇼」의 남자 주인공 '사스케'의 행동을 그대로 실생활에서도 실천하고 있었다. 예컨대 다니자키가 마쓰코 부인에게 보낸 편지에는 다음과 같은 구절이 있다.

"법률상으로는 부부라 해도 실질적으로는 주종관계를 맺은 것으로 생각하고 있습니다. 저는 옛날부터 부인을 사모해왔습니다만, 단 한 번도 제가 동등하다고 생각한 적은 없습니다. 그렇게 생각할 수가 없는 것입니다.

부인께 부탁이 있습니다. 오늘부터 저를 부인의 하인으로 삼아주십시오…… 준이치로(潤一郎)라는 이름은 하인답지 않으니 준기치(順吉)나 준이치(順一)가 어떨까요. 유순하게 시중을 든다는 뜻에서 준

(順)자를 붙여주시면 어떨까 합니다.

저는 소설가로서 알려져 있어 세상에 대한 체면도 있고 하니 용서해주시기 바랍니다."

나이 오십에 이르러 다니자키는 꿈에 그리던 이상의 여인을 아내로 맞이한 셈이다. 이때 마쓰코는 서른이었다. 정신적으로나 물질적으로나 일류 작가로서의 안정기를 맞이한 다니자키는 마쓰코 부인의 영향 아래 고전적인 세계를 배경으로 하는 작품들을 억제된 문체로 그리기 시작해 『겐지 이야기』의 현대어역 전 26권, 「시게모토 소장의 어머니」, 「세설」, 「열쇠」, 「꿈의 배다리」, 「미치광이 노인 일기」, 「부엌 태평기」 등의 역작을 잇달아 발표하였다.

다니자키는 이 과정을 통해, 모든 문학인이 인정하지 않을 수 없는 대작가의 위치를 확립하게 된다. 마쓰코 부인이 후기 다니자키 문학에 결정적이며 숙명적인 존재라고 일컬어지는 이유다.

어머니가 의미하는 것

부유한 상인의 딸이자 미인으로 소문난 마쓰코 부인은 다니자키 문학의 주요 주제 중 하나인 다니자키의 어머니를 여러 면에서 연상시키는 여인이다. 다니자키 문학의 기조를 이루는 여체 숭배사상을 검토할 때 간과할 수 없는 것이 다니자키가 자기 어머니에 대해 지녔던 오이디푸스 콤플렉스다. 다니자키의 모친은 미인이었다.

'미인 에조시(그림을 넣은 목판 인쇄물)에서 일등을 차지하던' 그

의 어머니는 놀랄 만큼 대퇴부의 살이 하얘서 같이 목욕하던 어린 다
니자키는 '깜짝 놀라 자기도 모르게 다시 보곤 하였다'고 술회한다.

"부인이 숭고하게 보일 때, 나는 종종 돌아가신 어머니의 모습이
떠오릅니다. 어느 때의 어떤 얼굴인지는 확실치 않으나, 내가 일고여
덟 살 때의 젊고 아름다운 어머니의 얼굴이 떠오릅니다. 그것이 제일
숭고한 얼굴인 것 같습니다."

그의 모친은 부유한 상가의 상속녀였다. 데릴사위인 부친이 무능하
여 집안은 몰락했지만 몰락한 뒤에도 밥조차 제대로 못하는 그녀를
위해 식사 준비는 거의 부친이 전담했다고 한다. 다니자키 문학은 이
러한 모친의 이미지로 수렴시킬 수 있는 여성에 대한 동경으로 점철
된 오이디푸스 콤플렉스의 기록이라 할 수 있다.

여자!
그것은 내가 태어난 그날부터 오늘까지
나를 부단히 이끌어온,
아니, 아마도 마지막 숨을 거두는 순간까지
나를 이끌어줄 유일한 빛.
암흑 속에 떠다니는 배를 비춰주는
유일한 별.

"여자 없이는 내 시도 예술도 없다. 하얀 것, 여자, 그것은 내 육신
의 어머니일 뿐 아니라 내 생활, 내 사상, 내 이념, 내 모든 것의 모체
다."

이렇게 읊고 말하는 다니자키에게 모친의 존재는 다음과 같이 표현
된다.

"내가 어머니를 그리는 마음은 막연한 '미지의 여성'에 대한 동경
―소년기의 사랑의 싹틈과 관계가 있는 것이 아닐까? 나에게 있어 과
거에 어머니였던 사람과 장래 아내가 될 사람은 똑같이 '미지의 여
성'이며, 나와 눈에 안 보이는 실로 연결되어 있다는 점에서는 같기
때문이다. 이런 심리는 누구나 잠재적으로 지니는 것이 아닐까?"

다니자키의 작품에 등장하는 어머니는 그러므로 언제나 아름답고
젊다.

「어머니를 그리는 글」에서 일고여덟 살 된 어린 소년인 '나'는 실제
의 어머니인 가난에 찌든 노파를 만나지만 "우리 어머니가 아무리 몰
락했어도 이렇게 늙었을 리는 없다"고 그녀를 부정한다. 소년에게는
바닷가에서 만난 하얀 살결의 여인, 아름다운 샤미센을 켜던 여인이
어머니였다.

모친이 타계한 지 1년 반 후에 쓰인 이 작품은 다니자키 문학 가운
데에서도 그 아름다운 시정과 몽환적인 서정성으로 높이 평가받고 있
다. 현실의 나이 든 모친의 모습을 거부하고 유년 시절의 젊고 아름다
운 모친으로 치환시켜 놓은 작가의 모습에서 우리는 다니자키에게 모
친이 어떤 존재여야 하며 그 사모의 뿌리가 어디 있는지를 재확인하
게 된다.

문학세계

다니자키는 1965년 7월 30일, 사망할 때까지 단 한 번도 예술과 문학에 대한 엄격한 자세를 흐트러뜨리지 않고 정진과 각고의 길을 걸은 작가이다. 1910년부터 1965년까지 긴 활동기간을 통해 오로지 동일 주제만을 다루어온 다니자키는 언제나 참신성을 잃지 않는 역작을 내놓았다.

예컨대 「치인의 사랑」은 소위 '나오미즘'을 유행시킬 정도였다. 나오미즘이란 관동대지진 후에 나타난 모던 걸, 아프레(전후파戰後派를 뜻하는 après-guerre의 준말) 걸을 「치인의 사랑」에 나오는 여주인공 '나오미'의 이름을 붙여 부른 말이다.

「열쇠」는 국회에서도 외설 논란을 일으켰을 정도였다. 국회의원 가운데는 "예술원 회원쯤 되는 자가 부인에게 이따위 행위를 할 수 있는가"라고 하면서 법적 제재를 가하자고 한 사람까지 있었다.

다니자키가 만 일흔다섯 살이 되던 해에 발표한 「미치광이 노인 일기」에는 알랭 들롱 주연의 〈태양은 가득히〉, 〈악마 같은 여인〉의 시몬 시뇨레, 「흑인 오르페」의 브레노 멜로, 탈레오 에스피노자가 벌이는 권투시합 등이 언급된다. 외래어도 다수 등장한다. necking, patting, American pharmacy, pederasty(남색男色), hermaphrodite(자웅동체雌雄同體), 타이틀매치, 피에르 가르댕의 실크 스카프 등. 조금만 들어보아도 일흔여섯의 다니자키가 시대의 흐름을 얼마나 예의 주시하고 있었는지 잘 알 수 있다.

그런 그가 정치적 이슈에 대해서는 단 한마디 언급도 없다. 철저하게 정치나 사회적 상황에는 등돌린 채 오로지 맛있는 음식과 노인 나름의 성욕만을 생각하며 살아가는 우쓰미 노인의 모습에서 우리는 처녀작 「문신」 이래 격동하는 사회상황에서 유리된 채 개인적인 욕망의 충족만을 추구해온 다니자키의 진면목을 보게 된다. 남이야 무얼 하든 나는 내 갈 길만 걷겠다고 선언한 다니자키는 결국 자신의 길에서 대성했다.

다니자키 문학의 총결산이라고 할 수 있는 「미치광이 노인 일기」의 완성도는 곁눈질 한 번 안 하고 자기 갈 길만 걸어온 한 인간의 승리의 개가라 할 수 있다. 다니자키가 살아가는 방식에 동의하지 않는 사람일지라도 그가 달성한 각고의 결실을 무시하지는 못할 것이다.

예술이야말로 다니자키가 최우선으로 여기던 것이었다. 아이가 생기면 예술에 대한 정열이 아이에게 쏠릴까 걱정해서 둘째, 셋째가 태어나면 양자로 주기로 약속했다고 공언하는가 하면 다행히 태어난 아이가 별로 예쁘지 않았다고 하여 빈축을 산 것도, 그토록 숭배한 마쓰코 부인이 임신했을 때 아이를 낳고 키우는 평범한 부부생활은 예술적 감흥을 감퇴시킨다는 이유로 중절을 강요한 것도 모두 예술을 위해서였다.

다니자키는 이렇게 회상하고 있다.

"그녀 가슴에는 치유하기 어려운 상처를 남겼는지 모른다. 하지만 지금 생각해도 M子와의 사이에서 아이를 낳지 않은 것은 참 잘한 일이라고 본다. 후회하기는커녕 아이가 있었더라면 큰일 날 뻔했다고 절감한다."

일본 근대문학가에게 흔히 나타나는 자기부정의 이미지나 예술상의 조로증에서 한없이 멀리 떨어진 '낭만주의, 관능주의, 여성숭배, 변태성욕, 예술지상주의, 악마주의, 일본 탐미주의의 기수' 등 여러 이름으로 대변되는 다니자키는 이렇게 술회하고 있다.

"여기 『다니자키 준이치로 전집』 30권이 책장에 늘어서 있다. 희곡 「탄생」, 소설 「문신」에서 시작해 최근의 단편에 이르기까지, 소품과 수필까지 세어보면 창작한 글이 300편이 넘는다. 그간 59년이라는 세월이 흘렀다. 나는 가끔 내가 걸어온 길을 돌아보고 산꼭대기에서 아득한 기슭을 내려다보는 듯한 현기증을 느낀다. 어찌어찌하다보니, 여기까지 왔구나 하고 눈앞이 어지러워지는 일이 있다."

다니자키에게 중요한 것은 '미'와 '악'이 구현하는 에로티시즘이 보장된 희열의 향유였다. 그것은 자기 포기를 통해 얻어진다.

「치인의 사랑」에 나오는 남자주인공 '조지'의 자기 포기가 에로스의 경지를 벗어나 아가페의 경지로 승화된 것이 「슌킨쇼」라고 할 수 있다. 화상을 입어 흉측해진 짓킨의 얼굴을 보지 않기 위해 스스로 자기 눈을 찔러 장님이 된 사스케는 극한적인 자기 거세를 통해 완벽한 희열의 상태, 즉 '살아 있는 그대로 열반에 든 것 같은' 행복을 보상받는다. 작품상으로—다니자키의 경우는 실생활에서도 그랬지만—이렇게까지 완벽한 행복을 구현한 작가도 드물 것이다.

그는 "예술은 형식이다. 형식, 기교, 문체에 의해 미를 얻을 수 있다"고 말한다.

그의 작품의 소재는 '머릿속에 있는 악몽'이었다. 그가 공상, 즉 허구를 중요시하는 것은 필연적 귀추다.

"공상 속에서 사는 자만이 예술가적 자질이 있다."

치요코 부인과의 사이에서 딸을 얻은 다니자키는 이렇게 말했다.

"내 삶의 보람은 예술을 뜨겁게 사랑하는 것이다. 예술을 위해서라면 모든 노력을 아끼지 않을 것이다…… 나는 어디까지나 나를, 나만을 소중히 여기는 에고이스트다…… 아이가 예뻐지면, 나의 예술이 파괴되는 것이 아닐까 걱정했다. 내 에고이즘이 파괴되면 내 예술도 파괴되리라는 느낌이 든다." 그리고 다행히도 그는 딸이 전혀 예쁘지 않았다고 고백했다.

「만卍」

1928년 3월부터 1930년 5월까지 단속적으로 『개조』에 게재된 「만卍」에는 네 사람이 주인공으로 등장한다.

서로 애정은 있지만 성적으로나 성격상으로나 조화가 잘 안 되는 가키우치 부부와 도쿠미쓰 미쓰코, 그리고 성불구자인 와다ヽ키라는 등장인물들이 얽히고설키며 전개하는 애욕과 갈등을 그려낸 작품이다.

여기서 다니자키는 섹스와 에고이즘이 어떻게 인간을 지배하고 멸망으로 몰고 가는지, 상대방의 대응에 휘둘릴 수밖에 없는 인간이 얼마나 불안한 존재인지를 보여준다.

이 작품은 가키우치 소노코라는 젊은 미망인이 선생님이라고 부르는 작가에게 자기 이야기를 털어놓는 형식으로 전개된다.

번역에서는 살리지 못했지만 이 작품의 특색은 소노코가 처음부터 끝까지 관서지방의 지식층 여성이 사용하는 오사카 사투리로 이야기한다는 점이다. 오사카 방언을 제대로 표현하고자 다니자키는 젊은 여자 조수 두 명을 고용할 정도였다.

1923년의 관동 대지진 후 '일시적으로 피난한다는 생각으로' 관서지방으로 이주한 다니자키는 '오사카 여자들의 얼굴'과 '목소리'에 특이한 매력을 느끼고 그 매력을 작품에 살리고자 했다.

"음담패설도 도쿄 말로 하면 어쩐지 노골적으로 들리기 쉽지만 오사카 여자들은 품위는 안 떨어뜨리면서 에둘러 이야기할 줄 안다. 그래서 더 섹시하게 느껴지는 것 같다."(다니자키, 「내가 본 오사카 사람들과 오사카」)

화자의 감정을 직접 반영하는 구어체로 전개하는 형식은 이성적인 반성의 속박에서 화자를 해방시킨다. 유아적 특성을 다분히 지니고 있는 소노코를, 남편을 우습게 여기는 제멋대로이며 감정의 기복이 심한 격정적인 여성으로 묘사하는 데는 이와 같은 구어체의 구성 형식이 잘 어울린다.

「만卍」을 발표하기 직전에 쓴 「치인의 사랑」이 다니자키가 심취했던 서양숭배(주로 서양 여성의 육체미에 대한 찬미)의 총결산이라면, 「만卍」은 관서의 풍토와 문화에 접하면서 일본의 전통 문화로의 회귀를 그려낸 후기 다니자키 문학의 서곡 같은 작품이다.

주제는 여전히 여성숭배이지만 동성애라는 설정을 통해 여체의 미가 한층 더 두드러지게 부각된다.

여자기예학교에서 일본화를 공부하던 소노코는 센바의 부자 상인의 딸 미쓰코에게 사랑을 느끼고 아름다운 육체를 지닌 미쓰코를 모델로 관음보살을 그리며 그 미모와 육체에 빠진다. 남편을 속이기까지 하면서 모든 것을 다 바쳐 미쓰코를 사랑하던 소노코는 그녀에게 와타누키라는 성불구자인 애인이 있는 것을 알고 배신감을 느끼지만, 미쓰코가 펼치는 교묘한 연출에 속아 관계를 지속한다. 미쓰코의 계략으로 소노코의 남편도 미쓰코와 성관계를 맺게 되고 미쓰코를 중심으로 계략과 속임수가 마치 만(卍)자 문양처럼 얽히고설키며 복잡한 애욕의 세계가 전개된다. 그러나 그 사실이 오사카 상류계급의 스캔들로 신문에 폭로되면서 진퇴양난에 빠진 세 사람은 동반 음독자살을 꾀한다. 혼자 살아남은 소노코는 남편과 미쓰코 두 사람이 끝까지 자기를 속인 것은 아닌가 의심한다.

줄거리는 위와 같다. 사랑한다고 하고 사모한다고 하지만 서로 속고 속인다. 거짓과 속임수, 계략이 넘치는 이 작품에는 순정이니 순수한 사랑이니 하는 말은 애당초 설 자리가 없다. 다니자키가 초지일관 추구하던, 사람을 파멸시키는 악마 같은 요부와 그녀에게 휘둘려 멸망으로 치닫는 등장인물이라는 주제는 같지만, 여기서는 미쓰코의 매력에 먹이가 되는 존재에 남자뿐 아니라 여자도 포함된 것이 특색이다.

탐정소설 같은 복잡하고 교묘한 구성과 기교가 돋보이는 이 작품은 인간이 얼마나 정에 약한 존재이며 악의에 찬 존재인지 알려준다. 또한 무엇보다 재미가 있다.

다니자키가 추구하던 소설의 가치는 '재미'에 있었다. 관동대지진 이후 일본 근대문학의 주류를 이루던 사소설이 마르크스 문학과 모더니즘 문학으로 대체되던 시기에 다니자키는 시대도 사회도 무시하고 오로지 자기가 추구하는 관능미를 그려낸다.

이토 세이는 사회주의나 계급투쟁 등 외부적인 문제와의 대결이 아닌 내부적인 에고이즘이나 섹스 문제의 척결, 즉 섹스가 어떻게 인간을 지배하고 파멸시키는가를 그려낸 다니자키 문학의 사상성에 주목해야 한다고 말했다.

인간이란 어떤 경우에도 자기 소신을 지키고 관철하는 존재가 아니며 상대방에 따라 끊임없이 대응하고 변할 수밖에 없는 불안한 존재라는 사실을 그려낸 다니자키 문학이야말로 현대의 사상, 문학, 인간의 심층적 본질을 그려낸 것이기 때문이다.

「시게모토 소장의 어머니」

이 작품은 다니자키가 예순네 살이 된 1949년 11월부터 1950년 2월까지 〈마이니치 신문〉에 연재한 신문소설이다.

세상에 드문 미녀와 그녀를 목숨처럼 사모하는 남자를 그려낸 작품이라는 점에서는 이전까지의 다니자키의 주제를 충실히 따르고 있지만, 이 작품에는 성(性)과 생(生)의 종말에 접어든 여든에 가까운 노인이 느끼는 빼앗긴 아내에 대한 집착과 애정, 그리고 아름답고 성스러운 모친의 환영을 가슴에 품고 평생 그리워하는 아들이라는 두 남자주인공이 등장한다. 즉 아름다운 여인에 대한 흠모와 숭배, 모친 사모라는 두 가지 주제를 아름다운 문체로 그린 작품이다.

 여든에 가까운 구니쓰네는 스물한두 살밖에 안 되는 부인을 얻어 아들도 하나 얻고 불면 날아갈세라 애지중지 사랑하며 행복을 누리고 있다. 사람 좋고 장수한 것 말고는 이렇다 내세울 게 없는 구니쓰네는 조카이지만 격이 다른 좌대신 후지와라노 시헤이가 방문해준 영광에 감읍해 보답으로 아내를 내주고 만다. 시헤이는 진작부터 그녀의 미모에 대한 이야기를 듣고 흑심을 품고서 방문한 것인데 백부가 아내를 바치자마자 그녀를 강탈해간다. 사실 구니쓰네는 육체적 쇠약을 자각하면서 '이렇게 젊은 사람의 육체를 이대로 썩게 하는 것은 너무 가엾고 아깝다. 내가 하루빨리 죽어 그녀를 자유롭게 해주고 싶다'는 이율배반적인 마음을 갖고 있기도 했다. 그 마음이 당대의 세도가이자 젊고 미남인 시헤이에게 아내를 바치게 만든 것이다. 아내를 보내고 나서 삼 년 반을 더 산 구니쓰네는 아내를 못 잊어 산송장처럼 지내다 죽는다. 그는 구더기로 들끓는 젊은 여자의 시체를 보면서 아내에 대한 집착을 끊어보고자 부정관(不淨觀) 수행에도 힘쓴다. 그러다가 끝내 번뇌와 오뇌 가운데서 죽음을 맞이한다. 어려서 어머니를 잃은 아들 시게모토는 늘 아름답고 성스러운 어머니를 그리워하다가 40대가 된 어느 날, 깊은 산속 만개한 벚꽃 아래에서 달빛에 어스름하게 윤곽이 번지는 귀엽고 작은 여승을 만나 "어머니"라고 부르며 눈물을 쏟는다.

이 작품을 집필할 당시 육체적 쇠약을 자각한 다니자키가 마쓰코 부인에게 "너무 젊은데 불쌍하다. 당신 바람 피워도 돼"라고 했다는 일화는 이 작품이 노년의 성과 죽음을 다룬 「열쇠」, 「미치광이 노인 일기」로 이어지는 계보의 작품임을 보여준다.

「시게모토 소장의 어머니」를 두고 가메이 가쓰이치로는 "다니자키 문학의 모든 요소의 종합이며 최고의 작품"이라고 평했다. 해박한 고전지식을 종횡으로 사용하여 헤이안 시대의 문학을 연상시키는 우아하고 유려한 문장으로 집필된 이 작품을 모친 사모의 계보를 잇는 다니자키 문학의 집대성이라 평하는 것은 당연한 일일 것이다.

이 책에 수록된 두 작품만으로도 다니자키 준이치로 문학의 다양성과 화려한 기교, 탄탄한 구성 등을 짐작하는 데는 전혀 부족함이 없으리라 생각한다. 문학에서 중요한 것은 재미라고 말했던 다니자키 준이치로. 그의 문학을 우리나라 독자들은 어떻게 받아들일지 궁금하다.

김춘미

1886년	7월 24일, 도쿄 니혼바시에서 아버지 구라고로와 어머니 세키의 차남으로 태어남. 장남이 요절했기 때문에 호적상 장남이 됨. 조부가 경영하던 다니자키 활판소에서 가족이 함께 살았으며, 양친은 분가한 형 규베에의 미곡 중개상 일을 돕고 지냄.
1892년	9월, 사카모토 고등 소학교에 입학. 유모 없이는 학교에 가지 못할 만큼 내성적인 부잣집 도련님으로 자랐기 때문에 학교생활에는 잘 적응하지 못하여 결국 낙제함.
1893년	4월, 다시 소학교 1학년이 됨.
1894년	수석으로 2학년에 진학, 담임 노가와 선생을 만남.
1897년	고등과에 진학, 담임 이나바 선생을 만남.
1901년	3월, 사카모토 소학교 졸업. 아버지의 사업이 잇달아 실패하고 점점 궁핍해지는 가정 형편 때문에 진학을 단념함. 4월, 그의 천재성을 아끼는 스승과 친구의 후원으로 부립 제일중학교(현재 히비야 고등학교)에 입학함. 교우회 잡지에 글을 발표하기 시작함.
1902년	집안의 경제 사정이 갈수록 어려워져서 학업을 포기할 정도였으나, 기타무라가(家)에 서생 겸 가정교사로 입주하게 되어 학업을 계속함. 9월, 3학년으로 월반함.
1905년	3월, 제일중학교를 졸업. 9월, 제일고등학교 영법과에 입학.

1907년   2월, 제일고등학교 문예부원이 되어 교우회 잡지에 작품을
         발표.
         기타무라 집안의 하녀 후쿠코와의 연애 사건으로 가정교사
         직을 잃음.
         9월, 제일고교 기숙사에 들어감. 영문과로 편입.
1908년   도쿄 제국대학교 문과대학 국문과에 입학.
1909년   희곡 「탄생」을 써서 『제국대학』에 보냈지만 실리지 않음.
         신경쇠약으로 고생함.
1910년   9월, 『신사조』에 희곡 「탄생」을 실으며 등단, 11월에는 「문
         신」, 12월에는 「기린」을 발표함.
1911년   7월, 수업료 미납으로 제국대학교에서 퇴학당함.
         11월, 『미타문학』에 나가이 가후가 「문신」을 극찬하는 평
         론을 실음. 이 평론으로 다니자키는 일약 문단의 총아로 떠
         오름.
         12월, 첫번째 창작집 『문신』 출간.
1915년   5월, 마에바시 출신의 이시카와 치요코와 결혼.
1916년   3월, 장녀 출생.
         11월, 『중앙공론』에 「병상의 환상(病辱幻想)」 발표.
1919년   1월, 「어머니를 그리는 글(母を恋ふる記)」을 〈오사카 마이
         니치 신문〉과 〈도쿄 마이니치 신문〉에, 「미식구락부(美食ク
         ラブ)」를 〈오사카 아사히 신문〉에 연재.
         2월, 아버지가 세상을 떠남.
1920년   다이쇼 활영주식회사 각본부 고문으로 〈아마추어 구락부〉
         등의 활동사진(영화) 제작에 참여함.
1921년   1월, 『준이치로 걸작 전집(潤一郎傑作全集)』(전5권)을 춘양
         당에서 간행.
         3월, 부인 치요코의 양도 문제로 그동안 친하게 지냈던 사

토 하루오와 절교함. 이를 '오다와라 사건'이라 함.

9월, 요코하마 시 혼모쿠로 이사하여 서양식 생활을 영위함.

1923년　9월 1일, 하코네에 머물 때 관동대지진이 일어나 가족과 함께 교토 시의 토지인, 요호지, 그리고 효고 현의 록코 등으로 옮겨 다님.

1924년　3월, 「치인의 사랑(痴人の愛)」을 〈오사카 마이니치 신문〉에 연재. 높은 인기를 얻었으나, 검열에 걸려 연재를 중단함.

11월, 「치인의 사랑」 속편을 『여성』에 발표.

1927년　2월, 「수다의 기록(饒舌錄)」을 『개조』에 발표. 아쿠타가와 류노스케와 소설의 줄거리에 대해 논쟁을 전개. "소설에서 줄거리는 구조적 재미와 건축적 미학이며, 소설에서 이를 배제하는 것은 소설이라는 형식이 지니는 특권을 버리는 것"이라는 다니자키의 주장에 대해 아쿠타가와는 "시적 정신" 또는 "이야기다운 이야기가 없는 소설이야말로 가장 순수한 소설"이라고 주장하여 문학 논쟁으로 발전했지만, 7월 24일 아쿠타가와가 자살하여 논쟁은 끝났고, 장례식에 참석하여 애도함. 평생의 반려자가 될 오사카 거상의 부인인 네즈 마쓰코 부인을 알게 되어 처음부터 마음에 품게 됨. 잡지 『부인 살롱』의 기자 후루가와 도미코를 알게 됨.

1928년　3월, 「만(卍)」을 『개조』에 연재.

12월, 「여뀌 잎 먹는 벌레(蓼喰う虫)」를 〈오사카 마이니치 신문〉과 〈도쿄 마이니치 신문〉에 연재하기 시작.

1930년　8월, 부인 치요코와 이혼함. 치요코는 사토 하루오와 결혼함. 이 일을 세 명의 이름으로 각 신문에 발표문으로 실어 논란을 일으킴. 사람들은 이 일을 '아내 양도사건'이라고 부름.

1931년　1월, 「요시노쿠즈(吉野葛)」를 『중앙공론』에 발표.

4월, 스무 살 연하였던 후루가와 도미코와 결혼.

9월, 네즈 마쓰코 부인을 그리며 썼다고 고백한 「장님 이야기(盲目物語)」를 『중앙공론』에, 「무주공비화(武州公秘話)」를 『청소년』에 발표.

11월, 니시노미야 시 변두리에 있는 네즈가(家)의 별장에서 지냄.

1932년	2월, 무코 군으로 이사함.

4월, 자기는 오로지 마쓰코 부인을 뜻하는 소나무 그늘에 의지하는 몸이라는 의미의 『의송암수필(倚松庵隨筆)』을 창원사에서 간행. 이때부터 네즈 마쓰코와 연애를 시작함.

11월, 「갈대 베기(蘆刈)」를 『창조』에 발표.

1933년	5월, 도미코와 사실상 협의 이혼함.

6월, 「슌킨쇼(春琴抄)」를 『중앙공론』에 발표.

11월, 「그늘에 대하여(陰翳礼讚)」를 『경제왕래』에 발표.

1934년	3월, 네즈 마쓰코와 효고 현에서 비밀리에 동거 시작.

4월, 마쓰코는 모리타라는 성씨로 복귀.

1935년	1월, 마쓰코와 결혼.

9월, 『겐지 이야기』의 현대어역 시작.

1936년	1월, 「고양이와 쇼조와 두 여자(猫と庄造と二人のおんな)」를 『개조』에 발표.

1937년	6월, 제국예술원 회원이 됨.

1938년	『겐지 이야기』의 현대어역 완성.

1941년	7월, 일본 예술원 회원이 됨.

1942년	3월, 아타미 시 니시야마에 별장을 구입하여 「세설(細雪)」 집필 시작.

1943년	1월, 「세설」을 『중앙공론』에 게재하기 시작했으나 군부가 전쟁 중 '불요불급의 문학'이라고 하며 게재를 금지시킴.

1944년	4월, 아타미로 피란.『세설』상권을 자비 출판하여 친지들에게 나눠줌.
1946년	6월,『세설』상권이 중앙공론사에서 간행됨.
1947년	2월,『세설』중권 간행.
	9월, 마쓰코의 장녀 에미코를 양녀로 삼음.
	11월,『세설』로 마이니치 출판문화상 수상.
1948년	12월,『세설』하권 간행.
1949년	문화훈장을 받음.「시게모토 소장의 어머니」를 〈마이니치 신문〉에 연재.
1959년	오른손의 심한 통증 때문에 구술로 창작하기 시작함.
	10월,「꿈의 배다리(夢の浮橋)」를『중앙공론』에 발표.
1961년	11월「미치광이 노인 일기(瘋老人日記)」를『중앙공론』에 발표.
1964년	6월, 미국 문예 아카데미의 명예회원이 됨.
1965년	1월, 도쿄 의과대 부속병원에 입원.
	3월, 퇴원.
	5월, 교토에 놀러 감.
	7월 30일 아침, 가나가와 현 유가와라초의 자택에서 신부전과 심부전의 복합 증세로 사망.
	8월 3일, 아오야마 장례식장에서 장례식을 거행함.
	9월 25일, 교토 시 호넨인에 묻힘.

세계문학전집 097

만(卍)·시게모토 소장의 어머니

1판 1쇄 2012년 9월 21일
1판 8쇄 2023년 11월 10일

지은이 다니자키 준이치로 | 옮긴이 김춘미 이호철

책임편집 김수현 | 편집 김미숙 오동규 | 독자모니터 김준언
디자인 이경란 최미영 | 저작권 박지영 형소진 최은진 서연주 오서영
마케팅 정민호 서지화 한민아 이민경 안남영 왕지경 황승현 김혜원 김하연
브랜딩 함유지 함근아 고보미 박민재 김희숙 정승민 배진성
제작 강신은 김동욱 이순호 | 제작처 영신사

펴낸곳 (주)문학동네 | 펴낸이 김소영
출판등록 1993년 10월 22일 제2003-000045호
주소 10881 경기도 파주시 회동길 210
전자우편 editor@munhak.com | 대표전화 031)955-8888 | 팩스 031)955-8855
문의전화 031)955-1927(마케팅), 031)955-1916(편집)
문학동네카페 http://cafe.naver.com/mhdn
인스타그램 @munhakdongne | 트위터 @munhakdongne
북클럽문학동네 http://bookclubmunhak.com

ISBN 978-89-546-1913-4 04830
        978-89-546-0901-2 (세트)

잘못된 책은 구입하신 서점에서 교환해드립니다.
기타 교환 문의 031) 955-2661, 3580

www.munhak.com

● 문학동네 세계문학전집은 계속 출간됩니다